BLUTIGER DOPPELBESCHLUSS

Die wichtigsten Personen:

Wache 1984: Stabsunteroffizier Feller Hannes, Wachhabender,
Obergefreiter Brödle, Stellvertreter
Adramek, Hallscher, Hauser, Kennig, Maister, Müller,
Schafheit, Sombret, Torff, Zweig, Wachsoldaten.

Burgmanntruppe: General Burgmann, Major Storr und ihre Gruppe:
Oberfeldwebel Kummer, Oberfeldwebel Keitzig, StUffz
Müller, Stabsgefreiter Samonov.

Weitere: 'Büro'-Feldwebel Plank, Unteroffizier Krammer,
Obergefreiter Grabowsky,
die Gruppen Victor, Golf und Sierra und Oberleutnant
Baum Chefin Technik- und Spurensicherungsgruppe.

Polizeieinheiten: Kriminaldirektor Nolde, BKA, Erster Hauptkommissar
Striebeck, BKA, Kriminaloberkommissarin Hansen, BKA: Graefe Wolfgang, Polizeioberrat bei der BuPo, 'Kalle'
und seine Truppe, BuPo. Sandvart Göran und seine

Sekretärin Britt, schwedische Reichspolizei.

Dazu Storrs Familie: Oberst a. D. Hallbauer, Loni Hallbauer, Eltern. Storrs Kinder Mark und Theresia. Ihre Schwestern mit Anhang: Lissy und Gregg, US-Army, Thomas mit Kindern, Kathi mit ihrem Dauerverlobten Jens. Am Rande: Max Storr, Ex.

Und viele Beteiligte und Unbeteiligte, Lebende und Tote.

Vorwort

Die folgende Geschichte ist ein Roman. Handlung, Personen und einige Institutionen sind fiktiv. Sollten Sie dennoch jemanden erkennen, vergessen Sie es! Alle Akteure sind von mir erfunden. Einzig die Orte der Handlung existieren zum Teil wirklich. Ähnlichkeit mit tatsächlichen Ereignissen oder Personen sind rein zufällig! Sachliche und erzählerische Fehler liegen alleine bei mir. Dialekte sind meist nur angedeutet, schließlich sollen auch Nicht-Süddeutsche diese Geschichte verstehen!
Warum ich diesen Roman schrieb? Aus zwei Gründen: Vor nicht allzu langer Zeit stand ich hilflos vor einer Wand von Büchern. Der ganze Laden voller solcher Wände. Nur ein Buch zu finden, das mich bedingungslos ansprach und nicht von skandinavischen Autorinnen oder Autoren stammte, war aussichtslos. Zweiter Grund? Einfach Zeit und meine Suche nach einem neuen Hobby! Zugegeben, den Gedanken gab es schon lange. Aber, Sie wissen es ja vielleicht selbst: Aller Anfang ist schwer. Und zu guter Letzt eine kleine Anmerkung: Sollte eine meiner Figuren Standpunkte und Ansichten vertreten, die Sie so nicht akzeptieren oder nicht Ihrer Meinung entsprechen – schön!

Friedberg, 2011-05-14

Und jetzt geht's los!

Rasche Schritte auf nassem Asphalt, nur nicht in eine Pfütze treten. Der Mann hatte endlich seinen Wagen erreicht. Kurz die elektronische Verriegelung gedrückt – nichts. Noch einmal, wieder nichts. Der Mann versuchte es gereizt ein drittes Mal. In diesem Moment löste sich ein Schatten aus dem Dunkel der nahen Parkbäume. Leise kam der Schatten heran. Bevor der Mann ahnte, was kam, hatte ihm der Dunkle eine Tüte über den Kopf gestülpt. Verzweifelt versuchte das Opfer sich zu befreien, doch es hatte keine Chance. Ein zweiter Schatten tauchte auf. Rasch öffnete dieser das Auto des Mannes und blitzschnell wurde er auf die Hinterbank geworfen. Ihm wurde schwarz vor Augen und sein Widerstand war gebrochen.

Als der Mann wieder zu sich kam, versuchte er sich aufzusetzen. Es ging nicht! Sie hatten ihn im Kofferraum verstaut! Langsam wurde er klarer. Nein, sein schwäbisches Edelfahrzeug hatte doch keine Holzbretter im Inneren! Nacktes Entsetzen und Angst begannen unvermittelt in ihm hochzukriechen. Er hämmerte gegen das Holz. Seine Knöchel zerschrammten, er bemerkte es nicht. Er registrierte auch nicht, wie sein Gefängnis begann, sich immer mehr mit kaltem, schmutzigem Wasser zu füllen. Als er es begriff stieg seine Angst in den Wahnsinn. Der Mann schrie so lange das Wasser seinen Mund nicht erreicht hatte. Er trat und schlug wild um sich. Seine Hosen waren schon nass, bevor die Brühe seine Knie erreichte. Es stank, als Darm und Blase anfingen sich zu entleeren und der Mann es nicht merkte. Dann war es irgendwann nur noch still.

Leichter Nieselregen kam vom Himmel. Die beiden Bauarbeiter beeilten sich den Kombi zu entladen. Zum Glück konnten sie heute im Haus arbeiten.

„Chef, was du glaubst, gibt Geister in alte Bude?“
„Quatsch! Schau, dass d' Kompressor loft, los!“
Der Maurer Ibrahim schlüpfte durch die Plastikplane am Eingang der alten Villa. Was stank denn da so seltsam? Er hatte das Baulicht angemacht. Und erstarrte! Sekundenlang bewegte sich Ibrahim nicht. Er konnte einfach den Blick nicht abwenden. Die Plane raschelte, ein Windstoß kam ins Haus, als der Kapo hereinkam.
„D..,D..“
„Was hosch jetzad wieder? Hoscht dei' Gespenst g'funda?“
Der Maurer zeigte stumm nach oben. Der Kapo wurde blass, rannte raus und kotzte sich den Magen aus dem Leib.
Wachen später, nicht weit von den bisherigen Tatorten entfernt, Oberkommissar Burleger betrat die Gründerzeitvilla: „Und?“
Der Kriminaler sah sich langsam um.
„Die Villa steht fast oi Johr leer, zwoi Bauarbeiter wollten heut' nach de' Oschtertag' weiter sanieren. Der ka' also früheschtens am Donnerschtag ab Mittag do' hänge – und so wie's ausschaugt net freiwillig.“
„Scheiß, also koi Selbstmord, bisserle Routinekram und abg'hakt?“
„Noi, er hot Hämatome und seine Händ' send mit Klebeband z'samma bunden g'west.“
„Woischt wie er hoist und so?“
Der Mann von der Spurensicherung hielt einen Plastikbeutel hoch.
„Brödle, Bernd. Geboren am 20. März 1961 in Ludwigsburg, wohnt in Stuttgart. Scheint als hätt' er bei a' Bank od'r so ebbas g'schafft z'habe. Mehr wisset mir o no net. A so, an Ehering hot er o g'het.“
„Dann werd' I wohl zu seiner Adress' fahr'n.“

Der Beamte hasste diesen Teil seines Jobs. Er war nun schon zwölf Jahre Gruppenleiter der Mordkommission, solche Besuche gingen ihm immer noch an die Substanz.

Kapitel 1

Langsam dämmerte ihm, dass es tatsächlich an der Tür schellte. Mühsam strampelte er sich aus der Decke.

„Scheiß!", kam böse aus seinem Mund, als er schlaftrunken über eine Flasche stolperte.

„Ja, gleich!", laut rief er in Richtung Türe, während er in die Jeans schlüpfte. Noch ziemlich verkatert öffnete er, ohne groß durch den Türspion zu blicken: „Hm."

„Herr Feller?"

Aufreizend überschwänglich, vielleicht Zeugen? Aber so sahen die Frau und der Typ nicht aus. Okay, sie vielleicht schon eher in ihrem Kostüm. Doch der Kerl? Unrasiert und in alten Jeans, fast wie Feller selbst.

„Ja, steht doch da. Wer will was?", knurrte er mit einem deutlich mürrischen Unterton.

„Kummer, und das ist meine Kollegin Storr, BMVg."

Wieder diese provozierende Lautstärke! Er blickte, immer noch nicht ganz wach, auf die ihm entgegenfliegende Dienstausweise.

„Dürfen wir rein?"

Der Schreier fragte 'scheißfreundlich', aber wohl nur, weil ihm seine Mami das einmal so beigebracht hatte. Denn schon standen die zwei ungebetenen Besucher in seinem Flur.

„Stabsunteroffizier der Reserve Feller, jetzt Verwaltungsmensch, frisch geschieden, Kinder bei der Mutter, seither durchgehend 'Krank geschrieben' und trinkt schätzungsweise zu viel."

Toll, die Lady konnte ja sprechen! Ihre Stimme war auch bedeutend angenehmer wie die ihres schwerhörigen Partners. Den letzten Teil hätte sie aber ruhig weglassen können. Na ja, so wie sie ihn von oben bis unten musterte, kam er in seinem Zustand wirklich nicht allzu gut rüber.

„He, wenn Ihr zwei vom Weckdienst eh alles wisst, warum dann in aller Herrgottsfrüh der ganze Aufstand?“

„Tja, Herr Kamerad, es geht schlicht und einfach um das Leben einiger alter Kameraden von Ihnen und um Ihr eigenes. Wobei, so wie's aussieht, ist Ihnen das Letztere gerade ziemlich egal – oder?“

Am liebsten hätte er diesen 'Herrn Kameraden' Kummer vor die Türe gesetzt. Aber dazu fühlte er sich einfach zu k.o..

„Ziemlich viele Bücher. Haben Sie die alle schon gelesen? Ach, und Clausewitz sogar!“

Mit welchem Recht schnüffelte die 'Frau Kamerad' eigentlich in seiner Wohnung?

„Ja, und wollen Sie die restlichen Zimmer auch besichtigen, oder was?“

Irgendwie gingen sie ihm langsam, aber gewaltig auf den Keks.

„Nein, nur – könnten wir uns nicht mit einer schönen Tasse Kaffee, für Sie stark und sehr süß, zusammensetzen?“

Das war scheinbar eine freundlich vorgetragene Frage, aber als Frage gemeint war es nicht. Er zeigte mit dem Daumen über seine Schulter in Richtung Küche.

„Danke. Kummer, werden Sie mal tätig!“

„Jawoll, Frau Major!“

Sprach's und verschwand in die Küche.

„Gibt 's hier nur Löslichen?“, kam es von dort.

„Ja, oder schaffst das nicht?“, antwortete Feller gereizt.

Frau Major, was es nicht alles gab! Frauen in der Truppe stand er sehr reserviert gegenüber, laut durfte man so etwas heutzutage ja nicht einmal denken. Nur, was sollte der ganze Aufstand? Seine Haltung nahm deutlich wahrnehmbar Abwehrhaltung an.

Aber da man es nicht für nötig hielt ihn einzuweihen, musste Hannes selbst dafür sorgen: „Nun, Frau Major, was soll dieses Affentheater?“

„Wenn Sie Ihr Hemd endlich zu haben und der Oberfeld wieder da ist. Glauben Sie mir, das wird eine längere Sitzung. Darf ich?“

„Wie Sie unschwer erkennen dürften ist das hier keine rauchfreie Zone.“

Da Sie ihren Glimmstängel demonstrativ zu ihm hin hielt, musste er ihr wohl auch noch Feuer geben. Na warte, dachte er boshaft und stopfte seine Pfeife mit dem billigsten, stinkenden Tabak, den er zur Hand hatte, leider wurde es daher auch für ihn zum Abgewöhnen.

Während sie auf den Kummerkaffee warteten, konnte er sie genauer betrachten. Nicht unattraktiv, Ende Dreißig bis Anfang Vierzig, Figur nicht zu wenig und nicht zu viel und ein hübsches Gesicht mit langen mittelbraunen Haaren. Nur das Kostüm wirkte teuer, aber schlechtsitzend und diese Oma-bequem-Slipper! Er fuhr nun mal auf Frauen in High Heels und etwas betonterem Outfit ab. Na gut, sie kam nicht vom Klub der einsamen Herzen und ihre Anwesenheit war sowieso störend. Was soll's!

„Haben Sie jetzt genug gesehen, oder soll ich mich ganz ausziehen?“, kommentierte sie seinen Taxierungsversuch.

„Nicht nötig. Aber nachdem Ihr Kummer mich nicht interessiert und Sie inzwischen meine Behausung gründlich erkundet haben, und viel mehr über mich wissen als ich, muss das mindestens drin sein. Aber keine Angst, ich fress' Sie schon nicht!“, flirten konnte Feller.

Total verkrampft versuchte er sich daran zu erinnern, wann zuletzt eine hübsche Frau in seiner Wohnung gewesen ist. Fünf Monate, solange mindestens. Seit der Trennung von seiner Frau hatte er nicht viele Beziehungen gehabt. Eigentlich nur eine kurze und diese One-Night-Stand-Episode.

Seither wusste Feller aber wenigstens, dass so was nichts für ihn war. Sex pur ohne Gefühle, nein danke. Endlich erschien der Kaffee und leider mit ihm auch Kummer. Jetzt ging es also los. Nur, was würde losgehen? Er merkte, dass aus seinem Magen langsam ein starkes, mieses Gefühl hochkroch.

„Sagen Ihnen folgende Personen etwas? Obergefreiter Brödle, Bernd, Gefreiter Hallscher, Uwe und Fahnenjunker Schafheit, Claus?“

Kummer sprach alle Namen überdeutlich, fast wie ein Computer, aus. Feller begann in seinen übernächtigten und noch immer leicht vom Alkohol vernebelten grauen Zellen nach den Genannten zu suchen. Doch, irgendwie kam einer nach dem anderen aus dunklen Nebeln heraus. Brödle, der heute sicher als Spitznamen den einer Figur des Kinderkanals hätte, und nicht nur wegen seines Namen; Hallscher, der immer Fußballprofi mit Doktortitel werden wollte und der lange Schafheit. Buster Keatons Mimik war dagegen direkt facettenreich.

„Ja, es muss 84 gewesen sein. Wir waren alle im gleichen Klub. Aber was ist daran so interessant, dass man mich im Morgengrauen aus dem Schlaf reißt?“, er kniff die Augen zusammen, fast wie ein Revolverheld in einem Spaghettiwestern.

Schön langsam konnten die Zwei doch mal genauer werden. Kummer warf mehrere Fotos auf den Tisch. Feller konnte zuerst nichts erkennen, doch bei genauerem Hinsehen – ihm wurde fast schlecht.

„Tot?“, fragte er tonlos.

„Ja, und sie sind nicht an Altersschwäche gestorben. Wollen Sie 's genauer wissen?“; klang da leiser Spott aus ihrer Stimme?

„Nee, das, was ich hier sehe reicht mir vollkommen“, knurrte Feller.

„Nun, deshalb sind wir aber hier", die Frau stand auf und fing an auf und abzugehen. Sie schien durch die Aufnahmen selbst etwas nervös geworden zu sein, „Hinrichtungen, es waren regelrechte Hinrichtungen.", sie atmete dabei heftiger: „Und Sie oder einer der Anderen könnten der Nächste sein!"

„Wieso und wer sonst noch?", bohrte Hannes nach.

Kummer holte ein paar ramponierte Blätter aus der Innentasche seiner Jacke. Ehe er die Fotos an Feller reichte, gab der Oberfeld bereits den nächsten Teil der Geschichte verbal preis: „Wir haben vor kurzem noch nichts von dieser Geschichte gewusst, bis beim LKA Stuttgart einer 1 und 1 zusammengezählt hat. Ihre drei ehemaligen Kameraden hatten für die zuständigen Kripos auf den ersten Blick nichts gemeinsam. Bis man heraus fand, dass Brödle und Schafheit zusammen in Tübingen studiert hatten."

Kurz stoppte Kummer, er schien zu überlegen, ob das alles für Feller nötig war. Doch dann setzte er seinen Informationsfluss fort: „Eine Kommilitonin erinnerte sich an beide, auch dass sie in der gleichen Einheit waren. Es muss da einer von den Zweien bei einer Party etwas angedeutet haben, worauf der andere ihn ziemlich rabiat unterbrochen hatte. Der Zeugin kam das im Nachhinein komisch vor, denn Schafheit und Brödle waren als die siamesischen Zwillinge bekannt. Zuerst lief das Gerücht, sie sind ein Schwulenpärchen. Aber anscheinend hatte die Dame eine Zeit lang sogar etwas mit Schafheit. Damals sogar was ganz Ernstes, nur ihre gemeinsame Zeit beim Bund erwähnten beide Kameraden nie."

Wieder eine sekundenlange Pause: „Darauf ermittelte ein Kollege in dieser Richtung – und siehe da! Hallscher, das dritte Opfer, war zur gleichen Zeit im gleichen Zug. Hat zwar gedauert, aber die haben genau recherchiert. Und sich dann an das BMVg gewandt."

Storr und Kummer blickten jetzt unisono zu Feller, als erwarteten sie die Lösung von ihm. Hannes empfand die Situation inzwischen, als wäre er im falschen Film gelandet. Er wusste nicht, ob er lachen, weinen, fluchen oder alles gleichzeitig machen sollte. Feller griff nach der Tasse, drehte sie langsam in den Händen, als ob die Antwort aus dem Kaffeesatz kommen könnte.

Es dauerte, bis er anfing: „Ja, wir hatten Mun-Wache. In dieser Zusammensetzung nicht die erste, aber ich kann mir schon denken, um welche es sich handelt. Ich war Wachhabender, Brödle mein Stellvertreter. Sie kamen in der Nacht. Schafheit war als Streife eingeteilt, eigentlich nicht üblich. Aber ich hatte von Anfang an ein merkwürdiges Gefühl, so kontrollierte einer der Torwachen, Brödle oder ich immer wieder das Loch."

„Welches Loch, ein Loch im Zaun?", unterbrach ihn die Majorin.

„Nein, eine von den Türmen nicht einsehbare Stelle am Waldrand. Also weiter: Er gab plötzlich Alarm über die Rundleitung. Dann wurde es ziemlich hektisch, ich stürmte mit den Wachfreien zu der Stelle. Da sie nicht auf Anruf und Warnschuss reagierten, ließ ich feuern. Die Terroristen belegten uns sofort mit ihrem Schnellfeuer, trafen aber keinen von uns. Wir haben alle erwischt!"

Feller leierte die alte und längst vergrabene Geschichte langsam herunter: „Viere waren tot, drei wurden verwundet festgenommen. Man hat uns nie g'sagt, wer wen getroffen hat. Mindestens einer ist von mir erwischt worden, ohne Vorwarnung lachte er auf: „Wenn ich mir das Ergebnis im Nachhinein so anseh', die waren infanteristisch noch schlechter ausgebildet als wir. Schon seltsam, so eine Chaotenbande gegen reguläre Truppen zu hetzen, völlig hirnlos!"

Eine lange Pause entstand, er starrte vor sich. Nach endlosen Minuten erhob er sich, blickte den beiden Besuchern ins Gesicht und warf seine Frage den beiden Soldaten zu: “War eine Scheißgeschichte damals. Und? Holt 's uns jetztda ein?“

Die Majorin blickte ihm direkt in die Augen, ihr Blick wirkte resigniert: „Ja, sieht so aus. Es waren übrigens zwei, ein Toter und eine angeschossene Terroristin.“

„Verdammt, ich ging aus Überzeugung, Familientradition und weil mir nichts Besseres eing'fallen ist, zum Bund. Wissen Sie, dass die Legion in Frankreich keine Brillenträger nimmt. Aber bis auf Schafheit waren doch alle anderen W-15'er. Die mussten ja dazu. I war der Verantwortliche und net Hallscher oder Brödle. Wer macht so was?“

Am Ende schrie er förmlich. Kummer legte ihm die Hand auf die Schulter, er war selbst im Kosovo gewesen und hatte genug gesehen und mitgemacht, um sein Verständnis nicht nur spielen zu müssen. Doch Hannes bemerkte diese Geste nicht einmal.

„Deshalb sind wir gerade bei Ihnen, wir haben hier eine sofort gültige Einberufung, als Zuckerl die Ernennung zum Oberfähnrich der Reserve. Die kann abgelehnt werden, die Einberufung nicht“, die Majorin legte einen Wisch auf den Tisch.

Feller starrte sie an, als ob sie vom anderen Stern wäre.

„Wir bringen Sie und die anderen Angehörigen von dieser Wache in eine Kaserne, dort dürfte relative Sicherheit gegeben sein. Und vielleicht hilft es ja, den oder die Täter zu finde,“ sie versuchte ihn wieder ein wenig herunterzuholen.

Dabei hatte sich Feller innerlich schon längst in sein Schicksal gefügt. Mit einem gewissen 'Ist mir jetzt auch egal'-Unterton kam sein: „Okay, dann geh' ich mal packen. Was ist eigen...?“

„Wir haben bereits vorgesorgt. Offiziell haben Sie den Dienstherren gewechselt. Sie sind ab heut' wieder bei uns und da Sie von Ihren Kindern eh nicht besucht werden, gibt es hier auch keine Probleme. Ihre finanzielle Misere ist genauso beseitigt, Vater Staat lässt die Seinen nicht immer im Stich. Sie können also sorglos mitkommen."

Feller warf die Sporttasche und den alten Rucksack, Gebirgstruppe, klein, in den Kofferraum. Es war merkwürdig und unwirklich. Er kam sich wie ein unbeteiligter Zuschauer vor, als würde er neben sich noch eine andere, identische Person beobachten. Auf der Fahrt die A 8 entlang sprach keiner ein Wort. Kurz vor München schlief er einfach ein. Als er zwischendurch kurz aufschreckte, sah er, dass sie inzwischen wieder in Richtung Westen unterwegs waren. Aber darüber war er nicht verwundert, es war doch alles nur ein völlig planloser Traum.

Der Wagen blieb abrupt stehen. Mühsam öffnete er die Augen. He, die alten dunkelgrauen Gebäude kannte er. Da hörte er auch schon dumpfes Motorengedröhn. Das musste der Fliegerhorst sein. Die Tür wurde geöffnet.

„Wir sind da, bitte alles aussteigen!"

Diese blöde Pseudofröhlichkeit Kummers nervte. Er schob seine Knochen aus dem Fond. Nicht das auch noch, jetzt war er bei den Rollbahnfegern gelandet! Na, das ging ja gut los. Das war doch eine glatte Degradierung!

„Sorry, aber Sie wissen ja, die Schluchtenscheißerkasernen gibt es nicht mehr."

„Mm", ein Brummen hielt Feller als Antwort für mehr als genug.

Seine Knochen waren auch nicht mehr die Jüngsten. Er quälte sich mit seiner schwer bepackten Tasche fast schon die Stufen hoch. Zu wenig körperlich getan und 10 Kilo zu viel, dagegen musste er unbedingt etwas tun. Raum 115. Er betrat sein neues Domizil. Eine Einmannstube. Gut, aber kahle Wände und die Einrichtung mehr als heruntergekommen. Öha! Wenigstens ein Kühlschrank, der sogar ging. Fernseher? Fehlanzeige, aber Radio und PC. Welch Luxus!

„Internetanschluss is' nich', zu riskant. Stattdessen ein Dutzend Spielchen. Was will man mehr!"

„Kummer, ich wüsste da schon noch ein paar Sachen. Eine Flasche Single-Malt, eine Herdplatte und einige eß- und kochbare Kühlschrankbewohner. Wie wäre es denn damit?"

Kummer grinste und wies hinter sich. Da erschien doch tatsächlich ein weiß gekleidetes Männchen mit einer vollen Kiste.

„Alles da rein!", rief Kummer, „Zufrieden?"

Jetzt grinste Hannes von einem Ohr zum anderen: „Jo!"

Das Männchen zauberte auch noch Geschirr und eine Herdplatte aus den Tiefen der Kiste und verschwand dann wieder gruß- und lautlos.

„Ihre Kameraden werden im Laufe der nächsten Tage erscheinen. Hoff' ich. Bis dahin gehört Ihnen der ganze Flur. Stellen Sie nichts an und verlassen Sie auf keinen Fall dieses Stockwerk."

„Und wenn es brennt?", fragte Feller nach.

„Auch dann nicht, klar?"

„Ja", murrte er. Das wird toll werden, eine super unterhaltsame Zeit wird das. Er nahm zwei Eier und die Packung Schweinesteaks aus dem Kühlschrank und brutzelte sich etwas für seinen leeren Magen. Einen Wasserkocher gab es auch. Er stopfte das Essen förmlich in sich. Danach setzte er sich mit seinem Becher Kaffee auf das Einheitsbett. Seine Zweifel an seinem Geisteszustand kamen wieder. Jetzt war es aber dafür zu spät, Hannes steckte schon zu tief in der ganzen Sache.

Am Morgen fing die immer gleiche Prozedur an: Zuerst zum Doc: Größe, Gewicht, Blut abzapfen, impfen und immer die gleich blöde Frage: „Wie geht's uns denn?“

Fellers Gedankengänge verrieten eine ziemlich miese Meinung über das Procedere. Dann noch die Einkleidung. Sitzt-passt-hat Luft. Wie seit Jahrhunderten. Manche Dinge ändern sich einfach nicht, wahrscheinlich hatten Cäsars Legionäre bereits diesen Schmarren über sich ergehen lassen müssen. Seine Stimmung tendierte immer mehr in Richtung einer Stinkwut. Nur worauf oder auf wen war ihm nicht ganz klar.

Missmutig schliff er den Seesack hinter sich her. Ein besonders dienstgeiler Oberleutnant der Pfluftels kam auf ihn zu. Flott machen hieß das wohl, was der Offizier hier versuchte. Plötzlich schoss eine Hand vor und packte die blaue Uniformjacke am Revers. Ein vor Zorn glühendes Augenpaar richtete sich auf den Soldaten, raues Flüstern: „Wenn du Haufen blauer Windeln net glei' weiter gehst, I mach' Di' rund wia an Gummiball. Hau bloß ab, Buaberl!“

Leichenblass wurde der Blaue. Wäre in diesem Moment nicht Kummer erschienen, hätte vor der Nase des Offiziers mit einem Blatt Papier herum gewunken und irgendwas von 'Sondereinsatzkommando' gelabert, es wäre ein Haufen Ärger gekommen.

„Mann, Feller! Bleib cool. Bloß kein zu großes Aufsehen. Den kannste später zur NATO-Pause verspeisen. Bloß jetzt nicht!“

Dem Oberleutnant schien auch der Boden zu heiß zu werden. Er begriff rasch, dass er besser unauffällig verschwand. Hatte er Feller doch für einen der ihm unterstellten Zivilarbeiter gehalten. Wenn das der Kommodore erfuhr! Der würde ihm den Kopf abreißen!

Für die nächsten Tage blieb Feller allein auf sich gestellt. In diesen zäh dahinfließenden Stunden rauchte er zu viel. Erstens hatte er schlicht und einfach keinen rechten Bock, zweitens beruhigte es sein Nervenkostüm. Die Unsicherheit, was noch alles auf ihn zukommen würde, drückte Feller förmlich nieder.

Merkwürdigerweise vermisste er Storr mit jeder Stunde ein bisschen stärker. Damit hatte Hannes genug zum Nachdenken.

Nach zwei langweiligen Tagen, in denen er viel Zeit miesepetrig mit sich selbst verbrachte, erschienen Storr und Kummer wieder. Und mit Ihnen vier der alten Kameraden. Jeder Einzelne war von Storr und Kummer wie Feller abgeholt worden. Inzwischen wusste er, zu was für einem Verein die Majorin und der Oberfeldwebel gehörten. Vorstellen konnte sich Feller darunter nichts. Zu seiner Zeit hatte keine alte Sau was von einer Feldjäger-Ermittlungsgruppe gehört.

Hannes ging in Richtung des U-Raumes. Laut und falsch kam aus seinen zugespitzten Lippen ein Lied. Na ja, bei viel Phantasie war ein Lied erkennbar. Innerlich gespannt wie ein Flitzebogen und zur selben Zeit freute Feller sich. Natürlich auf seine alten Kameraden, aber da war noch eine andere Person, sie war der wirkliche Grund seines seelischen Zustandes.

Beim Betreten des Raumes erkannte er sofort den kleinen, dicken Zweig, der hatte sich bis auf ergraute Schläfen in keiner Weise verändert. Aber auch Zweig erkannte Hannes gleich wieder.

„Hallo StUffz!“, kam es aus der Ecke.

Feller zögerte kurz, doch dann erkannte er auch diesen Mann wieder. Adramek, wirklich. Der sah jetzt eher aus wie eine aufgeschwemmte Rolle Klopapier.

„Du warst auch schon mal besser beieinander.“

„Tja, zu viel Fast-Food mit noch mehr Bier.“

Hauser und Maister, ja, jetzt erinnerte er sich. Beide gesetzte, reifere Herren in Anzug und Krawatte. Christoph Hauser, oh ja, mit dem hatte er noch lange Kontakt gehabt. Eigentlich blamabel, dass Hannes ihn fast nicht mehr wiedererkannt hatte. Ein ganz großer Stapel Erinnerungen tauchte in seinem Kopf auf. Aber wo waren die anderen Überlebenden?

„Nur vier, wo ist der Rest?“

„Tut uns leid, aber ihr Kamerad Sombret ist schon seit zehn Jahren tot, Verkehrsunfall. Kennig liegt im Hospiz, HIV. Aber ich denke, das überrascht Sie nicht. Müller und Torff sind nicht auffindbar. Selbst für uns nicht.“

„Danke Frau Major. Doch Sie wissen ja, ich bin Beamter. Zuerst prüfe ich die örtliche und die sachliche Zuständigkeit. Und stelle die Frage, ist Ihr Vorgehen überhaupt rechtlich korrekt? Und was ist mit unseren Angehörigen? Vielleicht denkt der, wenn schon keinen von uns, dann unsere Kinder oder so!“

„Nur keine Sorge, das ist alles geklärt. Kennen Sie eine bestimmte amerikanische Krimiserie? Soweit dürfen wir nicht gehen, aber unsere Einheit besitzt sehr weitgehende Befugnisse. Und in dieser Affäre arbeiten wir eng mit BKA und den LKAs zusammen. Und, Ihre Angehörigen haben natürlich einen gewissen, nahezu unauffälligen Personenschutz.“

Storrs lapidare Antwort stellte ihn nicht unbedingt zufrieden. Und nicht nur ihn: 'Na hoffen wir!?' war auf allen Gesichtern zu lesen.

Ihm ging da noch etwas ganz anderes durch den Kopf – aber das hatte ganz und gar nicht mit seinen ehemaligen Kameraden zu tun. Eher mit seinen Hormonen. Heute sah sie bedeutend anziehender aus als beim ersten Aufeinander treffen. Sie schien es zu bemerken und begann daher sofort mit einem kurzen Briefing. Wenn sie ihn nur nicht permanent ansprechen würde und sich endlich 'sittsam' hingesetzt hätte!

Adramek, der ihn schon aus der Schule kannte, grinste plötzlich. Er hatte als einziger registriert, dass er die Frau mit seinen Blicken fast in sich gesaugt hatte und sie sich nur auf ihn konzentriert hat.

Flapsig, wie schon früher, wandte er sich an Feller: „He, Hannsei, lass uns auch noch was übrig.“

Immer diese blöde große Klappe! Die Frau Major errötete dezent und fing schnell mit einem der anderen Punkt an. Hatte er wieder irgendetwas übersehen? Wie konnte er diese Reaktion auffassen? War es ihr peinlich oder reagierte sie aus Gründen, die seinen entsprachen? Ihm passierte das letztlich oft genug, er merkte nichts, aber auch gar nichts, wenn eine Frau Interesse an ihm zeigte. Und hatte er's dann kapiert - kam kein Pieps aus ihm heraus. Er musste sich zwingen, dem Vortrag weiter zu folgen. Aber da gab es nichts, was er nicht schon wusste.

Beim Rückweg auf ihre Stuben schwiegen sie sich nur an. So ging das nicht. Im Endeffekt war er wieder ihr Gruppenführer und deshalb fühlte er sich für den ganzen Haufen verantwortlich. Zumindest in dem Rahmen, den man ihm ließ. Knapp kam daher sein Befehl: „Raum 115, bringt Becher und Stühl' mit.“

Als alle vier 'Wehrübende' in seiner Stube waren, holte er zuerst eine Flasche aus dem Spind.

Hauser sah sich das Etikett an und musste grinsen: „Immer noch Scotch, Single-Malt, höchstens mit einem Schuss Wasser. O.K., da wir alle wissen, dass es bei Dir kein Cola da rein gibt, her damit!“

Die Flasche begann zu kreisen. Er registrierte unbewusst, dass Zweig seinen Feldbecher mehr als großzügig füllte, Maister mit der Verschlusskappe genau abmaß und Adramek die Flasche, ohne sich selbst einzuschenken, weitergab.

„Hat einer a' Zig für mich? Ich hab' seit fast 15 Jahren keine mehr angerührt, aber jetzt...“, fast schon entschuldigend fragte Zweig.

Hauser ließ eine Packung Zigaretten herumgehen. Feller selbst zündete umständlich seine Pfeife an.
„StUffz, bis Du fertig bist rauchen wir schon die zweite Schachtel leer. Du kommst wohl auch nicht von dem Stinkekocher weg?"
Er verzog sein Gesicht mitleidig, Hannes kannte schließlich einige der Jugendsünden seiner Kameraden, von Stopher sogar noch ein paar mehr.
„Stopher, Du musst schmatzen, wer hat den immer heimlich seine Zigis mit Gras und so Zeug präpariert, ha?"
„Hat man des g'merkt?", fragt Hauser ungläubig. Dann grinste er breit und winkte lässig ab: „Vorbei, Jugendsünde!"
Feller sah sich um: „Und sonst?"
Adramek stöhnte: „Ich bin im Leben wohl nicht weit gekommen. Hotel Mama, Hartz IV, das war 's. Bist Du eigentlich noch mit der von damals zusammen?"
Feller lächelte müde und wischte mit der Hand nach hinten, kein abendfüllendes Thema zeigte er damit an. Nur kurz antwortete Feller daher: „Na, seit einem Jahr geschieden und seitdem komm' ich nicht mehr wirklich auf die Füße. Vor allem wegen der Kinder."
Maister nickte, als ob er anscheinend solche Zustände kannte. Sagte aber nichts. Zweig streichelte seinen Bauch, und das dauerte bei dessen Umfang eine Weile: „Da geht 's mir ja Gold. Ich habe den Hof vom Vater übernommen, 60 Hektar Wiesen und Acker mit fast 50 Hektar Wald, mit eigenem Jagdrecht. Mein Großer macht auf 20 HA Bio und ich auf 'm Rest Schweinemast. Meine Tochter studiert in Hannover Tiermedizin und der Kleine ist, na, wo wohl? In Reichenhall, bei den Jagern!"
Hauser streckt die Beine aus, er überlegt kurz. Dann antwortete er nur kurz: „Also ich bin bei einem nicht unbekannten bedeutenden Autohersteller in Niederbayern. Hm, nächsten Monat haben wir Silberhochzeit und meine

Tochter wird mich mit viel Glück einmal bei meinem Brötchengeber beerben."

Plötzlich, ohne jeden Zusammenhang, fing Maister an, wie wild mit den Händen zu wedeln. Er schluchzte und stotterte los: „I..,i..hr labert herum und d..,d.a drau..sen lau..,lauert unser Mörder! Ihr Schwachköpfe! Ihr blöden Arschlöcher!"

Die anderen starrten ihn an. Schwer atmend versank er förmlich wieder auf dem Platz. Feller blickte zu Boden, hob langsam seinen Blick. Ernst sagte er in die Runde: „Wir wissen 's alle, nur hilft Dein Pipigeheule was? Nein! Wir sind, ob wir wollen oder nicht, wieder in Uniform, benimm Dich also wie ein Soldat!"

Zweig nickte und sagte etwas, das so klang wie: „Genau richtig, das war für uns alle nötig."

Adramek und Hauser sahen sich kurz an, zuckten mit den Schultern. Zweig und Feller hatten wahrscheinlich ihre Lage klar umrissen. Es gab keinen anderen Weg.

Adramek konnte es nicht lassen, er musste einen Spruch loswerden: „Wisst Ihr, im Prinzip haben wir die ganze Scheiße Reagan und den Helmuts zu verdanken, z'erst der Schmidt und dann Kohl. Wenn damals nicht dieser blöde NATO-Doppelbeschluss gewesen wäre!"

„Irgendwie hast Du ja recht. Aber dieser Beschluss hat sich zuletzt ja als richtig erwiesen. Glaubt denn einer von Euch, dass die Iwans ohne Pershing II und auch jedem einzelnen NATO-Landser zum Aufgeben gezwungen worden wären?", Hauser gab Adramek ziemlich aggressiv zurück.

„He, he, Stopher, seit wann bist Du denn so 'n Überzeugter?" meldete sich Zweig. „Warst net Du des, dem sein Karren vor der Kasern' stehen musst, weil Du so einen Aufkleber mit 'Frieden schaffen - ohne Waffen' oder so g'habt hast?"

„Nein, des war der Udo, der Herr Unteroffizier Kalkreiter."

Hauser ließ sich durch diesen Einwurf nicht aus dem Konzept bringen: „Seit mir einer vom Resi-Verband so oder so ähnlich unsere damalige Daseinsberechtigung klar machte. Zuerst dacht' ich, der will mich verarschen. Eine Woche später war ich ein voll bekennender Resi."

„Du?", kam es von allen Seiten. Nur Hannes hielt sich zurück, schließlich hatte er den Sinneswandel seines Spezels damals mit initiiert.

„Ja, I. Seht Euch doch um. Der Eiserner Vorhang weg und Wiedervereinigung und, und, und! Das ist der ganze Sinn von unseren 15 Monaten gewesen."

Er hatte sich in Rage geredet. Doch es saß, Adramek gab ihm kleinlaut recht.

„Herr Oberfähnrich!", hallte es an Hannes' Ohr, wenig angenehm. Schon wieder dieses Kummersche Weckerklingeln: „Kommen Sie bitte!"

Komisch, warum so förmlich? Misstrauisch schlüpfte er in den Kampfanzug und band die Bergstiefel. Seine Bergmütze war in die Jahre gekommen. Speckig, aber noch immer passend. Er schob sich einen Kaugummi zwischen die Zähne und folgte Kummer. Hauser saß bereits am Tisch, nickte kurz zur Begrüßung. Feller angelte nach dem Stuhl und ließ sich darauf plumpsen. Aah, frischer Kaffee! Waren sie eigentlich zum Dauerkaffeetrinken hier?

Endlich erschien die Majorin. Beinahe hätte er „Achtung" gebrüllt, denn dieses Mal hatte sie tatsächlich Grünzeug an. Was bedeutete das nun wieder?!

„Guten Morgen, ich werde ohne große Einleitung zum Punkt kommen. Sie beide scheinen die Einzigen zu sein, die halbwegs körperlich einsatzfähig sind. Sie werden also in unserem Spiel Hauptrollen übernehmen müssen."

Fragend sah er sie an. Hauptrollen, toll. Nur was war dabei für ihn und Hauser die Gage?

„Sie werden praktisch als Lockvögel dienen. Wir müssen die Täter aus der Reserve locken. Und diesen Part übernehmen Sie."

„Schön, und wenn wir lieber im Hintergrund bleiben wollen?"

„Tut mir leid, Herr Oberfähnrich, aber Befehl is' Befehl."

Wenn sie nicht so 'süß' lächeln würde, hätte er ihr nur zu gerne ein paar Grobheiten an den Kopf geworfen. Aber so ließen das seine Erziehung, und seine Hormone, nicht zu.

Anders Christopher, der fluchte lauthals los. Was anscheinend bereits erwartet wurde. Storr und Kummer blieben lässig in ihren Stühlen sitzen und ließen Hausers nicht gerade druckreifen Ausführungen verpuffen. Erst als er keine Worte mehr fand und schwer atmend in den Stuhl fiel, kam die Fortsetzung des Gedankenganges. Hauser und Feller schauten immer skeptischer von Storr zu Kummer und wieder zurück.

Hannes unterbrach irgendwann fassungslos: „Stopp, Stopp! Das heißt doch schlicht und einfach, dass wir zwei uns quasi als Zielscheiben hinstellen und unseren Killer freundlich einladen. Und als 'Schutz' nur Kummer und Sie. Nee, danke. So garantiert nicht!"

„Herr Oberfähnrich Feller, Herr Unteroffizier Hauser. Wenn Sie Vorschläge haben, wie es nach Ihrer Meinung gemacht werden soll, gut. Morgen Früh, gleiche Zeit, gleicher Ort. Ich denke, dass Sie beide eine Nacht darüber schlafen sollten."

Sie erhob sich und verließ den Raum. Achselzuckend machte Kummer es ihr nach.

Feller begann plötzlich zu lachen. Hauser sah fragend zu ihm herüber.

„Unteroffizier Hauser! War es nicht Dein Lieblingsspruch: Wie macht die Sau, wenn sie gegen 'ne Wand läuft?"

Stopher grinste gezwungen: „Uffz, Uffz. Ja, is' ja schon gut. Sollen wir die anderen Kasperl kurz aufklären, in welchem Schrotthaufen wir da gelandet sind?“

„Glaub', das lassen wir besser bleiben. Da müssen wir alleine durch, sind wir ehrlich, Zweig und Adramek schnaufen doch schon beim Klo gehen und Maister scheint in einer ganz anderen Welt zu sein. Ich denke, da bleiben wir alleine im Feuer stehen und ganz ehrlich, legal oder net, I bin auf jeden Fall dabei.“

„Mh, hast recht. Na los, mir sollen doch Plän' machen. Welche, bei denen wir auch unseren Spaß ham. Jetzt aber mit mehr Schmackes, Herr Oberfahnenschwinger!“

Eine endlose Nacht saßen die Männer zusammen, diskutierten hundert Varianten durch und kamen doch zu keinem Ergebnis. Als es bereits zu dämmern begann, hatte Feller plötzlich einen Ansatz zu einem Plan. Ob der Scotch oder seine Müdigkeit daran schuld waren, konnte nie mehr festgestellt werden.

„Pass auf, wenn wir das Ganze als Urlaubsreise verkaufen? Zwei alte Kumpels, die sich zufällig wieder getroffen haben. Beide hatten schon immer ähnliche Urlaubspläne. Erinnerst Du Dich noch an unseren Norwegentrip, ja?“

„Mh, tolle Tour, echt toll. Zuerst verstarb Udos Rostlaube kurz vor Flensburg und dann bekam Michael die Blindarmgeschichte. Bist Du jemals nach Norwegen kommen? I nimmer!“

„Ja, war nicht ganz so super und nein, bis soweit nauf kam I auch nie. Jetzt lass mich weitermachen.“

„Hm, aufhalten kann I Di' ja sowieso net.“

„Also tun sie sich zusammen. Wie es sich für brave Ehemänner gehört, natürlich mit ihren Damen. Wir brauchen nur noch eine weibliche Begleitung für Dich - oder willscht mit Kummer?“

„Nein! Ha, und Du hältst dabei Händchen, und was sonst no', mit Frau Major. Raffiniert!", Hauser schnitt eine Grimasse. Er sah eine ganz neue Schwierigkeit am Horizont aufziehen und die gefiel ihm gar nicht. Sein Einwurf: „Wenn meine Frau davon erfährt, bin I hi', maushi', das ist Dir scho' klar?", war nicht so einfach zu übergehen.

„Logisch. Das ist doch Nullo Problemo. Überhaupt, war da net was von „Befell is' Befell"? Also. Und Du sollst tarnen und nichts anderes. Ach ja, I hätt' ganz gerne selber eine Stahlbraut oder zwei. Wenn der Irre dann auftaucht, den würde ich gern selbst fragen, ob er auf 9 mm herausgeb'n kann!"

„Mh, stimmt. So eine P 1 oder Uzzi – damit könnt ich mich anfreunden. Du, letztes Jahr war I sogar Schützenkönig!"

Feller verzog sein Gesicht. Ob das reicht?

Es reichte. Kummer grinste genauso anzüglich, wie zuvor schon Hauser, als Feller auf die Zusammensetzung des 'Personals' zu sprechen kam. Ihm gefiel der Gedanke im Hintergrund bleiben zu dürfen. Ach so, er sollte also eine Art Task-Force befehligen, im Ernstfall sofort eingreifen wäre dann sein Job. Eigentlich kein schlechter Plan, nur Feller beharrte auf einem G 3 und einer P 1 für sich. Mit voller Mun-Ausstattung! Gab es die alten Dinger wirklich noch? Überhaupt, wo und wie wollte er denn das ganze Gerödel unauffällig mitnehmen?

Doch Storr schien die Geschichte zu gefallen. Na klar, so, wie sie Feller immer wieder ansah. Die hatte doch auch ein oder zwei Hühneraugen auf ihn geworfen. Weiber! Kummer sah ziemlich deutlich einen ganzen Berg von Problemen aufkommen.

Die Majorin stimmte auffallend schnell Fellers Plan zu: „Für die Begleitung Herrn Hausers dürfte ich bereits in 2 bis 3 Tagen eine Lösung haben. Tja, das mit Ihren

Waffenwünschen muss ich aber erst bei meinem Vorgesetzten klären. Ich denke jedoch, es wird schon klappen.“

Sie fuhr mit ihren Händen über die Jeans: „Okay, dann bis in einer Woche. Das kann ich alles aber nur beim General in Berlin klären. Trainieren Sie möglichst oft, damit Sie beide dann fit sind.“

Sie verließ rasch das Zimmer. Kummer stand auf und winkte die Beiden mit den Fingern in Richtung Türe: „Also Ihr Helden, ab in die alte Muckibude. Und morgen früh geht ’s um Acht nach Lechfeld, zum Löcher in die Luft knallen!“

Hauser stöhnte auf, die Sache nervte ihn, schließlich war er nicht mehr zwanzig und eher an den Annehmlichkeiten des Daseins interessiert. Seine Gedanken wurden hörbar: „Woher kommst Du eigentlich?“

Kummer antwortete verdutzt: „Aus der Gegend von Magdeburg, warum?“

„A Preiß also. Bei Deiner G'schafft'lhuberei hätt' mir des glei' auffall'n miassa!“

Kummer, der außer 'Preiß' nichts verstanden hatte, blieb kurz der Mund offen. Er verdrehte die Augen und ließ sie einfach stehen.

Kaum dämmerte es, öffnete Feller seine Reservistenkiste. Nach kurzer Suche hatte er gefunden, was er darin suchte. Das Bajonett war immer noch gut eingefettet und der Adapter triefte vor Öl.

Unbemerkt von ihm schaute Kummer, am Türstock lehnend, seinem Treiben genau zu: „Du, das mit der Legion war neu für uns. Du wolltest dazu?“

„Ja, aber wie schon gesagt, da hat man ziemliche Vorurteile gegen Leuten mit Brillen, Zahnbrücken und anderen Ersatzteilen. Ist ja nu' schon ein paar Jahre her.“

„Hm, danach warste in Afrika?“

Feller erstarrte, es gab doch nirgendwo einen Hinweis auf seinen mehrwöchigen Afrikatrip: „Woher weißt Du das, woher!?“

„Wie schon gesagt, Legion war neu – ich denke, sonst wissen wir praktisch alles über jeden von Euch. Auch das mit dem Brokkoli, iss bitte hier keinen. Du sollst ja danach massenweise duftendes Biogas produzieren.“

Feller runzelte die Stirn. Es gab anscheinend wirklich nicht viel, was die nicht über ihn wussten. Er war knapp davor Kummer zu fragen, was sie über sein Sexualleben wussten. Doch er ließ es bleiben, lieber nicht fragen.

Kummer zog die Augenbrauen hoch. Das mit Afrika schien ihm auf der Seele zu brennen: „Warste als Söldner unten oder was war da?“

Feller hatte keine Lust zu antworten. Seine Antwort war also dementsprechend knapp: „Verstehst eh' nicht, als Spätgeborener und Ossi.“

Kummer hatte sich aber eben auf diesen Punkt der Vita Fellers eingeschossen. Der Oberfeld ließ nicht locker.

Resigniert seufzend drehte sich Feller um: „Weißt, Du nervst. Am liebsten würd' ich Dir in den Arsch treten, mei' Ruh' hätt' I ja doch net. Also sperr Deine Lauscher auf: Nachdem ich Trottel mein Abi geschmissen hab' wollt' ich die Welt vor Euren Rotsternchen retten.“

„Rotsternchen? Ach so, Russen un' so. Los weiter!“

„Kommunisten, nicht Russen oder so. Na, ein Schulfreund hatte dieses Söldnermagazin 'Soldiers Fortune' aus der Schweiz mitgebracht. Da ham s' Freiwillige für das südliche Afrika gesucht. Und so fuhren wir nach Belgien. Drei Tage später waren wir mit zwanzig anderen Idioten im Busch. Eine Woche Kurzausbildung, uralte FN-Rifles und jede Menge Alkohol. Beim ersten Gefecht waren wir furchtbar tapfer und am Schluss vier Mann weniger. Ich wusste nicht einmal deren Namen. Einer war siebzehn, verstehst, siebzehn! Das Zweite ging beinahe schlecht aus. Da kam es dann zum Nahkampf, der volle Scheiß." Feller schien in Trance zu sein. Seine Stimme wurde immer monotoner. Sein Blick war weit weg, „Ein so ein Schwarzer, höchstens so alt wie ich, stürzte auf mich. Das Drecksmagazin fiel aus der Rifle. Ich wollt' mit dem Bajonett zustoßen, der Tragegriff der Scheiß-Rhodie-FN verfing sich beim Anderen. Wir stürzten beide hin. Ich gab meinen letzten Schuss auf ihn ab", Feller verfiel in Zynismus: „I war halt schneller, und hab' vielleicht mehr Killerinstinkt g'habt. Als ich weglief, sah er mich nur groß an. Seine Tarnjacke war voll Blut. Scheiß, Scheiß, das hat mir lange nachgehangen. Manchmal immer noch. Als ich durch das Gras lief war meine Hose klatschnass. Wir alle hatten volle Hosen. Jetzt waren wir nur noch neun. Mei' Spezl lag auch da draußen."

Selbst nach fast dreißig Jahren ging ihm das Ganze noch nahe. Nicht so sehr die Kämpfe selbst, sondern dass er während der Gefechte töten konnte und es nicht wirklich verabscheute. Es war ein eigenartiges, fast triumphales und doch bedrückendes Gefühl.

„Ende war fünf Tage später. Die Buren brauchten uns ja nimmer. Man schickte uns ein letztes Mal los. Wir sollten eine Brücke halten, ansonsten käm keiner mehr raus. Feine Idee. Wir neun Halbstarke – die anderen eine Kompanie. Oh, wir kämpften wieder gut. Zweimal schlugen wir die Gegner zurück," seine Stimme wurde immer wieder leiser, Feller schien irgendwo zu sein, nur nicht im Hier und Jetzt. Doch dann fing er sich wieder: „Bis heut' tauchen die armen Schweine im Traum auf, die I erschossen, erstochen und in d' Luft g'sprengt hab'. Nimmer so oft, bloß no' manchmal", unterbrach Hannes seine Erzählung, „Wie sie dann ein drittes Mal kamen, rannten wir nur noch. Tatsächlich waren sieben Mann von uns übrig. Irgend so ein Bure hatte Mitleid mit uns, da durften mir in den Hubschrauber mit rein. Ehrlich, bis jetzt weiß ich net g'nau, wie ich wieder nach Deutschland gekommen bi'. Ich habe also mit neunzehn Jahr' schon auf Menschen geschossen und gestochen. Ganz verdrängt man so was nie. He Kummer, ich denk', Du bist auch nimmer unschuldig. Sonst hätt' I Dir das wahrscheinlich nie erzählt, oder?"

„Nee, ohne Sünde, nee. Weeßte, ich war auf'm Balkan, meine Feuertaufe und ein Teil meines Gewissens liegen da irgendwo!"

Stumm reichte Feller die Whiskeyflasche an Kummer. Der überlegte kurz, setzte an und nahm einen tiefen Schluck: „Glaubste, det hilft?"

„Na, es machts nur kurz leichter. Darum trinke ich gern einen guten Schluck, aber net um mich zum Besaufen."

Kummer nickte, grüßte betont zackig und ging mit etwas müden Schritten davon.

Während die Zwangsreservisten sich auf ihren Job vorbereiteten, flog Storr ab nach Berlin. Die Besatzung der Transall war ja schon einiges gewohnt, aber eine einzige Person transportieren, das war mehr als ungewöhnlich. Anzügliche Sprüche in der Pilotenkanzel gab es genügend. Storr bekam zwar einiges mit, aber es war ihr egal, was die Crew so dachte. Die konnten sie ruhig für ein Generalsliebchen halten, Hauptsache man kam ihr nicht zu nah. Bei der Landung stand bereits der Dienstwagen von General B. bereit. Gut konnte sie sich das Feixen der Luftwaffler hinter ihrem Rücken vorstellen. Scheißegal!

Beim Bendlerblock angekommen wurde sie unsicher. War dieser äußerst unausgereifte und gefährliche Plan bei ihrem Vorgesetzten überhaupt anzubringen? Schnell suchte sie ihr Büro auf. Gut, dass sie eine eigene Stube zum Umkleiden hatte. Storr wechselte Grünzeug gegen kleinen Dienstanzug.

Haare hinter gesteckt, schnell Zähne geputzt und noch einmal mit einem Lappen über die Halbschuhe. Fertig!

Mit einem tiefen Schnaufer betrat die Majorin das Vorzimmer des Generals. Der Bürofeldwebel nickte ihr zu: „Juten Tach Frau Major. Jeh'n S'e jleich rin!"

Im Allerheiligsten des „Jenerals" saß der mit einem Zivilisten in der 'Plauderecke'. Jovial kam der General auf sie zu: „Na, mei' Mad'l,", unüberhörbar kam er aus dem Süden, „wie war es in der Heimat? Hoffentlich is' a bis jetztda alles gut gangen?"

Storr lachte amüsiert. Sie kannte den General schon seit Urzeiten, er hatte schließlich lange mit ihrem Vater gedient und war sogar Taufpaten ihres Großen.

„Du kannst ruhig undienstlich sein. Das ist mein alter Freund Gerold vom BKA. Sprich aber bitte keinen Dialekt, sonst versteht unser Kölsch Jung' bloß d' Hälft'n."

Als sie Platz genommen hatte, bat Burgmann um die Notizen des offerierten Planes. Stumm las er alles zweimal durch, dann reichte er die Blätter an den anderen Herrn. Bedächtig schob er mit dem Zeigefinger seine Brille hoch: „Gewagt. Zu dem noch ein klein wenig unausgegoren. Aber im Prinzip nicht übel. Oder, Gerold?"

Der Gefragte runzelte die mehr als hohe Stirn. Begeisterung sah anders aus. Leichtes Kopfschütteln. Doch dann, fast bei Torschluss! „Ja, könnte vielleicht klappen. Nur müssten vorher diese ganzen Gedankenspielereien genauer durchgearbeitet werden. Letztlich hängt verdammt viel davon ab. Aber mein Okay habt Ihr!"

Storr konnte es gar nicht fassen. Sollte Fellers wahnwitzige Idee also Wirklichkeit werden! Sie freute sich fast schon ein wenig auf die nächste Zeit.

Unvermittelt platzte der General heraus: „Kann des sein, dass Du für diesen Feller mehr als kameradschaftlich empfindest, ha?"

Sie lief rot an. Das war ihr selbst noch nicht so klar. Einfach nur blöd, wenn der eigene Chef einen schon seit der Kindheit kannte: „I' weiß net. So ganz bin ich mir no' net klar, Onkel Christian."

Der General schien sich hingegen bereits klar. Er meinte, sie soll sich das gut überlegen. Das Drama ihrer Ehe hatte er ja hautnah miterlebt. Zum Schluss fügte er aber versöhnlich hinzu, dass Feller ihr vielleicht ganz gut tun würde. Sie war jetzt schon drei Jahre solo und ihren Kindern täte ein neuer Vater auch nicht schlecht. Wenigstens kein Preuße oder Zivilist.

Im Verlauf der folgenden Tage nahm das Vorhaben immer mehr Gestalt an. Problematisch war der Wunsch ihrer neuen 'Mitarbeiter' selbst bewaffnet zu werden.

„Ein ganzes Arsenal, wollen die zwei Helden in den Krieg?", meinte General Burgmann.

Seine Majorin konnte ihn jedoch davon überzeugen, dass beide Reservisten mit den Dingern umgehen konnten. Nicht umsonst haben Hauser und Feller sich Waffen ausgesucht, die sie kannten. Nichts von unüberlegtem Draufgängertum und für Helden waren beide wohl auch zu alt: „Schau, sie machen einen relativ vernünftigen Eindruck, die stehen uns nicht im Weg herum, sondern wären auch im scharfen Einsatz echt brauchbar."

Alle Zweifel des Generals konnte sie nicht beiseite räumen. Immer noch etwas ablehnend wurde zu guter Letzt aber auch dieser Punkt akzeptiert. Auch das BKA beteiligte sich eifrig. Gut, dass dieser 'Gerold' ein Freund vom General war, sonst hätte es wahrscheinlich anders ausgesehen.

Die Tage vergingen, Training, dumme Sprüche und die Fragen der anderen Kameraden. Doch Feller und Hauser umschifften immer wieder klare Antworten. Nachts, wenn jeder auf seiner Stube schnarchte, lag Feller meist lange wach. Lesen konnte er nicht und schlafen auch nicht. Doch er träumte mit offenen Augen. Die Majorin hatte es ihm mehr als nur angetan. Er wünschte sich immer stärker, mit ihr zusammen zu sein. Richtig romantisch konnte er dann in den Stunden sein, in denen er geistig bei ihr war. Hannes musste sich eingestehen, er hat sich massiv verliebt. Doch es kamen dann auch immer die Zweifel. Hatte er eine echte Chance, was würde sie sagen? Nein, in der Liebe war Hannes Feller alles andere als ein tapferer Held.

Vorsichtig versuchten Hauser und Feller bei Kummer mehr über dessen eigenartigen Verein herauszubekommen. Schwierig, denn der Oberfeld hatte Anweisung so wenig wie möglich über die Burgmanntruppe herauszulassen.

Einen Einblick in die Gliederung und den Aufgabenbereich meinte er aber verantworten zu können: „Wir gehören offiziell zu den Feldjägern, inoffiziell untersteht unsere Einheit direkt einem Staatssekretär im Verteidigungsministerium. Unser Spektrum geht von so seltsamen Vögeln wie Euch über Terrorbekämpfung bis hin zu simplem Schmuggel."

Zuhause schienen die Angehörigen der Truppe nicht oft zu sein.

„Es geht, ein bis zwei kürzere Auslandtörns im Jahr. Dafür gibt 's nur 'ne kleine Zulage, deshalb gibt uns ja der General die Überstunden, ziemlich großzügig!"

Storr führte die Stelle 'Süd' in Regensburg mit ihm und vier weiteren Soldaten als Gruppe Sierra-Tango. Eine gewisse Gruppe Golf sei in Köln als Einheit 'West' und der Stab mit den Technikern und den Gruppen Sierra und Victor direkt am Ministerium.

„Wenn Ihr länger da seid, werdet Ihr schon noch mehr erfahren, denk ich!"

Sie waren gerade beim Essen, da kam Storr zurück. Sie wirkte ziemlich gestresst. Alle ihre Blicke wandten sich auf sie.

„Ihr Plan wurde akzeptiert, Herr Feller. Morgen geht es los. Also packen Sie und bitte morgen in der Früh voll fit. Wir haben ein paar Kleinigkeiten modifiziert. Punkt Eins: Meine Einsatzgruppe wird zur Sicherung in unserer Nähe bleiben. Punkt Zwo: Ort wird die Hütte von General Burgmann sein. Folgendes sprach dafür: Sie, Herr Oberfähnrich, kennen die Gegend aus Ihrer Jugend und einer meiner Männer kommt aus dem Allgäu."

So schnell wie sie gekommen war, so schnell verschwand sie auch wieder. Das Allgäu also! Hannes und Stopher hatten nichts dagegen, schließlich war das für sie fast schon heimatliches Terrain. Nun gut, die beiden Männer verabschiedeten sich kurz von ihren drei Kameraden und hauten in die Stuben ab. Jeder der Zurückbleibenden merkte aber an ihrem Verhalten, dass etwas Gravierendes auf sie zu kam. Doch keiner der alten Veteranen wagte zu fragen, so als ob sie eine Absprache getroffen hätten.

Feller zog den alten Rucksack unterm Bett hervor und stopfte noch schnell ein paar Kleinigkeiten hinein. Er hatte schon seit zwei Tagen die Sporttasche reisefertig, jetzt waren nur noch sein Wasch- und Rasierzeug da. Er legte sich auf sein Bett und schlief sofort ein.

Plötzlich schreckte er auf. Schlaftrunken blinzelte er, um sich zu orientieren. Verblüfft bemerkte er jemand in seinem Bett liegen. Er zuckte zusammen, als sich ein Arm um seinen Nacken legte und ihn zurückzog.

„Ich bin es", flüsterte die Majorin, „I brauch' Dich heut' Nacht. Nimm mich einfach in die Arme."

Er zog sie rasch an sich.

„Bitte net mehrer, net jetzt. Spater!"

Er fühlte ihren nackten Körper an seinem. Nein, sie hatte recht, bloß keine voreiligen Schritte, das wurde alles kaputt machen. Es tat schon gut in dieser Nacht mit ihr zusammen zu liegen. Für mehr hatten sie ja noch viel Zeit, hoffentlich! In dieser Nacht fühlte Hannes, dass er am Ziel seiner Suche nach der Richtigen angekommen ist. Ging nur so verdammt schnell. Seine Befürchtung war: Zu schnell vielleicht?

Sie küsste ihn sanft, doch davon bekam sie ihn erst mal nicht wach. Also musste sie etwas nachdrücklicher werden. Der nächste Kuss schaffte es dann. Nach Luft schnappend schoss er hoch. Wieder einmal orientierungslos schüttelte er sich. Ziemlich schnell war dieser Zustand wie weggeblasen. Er lächelte sie an, richtete sich auf und küsste sie zurück.

„Danke“, flüsterte sie, „dass Du nicht mehr wolltest. Aber es geht noch nicht. Lass mir noch etwas Zeit. Ja?“

„Ja! Soviel Du brauchst. Nur bitte nicht ewig.“

Sie lachte: „Nein, garantiert nicht ewig. Du Prophet, Du!“

„Hä? Was für? Ah so, einen wunderschönen Morgen, mein Berg!“

Situationen wie die jetzige kannte Hannes. Bis ihm eine Anmache einfiel, packten die Frauen in seinem Leben längst zu oder ein anderer Kerl hatte schon zugepackt.

Von den Feldjägern unbemerkt, bezogen ihre unsichtbaren Gegner ihre Positionen. Dunkle Schatten und Nebel zogen über das Land, zwei Jogger trafen sich zufällig nahe des Fliegerhorsts, unterhielten sich kurz.

„Sind sie noch da?“

„Ja, es soll aber bald etwas laufen. Ich habe mitbekommen, dieses Flintenweib und der Scheißossi wollen eine Falle für uns vorbereiten.“

Welche Falle denn das wäre, erkundigte sich der Bärtige.

„Zwei von diesen Mördern sollen irgendwo hin und für uns dort die Lockvögel spielen, zumindest hörte es sich so an!“

Diese Nachricht war gut, nicht umsonst hatte sich sein Genosse als Zivilarbeiter eingeschlichen und bei der Kfz-Staffel erfuhr man fast so viel wie im Stab. Dort wurde schließlich jede Fahrt in irgendeiner Weise vor- oder nachbearbeitet. Grinsend klopften sie sich kurz auf die Schultern, darauf würden sie nicht hereinfallen. Sollten diese Kommisköppe ruhig Fallen bauen, aber nicht für sie!

Urplötzlich schlug sich Feller mit der flachen Hand heftig an die Stirn: „Verd..., wir haben etwas übersehen! Woher soll der große Unbekannte denn wissen, wo er uns finden kann?"

Doch er mache sich umsonst darüber Gedanken, meinte sie nachdenklich. Vor drei Tagen hätte der Überwachungstrupp der bayerischen Polizei, der für Zweigs Familie zuständig ist, gemeldet, dass ein Kunde des Hofladens vom jungen Zweig auffällig nach dem alten Zweig gefragt habe. Da man die Angehörigen informiert hatte, wo er war, dürfte der Gesuchte inzwischen schon in ihrer Nähe sein. Im Übrigen sei auf Anordnung des Generals kein Geheimnis aus den Plänen gemacht worden. Außer dem Einsatz ihrer Gruppe, das brauchte nun wirklich niemand wissen. Es war ihr größter Trumpf.

Er war leicht angesäuert, dass sie ihm diesen Punkt vorenthalten hatte. Aber es war besser so. Wenn er und die übrigen seiner alten Wache gewusst hätten, dass 'Mister X' schon in ihrer Nähe sein könnte, ob sie das nervlich einfach weggesteckt hätten, bezweifelte er. Als sie gemeinsam den Frühstücksraum betraten, saßen Kummer und Hauser schon da, auch vier fremde Soldaten kauten auf ihren Butterbroten.

„Ah, das Einsatzkommando, gut. Aber Kummer, ist die Kollegin vom BKA schon da?" Nervös sah sie auf ihre Uhr.

„Sorry, wird im Stau stecken, Ferienende bei uns und Württemberg."

„Kann man nichts machen. Wenn dann alle mit Frühstück fertig sind, wird Stabsgefreiter Samonov die Ausrüstung ausgeben. Und irgendwie versuchen das G 3 mit Herrn Feller 'trocken' einzuschießen."

Hauser stieß Kummer mehr oder weniger unauffällig an und nickte grinsend zu Storr und Feller. Kummer verzog seinen Mund, als ob er sagen wollte „nichts Neues, gibt bloß Probleme, ganz große Probleme“'.

Hauser und Feller hatten ihre Waffen und sogar Nachtsichtgeräte erhalten. Das, ihre Reisetaschen und Rucksäcke ließen sie ziemlich kurzatmig vor dem Block auftauchen. So richtig fit waren sie also immer noch nicht.

Die Majorin blickte immer wieder nervös auf ihre Uhr. Eigentlich hätte die Hauser zugeteilte BKA-Beamtin schon längst hier sein sollen. Wenigstens erschien Kummer mit den beiden Fahrzeugen.

Der Fahrer, einer vom Einsatztrupp, des zweiten Gefährtes nickte anerkennend: „Wären für uns auch nicht schlecht. Geländewagen mit Stern und super nobler Innenausstattung, Sonderausstattung, PS-gesteigert, die gehen ab wie eine Rakete.“

Sie verluden ihr Gepäck und die restliche Ausrüstung, inklusive Schutzwesten.

„Ich werde mich schnell noch in Zivil werfen. Wenn die BKAlerin kommt, hol' mich!“, sagte Storr mit Blick auf Hannes. Doch beim Weggehen wandte sie sich noch einmal um: „Nein, nicht holen! Soll die doch auch warten!“

Kummer war mit seinen Leuten bereits weg. So blieben die beiden Lockvögel verlassen bei den Autos.

„Na, dann verpesten wir noch etwas die Luft. Toller Service, fast wie früher. Nix als warten und dabei nicht mal Tee trinken“, moserte Hauser.

Sie setzten sich auf die Eingangsstufe und schon stiegen qualmend Wolken aus Teer und Nikotin auf. Feller merkte einen nervösen Druck auf seiner Blase. Er rappelte sich hoch und verschwand im Block. Als er zurückkam, stand jemand neben Hauser. Weiblich und höchstens Dreißig mit einer riesigen Tasche. War die Begleitdame für Hauser nun endlich da.

Er betrachtete sie genauer, als sein Kamerad sie vorstellte. Ganz nett, aber irgendetwas störte ihn. Er wusste nicht genau was. War sie nicht zu jung? Vielleicht, aber das Alter alleine war es nicht. Feller hatte instinktiv Vorbehalte gegen die Polizistin.

Die hingegen plapperte fröhlich drauflos. Bei diesem Redeschwall verstand er beinahe nur die Hälfte. Schon hatte sie sich wieder zu Hauser gedreht und – tatsächlich - flirtete den an. Na, die hatte ein stolzes Tempo drauf.

Feller sah seine Majorin herankommen. Hui, obwohl sie einiges älter als die Neue war, er fand sie um Welten attraktiver. Die Frau vom BKA meldete sich fast militärisch bei Storr, was die anscheinend nicht begeisterte: „Oberkommissarin Hansen, BKA. Ich bitte um Entschuldigung, aber die A 9 war bis München dicht und mein Navi, na ja."

„Hallo, ist okay. Ich nehme an, die Herren kennen Sie ja schon. Also, aufsitzen und Abfahrt!"

Feller steuerte den Wagen auf dem ersten Abschnitt, nach den ersten Metern war Hannes sicher, dass ihn von diesem Steuer keine Macht der Welt wegbringen würde. Sie passierten die Wache und bogen rechts in Richtung A 96.

„Was hältst Du von unserer Kripolady?", fragte Storr mit einem gewissen Unterton in ihrer Stimme.

Er rümpfte demonstrativ die Nase: „Ehrlich gesagt: Bei der habe ich ein ganz mieses Bauchgefühl. Frag' mich bloß nicht, warum genau. Ich weiß es nicht. Na, wir werden sehen. Wie Du fragst, bist Du aber auch nicht restlos begeistert, was?"

„Ich weiß es nicht. Aber wie Du selber sagst, wieso ist mir auch nicht klar."

Die nächsten Kilometer verflogen in Schweigen.

Als sie kurz vor Kaufbeuren waren, begann Feller sein sehr privates Verhör: „Eigentlich weiß ich Null über Dich. Stört mich aber ganz gewaltig. Ich weiß ja nicht mal Deinen Vornamen. Ich will nämlich keine kurze Episode in Deim Leben sein", Hannes stockte, schluckte, „I will mehr!" Wieder saß ein Frosch in seinem Hals. Pfeifend sog er Luft durch die Zähne. „Hilft nix, ich hab' mich bös verliebt, und, weißt scho'."

„Mir geht's do' genauso. I hab bloß null Ahnung wie 's weitergeht. Obwohl, wenn Du a', dann wird 's scho' weiter geh'n."

Sie starrte durch die Windschutzscheibe. Dann fing sie an, über sich zu selbst zu erzählen: „Ich heiß' Felicitas. Schau' nicht so, so wurde ich wirklich mal getauft! Bin 39 Jahre alt und hab' zwei Kinder."

Fragend sah er zu ihr.

„Ihr Vater ist vor über drei Jahren zu einer Jüngeren abgehauen. Irgendwann konnt' I seine permanenten Affären und leeren Versprechen nimmer ertragen. Zum Bund kam ich, weil mein Paps so gern einen Sohn gehabt hätte, der seine Nachfolge antritt – tja, wir waren drei Mädels. So traf es halt mich als die Älteste. Zuerst ging I nach dem Abi zum Grenzschutz, beim Bund nahmen sie damals ja bloß Sanitösen oder Musikerinnen. Nicht unbedingt meine Welt. Irgendwann traf ich bei meinen Eltern wieder mal Onkel Christian. Kurz danach war ich, da no' als Beamtin, bei seiner neuen Truppe."

„Und was machen Deine Kurzen jetzt?"

„Wie schon viel z' oft sind sie bei meinen Eltern. Aber irgendwie passt mir dieser Zustand immer weniger. Es muss einfach zu oft sein. Irgendwann schmeiß' I den Job doch no' hin!"

Die Allgäuer Berge kamen rasch näher. Der Grünten ragte halb links vor ihnen aus den inzwischen aufziehenden Wolken. Es fing an einzutrüben. Er hoffte, es würde nicht mit Regen losgehen. Aber der September neigte sich seinem

Ende zu und bald müsste es ja merklich mit dem Herbst anfangen.

Er bekam Hunger. Sie meinte, es sei wirklich Zeit für eine Pause. So fuhren sie ein am Weg liegendes Gasthaus an. Verblüfft merkte er, wie sie ihre Turnschuhe auszog. Jetzt schluckte er, sie zog tatsächlich Pumps aus ihrer Tasche und schlüpfte hinein

. Mit leicht spöttischem Lächeln meinte sie nur: „Wenn wir jetzt schon zum ersten Mal zusammen ausgehen!“

Auch auf die Gefahr hin, etwas lächerlich zu wirken, schoss er förmlich aus dem Wagen und riss ihr die Tür auf. Wie sie vor ihm stand, in den engen Jeans und den Stöckeln! Einfach hinreißend!

„Ich weiß doch fast alles über Dich, auch Deine Vorlieben!“ wieder dieser leicht ironische Blick!

Hauser, der inzwischen herangekommen war, motzte leise. Es schien, die Frau Oberkommissar hatte permanent gemailt. Wer Hauser kannte, der wusste, wie sehr er diese weibliche Marotte hasste. Schlimmer war für ihn aber, dass er völlig Luft für sie schien. Nicht, dass er etwas von ihr gewollt hätte, aber seinem Ego schmerzte es schon. Endlich kam die Polizistin.

Sie traten in die Gaststube. Ziemlich leerer Laden, nur zwei Motorradfahrer saßen am Fenster. Storr meinte, sie müsse mal schnell wohin, er solle doch bitte Pfefferminztee und ein Paar Wiener für sie mit bestellen. Die Bedienung nahm ihre Bestellungen auf und noch rascher stand alles vor ihnen. Felicitas setzte sich neben ihn. Doch bevor sie auch nur einen Bissen zu sich genommen hatte, klingelte ihr Handy. Außer „Ja – ja, gut, nein, okay“ sagte sie aber nichts. Irritiert sah Feller zu.

Entschuldigend sagte sie: „Nur mein Vater. Der Große hat in Deutsch eine Fünf geschrieben. Es wird echt Zeit, dass ich das selbst in die Hand nehme.“

Die Motorradfahrer zahlten und verließen das Restaurant. Auch die Vier machten sich an den Aufbruch. Neben den Geländewagen starteten gerade die beiden anderen Gäste ihre Öfen.

Als sie wieder im Wagen saßen, zog sie wieder ihr Mobiltelefon hervor. Sie tippte die Kurzwahl, noch ehe sich die Gegenstelle melden konnte, kam: „Kummer, erzählen Sie doch noch mal, was Sie herausbekommen haben!“

Dann hielt sie das Gerät in seine Richtung. Deutlich war die Stimme des Oberfelds zu hören.

„Wo soll ich anfangen? Also, diese Frau Hansen hat an drei verschiedene Verbindungen gemailt. Zuerst nach Frankreich, an wen ist noch unklar. Darauf eine Verbindung in Berlin. Ein gewisser Erich Striebeck. Und am Schluss noch eine Margarete Tomaschek. Jetzt wird es interessant! Diese Tomaschek ist oder war die Freundin von Hajo Grund, einem der damals verhafteten Terroristen. Er sitzt übrigens immer noch im Knast.“

Feller geriet leicht aus der Fassung: „Hab' ich also recht g'habt. Irgendetwas ist faul an der Dame.“

Kummers Stimme verschaffte sich wieder Gehör. „Richtig! Nur wissen wir ein bisschen zu wenig. Aber das BKA schickt mir ein Foto der KOK Hansen. Hoffen wir, dass es mit unserer Hansen übereinstimmt. Ich versuche, mehr Informationen zu kommen. Wir haben bereits Stellung bei der Hütte bezogen. Ansonsten melde ich mich erstmal ab.“

„Womit wir ein neues Problem hätten.“, war Felicitas' einziger Kommentar.

Unbemerkt fuhr ein Kleinwagen an, überholte zügig die beiden Fahrzeuge.

„Hast Du die Tarnjeeps gesehen?“

Der Bärtige nickte zustimmend: „Feldjäger, nach den taktischen Zeichen Burgmanns Faschos. Ich habe es gewusst, das ist eine miese, dreckige Falle!"
Ihm schien die Sache zu heiß, sollte doch der Kopf ihrer Zelle entscheiden. Der Bärtige dachte nicht im Traum daran, sein kostbares Leben oder seine Freiheit zu riskieren. Er würde sich neue Instruktionen holen. Sie warteten seit Jahren auf ihre Rache, da kam es auf ein paar Tage oder Wochen nun wirklich nicht an.
Drei der Mörder von 1984 hatten sie bisher gerichtet. Fünf standen immer noch auf ihrer Liste. Und Burgmann mit seinen Schergen! Wobei keiner der Aktivisten genau wusste, warum diese Truppe auf der Liste stand. Eigentlich hielten es alle in ihrer Zelle für viel zu gefährlich, aber keiner der Terroristen wagte es laut auszusprechen. Angst und eine wirre, angeblich kommunistische Überzeugung sorgten für absolute Loyalität.

Feller grübelte über die neue Lage nach. Auch die Majorin war in Gedanken versunken. Was jetzt? Wichtig war vor allem, nichts anmerken lassen. Es könnte sich immer noch als völlig harmlos herausstellen. Nur noch ein paar Kilometer bis zu ihrem Ziel. Er kannte die Gegend gut genug, um sich jetzt fast blind zu orientieren.
Rechts in den Ort, sofort herunterschalten. Denn schon ging es relativ steil in einigen engen Kurven nach oben. Stetig gewannen sie Höhe. Storr genoss als Beifahrerin die Aussicht ins links liegende Tal. Ein lang gezogener Ort wurde durchfahren. Vorbei an der alten Käserei und der Säge, die dem Dorf auch den Namen gegeben hat. Da, endlich der Mautautomat.
Sie zog die Schuhe aus und hüpfte über spitze Steine hin. Es dauerte etwas, bis der Kasten zwei Mautbons ausspuckte. Vorsichtig ging sie zurück. Ihr Blick zeigte an, beim nächsten Mal sollte Feller gefälligst selbst gehen. Der kniff ein Auge

halb zu, um anzudeuten, dass er bei ihrem Elan ja überhaupt nicht dazu gekommen sei.

Das lange Tal hatte sich seit seiner Jugend doch etwas verändert. Was er sah, gefiel ihm ganz und gar nicht. Überall waren Zäune hinzugekommen. Links hatte man einen großen Teil des Hochwaldes geschlagen. Wobei es auch Schäden der letzten heftigen Stürme sein konnten. Natürlich war der steile Berghang dann ins Rutschen gekommen.

Die beiden Geländewagen fuhren immer weiter ins Tal. Kurz bevor es endete, ging halb rechts ein schmaler Weg hoch. Teilweise im ersten Gang schaukelten die Wagen nach oben. Endlich, die alte Jagdhütte lag vor ihnen. Während die beiden Mädels bereits die Hütte von außen und innen inspizierten, schleppten Hauser und Feller das Gepäck hinein.

„Und, war es jetzt besser mit Deiner?“, fragte Feller scheinheilig.

„Ah wa', jetzt hat sie mich in einer Stunde mit mehr zu getextet, als ich ertragen kann.“

Hauser wirkte von seiner Begleitung mehr als genervt. Das war kein guter Start, schließlich waren sie alle darauf angewiesen, als Team gut zu bestehen. Zwei Schlafzimmer, na Prost–Mahlzeit. Hauser und Hansen eine ungewisse Anzahl von Nächten lang treu vereint. Da würden bald die Fetzen fliegen.

Feller hingegen hoffte natürlich, dass 'seine' Felicitas bald mehr als nur kuscheln würde. Felicitas, an dem Namen würde er noch etwas zu knabbern haben. Da war doch dann jede Stimmung weg, wenn er „Felicitas“ seufzen oder gar stöhnen würde!

Vor ungeeigneten Augen sicher, versteckte Feller Gewehr und Bajonett unterm Bett und schob die Pistole in die Jackentasche. Da klopfte jemand gegen das Fenster. Hansen! Hannes hoffte inständig, dass sie das Versteck nicht gesehen hatte. Er öffnete den Fensterflügel.

„Kannste die Sprache der Eingeborenen hier? Da is' so 'n Almcowboy, doch ich verstehe kein Wort!"
„Jo, I kumm glei'"
Almcowboy, pfui Teufel! Das hieß hier Alpe und nicht Alm, schon gar nicht Cowboy. Feller kam aus der Hütte. Der 'Eingeborene' war einer vom Einsatztrupp! Die Verkleidung als Alpbauer war perfekt: Abgewetzte blaue Arbeitshosen, Bergstiefel, voll mit Mist, und der Dialekt waren einfach 100-prozentig.
Es war eigentlich ziemlich belanglos, was von den beiden Männern gesprochen wurde, aber als die Beamtin weg war, schob der Landser ihm einen Zettel in die Hand: „Von Maik, gib 's nur der Chefin. Soll sinscht koiner mitkriaga. B'hiat Etz!"
Ohne sich weiter umzusehen, verschwand der Soldat wieder im Unterholz. Feller hatte es auf einmal auch eilig. Diese Meldung musste dringend zu Felicitas, und dazu ohne von den beiden Ha's bemerkt zu werden.
Während Hauser und seine Begleiterin ihr Schlafgemach einräumten, zeigte er Storr die Mitteilung. Kummer hatte ganze Arbeit geleistet. Hansen war also Frau KOK Hansen, doch die ursprünglich vorgesehene Kollegin hatte nur zwei Tage vor Beginn des Einsatzes einen Unfall, einen Verkehrsunfall mit Fahrerflucht. Seither lag die Beamtin im Krankenhaus.
Schon merkwürdig, meinte Hannes. Die Majorin nickte nur, während sie las. Da war etwas von zwei Motorradfahrern erwähnt, die ganz in ihrer Nähe eine Hütte bezogen haben. Mit Regensburger Nummern. Fragend zeigte sie diese Anmerkung Feller.
„Sakradi, die waren auch in der Gaststätte, erinnerst Dich? Mir sind die Nummern gleich aufgefallen, aber ich hab' mir nichts weiter dabei gedacht. Das sind Nummern von diesem Fahrzeugverleih. Du weißt schon, oder?"

„Ja, richtig. Schon komisch. Vor allem, dass die Typen hier im Tal sind. Urlaubssaison ist doch vorbei und wie Bergsteiger haben die wirklich nicht gewirkt“, sie wirkte leicht bestürzt, so schnell hatte sie keine Reaktion der anderen Seite erwartet.

„Lass gut sein. Kann ja auch nur eine Kette von Zufällen sein.“

„Hoffentlich, ich hab' doch bisserl Muffensausen bekommen.“

Er zog sie an sich und hielt sie fest in seinen Armen. Ja, das waren schon Zufälle, die auch ihm Angst machten. Dabei wäre die ganze Situation schon so kompliziert genug gewesen.

Während es schnell zu dämmern begann, saßen sie alle zusammen beim Abendessen. Hauser hatte einfach zwei Dosen Ravioli aufgewärmt und behauptete steif und fest, Sternekoch Schuhbeck und Co. seien reine Anfänger gegen seine Kochkünste. Trotz, oder eher wegen, des Druckes wurde es sogar ein richtiger lustiger Abend. Selbst die Kriminalerin wirkte dabei, als ob sie von nun an auch dazu gehörte. Um Zehn war aber Schluss.

Während bei Hansen und Hauser von der jungen Frau einfach ein paar zusammengerollte Decken in die Schwiegermutterspalte als Barriere gestopft wurden, saß Felicitas auf dem Rand ihrer Schlafstätte. Sie zog das T-Shirt über ihren Kopf. Unvermittelt wandte sie sich an Hannes: „Eine Frage hätt' I da no'. Beantwort' die mir mit 'Ja' oder 'Nein', ohne zum überlegen. Wenn das hier alles vorbei ist, haben wir eine Zukunft?“

Sein „Ja“ kam wie aus der Pistole geschossen. Er schien fast darauf gewartet zu haben. Feller zog sie an sich. Sie küssten sich stürmisch (zum Glück waren beide Raucher, so störte der Nikotingeschmack nicht so). Langsam glitten Hände, Lippen und die ganzen Körper über- und ineinander. Wie im Rausch vergingen Stunden. Völlig erschöpft lagen sie endlich eng aneinander gekuschelt.

„Hey, Du forderst 'nen alten Mann ganz schön!", meinte ein müder Feller.

Sie ließ ihre Fingerspitzen über seinen Rücken gleiten: „Alter Mann? Da lach' I ja."

Sie verzog ihren Mund leicht spöttisch: „Und alles ohne Viagra! So alt kannst Du also gar net sei'. Die neun Jahre! Und damit Du fit für morgen in der Nacht bist, gute Nacht!"

Sie schloss die Augen und war schon weg. Feller blieb nichts anderes übrig, als es ihr nachzumachen. Morgen, Nacht!?

Er meinte, gerade erst eingeschlafen zu sein, als ein unerträglich stetiger Ton ihn unsanft weckte. Schlaftrunken taste Storr nach ihrem Handy. Toll, auf wann hatte sie denn den Weckton gestellt? Er blinzelte auf seine Uhr. Halb Fünf! Und das am ersten Tag! Doch es war anscheinend gar nicht der Wecker, denn sie antwortete irgendjemandem am anderen Ende der Verbindung. Ihr Gebrummel konnte man zumindest als Antworten werten.

Aber auf einen Schlag fuhr sie auf: „Wie bitten, dann bringt ihn ..", „Wieso?", „Scheiße!" und zuletzt „Nein! Danke, okay, Ich sag 's den Anderen. Ja, bis später."

Nachdenklich saß sie fast zehn Minuten im Bett, blickte ins Leere. Hannes räusperte sich, doch Felicitas hörte es nicht. So lag er einfach neben ihr, betrachtete sie eingehend und wartete.

Nach ein paar Minuten siegte doch seine Neugierde: „Was ist los?"

Sie drehte sich zu ihm hin, seufzte leicht gestresst: „Irgendwie fängt alles an, aus dem Ruder zu laufen. Zuerst sucht man Euch Monate lang, dann hat man wenigstens den Großteil. Und? Jetzt wissen wir, wo Müller ist. Der sitzt gemütlich unter Palmen in Thailand und weiß gar nichts von alledem. Als ob das noch nicht reichen würde, findet irgendwo in Skandinavien ein Gemetzel statt. Rat', wer das Opfer war?"

„So wie Du fragst, bleibt nur der Unbekannte, he! Oder Torff?"

„Genau, Torff. Das Ganze war anscheinend aber nicht genug. Irgend so ein Rindvieh hat die Nachricht ausgeplaudert und jetzt liegt Maister auf der Intensiv im BWK Ulm. Er bekam laut meinem Kummer einen Nervenzusammenbruch. Ohne Zweig und Adramek hätte er sich um ein Haar umgebracht. Fast genauso haben wir ihn eingeschätzt. Bin I froh, dass Ihr dabei seid, net so ein Typ wie dieser Maister. Langsam geht es ans Eingemachte. Und ich, die Chefin vom Ganzen, weiß net wie's weitergeht. Kommst Du mit? Ich brauch dringendst Koffein mit Nikotin."

Feller schwang sich vom Bett hoch. Logisch würde er mitkommen, er hatte es irgendwie im Urin, dass sie ihn jetzt ganz besonders brauchte. Nicht als Liebhaber, sondern als ihr Partner für alle Lebenslagen. Ihm kam wieder sein ewiges Problem in die Quere. Sollte er sie in den Arm nehmen, nur still bei ihr bleiben oder etwas dazu sagen. Immer wieder dasselbe Problem! So holte Feller erst eine Decke und legte diese ihr um.

Sie hob ihren Kopf, den sie bisher in den Händen aufgestützt hatte und lächelte müde: „Danke."

Eine Pause entstand. Beide schienen nicht zu wissen, was sie jetzt machen sollten. Er wollte gerade zu sprechen anfangen, als sie sein Kinn streichelte und dann kommentierte: „Du, nix gegen dein Gestrüpp im Gesicht, aber Deine Stoppeln haben mich fast wund gekratzt."

Tatsächlich, wo er sonst sauber ausrasiert hatte, da standen ganz schön große Bartstachel ab.

Abrupt erhob sie sich entschlossen. Diese Sache musste jetzt durchgezogen werden! Jetzt erst recht!

„Weckst Du bitte die Herrschaften mit H? Sei so gut. Ich mach' daweil 's Frühstück."

Feller grinste: „Recht so. Pack ma's!!"

Sein „Aufstehen!“ dürfte das ganze Tal aus den Federn geworfen haben. „Heeresschule!“, meinte er entschuldigend zu Felicitas, die sich entsetzt die Ohren zu hielt.
„Hirsch!“, das war ihr einziger Kommentar.
Schlaftrunken taumelte Hauser aus dem Schlafraum. Auch sein Gruß an Feller war nicht gerade sehr fein: „Musst D' unbedingt wieder auf Kasernenhof machen? Du bist ein Mordsdepp.“
Die Hansen hingegen kam kurz darauf in bester Stimmung in die Stube. Es wirkte nicht mal gespielt. Nein, die war wirklich voll gut drauf. Vom Rest konnte man das nicht behaupten. Aber Storr und Feller hatten nicht nur ihre erste echte gemeinsame Nacht hinter sich. Durch die Beziehung zu ihr war Hannes viel schneller und tiefer in die Geschichte einbezogen worden als ursprünglich geplant. Hauser war nur eines, todmüde. Sein Rücken schmerzte, der Hals war rau und seine Augen tränten. Kein Wunder, er hatte in den letzten Jahren nur noch sehr selten auf so alten Matratzen gelegen. Und dazu mit einer redseligen jungen Frau, die ihn anscheinend für geschlechtslos hielt.
Rasch änderte sich aus heiterem Himmel der Zustand jedes Einzelnen. Es lag aber nicht an den Neuigkeiten aus Berlin, noch nicht. Zuerst suchte Hansen mit großen Augen die Dusche.
„Komm, siehst den Trog? Das ist unser Badezimmer!“
Hannes trottete zurück, da hallte ein schriller Schrei durch die Berge: „Iih, ist das kalt! Wo ist der Warmwasserhahn?“
„Gibt 's nicht, Du Nordlicht.“
Voll gestopfte Münder fragten ihn beim Eintreten, wer da so jochgeiermaßig herum gebrüllt hat.
Wohlwollend verstand man wenigstens den Sinn. Fellers Daumen zeigte über seine Schulter hinaus: „Unsere Ordnungshüterin sucht den Warmwasserhahn.“

Felicitas bekam nun eine Hustenattacke, bis sie fast blau anlief und Stophers Rührei landete vorgekaut in seiner Tasse. Kaum trat Conni wieder ein, empfing sie lautes Gelächter, dem konnte sie sich dann auch nicht entziehen.

Aber das Lachen verging ihnen rasch, denn die Majorin musste wohl oder übel auf den nächsten Toten zu sprechen kommen. Die Nachricht vom Tod Torffs schlug auch Hauser auf den Magen und selbst die Beamtin war für eine Zeitlang still.

Um ihre Schutzbefohlenen nicht völlig zu deprimieren, tat Storr diesen Fall als vollkommen belanglos für ihre Angelegenheit ab: „Wahrscheinlich eine Messerstecherei zwischen konkurrierenden Truckern, das hat es zumindest geheißen. Solange wir nichts näher wissen, solang gilt das Thema erstmal als erledigt. Wir machen ganz normal weiter."

Der folgende Tag verging ziemlich ereignislos. Die beiden Frauen hatten zwei ramponierte Liegestühle gefunden und vor der Hütte aufgestellt. Storr hatte ein Stück Pappe angepinnt und groß darauf geschrieben 'Nicht stören, Damen-Wellness-Tag'.

Den beiden alten Herren kam das ganz gelegen. Sie machten einen kleinen Spaziergang, den Berg hoch. Nach einer knappen Stunde fing jeder Höhenmeter an, ihnen in die Sesselpupserknochen zu gehen. Die Rucksäcke wogen plötzlich Zentner. Und dann noch die Pistolen! Aber Feller wollte ohne die Dinger die Hütte nicht verlassen. Hier oben wären sie nur auf sich gestellt und somit dem Unbekannten ziemlich nackt ausgeliefert. Hauser hatte gezögert, zum Schluss aber zähneknirschend akzeptiert.

Das Hochgrat! Den sehnsüchtigen Blick Fellers kommentierte Christopher in etwa als Beginn des zweiten Frühlings. In ihrer Verfassung sei das doch ein wenig zu anspruchsvoll. Wenn sie aber weiter so leistungssteigernde Reisen unternehmen würden, könne man ja im nächsten Jahr vielleicht einen Versuch wagen.

Der Abend verlief irgendwie genauso wie der vorige. Die Nacht war für Felicitas und Hannes diesmal glücklicherweise ungestört. Auch die nächsten Tage vergingen wie echter Urlaub: Bergtouren, Shoppen in Immenstadt, gemütliches Dinner im Nobelhotel. Ein Kurztrip ins Kleinwalsertal stand auch auf ihrem Plan. Beinahe hätten sie den Sinn der ganzen Geschichte über ihren Aktivitäten vergessen. Ja, auch Hansen wurde überall mit einbezogen. Selbst Stopher konnte gelegentlich richtig charmant und nett zu ihr sein.

Hannes und Felicitas hatten beschlossen, ihre Vorbehalte gegen die Polizistin etwas zurückzuhalten. Wenn sie hier wirklich falsch spielte, musste sie nicht unbedingt bemerken, dass man ihr von Anfang an misstrauten. Es war schon in Ordnung so, denn es war nur die Ruhe vor dem Sturm. Der kam unerbittlich aufzog.

In diesen ruhigen Tagen kamen sich Storr und Feller immer näher. Sie hatten genug Gelegenheit, ungestört zu quatschen. Oft blödelten sie wie Teenager, dann wieder philosophierten sie regelrecht. Sie kam also aus München. Ursprünglich kam ihre Familie aus dem Bayerwald, aber da ihr Vater nach dem Abitur gleich zum Bund ging, wurde Felicitas in der bayerischen Landeshauptstadt, ihre nächste Schwester in Calw und die Jüngste in Brüssel geboren. Ihre Kinder waren Nordlichter, da die Armen in Hannover das Licht der Welt erblickten und ihr Ex aus Braunschweig kam. Gott sei Dank waren ihre Eltern nach der Pensionierung ihres Vaters zurück in den Wald gezogen.

Für ihre Kinder war es nicht so ideal. Da Storr einen kleinen Dienstposten mit Kummer und ihrer Gruppe Sierra-Tango in Regensburg leitete, konnte sie ihren Nachwuchs nicht jeden Tag sehen, meist nur am Wochenende. Er merkte, wie ihr dieser Punkt schwer zu schaffen machte. Daneben kümmerte sich ihr Ex in keiner Weise um die Kinder. Der war einfach irgendwo im Süden abgetaucht. Seitdem hatte er nichts mehr von sich hören lassen.

So wirklich schien es sie aber nun auch nicht zu stören: „Weißt, mir sind alle Drei ganz froh drüber."

Hannes' Ex hatte dafür lange genug in seine Kinder hinein gekeift. Sie aufgehetzt, nach jedem Besuch bei ihm wurde es schlimmer. Irgendwann hatte sie gesiegt, sie hielten ihn für einen gewaltigen Unmenschen und wollten gar keinen Kontakt mehr mit ihm. Außer gelegentlich Anwaltsbriefe und unrealistische Geldforderungen, da sorgte seine Ex schon dafür.

„Mir zwei armen Verlassenen, glaubst, 's wird no'?", tröstete sie ihn.

Er lachte: „Ja, wenn mir d' Richtige über'n Weg lauft."

Besser wäre gewesen, er hätte sich diese Bemerkung verkniffen. Sie hatte einen ganz schönen Schlag. Er konnte es feststellen, nachdem sie ihm den Knuff auf den Arm gegeben hatte.

„Haha. Und in der Nacht bin I' dann gut g'nug, oder!", ihre Augen überzeugten Hannes, dass sie das nicht ernst meinte.

Daraufhin blieb ihm nichts anderes übrig, als sie zu überzeugen, dass sie allein die Richtige sei.

Am vierten Abend wirkte Hauser etwas unsicher. Lange druckste er herum, bis er sich zu fragen traute: „Wie Brödle und der Hallscher umgelegt wurden wissen wir. Doch erzähl' mal, wie Claus verreckt ist. Davon hast bisher nix gesagt und auf Euren Bildern ist nichts zu erkennen. Darfscht od'r ka'scht Du net?"

„Doch, I darf. Nur ob Ihr das gerne hören wollt? Da hab' ich meine Zweifel. Gut, Du wolltest es wissen: Er hatte eine Anwaltskanzlei in Aalen. Dort hat Schafheit anscheinend gern schon um Sechs in der Früh Akten gelesen. Seine Angestellte kam damals um kurz vor halb Acht. Kaum hatte sie die

Kanzlei aufgesperrt, schoben sie vier Maskierte hinein. Einer hat sie gefesselt und geknebelt. Die übrigen drei holten Schafheit aus dem Büro. Die Frau war danach über ein halbes Jahr im Nervenkrankenhaus. Wollt Ihr es tatsächlich immer noch haargenau wissen?"

Die beiden Männer schienen sich dessen nicht mehr ganz sicher zu sein. Aber sich ihre Unsicherheit anmerken lassen? Auf keinen Fall!

„Wenn 's sein muss. Okay, zuerst haben die Maskierten Schafheit kastriert. Mit einem sehr großen Messer!"

Die beiden Männer schluckten schwer, beide zuckten sichtbar zusammen. Hannes spürte plötzlich ein imaginäres Stechen im Unterleib, so deutlich hätte sie ja auch nicht sein müssen. Aber bloß nicht zugeben, beschloss er schnell.

„He, Ihr wolltet es so haben. Dann stach man ihm damit die Augen aus. Und nicht genug", Storr wurde jetzt selbst ein wenig blass, „dann schütteten die Mörder noch Säure über seine Wunden. Einer hat ihm dabei die Schreie mit einem Kissen unterdrückt. Bis es Schafheits Herz nicht mehr schaffte! Wie im Bericht gestanden ist, war der Fall sogar für alte Kripohasen ein Schock. Einen haben sie dann abziehen müssen, er hat es psychisch einfach nicht gepackt."

Ziemlich geschockt warf der Oberfähnrich ein, ob denn niemand im Haus etwas mitbekommen hätte.

„Nein, darin gibt es bloß Arztpraxen und Büros, wohnen tut da keine Menschenseele", ergänzte Felicitas.

„Diese Gehilfin, hat die irgendeinen Hinweis geben können?", flocht Stopher ein.

Kopfschütteln. Nein, die Zeugin war umgehend auf der Intensivstation befragt worden. Nur die Anzahl der Täter wusste sie und alle seien Männer gewesen. Der Mord ging zu schnell und extrem brutal über die Bühne.

Gesichtsfarbe und mit ihr Hausers Sprachfähigkeit fanden peu-a-peu wieder zurück: „Scheiße, ich frag' Dich nie, nie mehr nach irgendwelchen Details.“

Feller hingegen war ein entscheidendes Kriterium ihres Berichtes aufgefallen: „Du, das waren vier Angreifer. Wie viele davon waren denn bei Bernd und Uwe mit von der Partie?“

„Top, Dr. Watson. Bei dem Hallscher waren es mindestens zwei Täter. Brödle kann einer allein nicht gehängt haben. Wir und die Kripo gehen da auch von mindestens zwei Tätern aus. Klar, Ihr habt eher immer an einen Killer gedacht. Sorry, aber hier ist eine ganze Bande am Werk“, sie wirkte ein wenig schuldbewusst.

Hastig gab Hauser ihr aber recht. Besser nicht zu viel wissen, sonst hätte er bloß gekniffen. Bei Feller lag die Sache sowieso anders. Seine Wut richtete sich auf ihn selbst. Warum hatte er nicht früher nachgedacht. Logisch, die bekannten Mordgeschichten konnte kein Einzeltäter durchgeführt haben: „Du, Stopher, holen wir uns die Drecksäcke?“

„Ja, verdammt no' mal, ja. Keine Gefangenen?“

„Keine!“

„He, Stopp, stoppt erstmal. Ich find' es ja toll, dass Ihr weitermachen wollt. Denkt bitte dran, Ihr seid jetzt Soldaten und keine Mörder.“

„Mh. Auch gut. Dann machen wir halt zwei oder drei Gefangene“, grinsend versuchte Hannes so etwas wie eine Relativierung, dabei war es den beiden Reservekriegern todernst.

„Doch a Hirsch!“, ihr ganzer Kommentar auf Fellers Bemerkung.

Am nächsten Tag wurde es spürbar kühler. Regenwolken zogen auf. Die Oberkommissarin wirkte depressiv. Ihre Überschwänglichkeit war wie weggeblasen. Manchmal schien es, als ob sie den drei Anderen etwas sagen wollte. Dann wieder saß sie in sich gekehrt still vor der Hütte. Fühlte sie, dass mit den Wolken auch jede Menge Ärger kamen?

Im Tal fuhren Radfahrer heran. Aber selbst die Männer des Sicherungstrupps registrierten die beiden Männer nur als Statisten vor der Kulisse der Berge.

„Ich habe es gewusst, diese doofen Bayern! Kaum is' die Saison zu Ende, machen diese Alpenmafiosis die Ausflugslokale dicht!"

Gelassen winkte der andere Radfahrer ab. So war es ihm ganz recht, keine neugierigen Wanderer und billiger auch. „Sei still, wir haben hier was anderes zu tun. Hast Du die Faschos gesehen?"

Sicher hatte er sie gesehen, ein paar hundert Meter von hier standen die Fahrzeuge, getarnt mit schwer bewaffnetem Posten.

„Zu nah, die sperren unseren Fluchtweg. Oder willste über diese verfluchten Berge?"

„Ich bin doch keine Gämse! Nee danke, da kommen wir nicht weit."

Er hatte es von Anfang an für eine undurchführbare Idee gehalten, nur um Ärger zu vermeiden willigte der Bärtige anfangs zu diesem Plan ein.

Ohne Vorwarnung flog die Hüttentür nach innen, Feller spuckte vor Schreck den Kaffee über den Tisch. Mit Entsetzen kam ihm, dass seine Pistole neben dem Bett friedlich in seiner Jacke schlummerte. Nur Hauser versuchte nach seiner Waffe im Hosenbund zu greifen. Aus ihrem Rücken kam eine leise Stimme, er sollte das doch besser bleiben lassen. Samonov! Was war da los? Kummer stürmte in den Raum und hielt eine MP auf sie gerichtet. Nein, nicht auf sie alle, alleine Hansen war in seinem Visier.

Überhastet schrie Storr ihn an: „Kummer, was in aller Welt ist denn jetzt?“

Keuchend sagte der Oberfeld: „Schlechte Nachrichten, Chefin. Diese Dame da ist eine Tochter von Tomaschek und Grund! Ein Maulwurf!“

Wutschnaubend fixierte der Feldjäger die BKA-Beamtin, während er seine Meldung beendete: „Die anderen drei Jungs nehmen sich gerade die Motorradler vor. Tut mir leid, aber ich wusste mir nicht anders zu helfen.“

Alle blickten entsetzt zu der Beschuldigten. Die saß vollkommen starr da. Ängstlich sah sie von Einem zum anderen, unfähig auf die Vorwürfe zu antworten.

„Also los, Frau Hansen! Sie sind uns eine Erklärung schuldig!“, durchbrach Feller mit zittriger Stimme die Stille.

Zögerlich kam deren Antwort: „Ja, ich bin eine Tochter von den Beiden. Aber ich bin kein Maulwurf!“

„Was dann?“, hackte Storr gleich nach.

Die Antwort kam sehr zögernd. Es schien, als ob die junge Frau nicht sicher war, was die anderen genau wissen wollten und sollten. Leise erzählte sie. So leise, dass es zuerst nur Felicitas hören konnte, „Vor fünfzehn Jahren kam ich zu Pflegeeltern. Mit meinen leiblichen Eltern hab' ich seither nichts mehr am Hut! Darum ging ich wahrscheinlich auch zur Polizei, weil, irgendwie wollte ich denen Paroli bieten. Leider hat meine kleine Schwester das nicht so gesehen. Ich musste mich doch hier mit einklinken, um sie vor einer Riesendummheit zu bewahren!“

„Dummheit?“, fragte Kummer ungläubig.

„Ja! Sie hat sich erst vor kurzem so linksgerichteten Typen angeschlossen. So irgendwelche Leute, die zu den Terroristen damals gehörten. Die Toten und Inhaftierten sollen gerächt werden. Ich las den Bericht und musste irgendwie dabei sein.“

Sie fing an zu schluchzen.

„Und die Motorradfahrer, die gehören jetzt zu wem?“, unterbrach Felicitas grob ihr Schniefen.

Mit leichtem Schluchzen sagte Hansen: „Die sind von uns. Mein Chef hielt den ganzen Plan für mehr als abenteuerlich. Auch bei meiner Kollegin wären sie mitgekommen, als Rückendeckung.“

Storr befahl Kummer die Aktion gegen die Polizeibeamten sofort zu stoppen. Der funkte seine Leute an. Doch die drei Soldaten waren schon fertig.

„Kann man nichts machen. Verbindet den Verwundeten und kommt dann mit unseren 'Kameraden' zur Hütte! Ausführung!“

Er zuckte mit den Achseln. Schließlich konnte er nichts dafür, dass der Zugriff bereits erfolgt war. Und wenn die Zwei nicht versucht hätten, Widerstand zu leisten, dann wäre ja keiner verletzt worden.

„Ist schon gut, Kummer.“, beendete Storr die Verteidigungsrede. Mit so einer Situation konnte niemand rechnen.

Sie beschloss, den General zu benachrichtigen. Während des Telefonats, das über eine halbe Stunde dauerte, ging sie nervös auf und ab. Gebannt wurde die Majorin dabei vom Rest beobachtet. Außer ihrer Stimme war kein Laut zu hören. Am Ende wirkte sie sehr erleichtert.

„Alles in Ordnung. Wir sollen so weitermachen wie bis zum jetzigen Zeitpunkt. Bloß eben auch mit den Leuten vom BKA. Übrigens, liebe Conni“, ihre Stimme klang extrem ironisch, „mein General wird gleich Deinen Chef aufsuchen. Da würd' ich nicht dabei sein wollen. Er kocht vor Wut über seinen tollen Kumpel Gerold. So enden halt alte Freundschaften, wenn eine Seite derart falschspielt!“

Hansen, die also Conni hieß, begann wieder zu schluchzen. Hastig deutete Storr auf Kummers Funkgerät: „Halt, sag' Ihnen, ich will die Typen in Handschellen und bereits durchsucht hier sehen. Müller soll zu Eurem Stützpunkt fahren und schon mal den Abmarsch vorbereiten."

Sie drehte sich zu der anderen Frau: „So einfach glaub' ich nämlich Deine Geschichte nicht. Sichern!"

Samonov richtete blitzschnell sein Gewehr auf Hansen, während die Majorin diese nach Waffen absuchte. Dann klickten die Handschellen auch bei Conni Hansen.

„Tut mir ja leid, aber sicher ist sicher."

Inzwischen holte Feller sein Gewehr, schlüpfte in die Bergstiefel und ging nach draußen. Halb im Türrahmen blickte er sich um, anscheinend brauchten die Übrigen eine Extraeinladung!

„Wenn die jetztda kommen, sollte einer zumindest sichern. Samonov, Kummer! Wer kommt mit?"

Verdutzt blickten die Soldaten auf ihn. Doch wenigstens sie als Profis reagierten schnell. Da Kummer nur die MP hatte, sprang der Stabsgefreite rasch in Richtung Waldrand. Dort würde er im Rücken der Ankömmlinge liegen.

Bereits bei ihrer Ankunft hatte Hannes ein paar nette Plätze für eine Stellung ausgesucht. So ging er gemütlich in einer Kuhle in Position. Hier hatte er bis zum Wald hervorragendes Schussfeld. Gelernt ist halt gelernt. Auf der Wiese vor der Hütte hatte mit Ach und Krach noch ein Kfz mehr Platz. Die Idee, ein Fahrzeug zum Nest des Einsatztrupps zu senden, war also gar nicht übel gewesen.

Deutlich war jetzt das Brummen des Geländewagens zu hören. Rumpelnd fuhren die Erwarteten vor. Erdklumpen spritzten durch die Luft, als der Wagen gebremst wurde. Sichtbar nervös stiegen die Soldaten aus. Sorgsam ging ihr Blick herum. Die Erleichterung war greifbar, als die Männer Storr erkannten.

„Bringt die Zwei rein! Peters, lös' Samonov ab."

„Hier hinten, Peters, alter Penner!", rief Samonov dem Kameraden zu, der sich irritiert nach ihm umsah.

Perplex starrte der anderen Feldjäger in Richtung Feller, als der aus seinem Loch erschien. Alt ausgesehen hätten sie da, wenn es ein Hinterhalt gewesen wäre. Der Soldat öffnete die hintere Autotür und winkte die Insassen heraus. Ein sorgfältiger Verband zierte den Kopf des Ersten. Schock und zugleich Wut war im Gesicht des anderen Polizisten erkennbar. Blamabel war die Situation für die Beamten, sie waren schließlich nicht grundlos für diesen Job ausgewählt worden. Und nun eine derartige Niederlage!

Im Inneren der Jagdhütte herrschte ein ziemliches Gedränge. Für neun Menschen war der Aufenthaltsteil nie gedacht gewesen. Wo blieb Storr? Während der Rest sich versammelt hatte, stand sie immer noch draußen im beginnenden Nieselregen.

Nervös trommelten Kummers Finger auf den Türstock: „Hallo, Frau Major! Kommen Sie endlich?“

Seine Linke deutete den Wartenden an, dass sie noch telefoniere. Seine Züge zeigten, es würde wohl dauern. Feller öffnete ein Fenster, die Luft im Inneren war zum Schneiden dick. Klar, bei so viel Leuten.

Minuten verrannen, bis sie erschien: „Erstens: Handschellen weg. Die sind sauber. Zweitens: Da es sich einregnet, und weil der Chef uns alle sehen will, ist es vorbei mit Urlaub. Wir fahren geschlossen zurück. Keitzig, Samonov und Peters nehmen unsere Kameraden vom BKA und Kummer mit. In einer Stunde treffen wir uns dann bei der Säge.“

Die Genannten zwängten sich im Geländewagen eng zusammen, als sie abrückten. Beim Packen meinte sie traurig: „Schade, hoffentlich ist unsere Zeit jetzt nicht vorbei.“

„Wieso? Jetzt geht fängt es doch für uns erst richtig an. So schnell wirst Du mich nicht los!“

„Nein, das hab' ich nicht gemeint. Eher, dass wir uns seltener sehen werden. Wahrscheinlich wird das BKA ab jetzt ohne uns weitermachen.“

Sie fuhren durch das lange Tal zurück. Wieder fiel niemanden der Kleinwagen auf. Zwei G-Benz in grau, zwei Fahrzeuge in Tarnanstrich und die beiden Motorräder! Gut, dass sie nicht zugeschlagen hatten, es war eindeutig eine Falle!

„Solche Idioten! Glauben die Trottel im Ernst, uns so verladen zu können?"

Heiser lachend gab ihm der Fahrer recht.

„Sollen wir folgen?"

„Nee! Carsten, wir müssen weg, sollen zurück nach Norden. Rosa meint, erst ein paar Wochen Gras über die Sache wachsen zu lassen."

Ewig würden ihre Opfer nicht unter dem Schutzschirm der Leute General Burgmanns bleiben.

Während der Rückfahrt herrschte eine ziemlich bedrückte Stimmung. Unvermittelt durchbrach Storr das Schweigen: „Wir haben einiges über Euch in Erfahrung bringen können. Beschreib' mir trotzdem Deine Kameraden aus Deiner Sicht, wie waren sie denn damals?"

Feller dachte lange nach, um sein Bild von früher ungeschönt vermitteln zu können: „Schwer zu beantworten, nach über zwanzig Jahren. Ich versuch's einfach mal. Von A wie Adramek bis Z wie Zweig."

Doch Hannes fiel es nicht so leicht, nach über zwanzig Jahren! Aber dann hatte er den Anfang eines roten Fanden gefunden: „Also Adramek kannte ich schon lange. Er kommt aus einem Nachbardorf. Muss sagen, aus keiner guten sozialen Situation. Trotzdem, oder eher genau deswegen, hat er Realschul' und Lehre eisern durchgezogen. Wollte nie ein Sozialfall wie der Rest seines Klans werden und versuchte immer einer der Besten zu sein. Hat anscheinend nicht angehalten – schade!"

Fast mitleidig schüttelte er den Kopf: „Beim Bund kam er in die Schreibstube. Gemäß der Bundeswehrlogik ganz klar, schließlich war er gelernter Buchbinder. Sein Problem war immer der Alkohol. Schon zur Schulzeit. So ein netter Kerl, aber eben oft voll bis zum Anschlag. Beziehungen hatte er kaum, meistens zerbrachen die schnell, entweder wegen seiner Familie oder seiner Blutssauferei. Nächster dürfte Brödle sein. Hm, da gibt es nicht viel zu sagen. Sehr religiös, fast sektenartig. Wortkarg und er sah wirklich aus wie ein großer Bruder von dieser Fernsehpuppe. Nur mit Claus war er enger zusammen. Den hielt Bernd anscheinend für missionierbar."

Sie merkte, dass es schwierig wurde für ihn. Man redete über Tote nicht gerne. Sie hielt ihm ihre Zigarette hin. Zweifelnd zog er kurz daran, hustete.

„Danke. Trotzdem, meine Pip schmeckt besser. Nächster wäre Hallscher. Ein Paradenürnberger. Clubfan bis ins hinterste Eck, Frankenpatriot, harte Schal und weicher Kern. Intelligent, viele merkten's gar net. Ein Macher, fast schon ein kleiner Sklaventreiber. Er lebte wirklich nur um zu arbeiten. Christopher kennst Du ja selbst scho' ein wenig. Motzer wie eh und je, aber ein Superkumpel. Schad' bloß, dass er a' Augschburger is'. Früher stockgrün, kam als abgelehnter Verweigerer zu uns. Komischerweise muss die ganze Schote mit dieser Schießerei bei ihm 'nen Schalter umgelegt haben. Na ja, und der Umgang mit Udo und mir."

Fragend sah sie ihn an.

„Stopher hat kurz danach auf zwei Jahre aufgelegt. Und jetzt ist er konservativer als der Zweig oder ich."

Hannes musste sich wieder mehr auf den Straßenverkehr konzentrieren. Er überholte rasch einen Mann mit Hut, empfand diese besondere Sorte Autofahrer, neben jungen Fahrerinnen mit Handy, als reinste Schikane.

Die Straße wurde wieder frei, so konnte er fortfahren: „K wie Kennig. Auch eher ein stillerer Typ wie Bernd. Hatte nur ein Problem, sein Suchen nach Liebe. Irgendwie ein armes Schwein, Eltern hatten zwar Geld wie Heu, das war's aber auch schon. So lernte er früh, dass man alles kaufen kann, auch Liebe. Siehst ja, ein tödlicher Irrtum."

Über Maister konnte er nicht viel aus seinem Gedächtnis hervorziehen. Ein Mensch, der nirgends lange in Erinnerung blieb. Ein typischer Mitläufer, ohne eigene Meinung. Wieder ein Toter, im Prinzip gab es nun nur noch von Toten zu berichten.

Stockend fing er an zu erzählen: „Claus war der typische Abiturient, null Ahnung von Praxis und ein Riesenwissen in Chemie und Physik. Komisch, dass er Anwalt wurde. Ein Prototyp von einem Paradesoldaten. Immer saubere Uniform, blank geputzte Stiefel, zackig wie im Film. Gefühle sah man ihm nie an, als ob sein Gesicht aus Stein gewesen wäre. Wieder so ein merkwürdiger Vogel."

Total anders war Sombret. Immer zu Späßen aufgelegt, wortgewandt, dafür etwas schlampig. Sein Vater hat eine eigene, kleine Versicherungsagentur gehabt, in der war Sombret schon mit zwanzig Teilhaber. Als seine Dienstzeit um war, heiratete er gleich seine Freundin. Allerhöchste Zeit, schließlich hatten sie schon einen vierjährigen Sohn und das Mädel war wieder schwanger. Schade, dass es ihn so früh erwischt hat. Scheißleben!

„Zweig war unser Vielfraß, is' ja auch net zum Überseh'n! Studierte in Weihenstephan. Verhaute aber die Zwischenprüfung, machte dann lieber seine 15 Monate. Ein gutmütiger Knabe mit einer ordentlichen Portion typischer Bauernschläue. Hat es im Kopf und in den Armen. Zuverlässig bis zur Selbstaufgabe. Bleibt Torff übrig. Exzellenter Fahrer, laut und bei jeder zweifelhaften Situation irgendwie darin verwickelt. Mehr Diszis als der Rest der Batterie. Musste einen Monat nachdienen, kaum war er offiziell entlassen, holten ihn die Grünen ab", auch hier schüttelte Hannes wieder den Kopf, dieses Mal nur eher verzweifelt-belustigt: „Des Rindvieh hat irgendeine Bewährungsauflage nicht eingehalten und ging gleich von der Kaserne für ein halbes Jahr in den Knast. Seither hab' ich nichts mehr von ihm gehört. Das war's dann wohl, oder habe ich einen vergessen?“

Sie nickte heftig, ohne ihn dabei anzusehen.

Hannes tippte sich an die Stirn: „Doch, Müller! Ein Schlawiner und Lebenskünstler. Er fand immer eine Ausrede. Trotz, oder vielleicht auch deshalb, überall beliebt. Selbst bei unserem Zugführer konnte Müller sich mehr als andere rausnehmen. Jetzt sind es aber alle!“

Felicitas schüttelte ihren Kopf, ihr Pferdeschwanz wirbelte wild herum. Wie konnte der Mann nur so begriffsstutzig sein! „Doch! Einen hast Du ausgelassen. Für mich aber der Wichtigste!“

Er stutzte, dann machte es Klick. Aber begeistert war er nicht gerade: „Nein, nicht wirklich. Du willst wirklich über diesen Oberchaoten von dieser Chaostruppe hören. Tu' mir das nicht an!“

Mit einem energischen Nicken verlangte sie genau das.

„Bäh, also noch ganz kurz zu Feller. Schlimmer Fall, oft zu Tode betrübt, dann wieder himmelhochjauchzend. Gelegentlich ein Choleriker. Hat immer recht, nur hört kein Mensch auf ihn. Reißt zu oft seine Klappe vollkommen undiplomatisch auf und wundert sich dann, dass Chefs ihn nicht sehr mögen. Träumt viel zu viel. Im Innersten ein Feigling, gib ihm aber eine Fahne und er wird zum Tiger. Und so was liebst Du wirklich?“

Sie küsste ihm die Wange, „schweren Fall“ nannte sie ihn dabei. Es könnten anstrengende Jahre werden, mit diesem Sturschädel!

Kurz nach Buchloe fiel ihr noch was ein: „Oh, beinahe hätte ich vergessen. Wir sollen für den General Weißwürst' mitbringen. Er sagte was von einem Metzgerladen bei der Polizeiinspektion. Weißt Du wo?“

„Logo, hier bin ich doch die Hälfte meines Daseins gewesen.“

Sie bogen Richtung Stadt von der Autobahn.
„Wie viel hast Du denn da gleich eingekauft?“, fragte sie, als er mit Tüten bepackt aus der Metzgerei kam.
„Na für den ganzen Haufen. Wenn scho', denn scho'.“
In der Zwischenzeit hatten die vier Geländewagen doch für Aufsehen gesorgt. Lang schon war die Stadt nicht mehr in erster Linie Garnisonstadt. Soldaten waren seltener im Stadtbild geworden. Zum Glück ging es bereits wieder weiter zum Fliegerhorst. Bloß nicht auffallen!
Angekommen wurden die 'Neuen' in den Block gebracht. Das Entladen übernahmen die Männer des Einsatztrupps, so blieb Storr und Feller noch etwas Zeit. Stube 115 lag am Ende des Flurs und das nutzten das Pärchen schamlos aus. Sollte der General ruhig etwas warten. Zerzaust kamen sie Hand in Hand in den U-Raum.
Nur Hauser war da und machte die Würste: „In fünf Minuten, ihr könnt schon mal Teller aus dem Schrank da rechts holen. Der General kommt angeblich gleich. Ach ja, den Rest von uns haben sie nach Füssen verlegt. Soll sicherer sein. Na ja.“
Sie übernahm das Vorbereiten, während Feller Teller schleppte. Langsam kamen auch die restlichen Hungrigen.
„Wenn er net glei' ...“
„Keine Panik, er ist ja da“, ertönte zu Hausers Schreck eine Stimme hinter ihm.
Hauser zuckte zusammen, als ihm der eben eingetroffene General antwortete. Im Schlepp brachte er Gerold mit. Der hohe BKA-Beamte wirkte wie ein Schulbub, der beim Spicken erwischt wurde. Ihm war sichtlich unwohl. Hatte er den Einsatz ja indirekt vermasselt. Ohne Mampf kein Kampf meinte der General, zu dem Thema BKA würde er sich vorerst nicht äußern. Nur seine Wut, die sah man ihm immer noch an.
Entsetzt stellte Hannes fest, dass ein paar der am Tisch Versammelten Ketchup nahmen. Müller versuchte sogar die

Würste in Stücke zu schneiden und mit Haut runterzuwürgen. Barbaren! Schweigend stillten sie ihren Hunger.

Klickend öffnete sich die dicke Mappe des Generals, nachdem der letzte Bissen vertilgt war. Bedächtig suchte er darin, dann hatte Burgmann es anscheinend gefunden: „Zuerst die guten Nachrichten. Alles auf! Stillgestanden!“, kommandierte er.

Krachend flogen Stühle zurück. Die Polizeibeamten zuckten ausnahmslos zusammen, um es dann irgendwie den Uniformierten nachzumachen. Selbst der Herr Kriminaldirektor erhob sich, wenn auch erst auf einen auffordernden Blick seines Generalfreundes hin.

„Stabsgefreiter Samonov, Unteroffizier Müller, im Namen der Bundesrepublik Deutschland ernenne ich den Stabsgefreiten Waldemar Samonov zum Unteroffizier und den Unteroffizier Orhan Müller zum Stabsunteroffizier. Rühren! Kommts her und holts Euch die Urkunden!“

Erfreut nahm Samonov Urkunde und Uffz-Schlaufen entgegen. Müller war vollkommen überrascht und holte seine Unterlagen knallroten Kopfes beim General ab.

„Nächste gute Nachricht. Zumindest für das Stammpersonal. Urlaub für vier Tage, wenn wir hier fertig sind, dürft Ihr heim zu Mutti!“

Storr wirkte nicht unbedingt begeistert. Einerseits würde sie ihre Kinder schneller als gedacht wiedersehen, andererseits...! Ihr 'Onkel' bemerkte ihre Zweifel und meinte aufmunternd, die paar Tage würden ihr garantiert guttun und sie könnte ihren Nachwuchs dabei schonend auf den neuen Papa vorbereiten. Wissendes Grinsen ringsum.

Weit ausholend begann der General damit, ihnen die schlechten Nachrichten vorzutragen. Anfangs bekamen sie ausnahmslos ein dickes Lob, mit Speck fängt man bekanntlich Mäuse. Dann kam es knüppeldick. Torffs Tod hatte alles aus dem Lot gebracht.

Vor mehreren Zeugen wurde er umgebracht! Anscheinend von einer jungen Frau und einem älteren Mann. Die Videoaufnahmen vom Tunnel der Öresundbrücke lagen bereits vor. Doch sei das Mädchen, das darauf als Beifahrerin in Torffs Truck zu sehen und als Täterin von den Zeugen erkannt worden war, noch nicht bekannt. Es soll eine Auseinandersetzung auf einem Parkplatz bei Malmö gegeben haben und dabei wurde das Opfer mit mehreren Messerstichen getötet. Die Fahndung der schwedischen Polizei hat bisher nur ergeben, dass die Täter sich eindeutig ins Landesinnere abgesetzt haben. Reichspolizei, BKA und auch die Truppe des Generals würden eng zusammenarbeiten.

Wenn in vier Tagen alle Teilnehmer der deutschen Ermittlungen also wieder zusammen wären, würde ihr Auftrag ausgedehnt werden. Genaueres käme dann, da man sich mit den Schweden erst noch auf ein gemeinsames Prozedere einigen müsste. Diplomatische Verwicklungen sind jedenfalls nicht gewünscht. Baff hatten die Frauen und Männer mucksmäuschenstill gelauscht. Keiner sprach danach ein Wort. Das musste sich erst setzen!

Feller meldete sich zuerst: „Ist das der Parkplatz gleich nach der Brücke? Den kenn' ich. Wieso meinen die Schweden, dass die Täter ins Land geflohen sind?“

„Das Fluchtauto mit den Verdächtigen wurde nördlich Höör geblitzt. Roter Golf mit deutscher Nummer.“

„Richtung Hässleholm-Växjö?“

„Genau. Feller, kennen Sie die Gegend? Dann sind Sie hiermit mein Schwedenexperte! Jetzt sagen S' bloß no', Sie können die Sprache!“

„Wenig, als Tourist hat es bisher gereicht, Herr General!“

„Noch Fragen? Keine. Gut, dann wünsche ich allen ein schönes Wochenende. Bis Mittwoch, Neun Uhr, wegtreten!“, damit schloss der General.

Bevor Felicitas und Hannes den Raum verließen hielt er sie kurz auf. „Seid nicht so traurig, in vier Tag' seids ja wieder beinander. Übrigens, Felicitas, mir kam da eine Pfundsidee. Feller, was halten S' davon, bei uns zu bleiben?"
Der war von dem Angebot ziemlich überrumpelt.
„Herr General, danke für den Vorschlag. Darf ich noch darüber schlafen und", sein Blick ging zu ihr, „jemand ganz Wichtigen fragen?"
Der General legte beiden die Hände auf die Schultern, als er zustimmte: „Wisst Ihr, ich denk', dass Ihr ein gutes Team wärt. Sollte Felicitas es dann doch wahrmachen und sich vom Bund verabschieden, wären Sie, Feller, glaub' ich, kein schlechter Ersatz. Ansonsten: Servus bis Mittwoch!"
Er ließ die Beiden ein bisschen ratlos zurück. Der Abschied fiel ihnen schwer. Er meinte, es sei besser, wenn ihre Kinder nicht von ihm überfallen würden. Sie brauchten auch Zeit, um sich daran zu gewöhnen, dass ihre Mutter nicht mehr allein sei. Dieses Argument war ausschlaggebend und Storr packte erleichtert, um zu ihrer Familie zu fahren.

Weg, alle waren weg. Nur Hauser und Feller saßen auf Hausers Stube. Mit einem Schlag flog die Türe auf.
Kummer und Samonov traten ein: „Meine Kameraden, da Waldemar und mich rein gar nichts nach Hause zieht und wir Euch Helden nicht verlassen können: Kameradschaftsabend!", mit diesen Worten zog Kummer zwei Flaschen hervor.
Die wurden im Laufe des Abends langsam, aber dafür umso sicherer, immer leerer. Im Gegenzug wurde die Stimmung besser und die vier Soldaten voller. Lange nach Mitternacht war ein 'wunderschönes' Schnarchquartett aus der Stube zu vernehmen.
Der Himmel war dunkel bedeckt, als die erste Leiche wieder ins Leben zurückkehrte. Regentropfen klatschten an die

Fenster. Zeit zum Mittagessen war es inzwischen. Appetit hatte keiner, dafür alle Vier mächtige Brummschädel!

„Licht aus!“, krächzte der inzwischen auch ins Leben zurückgekehrte Hauser.

Mühsam rappelte sich Kummer hoch und tapste unbeholfen zum Schalter: „An, aus. Und wieder 'An' und 'Aus'!“, infantil, wie es nur Betrunkene sein können, spielte er mit dem Licht: „Licht is' aus.“

Feller schien es nicht besser als seinen Kumpanen zu gehen. Erst auf allen Vieren schaffte er es sich zu erheben. Fassungslos sah er zum Tisch: „Fünfe, da sin' fünfe.“

Diese Feststellung schien niemanden zu interessieren.

„Hä, was Fünfe?“

„Flaschen, warum fünf Flaschen?“, immer noch rätselte Feller wirres Zeug.

Hausers heisere Stimme kam wieder aus dem Hintergrund: „Weil wir Deine und meine Vorräte auch noch vernichtet ham. Jetzt gib doch a' Ruh'.“

Auf dem Flur schepperte es kräftig, dann schlich ein kaputter Frisch-Uffz mit Putzeimer und Lappen in die übel miefende Stube.

„Erleichterung, nur Erleichterung. Oh Gott, ist mir schlecht!“

Strafend kommentierte Feller, dass Gott nichts dafürkonnte. Wer nichts verträgt, der soll es bleiben lassen. Kaum ausgesprochen rannte, oder eher schwankte er selbst in Richtung der Toiletten.

„Puh, waren wir das wirklich?“

„Da, Towaritsch Maik. Frag' bloß nicht weiter. Bei mir ist ab den Panzern, die in Afrika rollten, ein riesengroßes schwarzes Loch.“

Mit dieser Bemerkung zog Samonov eine Röhre Aspirin aus seiner Hosentasche. Abends, als es ihnen wieder halbwegs besser ging, beschlossen sie einstimmig: Nie wieder Alkohol. Wenigstens die nächsten Tage.

Für den General und Gerold war das Wochenende in anderer Weise anstrengend. Sie und der zu ihnen gestoßene schwedische Kollege verhandelten über das weitere Vorgehen. Ein mühseliger Prozess, hatte eine Seite keine Einwände mehr, einer der zwei Anderen fand garantiert ein neues Haar in der Suppe.

Conni Hansens Kurzurlaub war ebenfalls nicht gerade erholsam. Sie hatte ihre Pflegeeltern in ihre Probleme eingeweiht. Ihr Ziehvater war dabei keine wirkliche Hilfe. Völlig hilflos war der, anders ihre Pflegemutter. Frau Hansen hatte gerne ein offenes Ohr für ihre Tochter. Damit nicht genug, es gab auch ein paar hilfreiche Ratschläge dazu. Die restlichen Soldaten genossen hingegen ihren Sonderurlaub bei Eltern, Freundinnen und Bekannten.

Kurz vor Zwiesel bemerkte Storr, dass ihre Zigarettenschachtel fast leer war. Entsetzt musste sie sich eingestehen zu viel gequalmt zu haben. Sonst rauchte sie höchstens vier bis fünf Kippen am Tag. Sie bräuchte einen neuen Wagen, der Aschenbecher quoll über. Blöder Spruch und uralt, aber es half ihre Nerven zu beruhigen. Noch eine Viertelstunde, dann war sie bei ihren Kindern und den Eltern. Bis jetzt wusste sie nicht, wie sie die Neuigkeit vermitteln könnte. Um ein Haar wäre sie auch noch in das Auto ihrer kleinsten Schwester hinein gedonnert. Genau das hatte Felicitas noch gefehlt, die schwesterliche, immer exakt im Halbjahresrhythmus stattfindende Beziehungskrise.

„Passt wieder alles“, stöhnte Felicitas auf.

Hinter dem Liguster tauchte der Kopf ihres Vaters auf. Brüllend rief er umgehend den Rest der Familie zusammen.

„Paps, wann hört das mit Deinem Kasernenhofgebrüll endlich auf?“

„Wieso? I brüll' doch net.“

Eines würde Paps an seinem neuen Schwiegersohn sicher mögen. Ihre Tochter und ihre Mutter warfen sie fast um. Auf so eine heftige Begrüßung war Storr nicht vorbereitet. Da war was faul, sollte 'Onkel Christian' vielleicht? Nein, der hatte gar keine Zeit gehabt. Was dann? Wo war ihr Herr Sohn? Tochter und Oma waren nicht sehr auskunftsfreudig. Ihr Vater aber schon. Ihr Filius? Bei seiner Freundin, man sah ihn ja kaum noch. Der Kerl war doch erst sechzehn! „Wird immer besser" schoss ihr durch den Kopf.

„Servus Schwesterherz! Was machen Vaterland und Liebe?"

Ihre Schwester, seit Jahren immer derselbe Satz. Unvermittelt platzte Kathi los: „Feli ist verliebt, Feli ist verliebt!"

Dunkle Gesichtsröte bestätigten den intuitiven Verdacht ihrer jüngsten Schwester, „Hör auf, Du dumme Nuss. Und überhaupt: Ich heiße nicht Feli und den Rest kannst Dir schenken!"

Mutter schob die beiden Frauen ins Haus. Als Anfang gab sie ihrer Jüngsten quasi einen Maulkorb. Ihre Älteste wurde danach ins Verhör genommen. Genauestens musste Felicitas ihrer Mutter dabei Bericht erstatten. Fast wie in ihrer Pubertät.

„Wann sagst Du es den Kleinen?"

„So schnell und vorsichtig wie möglich."

„Theresia wird sich freuen. Mark-Oliver? Mach' Dich auf einen schweren Gang gefasst."

Wenn ihre Mutter den Namen ihres Enkels so aussprach, war dicke Luft zwischen ihnen angesagt. Den Grund würde sie schon erfahren, obwohl Felicitas es eigentlich nicht im Geringsten wissen wollte. Mark-Oliver! Hätte sie nur nie auf ihren Ex-Mann gehört. Bei ihr hieß er einfach Mark.

Genannter tauchte im Laufe des Abends sogar persönlich auf. Betont cool begrüßte er seine Mutter. Tags darauf verschob sie kurzerhand das eingeplante Gespräch mit den Kindern. Lieber veranstalte sie einen Spielenachmittag. Ihre

Versuche, den Jungen über dessen Flamme auszuhorchen, blieben bereits im ersten Anlauf stecken.

Am Tag vor ihrer Rückfahrt raffte sie sich endlich auf. „Hört mal zu, Ihr zwei. Wär' es schlimm für Euch, wenn ich da einen neuen Mann hätt'?“

„Prima!“, jubelte ihre Tochter, „Bist Du dann öfters bei uns? Wohnt der Mann dann mit uns zusammen?“

„Ja, Schatz.“

Patzig gab der Herr Sohn seinen Senf dazu: „Pah, irgend so ein Schleimer, der hat mir gar nix zu sagen. Sag I Dir glei'. Warum überhaupt, war doch alles voll gut! Ich geh' lieber zu Tina. Is' doch Scheiße.“

Die Tür fiel laut ins Schloss.

„Koa Angst, Mama, der beruhigt si' scho' mehr!“

Der Trost ihrer kleinen Großen half ihr wirklich ein wenig. Bei ihrem Abschied stand Mark unverhofft da: „Wenn Du willst, bring ihn halt beim nächsten Mal mit. Aber mehr versprech' I Dir net!“

Erleichtert und auch traurig fuhr Storr zurück. Wenigstens war bei Tochter und Eltern ihre Nachricht positiv aufgenommen worden.

Feller lag noch wach auf seinem Bett. Leise schlich sie zu ihm.

„Arg schlimm?“

„Nein, Du darfst nächstes Mal sogar mitkommen. Mach' Di' auf neugierige Schwiegereltern und eine genauso neugierige Zehnjährige g'fasst. Und mein Sohnemann. Da gibt 's hundertpro Schwierigkeiten.“

„Macht nix, kriegen wir auch noch hin, wetten?“

Vorsichtig zog er seinen Arm unter ihr hervor, drehte sich ganz zu seinem Schatz und legte den anderen Arm um sie. Aneinander geklammert glitten sie schnell ins Traumland. Laut irgendwelchen Statistiken hatten Frischverliebte auf jedem noch so kleinen Bett Platz, im Laufe der Jahre würde sich das angeblich ändern.

Trillerpfeife! Wer war dieser Trottel? Er wälzte sich aus dem Bett. Da fehlt doch jemand!

Im selben Moment kam sie von der Dusche zurück: „Bevor es von Kerlen mit Restalkohol wimmelt."

Kurz so in den Raum gestellt war die Bemerkung Felicitas. Feller veranlasste es aber dazu, lang und breit ihren Kameradschaftsabend zu erklären.

„He, hör auf. Ich kenne keinen Mann, der nicht hie und da so einen feuchtfröhlichen Abend hat. Paps kam mal ohne Jacke und zu Fuß heim – bei 20 Grad minus. Also Schluss damit!"

Fünf vor Neun waren alle pünktlich im U-Raum. Storr-Feller oder Feller-Storr, wie man 's nimmt, kamen sehr gemeinsam. Wussten ja doch schon alle.

„Ohne Meldung!", der General betrat den Raum.

Mit ihm Nolde und einem unbekannten Anzugträger. Der machte es dem Stabsoffizier nach und nahm ebenfalls lässig auf einem Tisch Platz. Gerold hob indigniert seine Augenbrauen und suchte verzweifelt einen freien Stuhl. Blieb dann zwangsweise stehen, so viele Stühle gab es einfach nicht.

Aha, der Mann im Anzug war von der schwedischen Reichspolizei und hieß Sandvart. Er würde die Weiterführung der Aktion mit ihrem General zusammen leiten.

Weiterführung? Schmunzelnd führte ihr Chef aus, dass sich ihr Auftrag nicht wirklich verändert hätte. Prinzipiell sei nur das Einsatzgebiet um ein paar Kilometer verlegt worden. Gewisse personelle Konsequenzen waren logischerweise damit verbunden.

Die Mimik seiner 'Nichte' sprach Bände. Nein, das Storr-Hansen-Feller-Hauser-Team beträfe es nicht.

„Aber Sie, Oberfeld Kummer und ihre Gruppe. Kummer, für Sie gibt's a' Überraschung. 'n Rest übernimmt Oberfeldwebel

Keitzig. Keitzig und seine Männer fliegen anschließend in Zivil von hier nach Kopenhagen. Betonung liegt auf Zivil. Euer G'raffel nehmts selbstverständlich mit. Schweden ist immer noch neutral, darum Kopenhagen. Solltet Ihr benötigt werden, holt Euch dort ein Heli der Schweden. Ab diesem Zeitpunkt untersteht Ihr dem Führer der schwedischen Einheit. Verstanden?“

Keitzig, Müller, Peters und Samonov nickten etwas begriffsstutzig. Ihr neuer Gruppenführer erhielt von Burgmann noch einen dicken schriftlichen Befehl und damit war der Trupp entlassen.

Im angedeuteten Laufschritt verließen die Landser die Besprechung. Heilfroh weg zu kommen. Auch Nolde verabschiedete sich kurz angebunden. Deutlich merkte man ihm an, wie er sich ärgerte und zurückgesetzt fühlte.

Auffordernd nickte ihr General dem Schweden zu. Der erhob sich und stellte sich vor. In Schwedisch!

„Jag heter Göran och tycker om jobbar med ni.“

Verflixt, verzweifelt holte Feller sein Touristenschwedisch hervor.

„Hej, Göran. Jag heter Hannes. Hon heter Felicitas och Conni.“

Dabei zeigte er auf die Ladies. Danach stellte er auch Hauser und Kummer vor: „Den här är Christopher och Maik.“

„Danke! Ich glaube, wir werden zusammen einen hervorragenden Job machen.“

Akzentfreies Deutsch, Feller dachte an seine mehr als holprigen Kenntnisse der Sprache ihres neuen Kollegen. Ein himmelweiter Unterschied. Nur gut, dass die beiden motorradfahrenden Kripoleute anscheinend nicht mehr im Spiel waren. Er hätte nicht einmal deren Namen gewusst. Quintessenz der folgenden Besprechung war dann: Das Quartett würde ihre Urlauberrolle wieder annehmen. Eben nur in Schweden und nicht im Allgäu.

Kummer musste einen sehr verzweifelten Eindruck gemacht haben, als ihm sein Part erläutert wurde. Er würde ebenfalls nach Norden gehen, als deutscher Vertreter bei der Auswertung der bisherigen Unterlagen. Ihm zur Seite stünde eine schwedische Polizistin. Zu seinem Leidwesen kam noch hinzu, dass diese Kollegin auch das Sagen haben würde. Sein männliches und soldatisches Ego wurde arg strapaziert. Frau als Vorgesetzte war er ja gewöhnt, aber von der Bullerei! Ein großer Brocken! Machohaft ging ihm gleichzeitig eine blonde und scharfe Schwedenmaus durch den Kopf. Quasi als Entschädigung.

Göran hatte in derselben Zeit das Zimmer verlassen und kam nun zurück. Begleitet von einer schwarzhaarigen jungen Frau.

Hauser murmelte zu Feller: „Glei' sin' mir a' Kindergarten."

Eine treffende Bemerkung, fand Feller. Das war keine Frau, höchstens ein Mädchen. Die war doch keine Zwanzig.

Fast, Sandvart stellte seine Kollegin als Sophia Möller vor, zweiundzwanzig und gerade erst als Jahrgangsbeste von der Polizeischule kommend.

Kummers heimliche Fantasien zerstoben schlagartig. Die würde den Job ernst nehmen, keine Frage. Wahrscheinlich zu ernst für den Geschmack des Oberfeldwebels.

„Keine Schwierigkeiten, keine Probleme!", wie aus einem Mund kommentierten Hauser und Feller mit ernsten Mienen den sichtbaren Kummer Kummers. Innerlich lachten sich seine Kameraden auf Zeit schadenfroh einen ab.

„Biet' der Dame doch endlich einen Platz an, du ungehobeltes Mannsbild!"

Der arme Kerl wäre fast über seine eigenen Füße gefallen, als er Storrs ironischer Aufforderung nachkam. Details wurden bekannt gegeben, mehr oder weniger wichtig. Jeder dritte Satz wies unaufhörlich auf das Vermeiden von diplomatischen Verwicklungen hin. Gebetsmühlenhaft wiederholte der General diesen Hinweis.

Die ganze Aktion stellte eine echte logistische Herausforderung dar. Alleine der Transport von Menschen und Material unter dem Gesichtspunkt einer strikten Geheimhaltung, damit wäre es eigentlich genug gewesen.

Aber das noch um Welten größere Problem würde die Aktion selbst werden. Nur durch eine enge Absprache zwischen den einzelnen Ministerien in Berlin und Stockholm war es überhaupt zu diesem binationalen Einsatz gekommen. Irgendwie waren damit die Bedenken des Generals verständlich, sollte auch nur eine Kleinigkeit schiefgehen, war es sein Kopf, der rollen würde. Und der von diesem schwedischen Polizisten. Daher wurde es zu einem elementaren Bedürfnis der Leiter dieses Unternehmens, die jeweiligen ausländischen Kräfte vollkommen in die Struktur der anderen Nation einzufügen.

Bei der offiziellen Neutralität des nordischen Königreiches würde eine Führungsrolle fremder Truppen ziemlich viel diplomatisches Porzellan zerschlagen. Daher unterstellte sich Burgmann mit seiner Einheit nicht nur pro forma seinem Kollegen. Dann kam aber der schlimmste Fall, die Soldaten würden im Falle einer Enttarnung durch Presse oder andere störende Dritte als Beamte des BKA angesehen werden.

„Befehlskette ist: In Deutschland ich, dann Major Storr. Stellvertretend kommen im Notfall Leutnant Feller und Hauptfeldwebel Kummer.“

Leutnant, Hauptfeld? Die Genannten sahen sich fragend an.

„Ihr habt richtig gehört. Ab morgen seid Ihr auch befördert. Ab Morgen! In Schweden oben hat mein Kamerad Sandvart das Kommando. Felicitas, Du bist seine Stellvertreterin hinsichtlich Eures Trupps, offiziell führt Frau Hansen als Angehörige des BKA. Praktisch haben wir das bereits abgesprochen, auch mit der Oberkommissarin. Sie wird diese Funktionsstelle nur symbolisch ausfüllen. Ich und Herr Sandvart brauchen dort oben eine kampffähige Gruppe. Und das ist nun mal Foxtrott.

Hannes Stellv. Sorry, Kummer, für Sie gilt eine andere Reihenfolge. Herr Sandvart, dann Frau Sophia und erst danach kommen Sie. Solang Sie noch in unserem Land sind, ist es natürlich umgekehrt. Habt Ihr alles intus?“

Gemurmelte Zustimmung.

„Haltei, bevor ich 's noch vergeß': Ab nächsten Dienstag Frau Oberstleutnant, ein Jahr vorgezogen. Bist mir aber deswegen nicht bös', gell.“

Die Zeit war gekommen, um auf Storrs Gesicht Verblüffung hervorzurufen.

„Herrschaften, Abflug direkt vom Fliegerhorst, in drei Tagen. Denkt dran, im Norden könnte es bereits Winter sein. Eure Benze kommen mit. Herr Sandvart wird gleich anschließend zurückfliegen. Oberfeld, seien Sie also bis dahin marschbereit. Ach so, Hauptfeld in spe!“

Langsam bekam Feller ein mulmiges Gefühl. Er betrachtete die immer wiederkehrenden Beförderungsorgien Burgmanns mit einer gehörigen Portion Misstrauen, Für seine Beamtenader wurde hier eindeutig geschummelt!

„Du, wie schafft es Dei' General permanent, irgendwelche Beförderungen um sich zum Schmeißen?“

„Sei stad, Herr Leutnant, des stimmt scho'. Weißt, Onkel Christian hat bei der Gründung von dem Club ein paar Sonderregeln durchg'setzt. Die net so vorschriftenkonformen Methoden sin' ja Teil von unserem Job. Des hat scho' sei' Richtigkeit. Und jetzt komm endlich, viel Zeit haben wir nicht!“

Hannes ließ sich das nicht zweimal sagen. Frisch Verliebte haben immer schon ihre Prioritäten anders wie ihre Umgebung gesetzt. Plötzlich riss Felicitas sich los. Mit der Bemerkung, es sei ja schon so spät, verschwand sie.

Endlich kehrte kurz Ruhe für Hannes Feller, frisch gebackener Leutnant, ein. Er öffnete gerade hungrig eine Fischdose.

„Hallo, los Du Faultier, gehen wir 'ne Runde laufen!“

Ein hilfloser Hauser schob seinen Kopf zwischen den beiden Frauen durch: „Komm bloß mit! Ich hab' keine Lust, mich allein zu blamieren."
Wenn es sein muss, seine staatseigenen Sportklamotten waren eindeutig noch ungenutzt. Für den 'Kraftraum' hatten seine wenigen Sportklamotten vollauf genügt. Beim Thema Sport hielt Feller sich ganz eng an einen gewissen Winston Churchill: 'No sports', den Rest des Zitats übersah Hannes immer sehr gerne und großzügig.
Keine halbe Stunde später stand er und sein Freund Christopher keuchend nach Luft ringend am Straßenrand. Hatten die Mädels nicht was von einer Runde gesagt? Inzwischen dürften die bereits zum dritten Mal ihre Kasernenrunde gedreht haben.
„Schluss?"
Keuchend gab Hauser zurück: „Schluss!"
„Hopp, hopp! Kennst Du die lahmen Typen?"
„Waren die Opas nicht auch am Start?"
„Genau, weit sind sie noch net!"
„Haha! Sehr witzig" jappste Feller.
Wo nahmen die Mädels nur die Puste her? Felicitas rauchte doch auch. Armer Feller, ab diesem Moment war er bis ans Ende seiner Tage zum Laufen verdammt. Nur gut, dass er davon noch nichts ahnte. Mit letzter Kraft trabten die Männer dann doch eine Abschlussrunde. Ehrenrührige, spitze Bemerkungen trieben sie an, vor allem die später zu erwartenden Kommentare! Am Rand des körperlichen Kollapses kamen die 'Läufer' wieder zum Block zurück. Atem ringend krochen sie fast die Treppe empor. Hauser wollte nur noch Dusche und dann Ruhe. Feller warf sich auf sein Bett. So kaputt hatte er sich schon lange nicht mehr gefühlt.
„Ich hasse Jogging!", extra laut hallte es aus Stube 115. Nein, so leicht würde Felicitas ihn nicht klein kriegen. Steif erhob er sich und – trotte zum sogenannten Kraftraum. Schwer fällig

begann er mit dem Hometrainer, jeder Muskel und jede Sehne schrie vor Schmerzen. Verbissen erfolgte der Kampf gegen den inneren Schweinehund.

Christopher schaute ungläubig herein: „Spinnst ganz?"

„Ja!"

Der Reserve-Uffz fiel auf die Hantelbank und deutete mit den Armen Gewichte stemmen an: „Du, Hannes!"

„Mh."

„Das Angebot von unserm Obermufti, was is' damit, nimmst an?"

Der Angesprochene wechselte zum Luftrudern. Atemlos meinte er: „Hab's noch nicht richtig überlegt. Denk', dass ich es machen werde. In meinen beschissenen Ziviljob will I nie mehr zurück. Da bist doch als mittlerer Dienst nur der Depp!"

„Aha, und da bist kein Depp?"

„Nimmer so, bei dem Verein darfst sogar selber denken", nach einer Denkpause: „Wenigstens ein bisserl."

„Was meint Sie?"

„Die wär' einverstanden", kam es vom Flur.

„Der Lauscher an der Wand!", brüllte Feller.

Jetzt hatte er den Salat, aus der Sache kam er nicht mehr heraus.

„Ruf' Dein 'Onkel Christian' an und sag es ihm", mehr zu sich selbst knurrend, „Wenigstens ist dös geregelt."

Sein Kamerad grinste: „Als Nächstes kommt d' Heiratsantrag oder so was!"

„Schau'n mir mal."

Frisch geduscht, Bart gestutzt und ausrasiert fühlte Feller sich bedeutend fitter als noch vor einer Stunde. Ratlos stand er vor dem Spind. Zivil oder Oliv war die Frage.

„Zivil!"

„Ich dachte, Du schläfst. Okay, also das Zeug. Was machen wir noch?"

„Friseur, Deine Matte ist nicht gerade eines Jungleutnants würdig. Und dann hab' ich ebbas vor. Musst aber nicht mit, wenn Du net willst."

Sie sprach in Rätseln. Gut, seine Haare waren wirklich länger als gewöhnlich. Die Matte stand bereits am Kragen auf und durch seine vielen Wirbel standen die Haare in alle Richtungen. Soll sie ihn mit dem Rest überraschen. Motorrad! Stand da eine schwere Maschine vor dem Gebäude! Seine Felicitas und so ein Ungetüm, schwer vorstellbar.

„Nein, der silberne Corolla da links. Die Maschine gehört Conni. Auf so was kriegen mich keine zehn Pferde!"

Ein ganzer Steinbruch fiel ihm vom Herzen, mit Motorrädern hatte er auch nicht viel am Hut.

Ihr Fahrstil war dafür mehr als rasant.

„Schlimmer wie meiner, Du fährst ja wie a Henker!"

„Spricht der Richtige. Deine Allgäuralley war keinen Deut harmloser. Selber Henker!"

Erste Anzeichen einer Beziehungskrise? Nein, sie schossen sich nur gegenseitig hoch. Eindeutig bewies ihr Gelächter das genaue Gegenteil einer Krise.

„Legionärsschnitt, bitte!"

Storr schmunzelte über den verwirrten Ausdruck der Friseuse.

„So 4 bis 6 Millimeter, bitte.", verbesserte Felicitas Fellers Wunsch.

Eine Viertelstunde später und um 25, -- € ärmer stand das Paar wieder vor dem Salon. Aha, Gnädigste wollte in die Kirche. Darum dunkler Blazer und Rock mit flachen Stiefeln. Bloß ganz so geheimnistuerisch hätte sie da nicht machen müssen. Als die Beiden die alte Stadtpfarrkirche betraten, wurde er stark an seine Kindheit und Jugend erinnert. Traurig dachte er an seine längst verstorbenen Großeltern und die vor wenigen Jahren kurz nacheinander verstorbenen Eltern.

Unbemerkt beobachtete Felicitas ihn aus den Augenwinkeln. Zufrieden sah sie: Er wusste, was von ihm an diesem Ort erwartet wurde. Sie war in einem sehr katholischen Elternhaus aufgewachsen. Seltsamerweise war Paps viel religiöser als Mutter.

Wie sie mitteilte, dass sie sich scheiden lassen wird, war lange Funkstille. „Katholiken lassen sich nicht scheiden" war Vaters Meinung. Trotz der Ereignisse, die zu dieser Trennung geführt hatten! Nach einigen Monaten fügte er aber immer dazu: „Außer von solchen A....löchern wie Felicitas' Herrn Storr."

Auf die Ankündigung seiner Großen, wieder einen Partner gefunden zu haben, meinte er versöhnlich nur: „Zeit ist 'worden."

Mam und Paps waren innerlich heilfroh, dass ihre Älteste nach drei Jahren wieder jemand gefunden hatte. Genau ansehen würde man den Kerl aber sicher noch!

Fellers Gedanken konzentrierten sich inzwischen auf seine Situation. Würden seine Kinder zu ihm zurückfinden, käme ihr Nachwuchs mit den neuen Gegebenheiten klar und vor allem, würde der Alltag ihre Beziehung gefährden können?

Die Abendmesse wurde nur von wenigen Leuten besucht. Der Pfarrer war sichtlich erstaunt zwei relativ junge Kirchgänger bei der Kommunion zu haben.

„Danke!"

„Für was denn? Ich bin keine Betschwester und renn' auch net jeden Sonntag in d' Kirch'. Katholisch bin I trotzdem, aber des mit den Geschiedenen passt mir nicht. Und irgendwann ändert sich des auch. Um 900 rum hat es sogar ein bairisch-katholisches Scheidungsrecht geben. Und in d' Kirch' geh' I fast jeden dritten Sonntag."

Sie hackte sich bei ihm ein: „Passt schon!"

Als sie das Ortsschild seiner Heimatstadt passierten, entspannte sich Feller wieder. Die ganze Zeit befürchtete er,

Verwandten oder Bekannten über den Weg zu laufen. Dazu fehlte ihm gerade jede Lust. Sie legte ihre freie Hand auf seinen Schenkel. Langsam glitten ihre Finger in seinen Schritt.

„He, keine Anmache beim Beifahrer!“, Hannes klang dabei weinig ablehnend.

„Was heißt da Anmache. Lange halt ich es nicht mehr aus! Ich will jetzt die letzten Nächte nachholen. Am besten glei' hier!“

„Na, komm, dann gib Stoff! Sonst kommt noch was dazwischen.“

Kaum vor ihrer Unterkunft angekommen trug er sie rasch in 'ihre' Stube. Stürmisch rissen sie einander die Klamotten von ihren erhitzten Körpern. Seine Hände und Lippen glitten über ihren Körper. Immer tiefer, sanft küsste er sie zwischen den Schenkeln. Aufgewühlt zog Felicitas Hannes eng an sich, presste seinen Kopf fast gegen ihren Unterleib.

„Jetzt, Jetzt!“, schreiend warf sie ihn aufs Bett und glitt über ihn.

Sie waren nur noch ein Körper, eine Seele, als die Vereinigung stattfand. Durchgeschwitzt lagen sie eng zusammen. Zufrieden und vollkommen entspannt. Hannes nahm ihr die Zigarette aus den Lippen, zog kurz. Und gab die Kippe sofort hustend zurück.

„Weißt, ich hab' Angst, des alles ist vorbei, wenn die ganze Geschicht' über die Bühne gegangen is'.“

„Warum? Meinst Du, ich sag dann 'war schön, lass uns Freunde bleiben' oder so einen Schmarr'n?“, ein Thema, das auch Felicitas immer wieder beschäftigte.

„Vielleicht. Mehr mache ich mir Sorgen, wenn wir im normalen Alltag stecken. Jetzt haben wir doch eine Ausnahmesituation.“

Storr beugte sich zu ihm. Mit großen blauen Augen bekräftigte sie: „Du brauchst Dir keine Sorgen zu machen. Wir schaffen 's sicher. I bin froh, weil Du Dir selber Gedanken machst. Das Gleiche ist mir nämlich auch schon gekommen."

Glücklich küssten sie sich. Er schnippte die Kippe in eine Limodose, als die Glut seine Finger berührte. Vor lauter Freude hatte er nicht mehr daran gedacht! Unsicherheit war bis zu der kurzen, aber wichtigen Aussprache immer wieder aufgetaucht. Die Sache mit Felicitas war ihm einfach zu schnell gelaufen, jetzt war aber alles in Ordnung. Beide hatten ähnliche Befürchtungen gehabt und mit einem Schlag waren die Ängste weggefegt! Sie waren schon weiter wie die meisten Paare nach Monaten.

Spät in der Nacht schreckte lautes Gekicher und Lachen das Pärchen aus dem Schlaf. Hansen und Hauser! Wo kamen die denn her?

„Oh je, hoffentlich übernimmt sich Stopher nicht, sonst haben wir einen Eifersuchtsmord im Karton."

Schläfrig kam von ihrer Seite: „Was, schon wieder ein Toter?"

„Noch nicht, aber wenn da was ins Laufen kommen sollte. Seine Frau bringt ihn um."

„Soll s' doch. Ich will schlafen."

Dem war nichts hinzuzufügen. Um halb Drei am Morgen garantiert nicht.

Schlagartig wurde Feller wach. Leichtsinn, bodenloser Leichtsinn war das Gestern! Wo waren denn ihre Gedanken? Die Mörder liefen irgendwo da draußen frei herum und die komplette Mannschaft vergaß jede Sicherheitsmaßnahme. So etwas durfte nie wieder passieren! Sein Blick ging zum Wecker, erst Sieben. Leicht küsste er ihre Haare. Zeit für die Laufschuhe, bevor sie ihn wieder überredete. Dann lieber gleich freiwillig.

„Feli", schnell noch mit „citas!" verlängert, „auf, Du Schlafmütze. Es regnet leicht, frisch is' es auch. Ideales Laufwetter! Komm, hoch mit Dir."

Mit halb geschlossenen Augen kam Storr hoch. Noch halb im Schlaf lächelte sie: „Scheinheiliger Patron. Fünf Minuten zum wach werden, dann gehörst D' der Katz'."

Pünktlich, nach exakt fünf Minuten, trabte sie im Sportzeug aus dem Block.

Sechs endlose Runden zwang Feller sich mit jedem Schritt durchzuhalten. Wenigstens meinte seine Herzdame, dass sie stolz auf ihn sei. Nur das mit dem Tempo, da müsste noch gearbeitet werden. Tempo, daran arbeiten! Was denn noch? Nachts schien ihr sein Tempo zu gefallen, warum nicht auch beim Rennen etwas langsamer?

„Rennen, was für Rennen? Wir sind doch wie Schnecken gekrochen!"

Das saß, schrie nach Rache! „Ab in die Dusche mit Dir!"

Völlig überrumpelt lag sie schon über seinem Rücken: „Nein, Hilfe! Nein! Bloß nicht, net unter die Kalte. Na!"

Zu spät, triefend vor eiskaltem Wasser setzte er sie wieder auf ihre Füße. Klatschnass flog ihre Jacke über seinen Kopf. Knapp wich er einem ihrer Sportschuhe aus. Ein Haufen nasser Bekleidung in der einen Ecke und zwei Nackte eng umschlungen unter einem warmen Duschstrahl in einem anderen Eck fand Conni die Duschen vor.

Unbemerkt verließ die Polizistin wieder den Nassraum. Muss Liebe schön sein, Hauser war ja ganz nett. Wenigstens in letzter Zeit, aber kein Mann für so was wie Liebe. Eher Vaterersatz oder besser, großer Bruder. Im Flur begegnete ihr derselbe.

„Duschen is' nich'. Voll besetzt."

Gehorsam und etwas irritiert schlurfte Hauser in Richtung Aufenthaltsraum weiter: „Frühstück?"

In so zwanzig Minuten, gab Hansen zurück. Falls Feli und Hannes bis dahin fertig sind, dachte sie für sich. Dort war sie gerade Thema. Feller konnte nicht ganz glauben, dass Conni inzwischen fast schon eine Freundin für Felicitas war. Doch auch der war die BKA-Beamtin noch immer suspekt. Richtig traute Storr der Hansen auch nicht. Nein, alle Zweifel waren nicht durch General Burgmann und Gerold zerstreut. Beide versprachen sich hier weiter vorsichtig zu sein und auf Hauser aufzupassen. Den wollte keiner von ihnen einweihen. Sie wussten ja nicht, wie Stopher sich verhalten würde.

„Conni darf nichts davon merken."

„Genau, wenn wir es Christopher auch nur andeuten, könnte der sich verplappern. Behalten wir es lieber vorerst für uns."

Am Frühstückstisch verkündete Hauser seine neueste Idee. Heftiges Nicken von Hansen bekräftigte seine Ankündigung. Wollte der alte Mann sich doch tatsächlich auch ein Motorrad besorgen und mit Conni damit in Schweden herum gurken. Wäre kein Problem, schließlich arbeite er an der Quelle.

„Nein!"

Barscher Befehlston. Die beiden verhinderten Easy-Rider wichen förmlich zurück. Feli war doch sonst nicht so auf Vorgesetzte getrimmt!?

„Äh, weil ..., äh, weil wir nicht getrennt agieren dürfen und überhaupt. Die armen Sicherungsleute, wie sollen die uns denn so im Auge behalten?"

„Nicht schlagen! Is' ja scho' gut. War ja bloß so a Idee", kleinlaut wiegelte Hauser ab.

Vorsichtig beobachtete der Leutnant seinen Spezi und die Kriminalerin. Nein, den wirklichen Grund hinter dem rüden Ton und das anschließende Herumgerede hatten beide nicht bemerkt. Vor ein paar Minuten hatte er mit Felicitas noch über ihr Misstrauen hinsichtlich der Conni Hansen gesprochen. Aber diese Klippe hatte seine Partnerin gut umschifft. Hätte auch schiefgehen können.

Heute waren die 'Chefs' mit Spülen dran. Während Feller abwusch, durfte die Frau Oberstleutnant abtrocknen. Vorsichtig lugte sie aus dem Fenster. Die abgeblitzten Zweiradfans standen bei Connis Maschine. Hauser versuchte anscheinend die Vorteile der Kisten seiner Firma im Vergleich zu ihrer Japanerin aufzuzählen. Sein Gestikulieren ließ jedenfalls darauf schließen.

„Arschknapp, beinahe hätt' I mi' verraten! Ob sie was gemerkt hat?"

„Deine Ausdrucksweise ist nicht sehr damenhaft. Man merkt, dass Du in einer beinah' reinen Männergesellschaft arbeitest. Grad könnt' ma' Di' für einen Obergefreiten halten. Nein, wenn s' keine total abgebrühte Schauspielerin ist, hat unser Connilein sicher nix gemerkt."

„Komm nachher bei mir vorbei, mein Domizil kennst Du ja noch gar nicht. Damenhaft genug?"

Sie warf ihm eine Kusshand zu.

„Sicher, noch ein paar Minuten!", Kusshand zurück.

Im letzten Moment sah er beim Betreten ihrer Stube ihre Beine, sonst wäre er sicher darüber gefallen. Storr hatte es sich am Boden auf einer Decke mit einem Buch bequem gemacht. Ihre rechte Hand deutete an, dass er sich neben ihr ablegen soll. Lange musste er sich strecken, um den Titel auf dem Buchdeckel lesen zu können.

„Willy-Brandt-Biographie. Und, interessant?"

„Ziemlich, ist er für Dich auch ein Verräter oder doch einer der letzten guten Politiker in unserem Land gewesen?"

„Schwer zu sagen. Damals hielt ich ihn für einen Nestbeschmutzer, Verräter wäre zu viel gesagt. Heute seh' ich die Sache etwas differenzierter. Eines war er in meinen Augen auf jeden Fall. Die lebende Bestätigung von Churchills Spruch, die Deutschen lecken einem entweder die Stiefel oder gehen jedem an den Hals."

„Sicher, kann man so sehen. Muss man vielleicht auch so sehen. Aber interessant und charismatisch war Brandt schon."

„Und kein aalglattes Fähnlein in den Umfragewinden wie unsere derzeitige politische Elite!", 'Elite' spuckte er fast aus.

Gemeinsam lasen sie ein paar Abschnitte, um danach darüber zu diskutieren. Sein Vorteil, der aber bisweilen zum Nachteil umschlug, war, dass er diese Zeit im Unterschied zu Felicitas bewusster erlebt hatte. Dafür schien ihr Blick wesentlich neutraler.

Mittags rief Hauser nach ihnen, wollte wissen, ob sie mit zum Pizzaessen gingen. Storr sprang pfeilschnell auf. Hunger hätte sie schon. Sie würden sofort kommen. Feller hielt sie zurück. In Pulli und Strumpfhosen wäre nicht ganz passend. Rasch schlüpfte sie in den dunklen Rock und elegante, sehr hochhackige Stiefel. Lederjacke noch übergezogen, fertig. Anerkennend nickte ihr Liebster. Er liebte sie zwar in jeder Lage, doch so ein I-Tüpfelchen tat ihm gut.
„Halt, meine Schöne! Du hast ein wichtiges modisches Accessoire übersehen“, seine Hand hielt ihre Dienstpistole hoch.
„Und Du?“
Müde lächelnd klopfte er auf seine Jackentasche. Nackt verließ er den Block sicher nicht mehr. Seine persönliche Stilberaterin hatte beschlossen, dass sein einziger Anzug angemessen sei. Beste Londoner Qualitätsware, in die Jahre gekommen, aber immer noch passend.
Mit „Wow, sexy“ kniff Sie ihn begeistert in den Hintern, „So möchte ich Dich öfter sehen!“
Feller bot ihr seinen Arm und sie gingen Richtung Felicitas' Flitzer.
„Schnicke, kann man sich so was als poppeliger Autobauer leisten?“
„Tu nicht so. Na ja, Herr Leutnant verdienen wohl auch nicht schlecht!“
Hauser in blauem Sacko, hellen Hosen und topmodischem Hemd. Vornehm geht die Welt zu Grunde. Auch seine Begleiterin hatte sich in Edeljeans und Bluse stadtfein

gemacht. Das Essen verlief in sehr lockerer Atmosphäre. Am Ende schaffte es Christopher dann noch, seine Spaghettisossenreste übers Hemd zu kippen. Ein wirklich gelungener Abend, bis jetzt!

Der Ärger erschien in Gestalt zweier uniformierter Polizisten. Der Jüngere blieb anscheinend völlig unbeteiligt am Eingang der Pizzeria stehen. Seine Rechte lag aber auffällig nervös auf seiner Dienstwaffe. Der ältere Beamte schlenderte zum Tresen. Dort unterhielt er sich leise mit dem Wirt.

Für weniger misstrauische Beobachter als das Quartett dort am Tisch, wäre der versteckte Blick durch den Gastraum nicht erkennbar gewesen. Storr blinzelte Hansen kurz zu. Die Frauen erhoben sich und marschierten zu den Toiletten. Kurz eine Frage an den Wirt, dann gingen sie weiter. Warum ging aber der Polizist mit ihnen? Diese Frage war deutlich bei dem Mann an der Tür zu sehen. Würde man ihm eine Pistole in den Rücken halten, eher unwahrscheinlich, dass er dieser Einladung nicht Folge geleistet hätte.

Bleich lehnte zur selben Zeit sein Kollege an der Wand der Damentoilette und blickte starr in die PPK seiner BKA-Kollegin. Storr zückte ihren Dienstausweis und ein zusammengefaltetes DIN A 4-Blatt.

Immer erleichterter wurde der Uniformierte, mit jeder Zeile kamen seine Lebensgeister mehr zurück: „Würde es Ihnen was ausmachen, Ihre Knarre einzustecken?"

Conni Hansen erfüllte ihm seinen Wunsch und schob die Pistole in ihr Schulterhalfter zurück.

„Sie müssen verstehen, als Enzo mich anriefen, dass ein ganzes Rudel Bewaffneter bei ihm sitzt, musste ich ja handeln!"

„Versteh' ich schon. Aber bitte kein Wort über unsere Anwesenheit! Schärfen Sie das auch ihrem Kollegen und diesem Enzo ein", die Offizierin tippte auf das Blatt, „Sie haben 's gesehen. Ganz geheimer Auftrag, sogar vom BKA unterzeichnet: Also, kein Wort!“

„Und was soll ich ins Protokoll schreiben?“, unsicher meldete sich der Beamte nochmal zu Wort.

„Na, ganz einfach: Routinebesuch in örtlichen Lokalitäten, Herr Kollege Kommissar.“

„Oh! Danke, Frau?“

„Oberkommissarin beim BKA. Namen brauchen Sie nicht zu wissen. Sonst sitzen Sie bald irgendwo im tiefsten Afrika als Ausbilder. Verstanden?“

Kleinlaut grüßte der Mann und rannte fast aus dem Lokal. Sein Kollege verblüfft hinterher.

„Boh, ich hab' gar nicht gewusst, dass Du so scharf sein kannst.“

„Liebe Felicitas, von Dir dachte ich das bis vor Kurzem auch nicht. Nich' nur Du kannst die große Chefin raushängen lassen.“

Die Angesprochene blieb verdutzt stehen. Hatte die Frau Oberkommissarin ihren Rüffel bei Hausers Vorschlag also nicht einfach abgehackt, die war echt immer noch krätzig!

Im Auto warf ihr 'Schwedenexperte' warnend ein, Alkoholika und Tabakwaren seien dort oben ziemlich teuer.

„Wo?“, der Gefahr einer Knappheit gerade dieser Artikel, die ja nicht auf der Spesenabrechnung auftauchen durften, ließ Felicitas blitzschnell reagieren.

„Fahr' da vorne geradeaus, über die Brücke und dann den Berg rauf bis ich 'links' sag'.“

Storr schoss förmlich den beschriebenen Weg entlang. Mit einer Kiste Bier, ein halbes Dutzend Flaschen Wein und einer Buddel voll Rum für kalte Nächte beladen ging es zu ihrem 'Nest' zurück. Noch 36 Stunden bis zum Abflug. Bepackt mit ihrer 'Reisebar' stapften die 'Jungs' hoch.

Unvermittelt fing Hauser an: „Weißt, Du hast 's schön. Dein Hormonhaushalt lässt sich dienstlich regeln. Und I? Ich bin doch auch nur ein Mensch. Einmal in der Woch' ein schnelles 'Hallo, mir geht 's gut' via Internet. Und immer unter Überwachung!"

„Hm, bist Du schon mal neben raus?"

„Ja, einmal. Ganz klassisch, mit meiner Sekretärin. Meine Frau hat mir diese blöde Sache lang nicht verziehen."

„Siehste! Kommt eh nichts Gescheites bei so was raus."

„Ha, ha, Du tust Dir leicht."

„Dann schmeiss' Dich doch an Conni ran!"

„Die is' doch z' jung und wenn sie will?"

„Das musst Du schon selber wissen. Überleg 's Dir halt gut."

„Wie hoaßt des: 'Tack so Mycket'? Deine Tipps waren schon besser." Resigniert fügte er an: „Seit heut' Nacht wenigstens leiser! Sonst dreh' I durch."

Wieder mit seinem Schatz alleine, erzählte Feller brühwarm von den Problemen seines Spezies.

Sie meinte: „Seine Frau können wir unmöglich herholen. Schon weil keine Zeit mehr dazu ist."

Seine Hand machte eindeutige Bewegungen. Bissig kommentierte Hannes die Zwangslage seines Spezis: „Schwielen an seine Pfoten hat er no' net. Muss er es halt no' a Weil' aushalten."

„Depp! Manchmal könnt ihr Kerle furchtbar ordinär sein. Soll ich mit ihm reden?"

„Besser nicht. Wird sich schon wieder einkriegen."

Der 'echte' Freund tat sich leicht. Hätte er nur besser auf Hausers Bedürfnis geachtet! Christopher versucht tatsächlich seine Teamgefährtin ins Bett zu kriegen. Zu seiner Überraschung klappte es sogar auf Anhieb. Das verwirrte ihn endgültig. Bisher war absolut nichts zwischen ihnen gewesen, eher ein gestörtes Bruder-Schwester-Verhältnis.

Hansen holte ihn am Morgen wieder auf den Boden der Tatsache: „Nich' schlecht, bild' Dir aber ja nich' ein, dass mehr als vögeln läuft."

Bumm! Die jungen Frauen waren schlimmer als früher viele Kerle! Der letzte Satz Connis blieb lange in seinem Gedächtnis hängen. Besonders wenn er an seine Familie dachte. Sollte seine Frau jemals davon erfahren! Lieber nicht dran denken, er wäre erledigt, tot! Sein Gewissen hinderte ihn aber nicht, weiter mit der jungen Frau Sex zu haben.

Als jedoch Hannes, und damit auch ihre Chefin Storr, davon Wind bekamen, war deren Reaktion alles andere als tolerant. Seiner und auch ihrer Anschauung nach: So was macht man nicht! Dabei hatte doch Hannes die Sache selbst indirekt angestoßen! Nur so richtig ernst gemeint hatte er es nun auch wieder nicht. Kann man ja gleich zu einem oder einer Professionellen gehen. Für einige Zeit herrschte Eiseskälte im Trupp.

Soll doch jeder nach seiner Ansicht leben, meinte die Frau Oberstleutnant später nachsichtig. Schwer fiel es ihr schon, sie war einfach konservativ und durch ihren Ex immer noch ein wenig traumatisiert, was sie nie zugeben würde! Letztlich deren ureigenes Problem, damit Basta! Ihr Hannes war zum Glück gegen solche Sachen gefeit. Obwohl? Nein, so war er sicher nicht, auf ihn war Verlass. Fehlte noch, die Pferde scheu zu machen.

Tag des Abflugs! Um Fünf hielt es Feller nicht mehr im Bett. Noch ein paar Minuten wären nicht schlecht gewesen, aber seine Partnerin tobte bereits in der Stube herum. Eine letzte Laufrunde?

Wenn's denn sein muss! Seine Motivation war alles andere als hoch. Trotzdem trabte er wieder Runden mit ihr. Aber Hallo! Das lief ja immer besser! Sieben Kilometer in einer guten halben Stunde, wird doch. Anschließend gab es ein deftiges Frühstück. Vor ihrer Landung in Schweden würde es nichts mehr geben. Hauser und Feller fuhren die bereits beladenen Geländewagen vor. Punkt Acht rangierten sie die beiden Wagen in das offene Heck der Transall.

Laut und unbequem würden die nächsten Stunden verbracht werden. Militärmaschinen waren selten komfortable Linienjets. Aus dem Flusstal im Westen waberten dünne Nebelschwaden. Der Major, der sie nach Norden fliegen würde, begrüßte alle kurz mit Handschlag: „Wetter ist gut. Klarer Himmel bis zur Ostsee, danach wird es ein wenig wolkiger. Aber kein Regen bis rauf nach Göteborg. Na, denn man tau!"

Brüllend wurden die Motoren angeworfen. Schwerfällig rollte die alte Dame zur Piste. Den Start empfanden die Passagiere als sehr laut und holpriger als mit einem Airbus oder so etwas. Endlich hatte der Pilot die Reisehöhe erreicht.

„Ganz schön kühl!", brüllte Feller seiner Nachbarin ins Ohr.

„Ja, siehst, wie fürsorglich I war."

Er nickte. Stimmt, ohne sie wär' er in Turnschuhen eingecheckt. Felicitas hatte jedoch zum Glück darauf bestanden, dass alle Winterschuhe und dicke Jacken anzogen.

Kapitel 2

Über dem Öresund begann die Maschine in den Sinkflug zu gehen. Fast fünf Stunden nach ihrem Start landete die Transall auf einem verlassenen Militärflugplatz bei Lund. Sandvart und General Burgmann bildeten das Empfangskomitee.

„Hejhej!“, begrüßte Sandvart die Ankömmlinge, „Kaffee und Kuchen warten bereits auf Euch. Danach freut Ihr Euch sicher auf eine ..“

„Lagebesprechung“, half Burgmann aus.

„Ja, Lagebesprechung. Wir haben viel Neues.“

Er führte den ganzen Schwarm zu einer naheliegenden Baracke. Kanelbullar, ganz frische! Dazu starker Schwedenkaffee. Feller gefiel es. Ruck-Zuck war der Kuchenteller leer. Entsetzt starrte Hannes auf die Platte, selbst die beiden Ladies hatten gewaltig zugeschlagen. Er schaffte es mit viel Müh' und Not ein Stück zu ergattert. Verfressene Bande!

Der Reichspolizist wusste tatsächlich einige Neuigkeiten. Der ominöse Golf war aufgetaucht. Besser noch, ein Jäger hatte beobachtet, wie die zwei Gesuchten auf einem Rastplatz bei Jonköpping von einem Kleinlaster aufgenommen wurden. Ihm war ein paar Tage später der VW aufgefallen, der immer noch auf dem Parkplatz stand. Ohne Nummernschild!

Leider konnte der Zeuge den Fahrer und den Transporter nicht wirklich beschreiben. Nur das es ein heller Kastenwagen gewesen sei, vermutlich ein Italiener. Trotzdem hatten die Schweden Phantombilder mit dem Jäger versucht. Mit Erfolg, der männliche Täter beim Mord an Torff wurde als altbekannter Kunde der Schweden identifiziert, Tallryd, Sven, aus Örebrolän stammend. Spurensicherung am Golf brachte daneben hervor, dass die junge Frau von Malmö EU-weit wegen diverser politisch motivierter kleinerer Vergehen zur Fahndung ausgeschrieben war.

„Ein Seilende haben wir, Sie sollen das ganze Tau einziehen."

Sehr plastisch drückte der General ihren Auftrag aus. Sandvart wies sie an einer Karte in ihr zukünftiges Einsatzgebiet ein. Värmland und Örebrolän, die Spur des Kleinlasters hatte die schwedische Polizei bis in diese Gegenden nachvollziehen können.

Göran war aber doch ehrlich, er und seine Leute vermuteten Tallryd einfach in den Gebieten seiner Jugend, dort kannte er jeden Stein beim Vornamen. Ideal, um immer einen Weg offen zu haben, den mögliche Verfolger nicht kannten. Codes, Frequenzen und nötige Papiere wurden ausgeteilt.

„Sollte Euch eine Polizeikontrolle oder dergleichen aufhalten, zeigt die Anweisungen vor, beinhalten auch Eure Sondergenehmigung wegen der Waffen. Also verlieren sie nicht und nur echten Polizeikontrollen vorweisen! Eure Unterstützungseinheiten haben Befehl, sich nur bei akuter Gefahr oder Nennung der vorgesehenen Codewörter zu nähern. Vergesst nicht, Ihr müsst die Parolen im vorgegebenem Plan wechseln. Ansonsten: Viel Jagdglück und bis zum erfolgreichen Ende!"

Burgmann und der Schweden verabschiedeten sich von jedem Einzelnen. Ab jetzt waren die Burgmannleute ziemlich auf sich alleine gestellt.

Im Nebenraum waren Feldbetten für das Team aufgebaut. Der schriftliche Befehl erläuterte das weitere Vorgehen. Diese Nacht sollte zum Ausschlafen sein.

Morgen ging die Reise über Jonköpping, am Vätternsee vorbei weiter in das Gebiet von Örebro.

„Alles klar! Bis Jonköpping kenn' ich den Weg. Ab da ist Schluss, da müssen wir nach Karte fahren."

„Mh, das Ferienhaus, das Sandvart für uns vorbereitet, hat liegt verdammt einsam. Seht mal her, im Umkreis davon sind drei Transporter registriert. Alle könnten in das Schema passen. Und da!“, Storrs Finger tippte auf einen unterstrichenen Satz, „Aus diesem Nest kommt der ältere Typ aus Malmö. Ab ins Bett, wecken ist um halb Sechs.“

Es waren erst wenige gemeinsame Nächte für Storr und Feller gewesen, getrennt zu schlafen gefiel beiden bereits jetzt gar nicht.

Beim Aufstehen wunderte sich Hauser, der als Erster den Hauptraum betrat, nur über das bereits vorbereitet Frühstück. Ohne weitere Fragen fing er trotzdem an kräftig reinzuschaufeln.

Mit vollem Mund empfing er seine Kameraden: „Nächstes Mal komm ich als Schwede auf die Welt. So 'n Service kennen s' bei uns nicht.“

Beim Verlassen der Baracke fröstelte Feller. Aus dem Halbdunkel kam eine Stimme, auf Schwedisch: „Hej, gut geschlafen?“

Er nickte dem Posten zu. Dachte er sich doch gleich, dass man sie nicht unbewacht in dieser Einöde schlafen lassen würde: „Tack för frukost! God Stund!“

Bei der Abfahrt winkte er noch dem Schweden.

„Wem winkst Du da?“, wollte Felicitas schläfrig wissen.

„Na unseren Bewachern. Sag jetzt bloß, Du hast nix davon mitbekommen?“

Die Überraschung war anscheinend perfekt. Seine persönliche Oberfeldjägerin hatte nichts bemerkt.

„Wir fahren erst zur E 6 runter, auf der dann Richtung Helsingborg. Ab da die E 4 nach Norden. Halt' Dich bitte bis auf 5, 6 Kilometer an die Vorgeschriebene. Wird sonst teuer.“

„Danke für den Tipp, oh mein illegaler Gatte!“

„Nein, das ist kein Witz. Fahr' einfach super korrekt. Am besten übrigens, wenn wir alle 150 Kilometer wechseln. Die ewigen Wälder weiter oben können ziemlich schnell müde machen.“

„Selbstverständlich, Du alter Schwede“, zur Bekräftigung ihrer Ansicht von seiner Oberlehrerrede streckte Felicitas ihm die Zunge raus: „Bäh, Herr Lehrer!“

„Freche Göre, auf so eine wie Dich hab' ich gewartet.“

Der Straßenverkehr wurde mit jedem Kilometer dünner, je weiter sie der E 4 folgten. Nieselregen setzte ein, der Tageskilometerzähler zeigte 140 KM an.

Storr steuerte den nächsten Rastplatz an. Kaffee aus der Thermosflasche machte die Runde. Außer Hauser, der das Treiben distanziert beobachtete, turnten und hüpften sie herum. Noch schnell eine Ration Nikotin, bevor es wieder losging.

„Weck' mich in einer Stunde!“

„Jawoll Frau Chefin, wird prompt erfüllt.“

Knurrend drehte Felicitas sich zur Seite. Eine Bemerkung hielt Hannes aber noch für unbedingt notwendig, bei ihrer Fahrweise: „Und träum' von den hiesigen Verkehrsvorschriften!“

Richtig schlafen konnte sie nicht, aber wenigstens blieb ihr die Ruhe für intensive Vergangenheitsbewältigung, Gegenwartsschau und Zukunftsträume. Anfangs tauchten ihre Erinnerungen an die Zeit beim Grenzschutz auf. Burgmann baute gerade die neue Sondereinheit auf. Mit einem Trick bekam er Felicitas in diese Truppe. Frauen gab es damals noch nicht bei bewaffneten Einheiten. So kam sie als Beamtin dazu. Der General fand glücklicherweise ganz weit oben Politiker, die seinen Plan forcierten. Storr war eigentlich die erste Frau im Felddienst, nur nahm man nirgends davon Kenntnis. Ihr Ex kreuzte bereits lange vorher ihren Weg. Als Mark zur Welt kam wurde geheiratet. Ihre Arbeit war da noch sehr wichtig. Nachträglich war es eher Flucht vor der unglücklichen Ehe mit Max Storr. Vieles tat sie nur, um das

Rindvieh zu halten. Wie er sie aber in einen Swinger-Club schleppte! Ihr ekelte es immer noch. Halbnackt und verheult war sie geflohen. In ihrer Erinnerung sah sie sich noch einmal beim Versuch ihre Mutter anzurufen. Außer Geheul kam nichts aus ihr heraus. Selbst jetzt hätte sie beinahe bei diesen Erinnerungen wieder geheult. Doch ging diese unangenehme Rückkehr in ihre Vergangenheit weiter. Plötzlich war damals 'Onkel Christian' in der Wohnung gestanden, weckte die Kinder und brachte alle drei gemeinsam mit 'Tante Heike' zu ihren Eltern nach Zwiesel. Ein Jahr später war sie geschieden. Seither war Max Storr untergetaucht, mit den ganzen Ersparnissen! Paps und Burgmann sorgten dafür, dass man in Regensburg eine süddeutsche Gruppe einrichtete und rein zufällig die Frau Major Storr mit der Führung beauftragte.

Die Gegenwart war einfacher: Ein gefährlicher Auftrag, ein neuer Mann an ihrer Seite und Hannes würde bleiben. Wenn der Ärmste wüsste, was seine 'Frau' über ihn wusste! In seiner Handakte standen auch Vorlieben. Sexuelles und solche Dinge logischerweise auch. Mein Lieber, gegen meinen Ex-Arsch bist Du fast schon ein Heiliger. Fast! Sanft glitt ein Lächeln über ihr Gesicht.

Der Fastheilige sah das sanfte Lächeln im spiegelnden Fenster. Leise murmelte er: „Scheint ein schöner Traum zu sein. Hoff', I spiel dabei eine Hauptrolle."

Hätte er weiter nach rechts sehen können, aber so verpasste er das von ihren Lippen lautlos geformte 'Ja'. Noch folgte die E4 den Ufern des Vättern.

Bei Odeshög fuhren die Wagen auf die Landstraße. Zeit zum Wechsel. Das Ritual drumherum blieb gleich, wenn man von Hauser absah. Machte er doch jetzt brav bei den gymnastischen Verrenkungen mit.

„Von hier ab lotse ich nach Karte. Lasst Euch auf keinen Fall abhängen!"

„I fahr', brauchst keine Panik kriegen!"

„Notfalls muss halt Conni Karte lesen, bleib einfach dran!"

Pikiert schnippte die Erwähnte: „In Eurem Alter kennt Ihr so was wie GPS oder Navi nich'?! War mir schon klar, Opis!"

Genervt schob Hauser sie in den Benz. Schade, dass Hansen nicht blond war, sonst hätte Stopher sie den Rest der Strecke über mit Blondinenwitzen zugedeckt. Ihr Verhalten passte manchmal voll auf solche Jokes. Achtzig, neunzig Stundenkilometer, folgsam hielt sich Storr an die Verkehrsschilder.

„Siehst da vorn? Das sind die ortsfesten Blitzer. Halt die nächsten zehn Kilometer die Geschwindigkeit megaexakt!"

Prasselnd nahm ein Wolkenbruch die Sicht. Knapp zwei Stunden später, geschafft! Diese ungeteerte Straße noch entlang, nach 1800 Metern war das Ziel erreicht. Umgeben von brachliegenden Feldern, leicht erhöht und von alten Obstbäumen umringt, stand das Bauernhaus. Der neue Stützpunkt!

Wie oft hatten sie eigentlich in den letzten Wochen diese Karren entladen? Hauser motzte wieder einmal vor sich hin. Alles war noch nass vom Regen, langsam begann es aber aufzuklaren.

„Trostlos und doch schön", Felicitas sah mit leicht verträumtem Blick über die kahlen Felder zu den bewaldeten Hügeln rings um.

Einen entscheidenden Vorteil hatte die Wahl Sandvarts in jedem Fall: Hervorragend überschaubares Gelände. Bis zu den Wäldern war es mindestens 600 m. Ungesehen kam garantiert nicht einmal ein Karnickel zu ihnen.

Laut Hausbeschreibung konnten die Geländewagen in der Remise abgestellt werden. Dort waren auch vier Mountain-Bikes für Radtouren. Heizen konnte man mit Strom oder Holz. Wasser für Küche, Dusche und die Waschküche käme aus dem hauseigenen Brunnen.

„Das scheint kompliziert zu sein!", unkte Hannes.

„Hm?“, Stopher wollte wissen, was und warum.
„Das mit dem Brunnen. Alle paar Wochen muss gemessen und eingestellt werden. Hier, vor allem nach Regen oder bei Schnee.“
„Ruhig bleiben, Hannes. Wer Autos bauen kann, kann auch Brunnen, äh, bedienen!“
„Bauen? Herr Ingenieur Hauser steht persönlich am Fließband? Sprüchklopfer.“
Kartoffelsuppe mit Würstchen – aus der Dose. Gemeinsam beschloss man, morgen sofort nach Karlskoga zum Einkaufen zu fahren. Kein Fenster und keine Türe, die nicht gesichert waren. Beruhigt konnte endlich zum Schlaf übergegangen werden. In dieser Nacht wollte keiner etwas anderes. Flug und die lange Fahrt hatten alle erschöpft.

Berge von Aktennotizen, Berichten und Laborkram warteten hingegen auf Kummer. Schreibtischjob, er konnte keinen Sinn in seiner Anwesenheit hier in Stockholm sehen. Sein Alptraum hinsichtlich seiner schwedischen Partnerin war dazu auch wahr geworden. Das Mädchen schuftete rund um die Uhr. Behaupte noch jemand, dass die Schweden keine Berge von Überstunden vor sich herschieben, die Tusse tat es auf jeden Fall! Magenknurren, exakt zwölf Uhr, Mittagspause.
„Sophia, kommst Du mit, Essenszeit?
„Nein danke, ich muss zuerst noch diese alten Protokolle über den Mann von Malmö, Sven Tallryd, durchsehen. Du kannst aber ruhig schon gehen.“
Kummer trabte in Richtung Kantine. Einziger freier Platz war – nein, bitte nicht – neben einer ebenfalls sehr jungen und engagiert aussehenden Schwedin in Polizeiuniform.
Maik schob Kohldampf, kurzentschlossen fragte er, ob noch Platz wär'. War noch, damit begann Kummers skandinavische Romanze. Ihre Unterhaltung ging am Anfang schleppend, lief bald immer besser. Nur Maiks Englisch war nicht so gut wie

das seiner Gesprächspartnerin. Das hinderte sie aber nicht an einem intensiven Gespräch.

Im Büro brütete Sophia weiter über den alten Akten. Tallryd war die letzten Jahre nicht mehr in Erscheinung getreten. Nach seiner Haftstrafe schien er sich von der linken Terrorszene getrennt zu haben. Nur bei Protesten gegen die hirnlosen Neonazis tauchte er auf. Er kam aus Örebrolän, zuletzt wohnte er aber in Karlskrona, zusammen mit einer gewissen Carla Marziorre. Von der gab es auch eine Akte, wenn auch dünner wie die von Tallryd. In den Siebzigern galt Marziorre als Sympathisantin der italienischen Roten Brigaden. Weitere Verdachtsmomente schien es zwar gegeben zu haben. Beweisen konnte man nie etwas.

Wo blieb dieser mürrische Deutsche, schon gleich drei! Unmöglicher Typ, immer der Letzte beim Kommen und der Erste beim Gehen. Nur dann, wenn sie einmal weg musste, dann war dieser Blödmann wieder einmal verschwunden.

„Was suchst Du eigentlich?", langsam nervte Hannes seine Prinzessin mit seiner Stadtrundfahrt.

„'n ICA oder so was."

Fragend hob Storr die Augenbrauen.

„Supermarkt!"

Verbissen steuerte Feller den Wagen um und durch die Stadt. Rechts, großer Parkplatz – Supermarkt erreicht. Jedes Paar nahm sich einen Einkaufswagen und musste feststellen: Euros passen nicht!

„Und nun?"

Überlegen griff der 'Experte' in seine Jacke: „Fem Kronor för ni, fem Kronor i det."

Breit grinsend schob er das 5-Kronenstück in den Schlitz und ging hoch erhobenen Hauptes ins Geschäft. Erstaunt blickten die drei 'Nicht-Schweden-Kenner' sich darin um.

Übereinstimmend meinten sie, dass der Laden für so ein kleines Städtchen ziemlich groß sei.

Schwedisch murmelte Feller die schwungvoll von ihm in das Gefährt geladen Artikel: „Ah, smör, mjölk, kaffegrädde, vatten, grönsäker, kött, olja, socker, ..“

„He, Du Experte! Lass uns doch auch was zum Aussuchen übrig“, wie aus einem Mund prügelten sie verbal auf Hannes ein.

„Is' ja scho' gut. Dort drüben: Käse, Würstchen, Joghurt zu Eurer Wahl und weiter vorne Kaffee bis zum Umfallen. Dann ran, Ihr undankbaren Piefkes!“

Kurze Zeit später trat eine kleinlaute Truppe wieder an: „Kannst Du bitte, bitte mitkommen! Wir wissen doch gar net, was des alles für Zeugs is'!“

Gönnerhaft Verzeihung gewährend schob Feller den Einkaufswagen zur Käseabteilung. Große Teile kämen im Vergleich zu den aus Deutschland gewohnten vergleichsweise billig. Tubenkäse, in jenem Regal, sei mit verschiedenen Geschmacksrichtungen und so fort. Ein Käseberg fand Platz bei den anderen Sachen. Heimlich schleppte er gleichzeitig eine ganze Palette mit seinen geliebten Fruchtcremes in das Wägelchen.

Weiter zur Kühltheke mit Wurst. Kritisch nahm er einen Pack nach dem anderen heraus, las angestrengt und legte wieder zurück. Verwundert starrten ihn seine Kamerad-'innen' an.

„Da müsst aufpassen, d' meisten schmecken a' weng mehlig.“

Hauser packte kurzerhand zwei, drei unterschiedliche Pakete: „Fertig! I' hab' Hunger.“

Bei den Eiern staunten die Neuschweden nicht schlecht: Solch große Packungen gab 's in ihrer Heimat nicht mehr. Kaffee, nur welchen?

„Da! 'Mellan rost'.“

Vorsorglich wartete der Herr 'Experte' ihre Zustimmung ab. Dreifaches Nicken, 6 Packungen und rein damit. Eis? Gab 's bei den Kassen.

Leider traf Hannes dort als Nachzügler ein, entsetzt sah er auf mindestens zehn Großpackungen Eiscreme: „Habt Ihr den Laden enteist?"

„Nein, von jeder Sorte, die jemand wollte, nahmen wir eins mit."

„Herzallerliebste, wer wollte zehn Sorten ausprobieren!"

Zu seiner Überraschung zeigten die Frauen unisono energisch auf Christopher.

„Mei", mehr kam nicht vom Eismann.

Irgendein Teil fehlt – Brot. Süßes Brot wollte dann wirklich niemand, höchstens ein 'limpa' zum Probieren. Der Rest Kleinigkeiten wurde rasch zusammengesucht.

Vor den Kassen rammte Feller dann noch um Haaresbreite eine ältere Frau. Seine schwedische Entschuldigung lag ihm bereits auf der Zunge, doch da war die Frau schon weg.

„Pass auf, Du kannst doch keine Omas mit 'nem kaputten Bein über den Haufen rennen!"

Kaputtes Bein?

„Sie hat ihren linken Fuß hinterher gezogen", informierte ihn Hansen, „und war leichenblass."

Stophers Kommentar enthielt zwar keine Informationen, aber der Spruch musste unbedingt heraus: „Schätz', die Omi hat Angst vor Deinen Schwedischkenntnissen gehabt."

Mehr als geübt beluden die beiden Männer die Fahrzeuge. Der Vorschlag, alles doch in den Kübel von Hansen-Hauser zu packen und schon mal vorauszufahren, hätte wenigstens bei ihrem 'Landeskundigen' Alarm auslösen müssen. Tat es aber nicht.

„Schaut Euch ruhig die Stadt ein wenig an. Habt Ihr?"

Demonstrativ tippte er in Richtung seiner Pistole. Ruckartig zogen die Frauen ihre Jacken zurück. Ja, schussbereit steckten deren PPKs in den Schulterhalftern.
„Vorsicht ist die Mutter der Porzellankiste. Seit aber bis Eins zurück. Dann gibt 's Kaffee mit Zimtschnecken."
Zweifaches braves: „Ja!"
Beim Ausladen an ihrer Behausung fiel bei Feller endlich der Groschen: „Ich Depp!"
„Nix Neues.", gab Stopher gelassen zurück.
„Bah. Mach Dich auf was gefasst, wenn die beiden zurückkommen. Kannst schon mal ein, zwei Schränke freimachen."
Jetzt war es an Hauser wieder einmal Verwirrung zu zeigen: „Wieso?"
Seufzend zählte sein Freund auf: „Klamotten, Schuhe und so weiter und so weiter."
„Meinst Du wirklich?"
„Wirklich!"
Pünktlich auf die Minute tauchte das Auto auf.
„Wirklich!", aus mehr bestand die Begrüßung nicht.
Tütenweise trugen die Sammlerinnen ihre Beute ins Haus.
„Hab' ich es Dir gesagt?"
Verzweifeltes Nicken Hausers, wie um alles in der Welt sollte der ganze Kram in die Heimat transportiert werden?! Das Zeug konnten sie auch nicht essen, Christopher fand diese Beute überflüssig.

Einladend wirkte der Himmel nicht gerade. Ein idealer Tag um sich die Gegend anzuschauen. Da konnten sie unauffällig nach einem der Transporter sehen, die Sandvart auf der Karte markiert hatte.
Im Schleichtempo fand Felicitas. Auffordernd kam ihr: „Kannst Du nicht schneller?"

„Nein mein Schatz. Hab' keinen Bock, einen Elch auf die Haube zu bekommen."

Hannes Worte hingen noch in der Luft, da kreuzte tatsächlich ein Prachtstück von Elch ihren Weg.

„Wo is' die Kamera?"

„Da. Schnell!"

Bei diesem hektischen, aber sinnlosem Getue musste Feller lachen: „Z' langsam. Das wird noch geübt. Bei Eurer Geschwindigkeit hätt' des Viecherl schon auf Krücken laufen müssen."

Zweifelnd meinte Stopher, dass es in Skandinavien doch genug Elche geben müsse. Hatte er wenigstens gehört.

„Nein, geben ja, sehen eher weniger. Das hier war reines Glück."

Hugh, ihr Experte hatte gesprochen!

Da, der Erste der Kleinlaster! Entschlossen stieg die Majorin aus und ging auf das Haus zu. Eine Frau mittleren Alters kam um die Ecke. Schnell merkte sie, dass es sich hier um Ausländer handeln musste. Nach einigem Hin und Her kamen Felicitas und die Schwedin zum Punkt. Touristenhaft dumm fragte Felicitas auf Englisch nach dem Weg zum Vättern. Diese Ausrede hatte sie von Anfang an als Grund für ihr Erscheinen vorbereitet. Sie mussten sich gewaltig verfahren haben, meinte die Frau daraufhin. Freundlich beschrieb sie den Weg, exakt notierte Storr auf ein Blatt ihre Wegbeschreibung. Schließlich sollte es ja auch echt aussehen.

Wieder auf der Hauptstraße herrschte Einigkeit, das konnte unmöglich der gesuchte Transporter sein. Das Rostfleckenmuster des Hecks musste selbst einem Blinden auffallen. Erfahrene Jäger wie ihr Zeuge konnten diese Zeichnung überhaupt nicht übersehen. Punkt Eins abgehackt, dafür lag am Waldrand eine Riesenfläche zum Picknick machen. Entspannt ging der Tag zur Neige. Morgen war auch noch ein Tag und die Nacht konnten Felicitas und Hannes zu Besserem nutzen. Bei den kühler werdenden Nächten sparte man so ja auch Heizkosten! Eine Art des Energiesparens, die nicht nur sie ausprobierten!

„Hörst?“

„Ja, die Rindviecher müssen alles nachmachen. Und ich erzähl's der Frau Hauser doch!“

„Untersteh' Di'. Die Supp'n kann Stopher selber anrichten und auslöffeln! Du wirst ein Freund sein!“, schmiss sie ihm an den Kopf – und die ganze Felicitas dazu.

Nebelfetzen hingen über den abgeernteten Feldern. Die Sonne durchbrach immer wieder die dünnen Nebelfelder. Während des Morgenkaffees studierten Storr, Hauser und Feller die Karte Sandvarts. Ihre militärische Ausbildung war hierbei mehr als nützlich. Die Karte erleichterte einiges, benutzten die Schweden doch NATO-Standards. Zwei weitere Kreise zeigten die nächsten Stellen an, wo weitere Kastenwagen, wie von dem Zeugen beschrieben, gemeldet waren. Der nächste Punkt war nur wenige Kilometer von ihrem Stützpunkt. Mit dem Fahrrad ein Klacks!

Vorher würde er die Bikes noch professionell einstellen, meinte Christopher. Sein Vorschlag wurde sofort und ohne Gegenstimmen angenommen. Mit solchen Dingen kannte der sich wirklich gut aus, wie man inzwischen festgestellt hatte.

Kurze Zeit später strampelten sie los. Kaum am ersten der fast 95.000 Seen Schwedens angekommen, wollten die Mädels tatsächlich schwimmen gehen.

„Brr! Viel zu kalt!“, versuchte sie Hannes davon abzuhalten.

Richtig, aber Hannes war daneben kein guter Schwimmer. Die Ausrede zog bei Felicitas und Conni gar nicht. Schon waren sie im Wasser – und genauso schnell wieder draußen! Die männliche Hälfte der Gruppe grinste sich an. Feller hatte gewarnt, das hatten die Weibsen jetzt davon! Wortlos kommentierten die alten Kumpels den Vorgang.

Ein paar Kilometer später erreichten sie den zweiten Prüfling. Nein, dieser Laster konnte es kaum gewesen sein. Kein geschlossener Aufbau, sondern eine Pritsche voll Gärtnerutensilien. Schade, na, man hatte nur noch ein verdächtiges Fahrzeug. Gemütlich ging es in einem Bogen zurück.

Unvermittelt unterbrach Hansen ihr ruhiges Dahinrollen: „He, Hannes! Da ist doch Dein Unfallopfer. Nee, da links am Waldrand!"

Wirklich, da humpelte die Frau auf ein im Wald fast nicht erkennbares Haus zu. Haus schien etwas übertrieben, eher eine Bude. Beim Vorbeifahren erkannte Feller hinter der Bruchbude die Rückseite eines hellen Kleintransporters. Heftig strampelnd schloss er zu Storr und Hauser auf: „Pff, pff, habt Ihr gesehen, was ich gesehen hab'?"

„Ich habe was gesehen und das war ein beiger Transporter", sofort spielte Felicitas bei Hannes' Versuch einer Neuauflage des allseits bekannten Kinderspiels mit, „Stopher, da vorne an der Kreuzung müssen wir unbedingt auf die Karte schauen. Tut so, als hätt' ma uns verfranzt!"

Angekommen berieten sie wild gestikulierend, welcher Weg der Richtige wäre.

„Schaut, keine Markierung von Göran. Der ist hier nicht bekannt."

Hansens Conni, die zwar nichts vom Kartenlesen verstand, aber dafür das Ziehen von Rückschlüssen gelernt hatte, warf ein: „Jetzt haben wir die Verbrecher! Glaubt mir, das ist unser Ziel."

Felsenfest überzeugt klang die Kriminalerin. Sandvart musste umgehend informiert werden. Er und seine Reichspolizei sollten diese Hütte samt älterer Dame und was sonst dort auffindbar sein könnte, schnellstmöglich unter die Lupe nehmen. Ohne erkennbare Hast fuhren die Vier weiter. Nur nicht auffallen war die Devise.

Kilometerweit vor der Stugga sprang Felicitas von ihrem Rad, warf es einfach in Richtung der übrigen Radler und stürmte sofort ins Nest. Feller verhedderte sich zwischen seinem und ihrem Drahtesel, als er den Sturz des Storr'schen Rades auffangen wollte. Sein Schienbein schmerzte. Fluchend schob Hannes die Zweirädern Conni und Christopher in die Remise nach. Die Offizierin holte zur gleichen Zeit im Inneren des Hauses das Frequenzblatt und das kleine Funkgerät mit Zerhacker unter der Spülmaschine hervor. In ihrem Kopf überschlugen sich die Gedanken.

„SE57, SE57, hier OskarDeltaZwoFünef. Kommen, kommen“, 'Tapp – tapp' schlugen ihre Finger nervös auf die Tischplatte. In den nächsten Versuch hinein unterbrach sie SE57, Sandvart. Sauber codiert übermittelte sie die Nachricht.

„OD25, Hydrant-Juni-..., Ende!“

So eine Kritzelei, sie schaffte es gerade noch ihre eigene Schrift zu entziffern: Stützpunkt nicht verlassen – komme selbst – Zielobjekt wird gecheckt – Bereitschaft zum Feuergefecht. Seufzend übertrug sie die Codes in Normalschrift.

Es ging also los, ab diesem Zeitpunkt befanden sie sich mitten im dicksten Schlamassel. Bisher schien die Angelegenheit fast wie Urlaub. Ausgeträumt, die Realität war eingetroffen. Knapp wies Storr die Mannschaft in die neue Lage ein. Armer Stopher, dachte sie, ihn trifft's am härtesten, er hatte die letzten Tage den ursprünglichen Grund ihres Zusammenseins gründlich verdrängt. Conni dagegen verlor mit einem Schlag ihre Oberflächlichkeit. Ernsten Gesichtes, ausnahmsweise schweigend, fing sie an, ihre Schutzweste aus dem untersten Teil ihrer Tasche zu angeln. Gewissenhaft bereitete Hansen sich auf einen eventuellen scharfen Einsatz vor.

Merkwürdig, wie verschieden die Menschen auf Gefahr reagieren. Während Hauser noch unsicher und aufgescheucht wirkte, zog Hannes bereits Kampfanzug, Bergstiefel, Schutzweste und seine unverzichtbare graue, ausgebleichte Bergmütze raus.

Zügig wechselte er die Klamotten. Umgezogen packte er sein Sturmgewehr, reinigte es und: „Waffe teilgeladen und gesichert. Leutnant der Reserve Feller meldet Einsatzbereitschaft."

Dabei wäre er am liebsten weggerannt, aber geschickt übertünchte er seine Angst mit schnoddrigen Sprüchen.

„Ramboverschnitt!", knurrte Hauser, folgte aber dann dem Beispiel seines Kameraden. Die Truppführerin war die letzte im Team, die ihr Zivilzeug in tarnolive Sachen wechselte. Hannes half ihr beim Anlegen der Schutzkleidung.

„Angst?"

„Ja, und Du?"

Er küsste sie zärtlich: „Nur Idioten haben keine Angst."

Schwer konnten sich die Beiden aus ihrer Umarmung lösen. Plötzlich lief Felicitas in den Küchenraum. Mit seiner CD-Box und dem CD-Radio kam sie zurück. Auch hatte sie noch ein paar Außenlautsprecher gefunden, da durften die Herren ruhig für musikalische Untermalung sorgen.

„Jetzt kannst Du es rocken lassen. Oder Deine grässlichen Thommy-Kampflieder spielen."

Vergnügt rieb sich Feller die Hände. Minuten später dröhnte eine merkwürdige Mischung von lauten, schnellen und harten Rocknummern über '1812' bis 'British Grenadiers' durch das Haus. Sein und Hausers Mitgegrölle klang schrecklich, aber wenn es den Herrn half, sollten die Kerle halt. Conni zuckte dazu nur resignierend mit den Schultern, Feli hatte mit Männern und deren seltsamer Psyche anscheinend Erfahrung.

„Fahrzeug nähert sich. Blauer Kombi."

Hansens Mitteilung löste sofort Betriebsamkeit aus. Der gerade noch geknickte Hauser sicherte mit seiner Uzzi den Vorplatz. Feller öffnete das Schlafzimmerfenster im Erdgeschoss, stellte sich in Halbdunkel des Raumes, lud fertig und richtete die Waffe auf das anhaltende Auto. Die Frauen standen mit gezückten Pistolen bereit die Türe zu öffnen.

„Hej!", Sandvart, als Klempner verkleidet, entstieg dem Kombi. Fragend erkundigte er sich in Englisch, ob er hier bei dem gemeldeten Wasserschaden sei.

Felicitas öffnete die Tür und bestätigte die Frage: „Yes, you are right. Come in, please!"

Mit einem jungen Mann im Schlepptau betrat der Schwede das Gebäude. Deutlich war das Aufatmen der Deutschen zu spüren. Als der Lt.d.R. mit seinem G3 aus dem Schlafraum kam, war es an Sandvart aufzuatmen.

„Aha, ich habe es mir gedacht, dass ich im Visier lag."

Das Problem des Skandinaviers war, der von ihm angeforderte Hubschrauber konnte erst am Abend kommen. Erst beim Vorliegen dessen Luftaufnahmen könne die Reichspolizei das fragliche Anwesen durchsuchen. Ein paar zusätzliche Hinweise seien einfach notwendig. In jedem Fall würden seine Einsatztrupps bereits den verdächtigen Ort unauffällig einkreisen.

„Passt in der Nacht besonders gut auf. Ich werde zwar ein paar meiner Leute bei Dämmerung rings in den Wäldern positionieren, leider ist auch unsere Personaldecke sehr dünn. Schießt mir nicht aus Versehen meine Männer zusammen!"

Bei weiteren Erkenntnissen melde er sich wieder. Mit diesem Hinweis verschwanden ihre Besucher und ließ die Deutschen wieder alleine. Ein Umstand, der nicht unbedingt von den Vieren als negativ angesehen wurde. So hatten sie wenigstens noch ein wenig Ruhe.

In Luftlinie nur wenige Kilometer entfernt, herrschte ebenfalls Alarmstimmung.
„Hast Du diese Schweine auch wirklich erkannt?“
„Eindeutig, im ICA war ich unsicher. Aber als diese Faschisten auf ihren Fahrrädern direkt vor meiner Nase vorbeifuhren, ohne jeden Zweifel!“, bekräftigte die 'Hinkende'.
Schwaches Licht erleuchtete den einzigen Kellerraum des herunter gekommenen Hauses. Der Ältere schloss die Augen. Viele Jahre sann er auf Rache an den uniformierten Mördern seines jüngeren Halbbruders: „Endlich, die verfluchten Mörderschweine!“, er wandte sich zu der neben ihm harrenden jungen Frau, „Der Tag unserer Rache ist gekommen. Deine Eltern sind für die Sache gestorben, jetzt müssen ihre Henker sterben!“
Glühende Wangen bei der Jüngsten des Trios zeigten deren fanatische Begeisterung. Nur ein kurzes „Wann?“ kam aus ihrem Mund.
Bald würde die Stunde kommen, gab der Mann zurück. Nur, wo waren diese Ratten? Lange Jahre hatte die ältere Frau an seiner Seite gestanden. Er war ein offenes Buch für sie.
„Vorgestern, vor dem Supermarkt, ich bin ihnen nachgefahren. Diese auffälligen Jeeps kann man nicht verlieren.“
„Ja, und weiter?“
„Zuerst hielt ich es für Übertreibung. Zu unserem Glück hörte ich auf meinen Instinkt.“
Ihre Pause zog sich. Erst als ihre Zigarette halb abgebrannt war, machte die 'Hinkende' weiter: „Ihre Gesichter konnte ich zwar nicht erkennen, mein Käfer stand am anderen Ende vom Platz. Aber ich sah gut genug, welche Autos zu diesen Hunden gehörten“, tief inhalierte sie. Wieder eine lange Pause, „Beinah' hätten diese Imperialisten mich ausgetrickst. Sie trennten sich. Doch als ich vorbeifuhr, habe ich in einem der Wagen Lebensmittelstapel bemerkt. 'Da ist sicher

Tiefkühlkost dabei' dachte ich, folgte also diesem Jeep. Bis zur Abfahrt zu Stengsons alten Hof. Allzu nahe kam ich ihnen nicht, aber es waren eindeutig die Kerle. Amateure, die bemerkten mich sicher nicht."

„Stengsons Hof. Den kenne ich wie meine Westentasche, schwer ran zukommen. Aber ich weiß, wie wir es schaffen. Du hättest mir früher davon erzählen müssen. Kommt!", befahl der Mann.

Er stieg wieder empor, die Frauen folgten gehorsam. Zuallererst musste die Gruppe in Deutschland und ihr Zellenchef informiert werden. Lange brauchte er, um anhand eines einfachen, aber wirksamen Systems sein Gespräch zu führen. Diese Imperialisten lauschten schließlich in jedes Telefonat. Nein, kurz vor dem Ziel durfte nichts schiefgehen!

Er rief seine Gefährtinnen näher. Erwartungsvoll blickten ihn die Frauen an: „Wir können nicht auf Unterstützung warten. Wir sollen daher sofort zuschlagen!"

„Wenn das Ganze aber eine Falle ist?"

„Unmöglich!", gab er seiner Gefährtin zurück, „Die anderen sind wieder daheim. Wobei, Zweig und dieser Adramek können warten. Geschossen haben die ja nicht."

Nach einer Pause: „Vor allem will ich nach dem Trucker noch Feller haben. Ach, diese Majorshure muss auf jeden Fall auch dran glauben. 'Rosa' meinte, sonst würde ihre Tarnung beim BKA eventuell auffliegen."

Die Ältere fragte nach: „Rosa, kennst Du 'Rosa' überhaupt, wer hat 'Rosa' denn je zu Gesicht bekommen?"

„Nein, niemand kennt 'Rosa'", seine Handbewegung verbot weitere Fragen in dieser Richtung.

Schnell hatten sie alle Unterlagen im Ofen verbrannt. Kein Hinweis durfte zurückbleiben, nach ihrer Tat würde die Reichspolizei die Gegend in ihre Einzelteile zerlegen. Ihm war klar, die Bullen wussten, wer hier gewesen ist. Daher sparten sie sich das Verwischen von Fingerabdrücken, sowieso sinnlos. Sarkastisch dachte er an vergangene Zeiten, da hatte die extreme Linkspresse ihn und seine Genossen als Helden bejubelt. Doch das war lange her. Heute mieden ihn selbst die wenigen verbliebenen Anarchisten. Selten erhielt er noch Besuch aus diesem Lager, er war einfach out. Für die neue Generation nur ein peinlicher Opa der linken Szene.

Wütend schleuderte der Mann einen Papierstapel ins Feuer. Vor vielen Jahren hatte er und seine Genossen sich fast am Ziel eines kommunistischen Schweden gesehen. Zorn überfiel ihn, wenn er an Palme und die anderen Linkspolitiker dachte. Am Ende waren ihre Hoffnungsträger komplett der kapitalistisch-pseudodemokratischen Propaganda aufgesessen. Selbst der Führer der großen UdSSR, Gorbatschow, war ein Verräter!

Schlimmer noch waren diese heuchlerischen Idioten, die ihn damals unterstützten. Heute diskutierten diese Weichlinge nicht mal mehr über die große Revolution, man nannte seinesgleichen verbohrte Außenseiter! Sein Hass wuchs mit jeder Minute. Tief durchatmen, ruhig werden, befahl der Altterrorist sich selbst. Kaltes Blut brauchte er in nächster Zeit.

Torffs qualvoller Tod ließ ihn fast mild lächeln. Wie der Scheißkerl winselnd aus der Kabine gekrochen ist! Iris' Idee, ihm zuallererst die Achillessehnen durchzuschneiden, herrlich! Verzückt ahmte der Alte nach, wie er dem Trucker die Kehle eingeschnitten hatte. Nicht durch, nur ein Stück. Der Bastard sollte wissen, dass er sterben muss. Unzufrieden war er nur, weil die Deutschen ohne ihn die Urteile in Süddeutschland vollstreckt hatten.

Der Ältere fuhr selbst den klapprigen Transporter.

„Sven, der Hof liegt doch im Süden, weshalb fährst Du nach Norden?“

„Ich sagte doch, ich kenne mich dort aus. Lasst mich nur machen.“

Während der Fahrt erklärte der Mann seinen Plan. Die Frauen waren nach seinen Informationen aus Deutschland nur reine Schreibtischtäter, ernsthafte Gefahr konnte seiner Meinung nur von Feller oder Hauser ausgehen, beide Veteranen und beide hatten bereits getötet. Sie sollten sich in das Haus schleichen, er würde sich das untere Schlafzimmer vornehmen. Dort vermutete er Feller mit seiner Majorsschlampe. Seine Hand formte eine Waffe. Zwei, höchstens drei Schüsse und diese dreckigen Schweine waren nicht mehr!

Seine Gefährtinnen sollten den obenliegenden Schlafraum von Ratten säubern. Simpel, dabei konnte nichts schiefgehen! Leider auch zu schnell für Svens Geschmack. Doch die Ratten mussten sterben, ohne Widerstand leisten zu können. Unablässig sah der Fahrer nach einer Weile in die Spiegel. Er blieb stehen, niemand weit und breit. Schnell fuhr er in einen alten Waldweg. Nach wenigen Metern hielt das Fahrzeug an.

„Los, raus, wir müssen alle Spuren verwischen. Niemand darf sehen, dass es hier einen Weg gibt! Los, fangt an!“, zufrieden betrachtete der Mann namens Sven anschließend ihre Arbeit, „Sehr schön, nehmt die Waffen, vergesst die Sprengkörper nicht!“

Zügig stapfte er den dicht verwachsenen Weg entlang. Wie ein bedeutend Jüngerer schritt er aus. Selbst das schwere Gewehr schien ihn nicht zu behindern. Seine Begleiterinnen folgten dichtauf. Ihn zu verlieren hätte bedeutet, dass die Frauen sich im dichten Wald und der aufziehenden Dunkelheit hilflos verirrt hätten. Eine unschöne Vorstellung für Stadtmenschen.

Svens Plan stand fest, nichts würde ihn von nun an aufhalten! Falle oder nicht, die Mörder seines Bruders und dessen tapferen Genossen schliefen in dieser Nacht zum letzten Mal!

Plötzlich stoppte er. Flüsternd erklärte er den Frauen das Vorgehen: „Genau hier beginnt eine flache Rinne, bleibt ganz tief unten und haltet die Klappe."

Angekommen sollten sie zu den von ihm ausgewählten Plätzen kriechen. Ab jetzt war jede auf sich gestellt, er konnte ihnen nicht zur Seite stehen.

Der Mann gab noch einen letzten Befehl: „Geräusche könnten warnen, also nicht einmal pfurzen. Los jetzt!"

„OD25, kommen!", rauschte Sandvarts Stimme.

„Hier OD25."

„Offener Funkspruch: Auswertung der Luftaufnahmen negativ. Zielobjekt leer. Wir versuchen Spuren zu finden, kann dauern. Verstärkungen unterwegs. Bereitstellung BE 25/10. OD25, Bestätigen Sie."

„OD25 hat verstanden. Ende."

Kühl, so wie sie es gelernt hatte, gab Storr kurze, präzise Anweisungen. Seit Sandvarts Abfahrt spielten sie laufend jedes mögliche Szenario durch. Hoffentlich fielen ihren unsichtbaren Gegnern keine weiteren Schachzüge ein.

Der Druck stieg an. Versteckt versuchte jeder schnell auf die Toilette zu kommen. Sie schlichen hinein, als ob jeder sich seiner Angst schämen würde.

Feller, mit vier Gefechten der Erfahrenste in so einer Situation, versuchte die Truppe aufzumuntern: „Tut nicht so. Glaubt einer von Euch, wir hätten nicht alle ziemlich Schiss? Seit stärker als die Furcht, vergesst sie aber nicht. Macht vorsichtiger und man lebt länger. Leute ohne Angst oder schwächer als dieses blöde Gefühl leben nicht lang. Also verdrängt sie nicht und lasst die Angst auch nicht stark werden."

Bevor er seinen Platz bezog, verabschiedete Hannes sich von Felicitas. Wer wusste schon, ob sie in ein paar Stunden die Sonne wieder aufgehen sahen. Da konnte er noch so sehr einen auf Kampfsau machen, im Innersten kroch immer wieder Furcht in ihm hoch. Hätte er gewusst, wie nahe der Gegner inzwischen war, vielleicht hätte diese Angst für einen Moment gesiegt.

Schlangengleich glitt der Mann um die Scheune, bezog Position im Schatten einer Ecke. Von hier aus hatte er die komplette Vorderfront im Visier. Vorsichtig schob er ein Kabel zur Seite. Sein Blick ging die Leitung entlang nach oben. Keine Alarmanlage, ein Lautsprecher, dem würde der Winter sicher nicht guttun. Wahrscheinlich noch von Mittsommer übriggeblieben.

Sein Restlichtverstärker brachte nicht die erwartete Leistung. Verfluchte Scheiße, hätte er nur die Akkus aufgeladen. Bei mehr Zeit wäre ihm so ein Fehler nicht unterlaufen. Durch das Zielfernrohr sah er schemenhaft eine Gestalt im Fenster des Schlafzimmers. Erneut schimpfte er innerlich auf seine Unachtsamkeit. Druckpunkt, halb ausatmen! Halt, im schwachen Licht des in den letzten Zügen liegenden Nachtsichtgerätes erkannte er die Waffe in den Händen der schemenhaften Gestalt. Eine Falle!

Spät, viel zu spät für sein Opfer. Der würde ihm sicher nicht mehr entkommen! Erneut nahm er Druckpunkt. Den Einschlag der G 3-Kugel nahm sein Unterbewusstsein noch irgendwie wahr, dann explodierte sein Kopf.

Die ältere der beiden Frauen unterdrückte mühsam alle Anzeichen von Erschöpfung. Das lange Kriechen hatte sie fast umgebracht. Ihr kaputtes Bein schmerzte heftig.

Ein Schuss! Sven musste das gewesen sein. Sie hob ihre Waffe. Im Schatten, wo ihr Gefährte sein musste, lag eine zusammengesunkene Gestalt. Nein! Diese Hunde hatten doch nicht? Tief im Inneren wusste sie, ihr Mann war tot.

Wutentbrannt vergaß sie alles. Ihr steifes Bein gehorchte nicht. Trotzdem humpelte sie feuernd und wild schreiend auf das Haus zu. Die Jüngere verunsicherte der Knall, sah ihre Kameradin losstürmen. Reflexartig schloss die junge Frau sich deren Angriff an.

Eine Gestalt stand im Eingang und rief etwas. Die Frauen nahmen die Worte nicht wahr. Ein Schlag traf ihre Hüfte, ein zweiter. Die junge Frau fühlte die Stöße wie in Trance. Sie stürzte, keine Schmerzen. Warum habe ich keine Schmerzen? Warum kann ich mich nicht mehr bewegen? Eine Mischung aus Wut und Angst stiegen in ihr auf.

„Ich kann doch denken, weshalb bin ich so starr?“, flüsterte sie zu sich selbst.

Blitze und Donner. Lachen schüttelte sie. Gewitter zum großen Sterben, wie passend! Alles dreht sich, Papa in seiner NVA-Uniform, nein, er war nicht ihr echter Vater. Mama und Papa waren doch tot, von diesen Faschisten ermordet. Ihre Muskeln lösten sich. Kein Gedanke ging mehr durch ihr Gehirn.

Verzweifelt kämpfte in dieser Nacht jeder alleine gegen seine Ängste. Mitternacht! Hansen sah müde auf ihre Uhr. Angestrengt ging ihr Blick wieder auf den Hof. Links, der Schatten. Der war vorher kleiner gewesen. Im Licht der dünnen Mondsichel konnte man fast nichts erkennen. Durch das Nachtsichtgerät allerdings? Wirklich, sie hat sich nicht geirrt. Dort drüben kauerte ein Mensch. Zeitlupenhaft ging die Polizistin in Anschlag. Sie musste ihre Kameraden warnen! Ehe Conni das tun konnte begann sich die Hölle zu öffnen. Schlagartig sackte der Unbekannte zusammen. Erst danach knallte der Schuss des G 3 an ihr Ohr.

Heftige Bässe donnerten von mehreren Seiten „We will rock you“ in den Himmel. Hausers und Fellers abendliche Bastelei zeigte Wirkung. Zwei dunkle Gestalten stürmten wild feuernd auf Hansen zu. Undeutlich nahm die Beamtin wahr, dass der hintere Angreifer humpelte. Von der Rückseite knatterte eine MP Feuerstöße in die Nacht.

Die Oberkommissarin trat aus der Tür, vergaß jede Deckung: „Halt, stehen bleiben! Polizei!“

Kurz hintereinander bellte eine P8 auf. Felicitas schien die vordere Person getroffen zu haben. Im vollem Lauf war der Angreifer stehen geblieben, schwankte und krachte zu Boden. Die humpelnde Gestalt zeigte sich von all dem unbeeindruckt.

„Halt!“, schrie Hansen wieder. Was sollte sie tun? Ihre Arme hingen nach unten, gehorchten ihr nicht! Panisch rief sie schrill: „Halt, stehen bleiben, Stopp!“

„Halt die Klappe, Du Scheißbulle, kreischte die Gestalt zur Antwort.

Die Hinkende hatte ihre Gefährtin zusammenbrechen sehen. Der Schatten rief immer noch unverständliches. Eine Kugel pfiff dicht an ihr vorbei. Das Schnellfeuergewehr, weg damit! Immer deutlicher spürte sie das Ende ihrer Kräfte nahen. Triumphierend riss sie an der Schlinge mit den Stiften der Handgranaten. Das Schwein hatte sie in die Magengrube getreten! Die Luft blieb weg! Verwundert merkte die 'Hinkende', dass sie stürzte. Feucht und stinkend ran etwas ihren Unterleib herunter. Sie fühlte, wie in ihrem Bauch ein Loch entstand und sich wieder schloss. Ein brennender Schmerz warf sie um. Fallend schaffte sie es die Sprengkörper zu werfen. Wohin drang nicht mehr in ihr Bewusstsein. Es registrierte nicht einmal, dass die Masse der Granaten unter ihrem Körper explodierte.

Der Gewehrschuss knapp neben ihrem Kopf zerriss fast das Trommelfell der jungen Polizistin. Daneben! Feller schob Conni grob zur Seite. Sein Bajonett rammte mit einem ekligen Ratsch in den Bauch der 'Hinkenden'. Ein schnelles Drehen, ein Ruck und das Seitengewehr war wieder frei. Kot und Blut quollen etwas aus der nur kurze Zeit geöffneten Wunde.

„Deckung!“, mit einem Hechtsprung riss der Soldat Hansen zu Boden. Gleichzeitig detonierten Handgranaten, „Glück g'habt!“

Sein Grinsen ließ der BKAlerin eine Gänsehaut über den Rücken fahren. Entsetzt dachte Conni an das, was ohne sein Eingreifen passiert wäre. Diese Wahnsinnige! Wollte die Frau sich wirklich als letzte Waffe selbst in die Luft jagen?

Augenblicke später machte grelle Außenbeleuchtung die Nacht zum Tage. Vermummte schwedische Polizisten füllten den Vorhof. Irgendwo schrie jemand, einen kurzen Moment lang richteten Schweden und Deutsche die Waffen aufeinander. Rasch wurde klar, wen man vor sich hatte. Hubschrauber dröhnten. Bei den Polizeibeamten kehrte rasch Routine ein. Absperrungen, Spuren wurden markiert. Hannes wies einen der skandinavischen Kollegen auf die Gestalt im Schatten hin.

„He is death!“, rief der Mann zurück.

Hastig lief Sandvart aus dem gelandeten Helikopter. Immer noch kreisten zwei Hubschrauber über dem Tatort. Ein vermummter Schwede meldete ihm kurz.

„Alles in Ordnung, irgendwelche Verletzte?“, besorgt sah er sich um.

„Nein!“, Storr wirkte völlig erschöpft, fast abwesend, „bei uns sind alle O.K.!“

Die Einsatztrupps hatten die Angreifer zusammengetragen.

„Sven Tallryd, lag beim Schuppen. 'ne 7,62-er Kugel vermutlich“, der Blick des Beamten unter seiner Sturmhaube ging zu Feller und dessen Sturmgewehr, „Sauberer Schuss, der Bastard hatte eine großkalibrige halbautomatische Jagdwaffe mit Nachtsichtzielfernrohr. Sein Finger war immer noch auf Druckpunkt.“

„Superdeutsch, woher?“, die Frage Fellers nahm etwas von seiner Anspannung.

„Meine Frau - und mein Dauerbesuch. Meine Schwiegermutter.“

Die Männer grinsten sich verständnisvoll an.

Sandvart stand vor den Überresten der 'Hinkenden'. Die Granaten mussten zum Großteil unter ihrem Körper explodiert sein. Splitter, zum Teil mit Fetzen der Frau, hatten die Vorderwand gespickt. Einige steckten sogar in den stabilen Sohlen der Bergstiefel Fellers. Außer ihrem Alten schien keiner der Polizisten ein Bedürfnis zu verspüren, die zerfetzte Leiche und ihre herum geschleuderten Reste genauer in Augenschein zu nehmen.

Die Jüngere der Terroristen hatte beim Anblick der Schweden davon zu robben versucht. Die Kugeln Storrs waren nicht unbedingt tödlich, doch sie machten die Angreiferin sofort bewegungsunfähig. Vor Wut und Verzweiflung weinte die junge Frau. Polizisten leisteten Erste Hilfe. Vergeblich, mit Hass im Gesicht verstarb auch die dritte Terroristin.

Sandvart nickte kurz. Seine Leute kannten ihn, sein Abwinken hieß einfach 'ab zur Pathologie und zum Erkennungsdienst'.

Der Schwede wandte sich an 'seine Deutschen': „Passt auf! Gebt alle Waffen ab. Wir sind verpflichtet, den Fall zu untersuchen. Morgen habt Ihr die Dinger wieder. Keine Angst, die Untersuchung leitet Staatsanwalt Greving. Ein alter Hase mit Erfahrung in internationalen Sachen.“

Klar, seit Schweden zur EU gehörte und Soldaten in Afghanistan stellte, konnten bereits öfters multinationale Polizeiaktionen stattgefunden haben. So war es ja auch mit den Österreichern.

„Ihr werdet gleich hier befragt, danach muss die ganze Mannschaft zu den Psychologen. Vorschrift, kann ich Euch nicht ersparen“, bereits im Gehen fragte er: „Wo wollt Ihr dann schlafen? Hier oder in der Polizeistation?“

Storr betrachtete ihre Leute. Conni stand eindeutig unter Schock, Hauser hatte nicht viel mitbekommen. Trotzdem, auch ihm würde die Polizeiwache guttun. Ihr war klar, sie selbst wird nicht viel zum Schlafen kommen. Und Hannes? Zustimmend blinzelte er ihr zu.

„Göran, der Leutnant und ich bleiben hier. Der Rest soll zur Wache, es wird für die Beiden besser sein. Und könntest Du einen katholischen Priester auftreiben? Deutschsprechend wär' noch besser. Vielen Dank."

Verständnisvoll nickte der Schwede. Anders als seine Landsleute und die meisten Europäer, war er durch seinen Job immer gläubiger geworden. Meist behielt er es aber für sich. Taufe, Konfirmation, Hochzeit und Beerdigung, zu mehr brauchte man in dieser Zeit doch keine Kirche! Sollten Sie, doch am Ende schrien die meisten Menschen nach Gott. Ob er dann noch hörte? Göran Sandvart hatte dabei so seine Zweifel.

Die Vernehmungen dauerten nicht länger als ein schnelles Bier. Von dort musste dann jeder Einzelne zur Psycho-Stunde. Feller und Storr fanden nur Zeit für eine schnelle Umarmung, langsam artete die Prozedur der Nachbearbeitung zum Stress aus.

Hauser durfte als Erster zu der Psychotante. Streng getrennt voneinander warteten die drei Anderen. Es schien ewig zu dauern. Endlich war der Leutnant an der Reihe.

Feller betrat den Raum, die gute Stube des alten Hauses. Nach kurzer Begrüßung nahm er gegenüber der Polizeipsychologin Platz. Leicht eingefärbtes Deutsch und sehr ruhig, fast einschläfernd, so forderte die Ärztin ihn auf: „Erzählen Sie einfach!"

Toll, wo sollte er anfangen? Fellers Erzählung gewann immer mehr Schwung. So viel hatte er die letzten Tage nicht gesprochen. Es sprudelte einfach aus ihm heraus. Schlagartig stoppte sein Redeschwall, sein Kopf senkte sich. Er legte die Hände vor das Gesicht.

Die Psychologin wartete geduldig. Feller straffte sich, fluchte kurz. Sein Gegenüber lächelte leicht: „O.K.?“

„Ja, denk', 's geht wieder besser. Sind wir fertig?“

Sie nickte freundlich: „Das liegt ganz bei Ihnen, denke aber es reicht. Sollten Sie in nächster Zeit Hilfe brauchen, hier.“

Mit diesen Worten gab sie ihm ihre Karte und er war entlassen. Christopher stand qualmend draußen: „Na, wie war 's?“

„'s ging.“

Schweigend hingen sie ihren Gedanken nach. Wobei Hannes' Gedanken ziemlich merkwürdige Bilder erzeugten, innerlich lag er auf einer stillen, weltabgeschiedenen Bergwiese und außer Stille und Felicitas war da nichts!

Nächste war Storr, die Psycho-Ärztin wollte ausdrücklich Hansen am Schluss sehen. Bei Felicitas verlief die Sitzung fast wie vorher bei Feller, dauerte aber länger. Schließlich hatte die Oberstleutnantin zum allerersten Mal auf einen Menschen geschossen. So etwas kann tausendfach trainiert werden, die Wirklichkeit war ganz anders. Schwarze Augenringe verrieten Hannes, wie zerschlagen sie danach war. Sanft zog er sie an sich. Schluchzend drückte sie sich fest an ihn. Endlich ließ sie ihren Gefühlen freien Lauf, heulte sich die Anspannung und die entsetzlichen Ereignisse der letzten Stunde von der Seele.

„Hast a Tempo?“

Natürlich, Hannes hatte immer Papiertaschentücher am Mann.

Gründlich wischte Storr sich die Tränenreste aus dem Gesicht, „Danke, für alles.“

Wesentlich entspannter lag sich das Paar noch lange in den Armen. Hausers räusperte sich: „Hallo, hallo! Darf ich stören? Wie geht 's jetzt erstmal weiter?“

Beinahe wieder hergestellt gab ihm ihre Chefin Auskunft. Halb begeistert und halb enttäuscht akzeptierte er schlussendlich den kurzzeitigen Aufenthalt in der Polizeiwache.

„Müd' bin I scho'. Wenn bloß mei' Frau Kollegin erscheinen tät."

Das zog sich tatsächlich! Seine 'Dame' saß sicher schon über eine Stunde bei der Psychotante.

Einer der schwedischen Polizisten verteilte Hot Dogs. Kauend merkten die drei Burgmannleute, dass ihre letzte Mahlzeit Stunden her war. Noch immer keine Hansen!

Dafür tauchte die Ärztin persönlich auf: „Frau Major, darf ich kurz, unter vier Augen?"

Aha, ihre Beförderung schien sich noch nicht herumgesprochen zu haben. 'Ich habe keine Ahnung, was die will'-Blick und Storr verschwand mit der Psychologin im Gebäude. Gleichzeitig, mit einem identischen Gesichtsausdruck, folgte ein Polizeibeamter ins Innere. Antwort gab es einige Minuten später. Ihr Kamerad von der Reichspolizei und Storr gingen auf die Männer zu.

„Das ist Ole, Ole Jallgasch. Conni macht Probleme!", teilte Felicitas mit.

Im Duett: „Nein, welche?"

„Laut der Ärztin müssen wir Conni herausnehmen. Zur Zeit ist sie nicht mehr dienstfähig, meint die Psycho!"

Scheibenkleister, und was hat dieser Ole damit...?

„Sie hat sich von Ole ausführlich über Einsatz von bestimmten Nahkampfwaffen erkundigt. Er scheint darüber ziemlich Bescheid zu wissen. He, Ole will you please tell about the questions?"

Jallgasch erzählte bereitwillig über das Interview. Warum gerade er? Na, er war früher im Tschad gewesen, damals musste er selbst einmal dieses aufgesetzte Messer benutzen. Legion? Nej! Mehr bräuchten sie nicht zu wissen, besser nicht

zu viel hören. Er verabschiedete sich mit einem Schulterklopfen für jeden.
„Kaffee, wer will noch?“
Hausers und Storrs Hände schossen nach oben. Während Feller seinen Spezialkaffee braute, tastete Stopher sich umständlich vor: „Hm, blöde Lage.“
„Ja“, Felicitas wusste nicht, auf was ihr Kamerad eigentlich hinauswollte.
„Saublöde Sache“, druckste Stopher wieder herum.
„Mhm.“
„Soll Conni wirklich ausgewechselt wer'n?“
„Jaha!“
„Hm, blöd.“
„Stopher, jetzt rück endlich raus. Was willst Du!“, brüllte sie fast. Gereizt wartete Storr auf Antwort.
„Ja, ich mein' ja nur. Weißt, inzwischen hab' ich mich ja ein bisserl an die Labermütze gewöhnt. Und...“
„Schleich' weiter um den Brei, aber net bei mir!“, fauchend fuhr sie den armen Kerl an
„Und a Neue mag I nicht. Muss mi' dann wieder umg'wöhnen.“
„Christopher Hauser, hast Du Sehnsucht nach Deinem normalen Alltag, dann raus damit. Oder Hansen liegt Dir am Herzen, sag es einfach in ein, zwei kurzen Sätzen. Mann, sag 's einfach!“
Feller balancierte ein Schneidebrett, auf dem Tassen und das sonstige Kaffeezubehör gefährlich schwankten.
„Was habt ihr denn? Entspannt Euch erstmal!“, so aggressiv kannte er Felicitas gar nicht.
„Pah, sag Deinem maulfaulen Kumpel mal, er soll Klartext reden.“
„Hannes, ich dacht' ja nur...“
„Heim zu Mutti an den Herd! Stimmts?“
Unsicher rang Hauser die Hände: „Ja.“

Mitleidig nahm Storr seine Hände: „Ich hab 's doch gleich geahnt. Okay, wenn dann Burgmann nachher kommt, I red' mit ihm. Versprochen!"

„Ist Euch was aufgefallen?", fragte Feller unvermittelt.

Die Blicke Felicitas' und Stophers gingen herum.

„Öha, die Kommandos sind weg!", Stophers Erkenntnis traf den Nagel auf den Kopf.

Statt der Vermummten hüpften Gestalten in weißen Overalls durch das Gelände. Ein paar 'normale' Polizisten standen in der Pampa. Die technische Aufarbeitung der letzten Nacht hatte begonnen.

Eine Ambulanz hatte inzwischen Conni abgeholt. Hauser hatte beim Abschied beinahe geheult. Auch Storr und Feller schmerzte es ein wenig.

Hansen hingegen war wieder relativ guter Dinge: „In ein paar Tagen komm' ich zurück. War wohl doch ein bisschen zu viel für eine Sesselpupserin wie mich."

Winkend verschwand sie in dem Rettungswagen. Christopher ging schon mal packen. Hannes zog seine Frau Oberstleutnant mit. Lange spazierte das Paar Hand in Hand durch die nahen Wälder. Der Geruch von feuchten Bäumen und die Stille halfen sehr das Erlebte zu verdauen. Ein Hubschrauber durchbrach die Ruhe.

„Wir müssen zurück, ich denk', das ist unser Oberboss."

„Hätte ruhig noch warten können."

„Na komm schon mit. Als mein Stellvertreter solltest Du mehr Diensteifer zeigen!"

Husch, lief sie los. Hannes' Hand traf statt ihres süßen Hintern nur einen unschuldigen Ast. Weshalb rannte diese Frau denn bei jeder Gelegenheit? Immer durfte er dann hinterher wetzen!

Der General und Sandvart erwarteten sie bereits. Eher väterlich empfing Burgmann Storr, auch Feller gegenüber war er mehr familiär als Vorgesetzter. Gehörte ja inzwischen auch zu seiner dienstlichen wie privaten 'Familie'. Besorgt erkundigte er sich nach dem Zustand seines Teams. Heilfroh konnte er hören, dass außer Hansen alle in Ordnung seien. Dann folgte Storrs Meldung der zurückliegenden Ereignisse. Militärisch knapp und prägnant ratterte sie alles herunter.

„Na, dann ham wir 's ja g'schafft. Wie es ausschaut, dürft' die G'schicht' z' End' sein."

Burgmann machte einen erleichterten Eindruck, auch weil es keine Schwierigkeiten an der politischen Front geben dürfte.

Bei Tageslicht sah der Hof viel schlimmer aus als in der Nacht. Einschüsse, zerbrochene Fenster, Splitter und eine Menge unidentifizierbarer Teile schufen einen Eindruck von Krieg.

Angewidert drehte sich Feller weg, diese unkenntlichen Teile mussten Reste der 'Hinkenden' sein! Die Frauen und Männer der Spurensicherung waren garantiert noch Tage beschäftigt. Felicitas sprach indessen den General direkt auf dessen weitere Pläne in dieser Sache an.

„Weiter? Weiter scheint 's nix zu geben. So wie es sich darstellt, sind jetzt alle Terroristen ausgeschaltet, meine Schlussfolgerung: Fall erfolgreich abgeschlossen", er erfasste Hauser, „Herr Hauser, wenn Sie wollen, können S' gleich mit uns zurückfliegen. I denk', das ist ganz in Ihrem Sinn, Feldwebel der Reserve Hauser?"

Der konnte sein Glück erst nicht fassen: „Ja, gerne. Danke, Herr General!"

Freudestrahlend holte er sicherheitshalber seine Sachen. Eines hatte er in den letzten Wochen gelernt: Sofort zu reagieren. Sandvart stupste den General an.

„Und Ihr zwei Turteltauben, Ihr macht gefälligst Urlaub. Vor Allerseelen will ich Euch weder hören noch sehen. Verstanden!"

Strahlend, wie gerade Hauser, kam ihr: „Jawoll, Herr General!"

„Ich hab' eine Stugga bei Stockholm, wenn Ihr wollt, könnt Ihr sie haben. Gleich oder auch von mir aus im nächsten Sommer mit Kind und, wie sagt man? Ah, Kegel“, bot Sandvart an.
Natürlich würden sie Görans Angebot annehmen, aber wenn es ihm recht wäre, erst im Sommer.

Früh am Nachmittag gab man ihre Waffen zurück. Um auf Nummer Sicher zu gehen, befahl der General: „Eure Pistolen bleiben weiter am Mann. Net, dass mir was übersehen ham. Ansonsten fliegen wir bis Viere ab. Packts also Eure Sachen.“
Feller rieb sich in gespielter Verzweiflung den Bart: „Herr General, würden Sie schnell mitkommen?“
Storrs Pferdeschwanz fing an zu pendeln. Hannes kam diese Geste bekannt vor, er erinnerte sich aber nicht woher. Burgmann folgte ihm, obwohl er sich nicht vorstellen konnte, was der Leutnant Wichtiges hätte. Der öffnete eine Schranktür.
„Schön, dem Mad'l seine Sachen, ich seh 's.“
Mit erhobenem Zeigefinger klappte Feller die zweite Türe auf. Burgmann wich zurück: „Was is' dös alles?“
„Acht Schuhkartons, sechs sehr, sehr riesige Tüten mit Ober- und Unterteilen. Jeans, Pullis, Blusen, Röcke. Ein Karton Mitbringsel, und“, mit großer Geste zeigte er auf einen Koffer im oberen Fach: „alles, was Frau sonst noch braucht.“
„Ja, aber doch von Feli und Hansen?!“
Hannes fletschte die Zähne: „Mhm, alles Felicitas. Hansenkruscht liegt noch oben. Dürfte so die gleiche Menge sein.“
Deutlich fiel dem General das Unterkiefer herab. Lachend betrat der Schwede das Schlafzimmer. Achselzuckend meinte er, dass in Schweden einfach gute Ware günstiger als in Deutschland sei. Teures Schweden ist nur ein böses Gerücht. Meist auch eine Modesaison vor den Deutschen. Wirklich

kosten würde hier bloß Alkohol, Tabak und andere Genussmittel oder ein schlechter Kurs des Euro zur Krone.

„He, Christian! Woher glaubst Du, kommt denn unser Spitzenplatz im Wohlstandsgefälle der EU. Ihr in Tyskland seid doch meilenweit hinter uns zurück!“

„Das ist mir jetzt doch völlig wurscht. Wie sollen wir den Haufen da nur mitnehmen?“

Sandvart konnte darin kein Problem sehen. Er würde einfach zwei weitere Helikopter anfordern: „Ich muss ja auch zurück nach Stockholm kommen.“

Zum Abschied reichte er jedem noch einen Aktendeckel voller Kopien: „Der Abschlussbericht der Staatsanwaltschaft. Letztlich kamen die drei Anarchisten bei einer Polizeiaktion unserer Reichspolizei gemeinsam mit militärischen und polizeilichen Behörden der Bundesrepublik zu Tode. Die beteiligten Organe der Exekutive handelten eindeutig in Notwehr. Schaut nicht so, wir haben auch ein Amtsschwedisch.“

Pünktlich um Vier hoben die Maschinen ab. Im Tiefflug donnerten die beiden Helis Richtung deutsche Küste. Die Ostsee schien zum Greifen nah.

„Onkel Christian, was machen die Jungs eigentlich?“

Der General lächelte: „Ganz einfach. Keitzig und sein Trupp sind wieder in der Kaserne. Werd' ihnen auch Urlaub geben. Und Kummer? Der hat seinem Namen alle Ehre erwiesen. Der is' scho' im Urlaub – in Stockholm.“

„Diese Frau aus Sandvarts Truppe?“

„Na, da liegt Ihr falsch. Unter den Pantoffel dieser Sophie oder so wollte er nicht. Muss aber eine ernstere Sach' sein. Mehr hat er net raus g'lassen. Sei's ihm vergönnt!“

Tiefschwarze Nacht lag über dem Fliegerhorst mitten in Brandenburg. Verblüfft stellte Storr beim Aussteigen fest, dass die Familienkutsche ihrer Eltern da stand.

„Paps?“

„Nein, aber als mir Deine Ausbeute vorgeführt worden ist, dacht' I: Das hat doch nur in Eurer Transportlore Platz, dazu noch des ganze Fresalienzeugs. Da steht 's also!“
Hauser und Feller traten wieder als Kulis auf. Hoffentlich zum letzten Mal!
„Du, Stopher!“
„Mh.“
„Die Schote mit Conni, wirst Du es Deiner Frau beichten?“
„Nie! I hab' Dir doch g'sagt, dass so was mein sicherer Tod wär'.“
„Stimmt, na Schwamm drüber, Deine Sache.“
„Genau!“
„Wie kommst jetztda heim?“
„Burgmann bringt mich höchst persönlich. Denkt, er muss meinen Frauen alles selbst verklickern.“
Abschied, schon wieder. Hauser drückte Felicitas und Hannes so fest er konnte. „He, wenn Ihr nächste Zeit in die Dingolfinger Gegend kommt, schaut bloß bei uns vorbei!“
„Ehrenwort!“
„Stopher, Du weißt ja auch, wo wir sind.“
Der grinste verstehend: „Logo, bei Zwiesel. Felicitas, eine Warnung! Den Typen wirst nicht mehr los!“
„Will's schwer hoffen!“
„Servus bis bald, Ihr Traumpaar von der Firma Vaterland!“
Der Wagen des Generals verschwand in der Nacht und mit ihm erstmal Christopher.
„Richtung?“
„Wie Du scho' zum Stopher g'sagt hast: Zwiesel! Falls Deine Leut' mich rein lassen!“
„Oh, die Masse freut sich, was mein Filius macht? Schau'n mir mal, dann seh'n m‘ scho'.“
Der voll bepackte VAN wurde von Storr in die Nacht gesteuert. Hannes nickte kurz nach Potsdam ein.
„Schlafmütze“, murmelte die Fahrerin.

Sie selbst war innerlich viel zu aufgewühlt, um zu schlafen. Lieber fraß Felicitas so viele Kilometer wie möglich. Selten sank die Tachonadel unter 150 km/h. Amüsiert dachte sie an seine Meinung über ihre Fahrkünste. 50 Kilometer bis Leipzig. Eine Szene entschlüpfte ihrer Phantasie. Ihr helles Lachen riss Feller aus seiner Schnarchorgie.

„Witzige Vorstellung, wenn morgen Früh Burgmann unsere Botschaft aus ihrem Dornröschenschlaf weckt“, meinte Felicitas lapidar.

„Was soll daran witzig sein?“, Hannes verstand nicht einmal den Bahnhof eines böhmischen Dorfes.

„Na, deren blöden Gesichter, wenn er mitteilt, dass in der schwedischen Pampa noch zwei bundeseigene Geländewagen abzuholen sind.“

Feller musste ebenfalls lachen. Genau, die würden dumm aus der Wäsche schauen. Nach Leipzig, einem Becher starken und fast kalten Kaffee mit einer ordentlichen Ration Nikotin löste Hannes sie ab.

„Ich bin noch gar nicht müde!“, gähnend protestierte Felicitas und schlief bereits ein.

Plötzlich, ein Schrei! Sie schreckte hoch. Pferdeschwanzwedelnd drehte sie den Lautsprecher des Radios leiser: „Wenn scho' mitsinga musst, leise. Leise!“

Knurrend musste er es akzeptieren, bis sie wieder fest schlief! Nur stellte er sicherheitshalber doch eine Spur leiser.

Auf der anderen Seite der Ostsee stand ihr schwedischer Kollege unter der Dusche. Durch seinen Kopf schwirrten unzählige Gedanken. Müde wie er war, beschloss Sandvart, dass am Montag immer noch Zeit sei. Vorher würden die Auswertungsergebnisse kaum vorliegen. Befreit entschied er sich endlich nach Hause zu fahren. Seine Frau und die Kinder warteten sicher sehnsüchtig auf ihn. Selten genug war in letzter Zeit für seine Familie Platz geblieben! Enttäuscht musste der Polizist daheim feststellen, dass seine Liebsten bereits tief und fest schliefen. Die Küchenuhr zeigte die erste Stunde eines neuen Tages an. Das heiß ersehnte Bier ran durch seine Kehle. Im Zimmer der Jungs wälzte sich jemand unruhig hin und her. Vorsichtig deckte Sandvart Kalle und Mikael zu. Geräuschlos kleidete er sich aus und schlüpfte ins Bett.

„Hej“, schläfrig meldete sich sein Eheweib, „wie spät?“

„Eins. Schlaf ruhig weiter.“

Erschöpft sank er ins Bett.

Bayreuth, ein letzter Fahrerwechsel. In wenigen Stunden würden sie ihr Ziel erreicht haben. Feller fühlte sich verdammt unsicher, die Zeit verrann zu schnell.

„Nimmer lang, bist Du nervös?“

Er nickte: „Wie d' Sau!“

Ihre Hand lag auf seinem Oberschenkel, diesmal nicht zum Anmachen. Hannes ließ sein Seitenfenster herunter. Eiskalte Morgenluft blies herein, an der Zigarettenrauch geschwängerten Innenluft war Felicitas eigene Nervosität erkennbar. Eines war klar, dieser Besuch hatte es in sich.

„Noch eine dreiviertel Stunde, I glaub', I muss nochmal.“

Kaum hatte Storr den Wagen abgestellt, rannte sie auch schon in den Wald. Ihr Freund hatte es da leichter. Ein Schritt und es lief, eine Menge Kaffee und eine gehörige Portion Schiss blieben im Moos.

Geräuschvoll kehrte Felicitas zurück: „Bäh, meine Schuhe! Voll Wasser! Grins ja net.“

„Nein, würd' mich nie trauen.“

Hannes hatte unverschämtes Glück, dass die Dämmerung gerade erst anfing die Nacht zu erhellen. So richtig unschuldig war sein Gesichtsausdruck nämlich nicht. Es kostete ihm große Mühe, ernst dreinzublicken.

„Wo bleibst Du denn? Da hinten findest eh nix“, rief Hannes.

„Doch, da."
Er hörte Schleifgeräusche, Rascheln und seltsame Laute. Die eindeutig von seiner Lady kamen. Feller schnaufte vernehmbar erleichtert aus, na endlich.
„Was machst denn?"
Sie hob ihr rechtes Bein: „Schuh' gewechselt!"
Diese flachen Overknees kannte Hannes noch nicht, Schwedenbeute also, „Bleib so."
„Warum?"
„Deshalb", sein Taschenmesser durchschnitt den Plastikring des Preisschildes. Da ihr Bein verlockend nahe war, hauchte er schnell einen Kuss darauf.
Schelmisch blinzelte Storr: „Wart' mal bis heut' Nacht!"
Ob er das so lange aushalten würde? Das hielt Hannes eher für unwahrscheinlich.
Mit der aufgehenden Sonne erschienen die Beiden vor dem Haus ihrer Eltern. Die Haustür flog auf und ihre Mutter stürzte heraus. Mutter und Tochter fielen sich um den Hals. Hannes stieg nur aus, um blöd in der Gegend zu stehen.
„Sie müssen Hannes sein. Ich bin Felis Mam, sag' ja net 'Sie' zu mir. Entweder auch Mam oder Loni", Mam begutachtete ihn eindringlich: „Der bleibt Dir, Mad'l. Na, kommt. Ihr müsst do' Hunger haben. Kommt rein!"
„Wo ist denn mein Nachwuchs und mein alter Paps?"
„Mark macht ein Praktikum in der Stadt, als Optiker. Paps hat die Zwoa g'fahr'n. Theres' und ihre Klassenkameraden bringt er zurzeit immer selber in die Schule."
„Und wieso fahrt s' net mit'm Bus?"
Verächtlich schnaubte ihre Mutter: „Hundert Kinder in einem Bus. Solang der Kreis nicht für sichere Busse sorgt, solang fährt kein Kind von hier mehr mit dem Schulbus!"
Sie sah Tochter und 'Schwiegersohn' an: „Ihr legt Euch erst mal bis Mittag hin. Euch fallen schier im Stehen die Augen zu."

Resolut schob sie ihre Tochter inklusive Hannes in Richtung Treppe.

„Halt, der Wagen ist randvoll! Komm Hannes, darfst helfen!“

„Nein, ab ins Bett hab' I gesagt! Dein Vater ist rüstig genug, um das z' schaffen. Hat dann wenigstens z' tun.“

Dasselbe leicht ironische Lächeln, das Feller schon von seiner Vertreterin der Familie Hallbauer kannte. Hallbauer stand nämlich auf dem Briefkasten

. In Felicitas altem Zimmer lockte ein bequemes, warmes Bett. Sie schafften es nicht mehr, sich auszukleiden, da träumte das Pärchen bereits eng aneinander gekuschelt.

Loni Hallbauer schob gerade den Kuchenteig ins Rohr, als Oberst a. D. Hallbauer aufgeregt in das Haus stürmte: „Sind s' da? Wo? Jetzt erzähl' endlich!“

„Georg, gib Ruh'. Sie schlafen oben. Dieser Hannes scheint ganz passabel zum sein. Net so ein Windhund wie der Herr Storr. I muss zwar sagen, besser ausg'schaut hat der Herr scho'. Der Jetzige is' mir aber liaber. Und räum' bitte den Großen aus, der ist vollpackt bis zum Rand.“

„J...“

„Ich habe gesagt, dass Du das machst, sonst wären die Zwei no' immer wach. Stell' Di' nicht so a'!“, sie tätschelte seinen Bauch, „Dem schadets g'wiß nicht!“

Das ultimative Totschlagargument seiner Frau. Folgsam entlud Hallbauer den VAN und verteilte die Tüten seiner Tochter und den Berg an Nahrungsmitteln.

Bratenduft zog durchs Haus und weckte die Schlafenden.

„Autsch!“, wer hat diese blöde Schachtel genau neben ihr Bett gestellt?

Ah ja, das war Paps. Nicht einmal geweckt hat er sie, wie er den Inhalt des VANs ins Zimmer brachte!

„Muss ihm Überwindung gekostet haben, uns nicht zu wecken! Riechst es? Mei, hab' I einen Hunger.“

Hunger? Das war Fellers Stichwort. Mit einem Satz sprang er aus dem Bett und: „Aua!“

Überall stand ihr Gepäck, kaum mehr Platz zum Durchkommen.

„So viel?!“

„So viel, mein Schatz. I möcht' wissen, wie wir das Ganze einladen konnten. Dein armer Vater.“

„Paps!“, schrie Felicitas, also ob sie ihren Vater seit Ewigkeiten nicht gesehen hatte. Für Hannes ein sicheres Zeichen, dass die Vorfälle nicht spurlos an ihr vorbeigegangen waren.

„Meine Große!“

Hannes wunderte sich in keinster Weise über die Lautstärke seines Schwiegervaters und dessen Tochter. Hallbauers waren halt eine Soldatenfamilie, das kannte er von Teilen seines Clans zur Genüge.

Nachdem sie sich ausreichend begrüßt hatten, schlug seine Stunde. Die Hände, die Feller sauber 'Rührt-Euch'-mäßig hinter dem Rücken verschränkt hatte, wurden immer feuchter. Ihre Mutter hat ihn bereits akzeptiert, jetzt kam die nächste Prüfung. Mit Entsetzen durchfuhr ihn, dass es nicht die letzte Etappe war. Tochter und Sohn Felicitas' stand noch aus! Die Riesenpratze Hallbauers schoss auf Hannes zu.

„Grüß Gott, Herr ...“

„Kannst Schorsch sagen, außer meiner Frau und den Kindern sagen eh alle Schorsch. Du bist also dieser ominöse Hannes.“

Seine Musterung verlief anscheinend zur Zufriedenheit des Familienvorstandes.

„Theresia müsste gleich da sein, dann gibt 's Essen! Mittags holt Frau Gerstl immer die Kinder.“, fügte Frau Hallbauer erklärend hinzu.

Stürmisches Klingeln zeigte die Ankunft des Mädchens an.

„Is' d' Mam do, Oma?“

Aufgeregt fragte sie ihre Großmutter zwischen Tür und Angel. Die zeigte einfachheitshalber kommentarlos Richtung Esszimmer. Sofort warf sich das Mädchen an Felicitas' Hals. Suchend schweiften ihre Augen durchs Zimmer, blieben bei Hannes hängen.

Leise wisperte sie in das Ohr ihrer Mutter: „Is' er dös?“

Flüsternd kam ein „Ja“ zurück. Theresia sprang vom Hals ihrer Mama, umrundete Feller einmal komplett, nickte und: „Ich bin die Theresia und Du unser Neuer, stimmt's?“

„Stimmt, Ich bin Hannes. Servus Theresia!“

„Servus Hannes. Papa sag' ich fei no' net.“

Theresia nahm seine Hand und die ihrer Mama, zog beide zum Tisch und wies die Plätze zu: „Oma und Opa da drüben Und I zwischen Euch.“

Hallbauers merkten natürlich, dass der neue Mann ihrer Ältesten ziemlich gehemmt war. Wer war das nicht beim Antrittsbesuch? Ob Hannes wollte oder nicht, sie bezogen ihn rasch in den Familienkreis mit ein.

„Wie geht es eigentlich meinen kleinen Schwestern?“, mit vollen Backen kam die Frage Felicitas'.

„Sprich nicht mit vollem Mund, Frau Oberstleutnant!“, Paps hatte zwar selbst gerade einen Löffel Leberspätzle reingeschoben und seine Tochter ging auf die Vierzig zu, doch von seiner Ermahnung konnte ihn das nicht abbringen.

„Georg, Du bist unmöglich! Die Kathi und ihr Jens werden im Frühjahr heiraten.“

„Wir nicht. Brauchst also nicht nachhaken. Und Lissi?“

„Gregg ist vorige Woche aus dem Irak zurückkommen, als First Sergeant. Weihnachten will die ganze Thomasblase kommen.“

„Ja, endlich seh' ich meine amerikanischen Enkel wieder!“

Paps sah sich im Kreis seiner Lieben um: „Fällt mir jetzt erst auf, bis auf Kathis Jens habt Ihr Mädchen alle Soldaten geangelt. Muss an den Genen liegen. Noch was, der arme Gregg! Der einzige Unteroffizier in der Familie!“

Feller verschluckte sich. Sein Dienstgrad als Leutnant war ja nicht gerade uralt.

„Trotzdem, Gregg muss vor uns Männchen bauen. Obwohl, Fallschirmer gegen Mulitreiber, 's gleicht sich wieder aus“, Schorsch war zu sehr 'seiner' Fallschirmjägertruppe verbunden, um nicht alle Angehörigen solcher Vereine als höhere Wesen zu betrachten. Andererseits war sein Vater im letzten Krieg bei der Enziandivision gewesen. Oberjäger, also Unteroffizier, „Von mir aus, seit ihr Edelweißler halt auch ein Eliteclub. Hinter uns!“

„Darf Hannes?“

„Onkel Christian erzählt Dir sowieso alles, kann 's Hannes auch gleich tun!“

„Danke, Frau Oberstleutnant!“

Trotz seines ironischen Tones war Vater Hallbauer stolz auf seine Tochter. Den Rest des Nachmittags erzählte Feller also die Geschichte ihres Einsatzes.

„Opa, darf ich auch zuhören?“

Die Männer wechselten einen zweifelnden Blick. Das Thema war nicht unbedingt kindgerecht.

„Bitte!“

Resigniert gaben sie Theresia nach.

„Aber erzähl' niemanden davon, nicht einmal deiner Oma!“

Ernsthaft nickend setzte sich das Mädchen zum Opa. Dann zu ihrem 'Noch-nicht-Papa', und so weiter, und so weiter.

„Ich hol' Mark selbst ab!“, kam irgendwann Felicitas Ruf. Hannes schluckte schwer, zuerst ein schwerer Gang für seine 'Frau'. Später musste er selbst diesen Gang machen. Sein Nervenkostüm schrie nach Nikotin, dabei wollte er mit dem Rauchen Schluss machen. Nervenkostüm! Eine ganz faule Ausrede, Hannes Feller. Sein persönlicher Schweinehund war stärker als die Stimme seines guten Vorsatzes.

„Der Bub ist nicht ohne, bloß mitten in der Pubertät. Lass ihm einfach Zeit“, sein 'Schwiegervater' setzte sich neben ihm auf die Gartenbank. Zur Überraschung Hannes' zog er ebenfalls eine Pfeife aus der Hosentasche.
„Hm, scheint, dass wir einiges gemeinsam haben.“
„Schön langsam glaub' I 's auch.“
Still genossen die Suchtler ihre Pfeifen.

Zur selben Zeit in der Stadt.
„Hey Mam!“
„Kannst ruhig uncooler tun.“
„Sei doch nicht gleich so stinkig. Hast'n dabei?“
„Ja, wenn mein unmöglicher Sohn Hannes meint!“
„Wen sonst?“
Auf der kurzen Heimfahrt stand Felicitas kurz vor einem Wutanfall. Sie verstand ihren Großen einfach nicht, war sie schon so alt?
Daheim angekommen musste Mark den Neuen zwangsweise wahrnehmen. Mit seinem Großvater wollte er es sich auf keinen Fall verscherzen. Und der saß neben diesem Heini!
„Hey, Opa.“
Sein 'Hey' zu Hannes kam um Längen lahmer.
„Dito.“
Der junge Mann stutzte, der Typ hatte tatsächlich 'Dito' geantwortet. Dunkel erinnerte er sich an seinen Erzeuger. Der hätt' ihm bei 'Hey' eine geknallt. Mamas Neuerwerbung schien testenswert. Beim Abendessen würde er damit anfangen.
Schnell brachte er dann auch gleich das Gespräch auf die anstehende Geschichtsex. Kolonialismus im 19. Jahrhundert. Zum Gähnen!
„Da kann Dir Hannes sicher helfen!“
Der merkte gleich, dass dieser Vorschlag seiner Felicitas viel zu drängend war.

„Bloß wenn Du magst.“, warf er deshalb ein, „Geschichts- und Mathelehrer sind so ein Kapitel für sich. Von nix wirklich Ahnung, aber g'scheit daherschwätzen.“

„Nein, is' schon O.K., wennst Ahnung davon hast. Um Siebene?“

„Geht klar!“

Die kleine Schwester stieß Mark in die Rippen, als sie auf ihre Zimmer gingen. Deutlich konnten alle ihr „Siehgst, hab' I net gesagt, der passt zu uns?“ hören.

Auch Marks zweifelndes: „Ja, ja“

Seine Hoffnungen auf einen Sport freien Abend wurden im Keim zunichtegemacht. Die Nachhilfestunde lief nicht schlecht, doch seine Feli (-citas) konnte es nicht lassen. Dabei freute sich Hannes so auf einen geruhsamen Abend!

„Zeit wird 's. Hopp, zieh' Dich um“, laufbereit harrte sie am Fuße der Treppe auf sein Erscheinen.

„Dir entkomm' Ich einfach nicht. Muss des Gerenne sein?“

„Jaha, damit in Form kommst und a bleibst! Was is', bist immer no' net fertig?“

Feller dachte an Hauser und dessen ewiges Gemotze, bisweilen verstand er ihn völlig! Dafür entschädigte ihn Felicitas in der folgenden Nacht mehr als genug.

An den folgenden Tagen des viel zu kurzen Wochenendes passierte nichts Wichtiges. Außer der Tatsache, dass selbst Mark ihn langsam als Partner seiner Mutter akzeptierte. Bei der Radtour am Sonntag schaffte der Junge das Unvorstellbare!

„Mittwoch is' d' Sprechstund' in der Schul'. Geh' bitte mit der Mama mit.“

Fellers Mimik musste Bände gesprochen haben, denn ergänzend fügte Mark an: „Soll'n s' wissen, dass wieder a Mann im Hause Storr is'.“

Montags, während die meisten seiner Leute die freie Zeit zur Erholung nutzten, saß General Burgmann bereits um Acht in seinem Büro. Hauser bei seiner Familie abzuliefern war nicht ganz einfach gewesen. Ausführlichst hatte er alles schildern müssen, ohne dabei Geheimnisse auszuplaudern. Und am Wochenende dasselbe Spiel bei seiner eigenen Frau. Dieses Mal ist ihm besonders schmerzlich bewusst geworden, dass keine Kinder aus ihrer Ehe hervor gegangen waren. Früher hatten Heike und er geglaubt, noch alle Zeit der Welt zu haben. Jetzt war es zu spät. Die einzige Familie, wenn er so sagen konnte, war die seines alten Kameraden Hallbauer. Der General tat sich schwer, sich auf seine Arbeit zu konzentrieren. In 17 Monaten würde er in den Ruhestand gehen, und dann? Eine Handbewegung wischte die trüben Gedanken zur Seite. Der Bericht für das Ministerium stand an. Das Diktiergerät lief darüber fast heiß.

Auch in Stockholm saß Sandvart über seinem Bericht. Rechts auf seinem Schreibtisch stapelten sich Untersuchungsergebnisse. Gequält von Kopfschmerzen übertrug er die notwendigen Daten in den PC. Immer wieder verschwammen die unzähligen Zahlen und Wörter vor seinen Augen. Nicht wenige Seiten las Göran mehrfach.

„Britt, komm doch bitte zu mir."

Seine Sekretärin wusste Bescheid. Lange Jahre in seinem Vorzimmer, da kannte sie ihn fast besser als die Ehefrau: „Soll ich lesen?"

„Ja, Du weißt ja, meine Augen."

„Wann warst Du zum letzten Mal beim Arzt? Kann ich Dir auf den Tag sagen: 12. April 2005."

„Britt, ich weiß. Na komm, fang an!"

Geduldig las sie Seite für Seite vor, immer wieder von Nachfragen unterbrochen. Dann sprang er mit einmal auf und lief um den Tisch zu ihr: „Halt! Wie war das im letzten Abschnitt?"

„Tallryds Mobiltelefon wurde unweit des Kleintransporters gefunden. Die Auswertung der Gespräche ergab, dass Tallryd kurz vor seinem Tod ein langes Telefonat nach Deutschland geführt hat. An ein pre-paid-Gerät. Daher kann der Besitzer nicht ermittelt werden. Die Rekonstruktion ergab aber zweifelsfrei, dass die Gegenstelle in Deutschland sein musste."

Sandvart brauchte, um diese Nachricht zu verdauen. Sein Polizistenverstand sagte klar, etwas war übersehen worden.

Schlagartig wusste er: „Das heißt nur eins, die Geschichte ist noch nicht zu Ende. Die waren nur ein Teil des Falles! Britt, bitte versuche General Burgmann zu erreichen, dringend. Danach den Minister. Ich Esel glaubte allen Ernstes mit diesem Gemetzel in Värmland den Fall abschließen zu können. Bringst Du mir vorher bitte noch einen Tee? Danke"

Qualvolle Minuten verrannen.

„General Burgmann! Ich stelle durch."

„Hej Göran! Wie geht 's?"

„Danke und Dir?"

„Auch, schieß los, was ist so dringend?"

Sandvart gab seine Vermutung weiter.

„Christian, bist Du noch dran?" - „Hallo, Christian!"

„Ja, bin da. Wenn Du richtig liegst, dann.... Ich will lieber nicht daran denken. Leider gebe ich Dir aber völlig recht."

„Willst Du selbst kommen oder soll ich es Dir faxen?"

„Lass mal. Ich komm so schnell wie möglich. Scheiße, sorry, aber ich kann jetzt gleich meine Leute wieder aus dem Urlaub zurückpfeifen. Warte bitte." - „Plank, sofort eine Flugverbindung nach Stockholm und dann versuchen S' die ganze Mannschaft hier zu versammeln. So schnell, wie nur irgendwie drin is'."

„Wird jemacht! Alle?"

Burgmann überlegte: „Nein, nur die Aktiven. Vergessen Sie Feller nicht. Und, Plank, kein Wort. Ab jetzt höchste

Geheimhaltungsstufe, nicht einmal das BKA braucht was zu ahnen!"

„Jawoll, Herr Jeneral!"

„Okay Göran, bin wieder da. Mein Feld sucht schon die nächste Verbindung. Bis dann. Oha, bevor ich 's vergess'. Wie geht es der kleinen Kriminalerin?"

„Warte schnell."

Papier raschelte.

„Da habe ich es doch. Gute Nachricht, das Mädchen wird heute von ihrer Mutter nach Deutschland zurückgeholt. Bis demnächst!"

Burgmann starrte aus dem Fenster. Das durfte nicht wahr sein. Fing die Geschichte tatsächlich wieder an. Feldwebel Plank legte den Flugplan auf den Generalstisch.

„Verzeihung, Herr Jeneral!"

„Ja."

„Diese Frau Hansen rief jerade an, ob ma' wissen, wo det Pflegetöchterchen is'. War janz aufjewühlt von die Sachen, die wo man vorbee jebracht hat."

Ein weiteres Fäkalwort entschlüpfte dem General: „Scheißdreck! Sofort nochmal Sandvart! Schnell, Mann!"

Augenblicke später stand die Leitung.

„Göran, sagtest Du, die Beamtin wird von ihrer Mutter geholt?"

„Ja, warum?"

„Verhindere das unbedingt. Frau Hansen hat vor ein paar Minuten erst in meinem Vorzimmer angerufen und wollte wissen, was mit ihrer Tochter ist!"

Jetzt entschlüpfte dem Schweden zum ersten Mal ein sehr unanständiger Ausdruck. Das Besetztzeichen zeigte Burgmann die Hektik, die in Sandvarts Büro entstand.

Quietschend hielt der Streifenwagen vor der Psychiatrischen Klinik. Die Beifahrerin sprang vor zum Empfang. Nein, Frau Hansen müsste gerade bei der Therapie sein. Die

Krankenschwester am Informationsschalter telefonierte. Ungläubig sah sie zu der Polizistin hoch: „Die Patientin ist verschwunden.“

Die Beamtin ahnte nicht, welche Folgen ihre Mitteilung an die Zentrale auslöste. Von dort wurde sofort die Reichspolizei informiert. Der Beamte, der das Gespräch entgegennahm, kam frisch aus dem Urlaub. Er konnte mit dieser Nachricht nichts anfangen. Bis er sich durchgefragt hatte verging über eine Stunde.

Sandvart startete stehenden Fußes eine Großfahndung, mit wenig Hoffnung: „Britt, wenn Burgmann kommt, er soll unbedingt warten. Danke, ich fliege nach Värmland. Die Hubschrauberbereitschaft soll gleich eine Maschine startklar machen.“

Britts nächster Anruf galt Frau Sandvart, Göran dachte selten daran, Anngret zu benachrichtigen. Lächelnd dachte Britt, was ihr Chef ohne seine Frauen machen würde.

Plank sah den General mit der Alarmtasche aus dem Büro eilen.

„Herr Jeneral!“

„Ja, komm, schneller!“

„Det is' nu' so: Keitzich, Peters un' Samonov hab' icke erwischt, wa. Dem Müller die Mutter weeß nich', wo det Jun'chen is', jibt ihn denne Bescheid. Wie ick ihm kenne, dauert det ein paar Taje. Kummer jeht nich' ans Handy.“

Burgmann unterbrach seinen Feldwebel: „Bring' ich aus Stockholm mit. Und meine Damen und Herren Offiziere?“

„Stockholm? Jut, also icke kriechte nur Frau Hallbauer 'ran. Die Beeden sin' bis Donnerstach in die Berje. Hab' mir erlaubt, Handwaffen zu befehlen!“

„Plank, prima. Wie gesagt: Schnellstmöglich, alle Mann und Frau, hier. Undisziplinierte Saubande, aber ich hab es ja selber so g'wollt. Wenn diese Vögel net immer

Eigenständigkeit mit Disziplinlosigkeit verwechseln täten. Servus, halten S' die Stellung daweil!“

Der Schreibstubensoldat atmete erleichtert auf, als sein Chef entschwunden war. Noch gute zwei Jahre, dann wäre Plank wieder Zivilist, doch vorher würde leider sein Jeneral in Pension gehen. In der gerade 34 Köpfe starken Einheit des Generals gab es nur zwei Nachfolgeaspiranten: Die Oberstleutnante Vogt und Storr. Vogt war auf dem glatten Parkett der Hauptstadt der Richtige, Storr dagegen war eher für die Feldarbeit zu gebrauchen.

Feldwebel Plank störte aber an beiden Offizieren eines gewaltig: Beide würden ihm besser als Burgmann auf die Finger schauen, seine Touren am Rande der dienstlichen Legalität waren dann zu Ende. Blieb ihm schließlich nur die Rückkehr ins zivile Dasein.

Der Leiter der örtlichen Kriminalpolizei empfing den Reichspolizisten auf dem kleinen Landeplatz der Klinik. Sie schüttelten sich kurz die Hände. Der Stockholmer kannte seinen Kollegen bereits von einigen Tagungen. Göran Sandvart arbeitete lieber mit halbwegs Bekannten, erleichterte vieles.

„Hej Tore! Was wissen wir bis jetzt?“

„Hej Göran. Wir können den Zeitraum ihres Verschwindens grob eingrenzen und wir haben verdächtige Fußspuren an der Rückseite der Klinik. Mehr leider noch nicht.“

„Besser als ganz nackt. O.K., wann?“

„Zirka viertel vor Acht bis eine halbe Stunde nach Neun.“

„Sch..., wann war Eure Streife hier?“

Tore Lörgren sah in das Protokoll: „Euer Anruf war um Neun, fünf Minuten Befehlskette, zwanzig Minuten Fahrtzeit, macht kurz vor neun Uhr dreißig.“

„Habt Ihr nach verdächtigen oder überhaupt fremden Personen gefragt?“

„Gleich zu Anfang. Da, sieh' Dir dieses Phantombild an!"
Sandvart schüttelte den Kopf: „Hansen, und?"
„Eben nicht Conni Hansen! Diese Frau war gestern Abend hier und wollte Eure deutsche Kollegin besuchen. Sie wurde aber auf heute vertröstet, da der Behandelnde weg war und ohne ihn durfte niemand zu dieser Hansen. Am Morgen war die Patientin verschwunden, ohne ihre Sachen. Nicht mal die Zahnbürste fehlt!"

Bei Hallbauers herrschte Krisenstimmung. Der Anruf Planks wirbelte mächtig Staub auf.
„Ich denk', Ihr solltet so schnell als möglich 'nauf. Christian macht so was net zum Spaß", gab Hallbauer gleich zu Anfang zu bedenken.
„Ich habe Mark versprochen zu diesem Elternabend zu gehen und das Versprechen halte ich auf jeden Fall. Und Hannes muss mit. Wie soll ich es denn Mark erklären, dass seine Mutter nie Zeit für ihn hat? Kannst mir des sagen?"
Der alte Hallbauer kratzte sich umständlich am Kopf. Tief im Inneren kämpfte sein alter Kommiskopf mit seinem groß- und väterlichen Gewissen. Der Kommiskopf verlor.
„Stimmt scho'. Recht ist mir des net, aber Mam hat vorgesorgt. Also bleibt bis Mittwoch in d' Berg'."
Storr busselte ihren Vater: „Bist doch der Beste! Mit no' ei'm z'samm."
Fellers Meinung zu der ganzen Sache war zwiegespalten. Da Mark ihn persönlich bat, mitzugehen, gab diese unverhoffte Chance den Ausschlag. Berlin konnte auch noch ein paar Tage ohne Felicitas und ihm auskommen! Flüsternd unterhielten sie sich die halbe Nacht. Undurchsichtig die Geschichte, dazu der Befehl wieder Waffen zu tragen! Alles mehr als mysteriös.

Meinten die in Stockholm wirklich, anhand einer Kopie des Phantombildes und eines Hinweises, dass zwei Frauen mit diesem Aussehen gesucht wurden, ist ein Fahndungserfolg möglich? Schwachköpfe in Nadelstreifen! Der Streifenbeamte beobachtete missmutig die Fahrzeuge, die Richtung Brücke unterwegs waren. Eine Stecknadel im Heuhaufen, mehr nicht. Senf tropfte auf seine Hose: „Mist, ist doch umsonst, bin ich ein Supermann?“ Gelangweilt beobachtete er den vorbeifließenden Verkehr Richtung Dänemark.

Die RAF-Enkel entdeckten den Streifenwagen, ohne selbst aufzufallen: „Da, ein Bulle. Einer, denen geht das Personal aus!“

„Kein Mucks!“, der zweite Mann drückte den Revolver fest in Hansens Rücken.

„Lachen, Du sollst lachen. Dein Boyfriend hat gelacht. Lach gefälligst auch, Schlampe.“

Ihr war zum Heulen, doch sie wollte nicht sterben, deshalb lachte Conni mit. Eine Frauenstimme aus dem Fond schimpfte: „Lasst meine Schwester in Ruhe! Rosa versprach, dass ihr nichts passiert. Aufhören, Ihr Idioten!“

Sie passierten die Mautstation, bald verschluckte sie der Tunnel am dänischen Ende der Öresund. Nördlich von Kopenhagen fühlte Hansen einen kurzen Picks und sank in sich zusammen. Bewusstlos hing sie im Gurt. Der starke Motor schnurrte durch Dänemark. Keine Polizei, nichts hielt den Wagen auf. Der direkte Weg über die Fähre am Fehmarnbelt ging schneller und war billiger. Auf dem Landweg mussten sie dafür ihre Gefangene nicht aus dem Wagen lassen. Der entscheidende Vorteil ihrer Route.

Britt empfing den General. Höflich lehnte der Deutsche Kaffee und Kuchen ab. Amüsiert suchte die Sekretärin nach der von Kummer hinterlegten Adresse: „Soll ich einen Dienstwagen für Sie bestellen, Herr General?“

„Verzeihung, ja, bitte. Das wäre nett."

Sandvarts Rückkehr würde dauern, bis dahin konnte er ebenso sein verirrtes Schäfchen in Gestalt des Hauptfelds einsammeln.

Wohnsilos wie überall, da sollte er Kummer finden? Glücklicherweise konnte der Fahrer helfen. Dutzende von Namensschilder, erneut half der Schwede. Burgmann trat in den Lift, 8. Stock. Links um die Ecke lag die gesuchte Wohnung: Mällon stand auf einem selbst gemachten Namensschild. Er klingelte, mit dem letzten Ton des melodischen Gongs öffnete ein Mädchen die Tür. Halbnackt!

„Maik Kummer from Germany, please", General wurde man nicht durch Unsicherheit.

„Maik!"

„Yes, I'm coming!"

Der Gerufene erschien. Puterrot wurde sein Gesicht, als er seinen Vorgesetzten erkannt. Vor Generälen sollte man nicht in Unterhosen erscheinen! Burgmann hatte innerlich sogar mit völlig nackten Tatsachen gerechnet.

„Kummer, ziehen Sie sich an, sagen S' Servus zu dem Madel und kommen S' mit. Die Pflicht ruft! Tut mir ja auch leid, aber Ihren Kameraden geht es nicht besser. Ich warte unten, ein schwedisches Polisen-Auto. Abflug!"

Augenblicke nach dem General sprang Kummer mit vollgestopfter Tasche in den Wagen.

„So schnell hätte auch nicht sein müssen, Hauptfeld."

„Geht schon klar, Herr General. Pernilla is' ja selbst mehr im Dienst als sonst was. Versteht s'e voll."

Hörte Burgmann darin eine leise Kritik? Kann man nichts machen, Dienst ist Dienst.

Im Büro ihres schwedischen Kollegen angekommen, hatte Britt schlechte Nachrichten: Heute kann ihr Chef nicht mehr zurückkommen. Die Ermittlungen im Süden erfordern seine Anwesenheit. Falls am nächsten Tag immer noch keine

Rückkehr möglich ist, soll doch Burgmann bitte ebenfalls kommen.

„Danke, na gut. Könnten Sie uns bitte morgen Früh gleich informieren und, wenn nötig, dorthin bringen lassen?“

„Selbstverständlich, Herr Burgmann. Sagen wir um halb Acht?“

„Gerne, vielen Dank. Dann bis Morgen. Kummer, kommen S' mit. Wir schlafen heut' Nacht im Hotel. - Schauen Sie net wie a Schwalberl wenn 's blitzt. Geh'n wir!“

Was sie nicht wussten, ein Doppelzimmer wartete auf sie. Mehr hatte Britt nicht organisieren können. Für Maik wurde es aber eine sehr lehrreiche Nacht! Jetzt wusste er, auch Generäle schnarchen und sprechen im Schlaf. In nächster Zeit würde er sich daher zusammenreißen müssen, sonst konnte es passieren, dass er beim Anblick Burgmanns eventuell einen Lachkrampf bekäme.

Dankbar nahm Sandvart von seinem Karlskogaer Kollegen eine Tasse Tee entgegen.

„Wer war diese Zwillingsschwester von Hansen? Habt Ihr da schon einen Anhaltspunkt?“

„Ja, nur ganz einen winzigen, aber zumindest ein Hinweis. Die Nachtschwester hielt die Besucherin für eine Schwester der Patientin, nur ein paar Jahre jünger. Die Schwester glaubt, sich an einen grauen BMW zu erinnern, in den diese Frau wieder stieg. Ein Mann soll am Steuer gesessen haben. Da war die Zeugin sogar sehr sicher, mit einem auffälligen Bart und Halbglatze.“

„Inwiefern auffällig?“

Lörgren lachte: „Na wie, kennst Du das Märchen mit den Sieben Zwergen? Muss der Achte gewesen sein, mit 'nem rotblonden Rauschebart und so 'nen komischen Schnauzbart.“

„Schön. Aber die Beschreibung möchte ich sehen!“

„Ha, kein Humor! Aber Du hast recht, für 'ne vernünftige Suchanzeige müssen wir uns was Besseres einfallen lassen!“

Der Stockholmer legte seine Stirn in noch mehr Falten. Seine Gedanken gingen in tausend Richtungen auseinander. Keine Eingebung, kein instinktiv richtiger Rückschluss.
„Tore, habt Ihr das ganze Personal durch? Diese Nachtschwester, die will ich selbst noch einmal befragen, wo ist sie jetzt?“
„Sorry, ich habe nur fünf Leute, davon sind schon drei an diesem Fall. Die Befragung der Klinikbelegschaft zieht sich garantiert noch Tage. Was diese Zeugin betrifft, die kommt um zwanzig Uhr wieder zum Dienst.“
Scheppernd meldete sich das Telefon, Tore hob ab: „Hej, ja, ich geb Ihn Dir! Dein Büro.“
Göran nahm den Hörer entgegen: „Ah! Hej Britt! Nein, dauert. Ach so, dann schick ihn, Ah, na dann schick mir den ganzen Haufen. Lass Brandt Christian und diesen Unteroffizier, ja, Kummer, herfahren. Brandt brauch' ich ganz dringend hier. Ja, Danke!“
Er reichte den Hörer zurück und gab das Gehörte an seinen Kollegen weiter: „Burgmann kommt mit einem seiner Männer. Brandt kann ich Dir zusätzlich abstellen. Wir müssen vorrangig klären, wie Hansen verschwinden konnte! Wir brauchen schnellstmöglich einen Anhalt!“
Im Laufe des späten Vormittages kam Brandt mit den Deutschen. Der Reichspolizist wurde sofort zur Befragung geschickt. Die Zeit lief Sandvart wie loser Sand durch die Finger. Es war nur gut, dass anscheinend auch für die Deutschen der Zeitfaktor zum alles entscheidenden Punkt wurde.
„Heysan Christian, Herr Kummer! Bitte, es ist ein Raum für Euch vorbereitet. Ich lass' die bisherigen Ergebnisse schnell kopieren, dann könnt Ihr erstmal die durchgehen. Wer von Euch kennt diese Hansen eigentlich näher?“
„Kummer?“, forderte Burgmann seinen Unteroffizier auf.

„Ich meine, nur unser 'Lockvogelteam', wir anderen hatten kaum Kontakt zu der Hansen. Ich kenn' sie nicht wirklich. Wobei, Frau Storr und Hannes, äh, Leutnant Feller ihr allem Anschein nicht recht über den Weg getraut haben. Warum weiß ich selber nich'“, erklärte Maik seine Sicht.

Die Situation wurde immer unübersichtlicher, wenn die beiden ihrer BKA-Kameradin misstrauten? Ist die Oberkommissarin aus freien Stücken verschwunden? Sollte sich ihr Verschwinden am Ende als Flucht herausstellen, bewies es: KOK Hansen ist ein Maulwurf! Der General konnte sich dieser Ansicht nicht anschließen. Nolde hätte nie jemanden abgestellt, wenn diese Person auch nur ein Hauch von Unstimmigkeit umwehte.

Bruchstückhaft setzte sich langsam das Puzzle zusammen, bis ein Pfleger aussagte. Mit seiner Befragung kam ein Flakscheinwerfer am Ende des Tunnels. Doch noch ahnte niemand im Kreis der Ermittler von der Wirkung der Aussage dieses Mannes.

Petterson wurde es langsam leid, dieser Mann würde sein letzter Zeuge an diesem Tag sein, dann sollte gefälligst die Ablösung kommen: „Hej, setzen Sie sich. Keine Angst, wir beschuldigen Sie nicht. Mein Name ist Torben Petterson, Kripo Karlkoga. Sie sind?“

„Karl Nörrsted, Pfleger in der Abteilung der Vermissten.“

„Danke, haben Sie irgendeine Ahnung, wie es abgelaufen ist?“

„Ja!“

Der überraschte Polizeibeamte verschluckte fast seinen Kaugummi bei diesem einfachen 'Ja'. Etwas verblüfft lud Petterson den Pfleger ein, ruhig weiter zu erzählen. Mit der Rechten zeigte er dem Uniformiertem im Hintergrund aber hektisch an, dass der Chef kommen soll. Sein Blick ließ keinen Zweifel daran, 'sofort' hielt er für einzig richtig.

„Ich hatte gestern die Morgenmedikamente verteilt. Die Patientin, Frau Hansen, kam mir im Flur entgegen. Normal sprachen wir immer ein paar Worte, sie hatte kein schlechtes Englisch. Doch diesmal reagierte sie merkwürdig. Ich sprach sie an, doch sie stammelte nur. Auf Deutsch! Sie hat gewusst, dass ich kein Deutsch kann. Warum plötzlich, so fragte ich mich. Sie schien mit einem Schlag mein Englisch nicht mehr zu verstehen. Doch das war nicht das einzig Auffällige an diesem Morgen. Ich brachte natürlich auch zu Frau Hansen die Medikamente, also ging ich ins Zimmer der Patientin. Sie saß auf dem Bett! Ich fragte, wie sie an mir vorbeigekommen ist. Und jetzt wurde es total seltsam! Sie fragte mich, was ich damit meine. Sie habe ihr Zimmer doch gar nicht verlassen. Und alles in ihrem gewohnt guten Englisch!“

Tore und der Reichspolizist betraten in diesem Moment den Raum. Der vernehmende Beamte bat um Ruhe, dann spielte er die Aufzeichnung der Aussage Nörrsteds ab. Hätte der König das provisorische Vernehmungszimmer betreten, die Polizisten wären nicht so überrascht gewesen wie von dem Gehörten.

„Petterson, holen Sie bitte schnell die Deutschen! - Herr Nörrsted, ich muss Sie bitten, ihre Aussage zu wiederholen, sobald meine deutschen Kollegen hier sind.“

„Kein Problem, wenn ich helfen kann.“

„Helfen? Mein Junge, Sie sind unsere Rettung!“

Sandvart übersetzte Burgmann und Kummer die erneute Aussage des Pflegers. Zu seiner Verwunderung hatten die Soldaten auch etwas beizutragen, denn Kummer stieß einen undefinierbaren Laut aus und dann: „Verdammt, die Schwester! Herr General, Herr Sandvart! In der Hütte, wie wir Frau Hansen verhaften wollten, da sprach sie von einer Schwester! Das muss Frau Storr Ihnen mitgeteilt haben, oder?“

„Hm, ja, ich erinnere mich an so was. Kummer, treten Sie mir in den Hintern! Wie konnte mir passieren, das zu übersehen. Diese Schwester, die zweite Tochter von Grund und Tomaschek, die zu den Bombenlegern untertauchte! Oh, Scheißdreck!"

Die schwedischen Ermittler verstanden zu Anfang nicht ganz den Zusammenhang. Nörrsted warf verschüchtert ein, ob man ihn noch benötige.

„Oh, Verzeihung. Nein, geben Sie Petterson ihre Mobilnummer und bleiben Sie bitte in nächster Zeit erreichbar. Nochmal vielen, vielen Dank!", entließ ihn Sandvart, dann wandte er sich erneut zu Burgmann: „Christian, wenn diese Schwester hier war!"

„Ja, meine Herren, wir müssen von einer Entführung ausgehen. Wir müssen sofort nach Berlin zurück. Göran, wir bleiben in permanenter Verbindung. Auf Wiedersehen Kameraden!"

„Halt, nicht überstürzen. Christian, ich habe keinen Helikopter frei. Ihr müsst entweder fahren oder bis morgen Früh warten."

Enttäuscht sah Burgmann ein, dass sie noch etwas bleiben mussten.

„Herr Jeneral!", Plank riss es beinahe vom Stuhl. Schnaubend stürmte Burgmann durch in sein Büro.

„Kaffee mit, eine Schwarzwälder und Meldung, sofort!"

Dem Feldwebel traten Schweißperlen auf die Stirn. Oh je, der Alte steht unter Dampf, Kaffee mit! Böses ahnend zog er die Flasche Kirschwasser aus dem Schreibtisch und goss einen kräftigen Schluck in die Kaffeetasse. Müller tauchte vor knapp vier Stunden auf, aber von Storr und Feller kam nicht mal eine E-Mail, nichts!

Burgmann brüllte: „Plank, soll ich ewig warten?"

„Nein, Herr Jeneral. Ick komm ja."

Zitternd servierte der Feldwebel. Ein bemerkenswertes Ereignis!

„Mach' keine Sauerei, was bist'n so nervös. Also, wer fehlt noch? Müller? Storr? Feller? Übrigens, d' Tort'n fehlt auch no'. Fang an!"

„Torte kommt, Müller is' heem jekehrt und Frau Oberstleutnant und Herr Leutnant sind nich' erreichbar. Herr Oberst Hallbauer hat aber Ankunft in der kommenden Nacht jemeldet. Sonst keene besonderen Vorkommnisse."

„Na, geht doch. Gut, ich brauche für die nächsten vierundzwanzig Stunden absolute Ruhe. Sollten die restlichen verirrten Seelen sich entschließen zu erscheinen, Plank, sag' ihnen, sie sollen sich angeschissen fühlen. Von einem dicken, fetten Anschiss! Bring nachher die Torte und eine Kanne Kaffee. Lass keinen, net mal den Minister, zu mir. Alles klar?"

„Jawoll, allet klar, Herr Jeneral!"

Im Süden bereite sich das Paar Storr-Feller zu dieser Zeit auf den anstehenden Elternabend vor. Sein einziger Anzug erhielt von Mutter Hallbauer gerade saubere Bügelfalten. Seine Finger fuhren unablässig durch den Kragen. Krawatte hielt Hannes für ein überflüssiges Teil, Felicitas leider nicht. Erpresst hatte sie ihn, direkt erpresst! Ohne Krawatte keine gestylte Frau, drohte sie ihm. Er sah sie doch viel zu selten aufgebrezelt!

„Heiß!", mehr brachte Hannes nicht heraus.

In ihrer Ausbeute des Schwedenturns sah Felicitas traumhaft sexy aus. Sie drehte sich provokant lasziv. Feller packte sie und versuchte seine Herzensdame auf die Matratze zu werfen. Einzig er selbst knallte förmlich auf das Bett, gewandt war sie ausgewichen. Storr platzte vor Lachen. Zu komisch war sein Flug und der bedepperte Gesichtsausdruck.

„Ha, ha, das merk' ich mir", knurrte der Bruchflieger.

„Selber schuld. Wart' halt, bis wir wieder zurück sind. He, dann flieg' ich freiwillig mit!"

Unten wartete Mark und begutachtete seine Mutter und seinen 'Noch-nicht-Vater': „Man kann Euch auf Frau Gerhardt loslassen. Aber Mam, keine unsittlichen Tätigkeiten bei der Fahrt. Dein Outfit, krass, rattenscharf!“

„Männer! Ist Euch eigentlich bekannt, dass innere Werte viel mehr zählen?“

Die beiden Männer grinsten sich an.

„Natürlich, vor allem so verpackt.“

Mark stieß ihm den Ellbogen in die Rippen: „Du sprichst von meiner Mutter!“, treuherzig wandte der Junge sich zu seiner Mam: „Wo Hannes recht hat, hat er recht. Kannst Du Tina mal ein paar Tipps, so von Frau zu Frau, geben?“

Die Entrüstete gebend stieg sie in den VAN. Feller sputete sich, um noch mitgenommen zu werden. Den Spaß mit der Frau Studienrätin wollte er sich auf keinen Fall entgehen lassen, vor allem mit so einer Frau an seiner Seite!

Der Schulkomplex wirkte auf Feller wie tausend andere Schulen. Seit seinem sechsten Lebensjahr galt Schule für ihn so viel wie Gefängnis. Vor dem Klassenzimmer stand ein anderes Paar.

„Auch das noch, Lohmeiers. Da weiß morgen die ganze Gegend von uns, und sicher nichts Gutes!“

„Oh! Hallo, Felicitas, lange nicht gesehen.“

„Ach, Pauline und Markus. Ihr wisst ja, der Job und so.“

Neugierig starrte das Ehepaar Feller an. Der dachte nicht im Traum daran, diese Neugierde zu stillen. 'Ratschkattln' lag ihm auf der Zunge, dort ließ er es aber lieber bleiben. Lohmeiers wurden in den Klassenraum gebeten, Storr und Feller lachten leise. Die würden sich ihr bisschen Hirn den Rest des Tages zermartern, wer dieser Mann neben der arroganten Ziege Felicitas war.

Die Klassenleiterin verabschiedete das Ehepaar und bat Marks Mutter herein: „Schön, dass Sie Zeit haben, Frau Storr. Nun, ich bin selbst berufstätige Mutter. Man kennt das ja!“

Schleim-Schleim dachte Hannes. Da fiel der Lehrerin seine Anwesenheit auf: „Ach, Marks Vater? Herr...?“

„Feller. Nein, ich bin nicht Marks Vater!“

Die Lehrerin wusste nicht, wie Sie reagieren sollte. Eigentlich hatte der Mann dann hier nichts verloren. Andererseits brachte Frau Storr ihn mit und die hatte das alleinige Sorgerecht. So durfte Feller also bleiben, was die Lehrerin aber bald bereuen würde!

„Setzen wir uns, bitte“, sie den Bogen Marks: „Frau Storr, leider lassen Marks Leistungen in letzter Zeit massiv nach. Sehen Sie hier seine letzte Arbeit in Geschichte. Ich konnte ihm beim besten Willen keine Vier geben.“

Sie reichte Storr die Arbeit. Felicitas reichte das Blatt wort- und achtlos zu Hannes.

„Frau Gerhardt, wollen Sie ernsthaft behaupten, diese Arbeit ist nur eine Fünf? Liebe Frau, in dieser Ex hat Mark alles korrekt beantwortet. Oder sind Sie eine dieser ideologischen Lehrer, die nur rotlastige Geschichtslehre in ihrer verfälschten Form wollen? Sehen Sie bei Frage Sieben. Selbst der anerkannte Historiker Jungmain schreibt fast wörtlich in einem seiner Bücher so. Oder Frage Zwei. Marks Antwort wertneutral, nur nachprüfbare Fakten. Es wär' nett, wenn Sie diese Arbeit genauer nach korrigieren könnten“, Hannes sprach mit der verdutzten Pädagogin beinahe wie mit einem seiner Untergebenen.

„Herr Feller! Erstens sind Sie kein Erziehungsberechtigter und zweitens ist eine Nachkorrektur nicht vorgesehen!“

Hannes schob seinen Oberkörper zur Lehrkraft vor. Ruhig und ohne die Stimme zu erheben, kam sein: „Mein Cousin ist Schulrat in Coburg. Studiendirektor. Glauben Sie mir, ich habe mich kundig gemacht. Also, bitte korrigieren Sie die Arbeit ein weiteres Mal.“

Rasch verabschiedete Felicitas sich und Hannes von dieser Frau Gerhardt, sie musste hier raus! Draußen sah sie ihn wie das achte Weltwunder an: „Der hast Du es aber rein gedrückt. Hast Du wirklich einen Schulrat in der Familie?“

„Sicher, mein Cousin Willi, zuletzt hab' ich ihn vor der Jahrtausendwende gesehen. Sollte Willi noch nicht reichen, kann ich mit um die fünf Lehrer in meinem Klan aufwarten. Hoffentlich kriegt Mark meinen Auftritt nicht nei' g'würgt?“

„Na! Die Gerhardt hat einen Mordsbammel vor Höhergradigen. Bei Paps schleimt sie, der hat dann immer Angst auszumrutsch'n.“

Beim Betreten des Hallbauer'schen Anwesen harrte Storr Junior bereits auf sie: „Und?“

„Du musst stark sein, mein Sohn. Der hat Deiner Frau Gerhardt derart den Marsch geblasen, die ist jetzt no' schockstarr!“

Der junge Mann stieß die Faust in die Luft. Super, diese tröge Paukerin brauchte manchmal einen Hinweis, dass Lehrer nichts Göttliches an sich hatten.

„Geil, megageil! Hey, Hannes. Stimmt das, was Mam erzählt hat?“

„Logisch.“

„Geil, den Rest bis zur Mittleren gibt die Alte Ruh'!“

Mark verschwand in seine vier Wände. Da stand schon Hallbauer im Treppenhaus: „Habt Ihr gehört? In Frankfurt gab es ein Bombenattentat. Drei Tote und jede Menge Verletzte. Ob Christian deswegen anrufen lassen hat?“

„Nein, Paps. In unserem Fall gibt 's keine Bomben. Gut' Nacht!“

Rasch zog sie ihren Hannes die Treppe hoch, da war noch was zu tun. In wenigen Stunden mussten sie losfahren, zu lange durfte Burgmann nicht mehr auf sein 'Offizierskorps' warten.

Kummer und seine Männer langweilten sich. Peters schaltete die Flimmerkiste ein, Nachrichtenzeit. Viel Wirtschaftszeug, ein wenig Irak. Peters legte bereits seinen Finger auf den roten Knopf, da rief Maik: „Halt, lass ma'!“

„Frankfurt. Heute hat in der Frankfurter Innenstadt die Explosion einer Autobombe drei Menschenleben gefordert. Zahlreiche Verletzte wurden in umliegende Krankenhäuser gebracht. Das Tatfahrzeug, hier ein Wagen des Typs und der Farbgebung, stand an einer belebten Straße in der Altstadt. Die Polizei bittet um Hinweise. Hambu...“

Der Bildschirm wurde schwarz. Die Landser sahen Kummer misstrauisch an. Ihr Kamerad schien geistig abwesend zu sein.

„Wie sah das Auto aus?“, warf Kummer in die Runde.

„Haste keine Augen im Kopf. Ein grauer BMW“, kam von Keitzig.

Der Hauptfeld rechnete mit den Fingern etwas aus.

„Könnte hinhauen. Legt Euch besser ab. Kann bald Alarm geben. Ich fahr' zum General. Und Tschüss.“

Atemlos erreichte Kummer das Büro des Oberchefs. Die Tür des Vorzimmers stand weit offen, er schoss ins Allerheiligste durch. Niemand da, aber das Licht brannte und auf dem Schreibtisch stand Geschirr.

„Abend, was machen Sie denn hier. Hat man denn nie seine Ruh'. Net mal aufs Klo kann ma'.“

„Herr General,“, schwer atmend presste der Hauptfeldwebel heraus, „in Frankfurt, das Attentat! Das kann unser BMW gewesen sein!“

„Kummer, sprechen S' nicht in Rätseln. Welches Attentat?“

Maik drängte an den PC, suchte den Bericht im Internet. Da, sogar mit Video! „Hier, Herr General!“

Burgmann zwängte sich auf seinen Sessel, Maik tippte erneut auf die Nachricht.

„Herrgott, Kummer! Kennen Sie sich mit der Vermittlung Planks aus? Schauen Sie, dass S' des hessische LKA heran bringen. Verlangen S' Kriminaldirektor Schneider. Nur den!“

Verzweifelt stand Kummer vor der Vermittlung. Nach einigen ergebnislosen Versuchen schaffte er es endlich, eine Verbindung zu bekommen. Er hätte zu gerne mitgehört, was sein General zu besprechen hatte. Nur das Wie in Form der richtigen Taste fand er nicht, dabei hätte Kummer auch noch liebend gern gewusst, was genau los war. Na ja, auf jeden Fall Arbeit.

Beim Morgengrauen kam Burgmann wieder aus seinem Büro: „Kummer, wachen S' auf. Machen Sie mir einen starken Kaffee, bitte. Wenn der Plank antanzt, soll er sofort Stor....“

Gemeinte trat mit Feller in diesem Moment ein.

„Ah, sind die Herrschaften auch schon da! Fühlt Euch zusammengeschissen. Los, an die Arbeit! Sie auch, Hauptfeld. Plank wird eh glei' kommen. Alle zu mir.“

Die Drei beeilten sich nachzukommen. Man musste es ja nicht auf einen Originalanpfiff anlegen. Burgmann fasste kurz die Ereignisse der letzten Tage zusammen.

Schockiert hörten Storr und Feller vom Verschwinden Hansens und eventuell bestehenden Zusammenhängen mit der Explosion in Frankfurt. Noch fehlten Nachrichten vom hessischen LKA zu den dortigen Ereignissen und, besonders wichtig, zu dem Fahrzeug.

Den General wurmte es, dass die Einzigen, die die Hansen besser kannten, selbst unschlüssig in ihrer Beurteilung erschienen. Weder Felicitas noch Hannes wagten eine eindeutige Stellungnahme. Fakt war damit, dass die Kriminalbeamtin verschwunden ist, aber kein Mensch wusste, ob freiwillig oder unter Zwang. Permanent starrte der General auf sein Telefon, trotzdem blieb das erwartete Signal immer noch aus.

„Kann man nix machen. Gut, Ihr versucht Euch zu einigen, ob Hansen entführt wurde oder nicht. Wenn Schneider sich meldet gibt Plank Bescheid.“

Er wandte sich Maik zu: „Kummer, Sie schnappen sich ihre Jungs. Geht ins Netz, sucht nach Hinweisen auf diese Schwester und einen Mann mit auffälligem Bart und Halbglatze. In so einem Pippi-Film aus den Sechzigern gibt es einen Nebendarsteller, irgend so a Landstreicher oder so, der soll unserm ähneln. Dessen Bart hat auch unser Mann!"

Unschlüssig trommelte er mit dem Stift in der Hand auf die Tischplatte. Da es wenig Sinn machte, die ganze Führungsriege auf den ersehnten Anruf warteten zu lassen, entließ er seine drei Leute. Storr-Feller fuhren zu Felicitas kleiner Dienstwohnung, während Kummer seine Männer aufsuchte. Die würden nicht gerade in Jubelstürme ausbrechen!

Connis Kopf dröhnte, wo war sie? Bruchstückhafte Fetzen ihrer Erinnerung kehrten zurück. Die wilde Schießerei, das Krankenhaus in Schweden. Dann stand plötzlich ihre kleine Schwester vor ihr. Eine Fahrt, eine beängstigende Fahrt, und ein altes, großes Haus in einer Stadt. Conni sah sich um: Ein winziger Raum, nur ein kleiner Tisch und eine Matratze am Boden.

Durch die sich öffnende Tür kam grelles Licht in das düstere Halbdunkel ihres Gefängnisses.

„He, tritt zurück, hier Dein Frühstück. Ach ja, schreien nützt hier nichts. Kein Mensch kann Dich hören. Also sei brav, bevor ich Dir sehr, sehr weh tun muss. Du Scheißbullennutte!"

Der ihr Unbekannte knallte ein Tablett auf den kleinen Tisch und schloss wieder die Türöffnung. Hansen erkannte jetzt die diffuse Lichtquelle ihrer Zelle: Schmale Schlitze in eben dieser Türe ließen schwaches Licht herein.

Angeekelt stocherte sie in der Müslipampe. Der Plastikkinderlöffel in ihrer Rechten schien das einzige Besteck zu sein, ein Pappbecher mit dünnem Tee und eine Scheibe

Butterbrot. Ein mehr als mickriges Frühstück. Ihr Hunger überwand mühsam ihren aufsteigenden Ekel.

„Ich sag's Euch nochmal: Meiner Schwester tut Ihr nichts. Wir wollen bloß diese Mörder Feller, Hauser und Maister. Dieses Militaristenschwein Burgmann und die Majorshure Storr gehören Dir, Carsten. Die anderen will 'Rosa' aber selbst verrecken sehen. Bin gespannt, oder würd' Euch nicht interessieren, wer 'Rosa' is'?"

„Na klar! Die Idee, den Bonzenkarren zu vernichten war echt spitze. Weißte, wer das gemacht hat?"

„Nee, wurde von 'Rosa' organisiert. Der Rest auch. Nicht mehr lange, dann haben wir das Nazipack im Sack!"

Ihr Versteck fiel sicher nicht auf. Eine Studenten-WG in einer norddeutschen Stadt, mitten in einem besseren Altstadtviertel. In dem Gründerzeitgebäude lebten außer ihnen selbst noch ein altes Ehepaar, beide halb taub, eine italienische Familie im Erdgeschoss und ein Student, meist zugedröhnt. Nein, hier konnte ihr Opfer keine Hilfe erhoffen.

Conni zitterte vor Angst und Ungewissheit, wie war ihre Schwester in die Geschichte verwickelt und was hatte man mit ihr selbst vor? Zu allem Übel kam die klaustrophobische Enge ihres Gefängnisses.

„Wie viel Wohnungen hast Du eigentlich? Behaupt' ja net, dass Du in Wirklichkeit eine verkappte Millionärin bist!"

„Na, des is' eine normale Dienstwohnung für einsame, weibliche Stabsoffiziere. Willst Du was essen? Lass sehen!" Felicitas wühlte im Gefrierfach, förderte dann eine Packung Fischstäbchen, tief gefrorene Erbsen und Kroketten heraus.

Zweifelnd begutachtete sie die magere Ausbeute: „Für Heute reicht 's, aber Morgen müssen wir unbedingt auffüllen. Wer weiß, wie lang wir bleiben."

Traurige Margarinereste schmolzen in einer Pfanne und in der Mikrowelle tauten Gemüseklumpen. Storr zappte durch die Sender.

„Toll, schau, was kommt!"

Hannes sah kurz auf den Teletext: „Oh, schön. Und sonst?"

„Nix sonst!"

Punkt Acht lümmelten sie wie ein altes Ehepaar auf der Couch. Jogginganzug, Chips, Bier und diese Schnulze, von der nur die Dame des Hauses angetan war. Er hielt aber lieber seinen Mund, Frauen waren in ihrer Filmwahl sehr eigenartig. Feller würde sich lieber einen alten Western oder ein gutes Eishockeyspiel oder, oder reinziehen. Warum in aller Welt liebten die weiblichen Vertreter der menschlichen Rasse nur so ein schmalziges Glump?

Im Bett kam ihm die zweite, weltbewegende Erkenntnis: Frauen haben immer Eisfüße! Mit sich und der Welt im Reinen kuschelte sie sich an ihn. Altes Ehepaar spielen hatte auch seine angenehmen Seiten.

Sieben Uhr rasselte der Wecker, Laufzeit! Tagaus, tagein und bei jedem Wetter, Hannes' Begeisterung hielt sich in den üblichen Grenzen. Auf dem Rückweg keuchte er in eine Bäckerei. Rein aus Prinzip vermied er so Wörter wie 'Brötchen' oder gar dieses entsetzliche 'Guten Tag'.

„Grüß Gott, bitte 4 Semmeln, 2 Brezen und haben Sie auch Butter und Marmelade?"

„Oh, juten Tach! Ach, da is' ja die Frau Storr. Och een Bayer? Blöde Frage, is' ja nich' zu überhören. Natürlich ham wa'. Erdbeer oder Kirsch'? - So, dat macht 9,48 Eurochen. Schönen Tach och un' 'nen Gruß an Frau Major."

Kaum in der Wohnung knallte Felicitas schon die Badtüre zu: „Zu spät! Frauen und Kinder zuerst!"

Duschen konnte er immer noch, wichtig erschien ihm in erster Linie der Morgenkaffee.

„Du kannst!"

„Zeit wor'n. Bin glei' fertig. Messer hab' I net g'fund'n!"
„Mach scho'!"
Laut und falsch sang er unter der Dusche, bis er das Duschbad auf die Hand gab: „So ein Krampf, 'Fleur de Unaussprechlich'. Aua, des riecht für Männer net sehr geeignet! Wo is' meins?"
Tastend glitt seine Hand durch die Kabine. Bis ihm einfiel, dass sein Shampoo noch im Bayerischen Wald lag: „Geht auch so, kommt ein Schwall Aftershave drüber, dann riecht keiner des Blümchenzeugs."
Obwohl seine 'Frau' nur ein langes T-Shirt anhatte, riss sie bei seinem Erscheinen sofort die Fensterflügel auf: „Bah, wie stinkst denn Du?"
„Nach Deim Fleur-no'-ebbas und meim Rasierwasser! Mei' Shampoo liegt im Wald", fügte er entschuldigend hinzu.
Unverhofft schellte es an der Wohnungstüre. Fluchtartig lief Storr ins Schlafzimmer. Hannes riskierte einen Blick durch den Spion. Plank!
„Komm schon!"
Verdammt, des 'Jenerals' Oberfilou brauchte ihn nicht unbedingt in Unterhosen sehen. Hüpfend zog Hannes die Sporthose an.
„Hallo Plank! Kommen Sie herein."
„Juten Tach, Herr Leutnant! Dem Jeneral lässt ausrichten, dat S'e beede in so zwee Tachen wieda in' Wald dürfen. Herr Jeneral meent, dat ma' nu' aus'm Rennen sin' un' det janze Mannschaft wieda Urlaub hab'n soll!"
„Danke, wollen Sie eine Tasse Kaffee?"
„Nee, danke. Ick muss nu' wieda zurück. Schönen Tach och und och für Frau Oberstleutnant!"
Felicitas lugte um die Ecke: „Hört sich ja prima an. Ganz glaub' ich aber nicht, dass 'Onkel Christian' sich aus der Sache wirklich raushalten will. Pass auf, spätestens in zwei Tagen sind wir wieder im Spiel. Zumindest undercover!"

„Hm. Glaub' auch. Ehrlich gesagt, möchte ich sogar weitermachen."

Sein Wunsch sollte schneller als gedacht in Erfüllung gehen. Das Pärchen wollte gerade die Wohnung zum Einkaufen verlassen, da meldete sich Felicitas Handy.

„Storr. Ach, Servus. Ja, er steht neben mir, I geb' ihn Dir schnell! - Stopher!?"

„Hey, wie geht's? Na, hab' I nix mitkriegt. Was! Oh Scheiße! Ja, geht in Ordnung. Ich meld' es sofort Burgmann. Wir kommen so schnell wie möglich. Ja, mit den Jungs. Sag' I, dann bis bald!"

Ein großes Fragezeichen war in das Gesicht seiner Lebens- und Dienstpartnerin geschrieben.

„Der Maister ist schwer verletzt, im Koma. Des Rindviech hat versucht, sich auf zum Hängen. Christopher faselte von einem Brief und ob I auch so einen bekommen hab'. Ziemlich durch den Wind, der Knabe, irgendwas von 'Urteilsverkündung' steht in den Briefen. Wir sollen, lieber gestern schon, zu ihm kommen – mit der kompletten kriegsmäßigen Mannschaft!"

„Haben wir's verschrien, jetzt sind wir wieder im Spiel. Komm, anziehen und dann zum 'Jeneral'!"

Innerhalb weniger Minuten waren beide im Kampfanzug und auf dem Weg zu Burgmann. Zeitgleich mit Plank betraten sie das Vorzimmer. Der Feldwebel fragte, ob sie geflogen sind. Der allgemein bekannte Fahrstil der Frau Storr sei bekannterweise rasant, aber zaubern könnte Frau Oberstleutnant ja wohl noch nicht.

„Mei, Plank! Dem Leutnant Feller seine Fahrweis' ist viel schlimmer wie mein sanfter Hang zur Geschwindigkeit."

Hannes knurrte nur kurz und sagte dann dem Feldwebel, sie müssten dringend zu Burgmann.

„Tut ma' leid, Herr Jeneral is' bei det Minister. So bis Eense. Oder soll icke ihm anfunken?"

Feller überlegte noch, da hatte Storr bereits entschieden, dass die dreiviertel Stunde Wartezeit ginge.

„Wir sind beim Essen, sollte der General bis Dreizehn-Null-Null nicht da sein funken Sie ihn an, ja? Danke, bis später!"

Hannes wandte sich noch einmal an den Feldwebel: „Plank, sagen Sie bitte Kummer Bescheid. Er soll das Team vorsorglich marschbereit machen lassen. Mit voller Ausrüstung!"

Der Schreibstubenherrscher nickte bestätigend. Aber ein Gedanken beschäftigte ihn: Warum kam immer Hektik auf, wenn Sierra-Tango in Berlin war?

Satt bis zum Anschlag erschien das Storr-Feller-Team vor dreizehn Uhr wieder. Plank winkte sie umgehend in Burgmanns Büro.

„Setzt Euch, was habt Ihr so wichtiges?", Burgmann sah kurz auf.

Feller berichtete vom Anruf Hausers und seinen sofortigen Anweisungen an Kummer.

„Fein, das passt alles zusammen. Der BMW in Frankfurt ist der Wagen, mit dem die Hansen entführt wurde. Die paar Spuren, die gesichert wurden, meinte Schneider, bestätigten unser Verdacht. Und das Verschwinden Eurer ehemaligen Teamkollegin. Sandvart hat so was angedeutet, dass sie keinesfalls freiwillig mitkam. Sie haben im Müll einen Ätherbausch gefunden. Mit der DNA von Hansen! Schneider konnte mir unter der Hand sagen, dass auch in den Trümmern DNA gefunden wurde, von den Schwestern Hansen-Tomaschek! Mich wundert immer, wie heutzutage aus einer Handvoll Luft und Dreck Beweise werden. Entscheidend ist aber dieser Anruf Eures Hausers, damit kann ich nach oben weitere Ermittlungen durch uns rechtfertigen. Diesmal am BKA vorbei!"

„Warum vorbei, Herr General?", wunderte sich Hannes, mehr oder weniger.

„Christian für Dich, gehörst ja inzwischen mit zur Familie. Und warum? Ja mei, ganz einfach: Gerold hat den Allgäu-Einsatz versaubeutelt. Und je weniger Leut' von unserer Beteiligung wissen, desto besser!“

Mit Eintreffen der Gruppe Kummer würde ihr Einsatz anlaufen. Bis dahin musste der Bürofeldwebel Kopien der hessischen und schwedischen Berichte für jeden Einzelnen anfertigen. Es kam von nun an auf jede Kleinigkeit an, mehr denn je!

Pünktlich zum Einsetzen der hauptstädtischen Rushhour bretterten die drei tarnfarbene Geländewagen auf der A9 in Richtung Bayern. Storr klemmte 'sein' Scheiß-G3 in die Halterung. Das Bajonett an Fellers Koppel verursachte ihr Beklemmungen, hoffentlich musste Hannes es nicht wieder einsetzen. Manchmal dachte Felicitas über diese dunkle Seite an ihm nach, immer ohne ein wirkliches Ergebnis.

Mitsingen, er nannte dieses Gebrumm mitsingen! Dazu noch diese Mischung! Rock'n'Roll-Oldies ging ja, Cash und Denver auch. Aber warum immer diese Hardrock- und Soldatenliederphasen? Nein, nicht schon wieder! Laut sang Hannes bei „The Girl I left behind me“ mit. Das war eine Marotte, die musste Felicitas noch ein wenig eindämmen - meinte sie.

Bei Hof ging es ab in Richtung Regensburg. Die Fahrer wurden gewechselt, was Hannes sofort an Schlaf denken ließ. Angeschnallt, abgelegt, geschnarcht. Die arme Storr schüttelte verzweifelt den Kopf. Nase zuhalten! Prima Idee – Feller schnappte nach Luft und schoss hoch.

„Schnarchzapfen.“

Hannes sah unbekümmert zu ihr, bis ihm blitzschnell bewusst wurde: Ihr Pferdeschwanz pendelte bedrohlich: „Sorry, I hab' fei wirkli' nix g'hört.“

Seine Entschuldigung wurde aller gnädigst angenommen, wenn da nicht der wackelnde Pferdeschwanz gewesen wäre. Ihm fielen die Schuppen von den Augen! Immer, wenn seine geliebte 'Feli' energisch oder wütend wurde, wedelten ihre Haare. Daran erkannte er von nun an ihren inneren Gemütszustand!

Bei der alten Römer- und Bischofsstadt machten sie Rast, in ihre Kaserne drängte es keinen der Soldaten. Die anderen Besucher der Raststätte blickten etwas merkwürdig, als sechs voll bewaffnete Bundeswehrler mit 'Feldjäger-Armbinden eintraten. Einer sogar mit einer ziemlich unansehnlichen, museumsreifen Gebirgsjägermütze. Keitzig blieb als Wache zurück, angeblich hatte der Oberfeld gerade keinen Appetit.

Artig mit Messer und Gabel schoben die Landser ihre Schnitzel mit Pommes in sich, die Anwesenheit ihrer Chefin wirkte sich sichtbar auf Lautstärke und Manieren aus. Bis dieser Kerl, Typ Staubsaugervertreter, an ihren Tisch kam.

Der Mann sagte irgendwas von 'auch dabei gewesen', 'selber bei den Feldjägern' und so weiter, während er sich immer näher an Storr drückte. Hannes wollte gerade dazwischen gehen, da hauchte sie ihm ein 'Küsschen' auf die Wange, stand selbst auf und rammte dem Unsympathen rein zufällig ihr Knie in den Schritt. Freundlich lächelnd entschuldigte sie sich: „Oh, Verzeihung! Tut 's arg weh?“

Der Kerl rang nach Atem. Leise, so dass nur er es hören konnte: „Beim nächsten Mal tret' ich richtig zu. Schau, dass verschwindst!“

Demonstrativ legte sie ihren Arm um Feller und knutschte ihn nieder, in aller Öffentlichkeit! Beim Hinausgehen sah StUffz Peters den Vertreter, wie der sich an sein nächstes Opfer pirschte.

„Lueg'ts do niber!“ Dirk Peters war, trotz seines eher norddeutschen Namens, der 'Alpbauer', ein waschechter Ostallgäuer.

„So ein Trottel. Aua! Der war ja noch schlimmer für die Fortpflanzungsfähigkeit wie der von der Chefin!“, kommentierte Kummer die Abfuhr des Mannes.

Schnell raus aus diesem Laden, hier war es entschieden zu gewalttätig. In Wagen Drei lachten sich Maik, Müller und Keitzig krumm. Anscheinend wurde Keitzig über den kleinen Zwischenfall ausgiebig informiert. Maik rammte um Haaresbreite beim Ausfahren ein Wohnmobil, so schüttelte er sich vor Gelächter.

„Kindsköpf', fahren sollen s' und net 'rumblödeln!“

Hätte Feller gewusst, dass er auch im Fokus der Erzählung stand! Kummer spann die Sache nämlich weiter: Was hätte die Chefin mit Feller gemacht, wenn sie nicht selbst gewollt hätte?

Wieder einmal erreichte der Einsatztrupp im Morgengrauen sein Ziel. Am Beginn der Stadt fanden sie eine Ortskarte. Storr prägte sich den Weg ein, dann durfte Kummer zu ihnen einsteigen.

Maik empfand dabei aber eher so etwas wie Platzangst: „Enger geht 's nich' oder was?“

„Doch, jetzt stell' Dich nicht an! Los, rein, alter Mann!“, trieb Hannes ihn an. Als ob es bei diesen paar Metern noch auf Bequemlichkeit für die Passagiere der zweiten Reihe ankommen würde! Nach einigem Gekurve erreichten sie die Straße. Ein- und Zweifamilienhäuser der oberen Mittelklasse, gepflegte Gärten.

„Ein Paradies für Paps. Der richtet jeden Morgen seine Pflanzen auch wie auf dem Kasernenhof aus“, kommentierte Felicitas.

„Hab 's gesehen. Meiner war noch schlimmer. Er hat immer tobt, wenn I mein' Hund durch die Tulpen springen lassen hab'. Ah, da, Haus mit auffälligem Riesenkamin, des muss es sein.“

Die Wagen hielten vor erwähntem Einfamilienhaus. Storr befahl dem Trupp Rundumsicherung, dann klingelte Hannes. Das Gartentor öffnete sich automatisch und Christopher kam ihnen bereits entgegen. Er wirkte mehr als nervlich angegriffen und fahrig: „Gott sei Dank, endlich! Kommt rein."
„Schau, den Hannes kennst vielleicht noch. Frau Storr und Hauptfeld Kummer.", stellte er sie seiner Frau vor.
„Schön, ja, kommt mir bekannt vor. Grüß Gott, Frau Storr, Herr Hauptfeldwebel. Gehen wir am besten ins Esszimmer", Hausers Frau deckte gerade den Frühstückstisch: „Ich sah draußen noch ein paar Männer, die haben doch sicher auch Hunger?"
„Ja, Irmgard, stimmt's?", nickte Hannes.
„Ja, stimmt!"
„Wenn Du Kaffee und ein paar Brezen oder so für die Jungs übrig hättest?"
„Natürlich, I brings glei' 'naus."
Sie ging, womit Feller Christopher fragen konnte, ob?
„Na, bin I lebensmüd'?!"
Felicitas nutzte die Situation umgehend aus: „'s Problem is', dass Conni in dem, was kommt, eine entscheidende Rolle spielen wird. Mehr später."
Frau Hauser kam zurück, einen Berg Semmeln und anderes Gebäck tragend: „Stopher, holst no' den Kaffee!"
Fassungslos beobachtete Irmgard Hauser, wie Hannes fünf Löffel Zucker in den Becher schüttete. Genau! Sie erinnerte sich, das war schon immer unverständlich für sie gewesen.
Kaum hatte Feller die erste Tasse geleert fragte er: „So, Stopher, wo ist denn jetzt das komische Pamphlet?"
Der war vorbereitet. Er griff auf die Anrichte hinter sich und reichte ihm das Schreiben. Auf den ersten Blick wirkte es tatsächlich sehr amtlich. Wenn, ja wenn, der Briefkopf nicht auf 'Demokratisch-Sozialistische Republik Europa' gelautet hätte.

Feller las vor: „Urteilsverkündung – Im Namen der Demokratisch-Sozialistischen Republik Europa ergeht folgendes Urteil: Der Beklagte Hauser Christopher, geboren am 30. Januar 1962 in Augsburg, wird hiermit in Abwesenheit zum Tode verurteilt. Der Beklagte ist schuldig des Mordes in mindestens einem Fall, der Beihilfe in drei weiteren Fällen und der Freiheitsberaubung in Tateinheit mit Körperverletzung in drei weiteren Fällen. Heimtückisch und vorsätzlich hat genannter Hauser im Juli 1984 in Gemeinschaft mit anderen Personen bewaffnete Organe der Demokratisch-Sozialistischen Republik ermordet, verletzt und gewaltsam ihrer Freiheit beraubt. Das Urteil ist sofort vollziehbar. Unleserliche Krakelunterschriften.“

Sprachlos starrten Felicitas und Kummer den Vorleser an. Hausers Frau zeigte mehr als deutliche Anzeichen eines höchst akuten Nervenzusammenbruchs. Dabei kannte sie bereits den Inhalt! Felicitas Blick an Hannes und Kummer wies sie an, alleine Hauser zu befragen. Sie musste, quasi von Frau zu Frau, Irmgard Hauser beruhigen. Ihr war klar, dass hier Männer nicht sehr geeignet waren, selbst der Ehemann nicht.

Wieder unter sich sprachen die Soldaten lange mit ihrem Kameraden. Doch Christopher konnte nicht viel beitragen.

Kummer nahm vorsichtig das 'Urteil' und schob es in eine Plastiktüte: „Wer außer Dir und Hannes hatte denn das Ding eigentlich noch in der Hand?“

„Nur noch Irmgard, und natürlich der Briefträger.“

„Haste das Kuvert auch noch?“

„Da!“

„Ich lass dann die Sachen schnellst möglich zur Spurensicherung bringen. Wir haben da unsere Beziehungen, auf dem kurzen Dienstweg. Halt, hast Du was, wo Eure Abdrücke drauf sin'?“

„Klar, nimm doch gleich vom Besteck!“

„Prima!“
Bereits beim Hinausgehen rief er nach Keitzig: „Keitzig, das hier muss sofort ins KTL Regensburg, Du weißt schon!“
Der Oberfeld wusste und fuhr mit Müller los. Grinsend meinte er bei ihrer Abfahrt nur zu seinem Fahrer, dass ja nichts von sofortiger Rückkehr gesagt wurde.
„Hannes, was ist mit Conni passiert? Felicitas hielt sich da ziemlich bedeckt“, für Hauser schien die junge Frau doch nicht ohne Bedeutung zu sein.
Der Leutnant schilderte ihm die bisherigen Ermittlungsergebnisse. Auch den vermuteten Zusammenhang mit dem Attentat in Frankfurt. Sein alter Freund rang um Fassung, dann warf er die Bombe in den Raum: „Woher haben die g'wusst wo Conni is'?“
Der Alt- und der Jungprofi starrten sich entgeistert an. Daran dachte bisher kein Mensch! Dabei dürfte diese Frage mit die wichtigste sein.
Feller stürzte los: „Wo?“
“Wahrscheinli' im Schlafzimmer, oben, erste links!“
Vorsichtig betrat er das von Hauser bezeichnete Zimmer. Storr hielt tröstend Frau Hauser im Arm.
„Pst! Sag'm Stopher, er soll den Hausarzt anrufen. Dringend!“, flüsterte sie.
Ebenso leise teilte er ihr das Notwendigste mit: „Komm so schnell Du kannst, ich muss Dir noch etwas sagen!“
Hannes deutete dabei auf die Frau, schüttelte den Kopf und zeigte mit den Händen, dass nicht alles für deren Ohren geeignet war.
Unten bat er Hauser um die Nummer ihres Hausarztes. Zitternd schlug Stopher im Notizbuch nach. Endlich! Hannes wählte die Nummer und drängte die Sprechstundenhilfe, den Doktor umgehend her zu schicken.
Der erschien dann ziemlich schnell, die Hausers waren schließlich alte Patienten. Während der Mediziner sich um die

Patientin kümmerte, konnten Kummer und Feller Felicitas den Rest servieren. Sie war genauso perplex wie kurz vorher ihre Kameraden. Stimmte ja, keiner hatte sich Gedanken gemacht, wie Hansens schwedischer Aufenthaltsort den Entführern bekannt sein konnte. Ein grober Schnitzer, das durfte nicht passieren!

Storr musste nun dem General telefonisch beichten, wozu eigentlich beichten? Burgmann erlaubte sich genau den selben Schnitzer wie sie!

„Onkel Christian“, säuselte Felicitas in ihr Handy, „wir sind bei Hausers. Es scheint schlimmer als erwartet zu sein“, unvermittelt fügte sie in ihren Bericht „Ach, übrigens, hast Du Dir Gedanken gemacht, wie diese Schwester und ihre Komplizen an Hansens Aufenthaltsort gekommen sind?“ ein.

Gemein! Die unerwartete Frage musste den General umgeworfen haben. Lange Zeit wartete die Offizierin auf Antwort. Boshaft lächelnd nahm sie das hilflose Herumgerede ihres Chefs wahr.

„Ja, genau. Was täten wir nur ohne unsere Amateure. O.K., ich sag 's, ja, dann bis bald“, dann setzte sie noch eins drauf: „Tschüssi, Onkel Christian!“

Ein besonders affiges 'Tschüssi' fand ihr Hannes.

Sie prustete los: „Das mag er doch so gerne! Und wir sollen für Polizeischutz der Familie Hauser sorgen. Stopher, wo ist Deine Tochter gerade?“

„Im Werk, soll ich dort anrufen?“

„Nein, machen wir. Kummer, setz' Dich mit den hiesigen Grünen in Verbindung, sollten die Sheriffs rumzicken, zeig' den Sonderbefehl vor. Rund um die Uhr und alle drei Hausers! Stopher, bis unsere hoch geschätzten Kollegen antanzen, kannst Du uns noch über die Sache vom Maister aufklären.“

„Ja, und Du weißt ja, ältere Männer mit jüngeren Frauen brauchen Doping. Hast no' Kaff'?“

Christopher registrierte vor Aufregung gar nicht, wie hämisch sein Kumpel dabei grinste: „Logo, wartets schnell!“

Maister hatte ebenso ein 'Urteil' bekommen. Daraufhin musste er vollkommen durchgedreht sein. Sein Nachbar hat ihn in der sprichwörtlichen letzten Minute auf dem Gemeinschaftsspeicher gefunden, an einem Fernsehkabel hängend. Er läge immer noch auf der Intensivstation einer Klinik in Stuttgart. Mehr konnte Hauser nicht dazu sagen.

Auf ihn war man wegen irgendwelcher Notizen über die kürzlichen Wehrübung gekommen. Anscheinend musste Maister Stophers Adresse aufgeschrieben haben.

„Wollt' vielleicht an einen billigen Neuwagen kommen. Ich hab' mit ihm doch nie viel zu tun g'habt.“

Die Oberstleutnantin schalt sich selbst eine dumme Kuh. Mit ein bisschen weniger 'schnell, schnell' hätte man die Fingerabdrücke mit den Kollegen in Württemberg abgleichen können. Sie merkte, dass sich immer mehr kleine Nachlässigkeiten einschlichen. Ihr innerer Akku schien aufgebraucht, sie war urlaubsreif. Selbst ihr Adlatus Kummer wirkte am Ende. Nach Abschluss dieses Falles würde sie, wenigstens auf Zeit, aussteigen! Die Tage ihrer neuen Beziehung hatten ihr zwar unwahrscheinlich viel gegeben, aber!

„Mein Gott, das hat Onkelchen raffiniert eingefädelt!“

Hannes fragte entsetzt: „Was hat Christian schon wieder?“

„Schlau arrangiert. Dich ins Boot zu holen. Damit hat er uns auf Gedeih und Verderb an die Truppe gebunden. Stell' Dir vor, ich steig' aus – über Dich bleib' I do' drin! So ein Hundling! Ein ausg'schamter Bazi!“

Feller verstand den Sinn des Gesagten anfangs nicht ganz, doch unweigerlich fiel auch bei Hannes der Groschen: „Stimmt! Soll I wieder aussteigen?“

„Na, wenn 's D' g'fallt, dann bleib bloß. Selbst wenn I daheim bleib', ohne des G'frett tät I 's do' a net lang' aushalt'n!“

Recht hat sie, da würde ihr ein gewaltiges Stück ihres Lebens fehlen, fand ihr Hannes.

Berliner Luft – pah, da lach' ich ja! Burgmanns Stimmung lag auf einem Tiefpunkt. Seine Adoptivnichte hatte ihn verarscht, richtig verarscht. Schlimm daran war, dass er es verdient hatte. Ihm, dem alten Fuchs, entging ein derartig wichtiger Punkt! Zeit wird es mit seiner Pensionierung. Seine Fühler hatten aber einen Zwischenton bemerkt: Storr war reif für die Insel! Und das war nicht schön.

Seine Truppe hatte er mühsam aufgestellt, jeder handverlesen. intelligent, im normalen und im sozialen Bereich, körperlich und psychisch überdurchschnittlich belastbar. Stieg einer aus, konnte die Einheit massiv darunter leiden.

„Ich wusste es, aber ihr Hannes ist nicht soweit. Keine Erfahrung, keine Sonderausbildung und zu explosiv!"

„Herr Jeneral wünschen?"

„Na, Plank, I hab' laut gedacht. Plank, Sie sind doch ein Schlitzohr hoch X. Sagen Sie, sind wir an unsere Grenzen gestoßen?"

„Nee, Herr Jeneral. Noch nich', 'n kleen bischchen mehr Urlaub, weit wech vom Dienst. Ick gloobe, det tät Ihnen och jut!"

Müde lächelte Burgmann auf diese unverblümte Antwort: „Schön, aber wenn Frau Storr geht?"

Diese Befürchtung traf den Feldwebel überraschend. Aber er ließ es sich nicht anmerken, Plank wollte seinem Chef nicht noch dessen düstere Gedanken verstärken: „Frau Oberstleutnant, nee, die jeht nich'. Un' wenn, det Leutnant Feller hält s'e jarantiert im Spiel, och daheme!"

„Das war ja auch mein Hintergedanke. Einen halbwegs brauchbaren Mann bekommen und eine Spitzenermittlerin halten! Mensch, Plank, hoffentlich behalten Sie recht."

Schnell schaltete der General wieder in den Dienstroutinegang: „Feld, ich muss wissen, wer alles vom Aufenthalt der KOK Hansen in Schweden wusste und ob sie ein Handy oder Laptop dort hatte. Wenn ja, jede Verbindung, so akribisch wie möglich. Schalten Sie außer Sandvart persönlich nur Leute von uns ein. Vergattern Sie die Bande, dass niemand auch nur ein Komma ausplaudert. Nicht mal im Schlaf!“

„Jawoll, Herr Jeneral. Wird standepede durchjeführt!“

Hoffnung hatte Burgmann nicht unbedingt, ein Versuch immerhin.

In Stockholm sorgte Planks Anruf für Jubel, hatte sich das BKA doch mit der Zusammenarbeit sichtlich schwergetan. Dieser Kriminaldirektor Nolde, der ein Freund des Generals? Nur schwer vorstellbar. Mit Burgmann klappte es wie am Schnürchen, dieser Schlipspolizist dagegen war der geborene Paragraphenreiter! Daneben spielte seither die deutsche Seite auch noch eindeutig mit verdeckten Karten.

Plank gab Sandvart bereitwillig jede gewünschte Information. Komisch nur, dass der Soldat Burgmanns auf absolute Diskretion bestand. Vor allem gegenüber dem BKA! Das gab Göran zu denken. Gerne fütterte er dafür auch das Büro der deutschen Sondertruppe mit allem, was die Schweden zurzeit wussten.

„Nein, von einem Mobil oder so wissen wir nichts. Tut mir schrecklich leid, Herr Plank, aber das können wir nicht, zumindest noch nicht, beantworten. Die Ergebnisse faxe ich Ihnen gleich zu. Bei Fragen rufen Sie gerne wieder an. Ja, auch herzlichsten Dank, Ihre Kollegen vom BKA legen da nicht so großen Wert auf uns. Adieu!“

Nachdenklich legte der Reichspolizist auf. Dieser Plank hatte zum ersten Mal bei ihm die eventuell entscheidende Frage aufgeworfen: Woher, in drei Teufels Namen, wussten die

Terroristen, wo sie Conni Hansen finden würden? Woher, vielmehr von wem?

Betrübt dachte er an den Unterschied zwischen den beiden Männern vom BKA, die ihm aufs Auge gedrückt wurden, und Burgmann mit seinen Leuten. Vielleicht lag es daran, dass Leutnant Feller und dieser Unteroffizier, Hauser, in seinem Alter waren. Oder weil diese Majorin eine umwerfende Frau und Ermittlerin war und an den Männern, die auch in seine Truppe gepasst hätten? Das Gespräch, das Sandvart kurz nach dem Gefecht mit der Psychologin geführt hatte, war sehr erhellend für ihn gewesen. Vor allem in der Frage, wie konnte aus einem friedlichen Menschen wie Feller, eine solche Kampfmaschine werden.

„Göran, hast Du von der Tiger-Treiber-Hasen-Theorie gehört? Ja, dann hast Du die Antwort. So einfach ist es. Nur weiß man selbst nicht, in welches Schema man gehört, bis es passiert."

Genau das waren ihre Worte gewesen. Dank Planks Anruf wusste Sandvart wenigstens auch in welche Richtung die Ermittlungen weitergeführt werden mussten.

Schnurrend meldete sich die Gegensprechanlage: „Herr Jeneral!"

„Plank, wo steckt Vogt derzeit?"

„Der Oberstleutnant is' in Hammelburg, Afghanistanvorbereitung."

„Ich werd' alt, Plank. Dann holen Sie mir Hauptmann Grabowski oder Oberstabsfeldwebel Schmidt, egal welchen, nur ASAP!"

„Jawohl, Herr Jeneral!"

Plank blickte zur Uhr an der Wand: Halb Elf, da fand er Grabowski mit Sicherheit beim zweiten Frühstück und Schmidt auf dem Schießstand. Praktisch, wenn Menschen einen festen Tagesablauf haben. Werden wir den Rhythmus ein wenig manipulieren, grinste der Feldwebel.

Nicht lange, und sie trabten gehorsam an. Keiner wusste wie Burgmann mühelos in seinem Zimmer immer wieder erkannte, wann wer in seinem Vorzimmer herumlungerte. Die herbei zitierten Gruppenführer schoben ihre Barette hinters Koppel, da schnurrte es bereits: „Rein damit!“

Zackig grüßten die Männer ihren Chef.

„Setzen Sie sich, Ihr zwei lernt es nimmer. Hier is' kein altpreußischer Kasernenhof, sondern eine bayerische Außenstelle. Entspannts Euch endlich.“

Befohlene Entspannung trat unverzüglich ein.

„Also, Ich brauch' ein zweites Team. Eine Mannschaft mit super EDV-Leuten. Wer von Ihnen hat einen professionellen Hacker in seiner Gruppe?“

Grabowski musste verneinen, anders Schmidt. Der hatte den anerkannten Hacker-King des Ruhrgebiets in seiner Einheit: „Ich, Herr General. Den Hauptgefreiten Grabowsky!“

„Hä, verwandt?“

Hauptmann Grabowski verneinte.

„Schmidt, Sie bleiben noch. Ich danke, Herr Grabowski. Womit sind Sie denn gerade beschäftigt?“

„Mit dieser Schiebergeschichte. Diese Typen, die Fahrzeugteile verhökern. Leider noch kein Ergebnis.“

„Okay, in einer Woche möcht' ich wieder von Ihnen hören. Abtreten!“

Nachdenklich starrte Burgmann wieder zu Schmidt. Fast befürchtete der, Burgmann war inzwischen der Grund seiner Anwesenheit entfallen. Aber dem war nicht so!

„Schmidt, Ihr PC-Champion bekommt einen Ritterkreuzauftrag. Ich benötige, möglichst binnen 24 Stunden, alle Hintergrunddaten der Angreifer auf das Mun-Lager '84 in Bayern. Alles: Familien, Liebschaften, Freunde, Feinde, uneheliche Kinder und was diese Angehörigen heute machen.“

„Ich werde den Mann sofort darauf ansetzen. Darf ich mich abmelden?“
„Ja, schicken Sie mir bitte Plank 'rein?“
„Jawoll!“
Burgmann verzweifelte manchmal an diesen Vorzeigesoldaten. Aber da Schmidt wie auch Grabowski sonst gute Arbeit machten, sah er über diesen Verstoß gegen Burgmannsche 'Vorschriften' weg. Sein Vorzimmer trat ein, gewohnt unsoldatisch.
„Plank, besorgen Sie mir, was es über diese Geschichte 1984 gibt. Wenn Sie das haben, brauch' I noch was: Die damals Festgenommenen und was sie in den letzten 12 Monaten gemacht haben.“
„Och wenn s'e noch eensitzen?“
„Auch dann!“

Storr, Feller und die Gruppe Kummer waren wieder auf dem Weg in die Hauptstadt. Man, in diesem Fall ihr General persönlich, hatte sie zurückbeordert. Versüßt wurde die Fahrt durch den Hinweis General Burgmanns, dass der ganze Club erstmal für ein paar Tage Dienstfrei bekäme. Weniger schön dagegen, niemand durfte Berlin in dieser Zeit verlassen, und dass jeder jederzeit erreichbar sein musste. Abhängig von den Ergebnissen der Gruppe Schmidt dauerte ihr Zwangsurlaub. So leicht war es selbst für einen Spitzenhacker wie den Hauptgefreiten nicht, in dutzende von Behördenanlagen und andere Netzwerke einzudringen.
Eine knappe Woche konnten Felicitas und Hannes ihre Zweisamkeit in vollen Zügen genießen. Na ja, meistens. Zum einen hielten die Jungs es für unumgänglich, das Länderspiel genau bei ihrer Chefin anzuschauen. Keitzig und Peters brachten sogar ihre Freundinnen mit. Keitzigs Mädchen und Felicitas waren ja auf der gleichen Wellenlänge. Ganz anders

Peters derzeitige Flamme, außer doof nur doof. In solchen Momenten fragte sich Storr, ob ihr Allgäuer richtig tickte.

Und dann war da noch das Telefon. Während der ganzen Tage schreckte jedes Klingeln sie und Hannes hoch. Es schien wie eine Erlösung, als Plank endlich anrief und 'Frau Oberstleutnant und Herrn Leutnant' zum 'Jeneral' bat.

„Puh, Zeit wird 's. Lang' hätt' ich nimmer durchg'halten. Blasen überall, nix wie Blasen."

„Wo denn, Du Supermann?"

„Wo wohl, an de' Füß und an meinem anderen arg strapazierten Körperteil – und an der Zung'!"

„Oh, Du Armer. Hilft nur eins: Drei Wochen keinen Sex!"

„Ach, solang hältst 's Du doch selber net aus!"

Richtig überzeugt klang Hannes' letzte Bemerkung nicht. Belustigt warf Felicitas ihr Kissen nach ihm, da hatte er ja auch wieder recht. Sie passten einfach zusammen, auch in den Gegensätzen. Nur sein kruder Musikgeschmack, den würde sie sicher noch ein klein wenig bearbeiten. Nach dem Motto 'Tausche Hard-Rock gegen Klassik'.

Vor dem Büro stieß Hannes um Haaresbreite mit Plank, der unter einem schweren Pack stöhnend herauskam, zusammen.

„Mo'jen, dem Jeneral wartet uff die Herrschaften unten, Raum 005/I. Ick bring jerade noch 'n Stapel Unterlajen. Können S'e jleich mitjehen!"

„Servus, Feld. Soll Ich helfen?"

„Nee, jeht schon, Frau Storr."

Mit dem Lift ging es in die Katakomben. Raum 005/I war ein abhörsicheres Besprechungszimmer.

„Guten Tag, meine Herren. Ah, grüß Gott, Herr Staatssekretär!"

„Grüß Gott, Frau Oberstleutnant, lange nicht mehr gesehen. Sie werden auch immer hübscher."

Der Staatssekretär reichte auch Feller die Hand. Schnell beeilte sich Burgmann, sie miteinander bekannt zu machen.

Ein Stein fiel ihm dabei vom Herzen, seine Neuerwerbung benahm sich, als würde er tagtäglich Umgang mit den oberen Zehntausend pflegen. Burgmann befürchtete, dass Hannes einen auf Frontschwein machen würde, aber nein, der Kerl hatte sogar Manieren!

„Grabowski, Schmidt, Ihr kennt Leutnant Feller auch noch nicht?“

Vereintes Kopfschütteln. Wobei Schmidt Hannes die Hand reichte und Grabowski wenig Begeisterung und Interesse zeigte.

„Feller ist über die Sache, die nachher Thema ist, zu uns gestoßen. Besser gestoßen worden, nicht wahr, Felicitas?“

„Kann man sagen“, sie lächelte unschuldig in die Runde.

„Aber liebe Frau Storr, warum sind Sie und Ihr, äh, Partner denn voll bewaffnet?“

Der General warf ein, dass er diese Anweisung gegeben hatte. Vieldeutig schmunzelnd bestätigte er auch das mit dem 'Partner'. Dann war Schluss mit Smalltalk, Arbeit gab es mehr als genug. Schmidts Gruppe hatte langsam, dafür außerordentlich gründlich gearbeitet. Der Hauptgefreite Grabowsky fertigte sogar eine Art Stammbaum der damals Beteiligten an, mit umfangreichen Verflechtungen. Der Staatssekretär zog nach der Marathonsitzung das Resümee: Die Bedrohung der ehemaligen Wachsoldaten bestand unzweifelhaft weiter. Darüber hinaus gab es eine Lücke und die lag nicht bei ihnen, „Meine Dame, meine Herren! Die begonnene Aktion wird fortgesetzt. Am BKA vorbei! Nach dem, was ich in den letzten Stunden hören musste, scheint mir gerade dort ein Maulwurf zu sitzen. Dessen Kopf will ich haben, klar?“

Fünffaches Nicken.

„Schön. Wir finden und befreien diese Oberkommissarin, ich betone: Wir!“

Entschlossen klang er ja schon bei diesen Worten, aber der Staatssekretär war immer noch Politiker. So ganz trauten weder Felicitas noch Hannes dem Gesagten.

Aber der Beamte war jetzt erst richtig in Fahrt gekommen: „Burgmann, Sie haben freie Hand, solange die Gesetze nicht überstrapaziert werden. Jagen Sie diese Irren, egal wo und egal ob tot oder lebendig!““

„Jawohl, aber das mit 'tot' war doch eher symbolisch, oder? Und die Kameraden in Schweden?“

„Mhm, dieser Sandvart ist anscheinend sauber. Gut mit der Reichspolizei können Sie arbeiten. Aber wie schon gesagt: Das BKA darf nichts von unseren Aktivitäten wissen. Das hat oberste Priorität! Und ja, mir wäre lebendige Gefangene auch lieber, offiziell. Meine Dame, meine Herren, erfolgreiche Jagd!“

Die Oberkommissarin hatte jedes Zeitgefühl verloren, sie glaubte sogar, dass ihre Kidnapper die Essenszeiten absichtlich immer wieder verschoben. Anfangs schien ihre Angst zu galoppieren, doch mit der Zeit bekam Conni ein Gefühl der Resignation. Ihre kleine Schwester musste hier die Führung haben, die zwei Kerle gehorchten ihr aufs Wort. Diese Ahnung war ihr einziger Hoffnungsschimmer. Sie und die Kleine hatten sich doch immer super verstanden?!

. Knarrend öffnete einer der Männer ihre Gefängnistür: „Los, dreh' Dich um. An die Wand, beweg' Dich.“

Sie spürte seinen Atem im Nacken. Bedrohlich flüsterte er ihr in Ohr: „Dein Schwesterchen hat uns für 'n paar Tage allein gelassen! Nur Du und ich. Knie Dich hin!“

Automatisch sank Conni auf die Knie, mit einem kräftigen Ruck riss der Mann ihren Kopf nach hinten. Sie wollte schreien, doch bevor es ihr gelang, steckte der Kerl eine Art Maulsperre in ihren weit geöffneten Mund und fesselte ihr die Hände auf den Rücken.

„So, Schätzchen! Dreh' Dich wieder um. Braves Mädchen, siehst Du, was hier aus meiner Hose steht? Ja, dann lutsch' mal brav!"

Brechreiz kam in ihr hoch, sie versuchte zurückzuweichen. Dort gab es aber nur die Wand! Wieder packte er ihren Kopf und hielt ihn fest. Angst und Ekel vervielfachten sich. Wenn sie nur hätte schreien können! Aber plötzlich war er weg, lag stöhnend auf dem Boden ihres Kerkers.

„Du Sau, Du sollst das Mädchen in Ruhe lassen. Ich schneid' Dir die Eier ab! Wenn das Krissi erfährt, die tut es garantiert!", der Mann trat dem Widerling brutal in die Rippen. Beruhigend wandte er sich an Conni: „Ganz ruhig, Mädchen! Ich mach' Dich los. Brauchst keine Angst mehr zu haben."

Fast liebevoll befreite er sie von den Fesseln, tröstend streichelte er ihr dann übers Haar. Mit derben Fußtritten beförderte ihr Retter seinen Kumpanen aus Hansens Zelle. Spielten die Gangster mit ihr das altbekannte Spiel guter – böser Bulle? Oder gab es selbst in diesen Kreisen Gut und Böse? Wo blieben ihre Kollegen, wie lange musste sie diese Angst noch aushalten? Von Abscheu und tiefer Furcht gequält blieb die Polizisten alleine in ihrem Gefängnis zurück. Eine Einsamkeit, die jede Hoffnung langsam, aber sicher zunichte machte.

Unauffällig parkte ein Polo vor der Uni. Die Insassin hielt ein Handy ans Ohr, wie tausende junger Frauen zur gleichen Zeit: „Hier Kristin!"

„Hallo Krissi.", 'Rosas' Stimme klang unwirklich, mechanisch und vollkommen emotionslos.

Sie wusste immer noch nicht, ob 'Rosa' eine Frau oder ein Mann war. Aber sie hoffte es bald zu wissen, wenn sie diesen Auftrag gemeistert hätte. Andererseits war Kristin sich nicht wirklich sicher, ob sie das überhaupt wollte. Ihre Gedanken schalteten aber schnell wieder auf die Gegenwart zurück, diese eisige Stimme half sehr.

„Die Urteile sind angekommen. Diese Lusche Maister hat uns leider um seine Hinrichtung gebracht. Macht nichts, ebenso wenig wie dieses Schwein Feller seines nicht erhalten hat. Ändert nichts an unserem Plan. Ist diese Bullette weich gekocht?“

„Ziemlich, in ein paar Tagen dürft' Conni so weit sein!“

„Sehr gut! Keine Angst, Deine Schwester nutzt lebend mehr. Ihr wird nichts passieren, habe ich Dir doch versprochen!“, deutlich war aus der Stimme der Entführerin die Sorge um ihre Schwester zu hören gewesen. 'Rosa' musste verhindern, dass die 'Blutsbande' stärker wurden. Befehlend klang es aus dem Apparat: „Ihr bekommt morgen ein Päckchen. Nehmt mit der Kamera aus diesem Paket ein kurzes Video auf. Du weißt, welchen Text deine Schwester aufsagen soll?“

„Ja.“

„Schickt die Aufnahme an den General, durch einen Boten. Der soll sofort nach der persönlichen Übergabe verschwinden. Für immer verschwinden! Am nächsten Mittwoch zur gleichen Zeit, dann erfahrt Ihr mehr.“

Schon endete das Gespräch. Die Frau nagte unsicher auf ihrer Unterlippe. Conni zu entführen war eine Sache, doch bald musste sie töten. Auch wenn sie jahrelang auf die Chance gewartet hatte, sich an den Häschern ihres Vaters zu rächen, wohl war der Tomaschek nicht dabei. Sie bekam Angst, im letzten Moment zu versagen oder ihre Schwester töten zu müssen.

Die Videokamera mit einer Kassette brachte der Paketdienst tatsächlich am nächsten Tag. Die Extremisten stritten sich, wann ihr Opfer so weit wäre, die Botschaft für diese uniformierte Mörderbande zu sprechen. Die beiden jungen Männer versuchten, jeder für sich, ihre konträren Meinungen anzubringen. Ausschlag gab aber Tomascheks Meinung, sie war die unangefochtene Führerin der Zelle, dafür von der sogenannten Demokratisch-Sozialistischen Republik Europa eingesetzt.

„Tom, ich weiß von dem Vorfall gestern. Du wirst Dich am Ende vor dem Ausschuss verantworten müssen. Mach' das nie wieder!“

Der Tom genannte Revolutionär erstarrte, 'vor dem Ausschuss' hieß eine massive Bestrafung durch die Partei. Meist eine demütigende Degradierung, in schweren Ausnahmefällen auch der Tod. Angst überkam den Terroristen, doch wenn diese blöde Krissi und der Psycho Carsten einfach verschwanden? Innerlich gewann er wieder Sicherheit, ihm musste nur noch einfallen, wie seine beiden Genossen verschwinden würden!

„In vier Tagen nehmen wir das Video auf. Notfalls wirst Du, Tom, Deinen Trieben doch nachgeben dürfen. Bis dahin muss meine Schwester gebrochen werden. Sie muss diese Botschaft verkünden! Heute und morgen nur Wasser. Lasst sie den Becher immer vor Euren Augen austrinken. Sie darf sich auf keinen Fall waschen, die Trockentoilette kommt auch raus!“

Rigoros wurden die Befehle durchgeführt, Connis Leidensweg begann schlimmer zu werden. Die Maßnahmen zeigten schneller als erwartet Wirkung. Die Polizistin flehte bereits am Abend des zweiten Tages um Hilfe. Schluchzend war sie zu allem bereit, was von ihr verlangt wurde, Hansen wollte nur nicht mehr wie ein Tier behandelt werden.

„Gut, ich lass' Dich sogar in die Dusche, wenn Du für uns gearbeitet hast. Nichts für ungut, Schwesterherz, vorher erwarte ich eine Gegenleistung von Dir.“

Höhnisch lachend schloss die Tomaschek die Zelle. Schmerzhaft wurde ihr bewusst, dass sie am liebsten die Türe aufgerissen und ihre Schwester freigelassen hätte. Die Geschwister hatten in den letzten Jahren kaum Kontakt gehabt, ihren inneren Zusammenhalt hatte dieser Zustand nicht schmälern können. Zweifel an der Richtigkeit ihres Tuns wischte die Jüngere aber mit dem Gedanken an die große Sache bei Seite. Morgen, da würden sie das Band aufnehmen, dann ging es an Burgmann! Einen Narren zu finden, der für einen Zehner seine letzte gute Tat vollbringen würde, ging sicher schnell. Ab diesem Zeitpunkt lief der Countdown für diese dreckige, imperialistische Mörderbande! Ihre Linke ballte sich zu einer Faust und schoss nach oben.

General Burgmann wurde langsam ungeduldig: Keine Nachricht von Schneider aus Wiesbaden, ebenso wenig kam aus Stockholm. Es schien, als ob alle Spuren im Sand verliefen. Burgmann schritt nicht sonderlich selbstsicher zum Büro des Staatssekretärs.

Überschwänglich empfing dagegen der politische Beamte den General: „Hallo, Christian! Setzen Sie sich, wie steht die Sache mit diesen Pseudorächern?“

„Schlecht, nur schlecht. Sie wissen ja, jede Spur führt uns in eine Sackgasse. Peter, ich weiß nicht weiter.“

„Wie lange kennen wir uns? Elf Jahre, in diesen Jahren lernte ich eines: Sie haben alle Fälle zu Ende gebracht. Sicher, nicht immer als strahlender Sieger, Christian, aber zu Ende!“

Der Offizier starrte auf seine Hände. Siege und Niederlagen lagen in den Schubladen seines Gehirns, wo die Überzahl hintendierte, wusste er selbst nicht. Heute aber beschäftigte ihn sein bisher schwerster Fall.

„Ach, und dieser Leutnant, ein wenig alt. Wieder ein armer Irrer, haben Sie den 'schanghait', wie die Hälfte Ihrer Leute oder wie kam er zu Ihnen?“

„Peter, hab' ich jemals meine Leute mit Gewalt gepresst? Jeder wollte in diese Einheit.“

„Ja, Freiwillige, die britische Marine zu Napoleons Zeiten wäre stolz auf Sie gewesen. Legal waren Ihre Methoden nicht unbedingt. Also, raus damit, wie?“

„Feller war '84 der Wachhabende. Damit steckte er mittendrin. Er und Frau Storr passen dienstlich wie privat prima zusammen, und deshalb blieb er bei uns hängen."
„Klingt simpel. Christian, jetzt setzen Sie schon Amor zur Personalgewinnung ein, Sie sind ein Schlitzohr. Und wie wurde ein weit über vierzigjähriger Ex-Reserveunteroffizier Leutnant? Sagen Sie nur nicht, ich hätte das unterschrieben!"
„Peter, Sie unterzeichnen so viel, auch diese Beförderung. Meine Rechtsabteilung hat alles geprüft. Soldaten- und Beamtengesetz mit dem ganzen Wust an Verordnungen lassen diese Ernennung problemlos zu!", unschuldig sah Burgmann zum Staatssekretär.
„Rechtsabteilung, da lach' ich aber. Ihre Rechtsabteilung, mein Lieber, sind Sie selbst. Sei's drum, ist der Mann gut, sehe ich ihn noch vor Ihrer Pensionierung als Hauptmann. Feller-Storr oder Storr-Feller?"
„Weder noch, so wie ich es verstehe, wollen die Beiden vorerst nicht zum Standesamt."
„Also Christian, machen Sie unter allen Umständen weiter. Wir schaffen das! Wen Sie Hilfe brauchen, kommen Sie einfach zu mir. Übrigens, selbst die Opposition hält Sie für den Besten in Ihrem Metier und damit auch Ihre Einheit."
„Danke! Bis dann!"
Dienstpost stapelte sich bei seiner Rückkehr. Bis Mittag hatte der General damit ausreichend Beschäftigung. Meistens waren es zweitrangige Rundschreiben und Wochenberichte seiner vier Einsatzgruppen. Storrs Bericht kannte er zur Genüge, Vogt hatte vor dem Afghanistanturn seiner Gruppe nichts Weltbewegendes zu melden. Grabowski tappte in der Sache mit den Ersatzteilen weiter im Dunkeln und Schmidts Meldung bezog sich auf die bekannten Fakten der Internetrecherche seiner Leute. Ganz zuunterst tauchte noch eine Einladung für ein Hearing auf.
„Plank, wo ist Oberleutnant Baum, sie soll gleich zu mir!"

Sein Bürofeldwebel blinzelte herein: „Frau Baum is' bei die Schwimmer. S'e soll doch een Lehrjang dort machen, Herr Jeneral!“

„Stimmt.“

Frau Betroffen veranstalte eine Anhörung 'Weibliche Offiziere und ihre Untergebenen'. Morgen schon! Felicitas blieb also als einzige Möglichkeit übrig. Wurde ihr und ihren Leuten, einschließlich Feller, wenigstens nicht langweilig.

Burgmann tippte Storrs Kurzwahl in sein Handy, da unterbrach ihn das Telefon. Wiesbadener Vorwahl, sollte sich in Frankfurt etwas getan haben? Neugierig war der General ja schon, aber seine Stimme verriet nichts davon. Völlig gelassen meldete er sich: „General Burgmann! Oh, hallo! Auf Deinen Anruf wart' ich schon. Schieß los!“

Die lang ersehnte Spur des grauen BMW lag vor! Schneider schilderte den viel versprechenden Hinweis eines Zeugens. Der Zeuge war die letzten Tage auf Geschäftsreise in den Staaten gewesen und hörte erst bei seiner Rückkehr von den Ereignissen. Daher kam dessen Aussage so spät rein.

„Pass auf, dieser Augenzeuge hat den Fahrer des BMWs gesehen! Wir haben bereits alle Dateien abgeglichen, leider unbekannt. Auffällig schien unserem Zeugen aber, dass der Unbekannte sehr gut gekleidet war. Passend zum Fahrzeug, zu geschniegelt für einen Terroristen. Ja! Ich sah diesen Hinweis Anfangs auch als unsinnig an. Wart' ab, das BKA verkaufte die Sache inzwischen der Öffentlichkeit als islamistischen Anschlag. Da wurden meine Leute stutzig, denn nichts deutete in dieser Richtung. Und jetzt kommt's: Die Fingerabdrücke, die wir an den Trümmern mühselig genommen haben, sind von Thomas Mahler, ein Kunde aus dem linken Ultrabereich, dieser KOK Hansen, zwei unbekannten Personen und“, Schneider ließ den General etwas zappeln, „dem ersten Hauptkommissar beim BKA Erich

Striebeck. Frag' bitte nicht, woher wir diesen Tipp haben, klar?“

„Und?“

Schneider lachte hörbar durchs Telefon: „Ha, das BKA ist eine Nummer zu groß für uns. Aber nicht für Euch! Das ist jetzt Dein Ball. Damit hast Du einen kleinen Vorsprung vor meinen geliebten BKA-Kollegen, hoffe das reicht Euch.“

„Schneider, ich weiß gar net, wie I des jemals gut machen kann! Erstmal Danke und halt die Ohren steif!“

„Ebenso, und wegen dem Gutmachen, meine Leute würden gern mal aufs Oktoberfest, aber Du kennst ja unsere Gehaltsstufen?“

„Gebongt! Also Servus fürs Erste!“

Schneider hatte recht, das war jetzt sein Ball. Ab nun durfte man nichts mehr überstürzen. Der Einfluss des BKA war hoch, da konnten seine Leute nicht einfach im Vorbeigehen eine Verhaftung aussprechen. Hier musste er politische Rückendeckung holen. Zeit, er brauchte Zeit. Obwohl ihm bewusst war, dass man eben genau die nicht hatte.

Erneut tippte er Storrs Kurzwahl. So schnell hatte er gar nicht erwartet, dass Felicitas am Apparat sein würde: „Hallo, mein Dirnd'l! Wie geht's? Schön, warum I anruf', Du und Dei' Hannes mit de' anderen Helden dürft Morgen um halb Zehn große Politik machen. Na, I putsch net! Ha, ha, na, Ihr dürft zu einem Hearing. 'Weibliche Offiziere' bei unserer geschätzten Frau Betroffen. Bloß ein wenig g'scheit daherreden. Doch, Befehl von mir. Ausgehanzug und dem Hannes besorgt mein Plank no' a Gebirgstruppenuniform. Was! Net die alte Mütz'? Okay, von mir aus. Seids pünktlich. Und Feli, sprechts Euch vorher no' ein bisserl ab. Ja?!“

Aufatmend hatte der General dieses Problem delegiert, jetzt durfte Peter seine Zusage real werden lassen! Leider konnte der Staatssekretär erst am Abend, so verabredete man sich in einem Restaurant, in dem die Männer garantiert ungestört reden konnten.

Striebeck, der Name ging dem General unablässig durch den Kopf. Die Gesichter der ihm Bekannten beim BKA passten einfach nicht, und doch wusste Burgmann, dass er diesen Striebeck kannte. Wieder in den eigenen vier Wänden erkundigte er sich bei Plank, ob die Urteile spurentechnisch ausgewertet wurden. Leider gab es weder auf den Blättern noch den Kuverts verwertbare Spuren.

„Und Feller, hat der kein so ein Ding bekommen?"

„Det Problem is', dat dem Herrn Leutnant ofW war. Unser Fehler."

„OFW?"

„Ohne festen Wohnsitz, nu' is' dem Leutnant aba' janz offiziell. Ick ha' ma' erlaubt ihm bei die Frau Oberstleutnant mit anzumelden!"

„Mein Plank, ohne Sie wär' I hilflos. Danke, und vergessen S' die Uniform für Feller net. Wenn S' des erledigt ham, nehmen S' für heute Dienstschluss!"

„Jawoll, Herr Jeneral. Dann man bis mo'jen."

Amüsiert ging Burgmann in sein Büro. Wenn er selbst ein Schlitzohr ist, was war dann Plank?

Storr, Feller, Kummer und der Rest der Gruppe fühlten sich sehr unwohl. Das glatte Parkett der Politik war ihnen zuwider. Während seine Gruppe Sierra-Tango der Parteivorsitzenden, intern bei Burgmann und seinen Leuten 'Frau Betroffen' genannt, und anderen Politikerinnen Rede und Antwort stand, ließ der General das Abendessen mit dem Staatssekretär Revue passieren.

Dieser hatte ihm nicht nur volle Rückendeckung zugesagt, sondern auch angedeutet, persönlich im Falle des KHK Striebeck eine Quelle beim BKA anzuzapfen. Die direkte Beteiligung eines relativ hohen Polizeibeamten hatte auch den

Staatssekretär tief erschüttert. So fassungslos hatte Burgmann ihn die ganzen Jahre nicht gesehen.

Plank sah herein, ein Paket sei beim Pförtner für Herrn 'Jeneral' persönlich, er würde es schnell holen.

Sirenengeheul brachte Burgmann aus seinen Gedanken. Sein Feldwebel war ganz schön lange weg. Instinktiv befürchtete Burgmann, dass die Sirene mit Plank zu tun hatte.

„Plank!“

Keine Antwort. Die Sirene hörte sich nach Rettungswagen an, hoffentlich nicht sein Unikum!

„Herr Jeneral, Herr Jeneral!“

Der war also heil, warum brüllte er nur so?

„Een Video für Herrn Jeneral! So een Schitt! Herr Jeneral, wissen S'e wa' da unten jerade los wa'? Det Kerlchen, det 's Video mir in die Hände jejeben hat kippte eenfach um. Mausetot!“

Höchst eigenhändig schenkte Burgmann seinem Feld Kirschwasser aus der generalseigenen Flasche ein. Nach dem Dritten schraubte er demonstrativ zu: „Schluss! Zuerst erzählen Sie genau was unten geschehen ist!“

Der Vorgang war kurz erzählt. Der Feldwebel nahm von einem ziemlich schäbigen Mann, mittleren Alters und mit schlechtem Deutsch, ein Päckchen entgegen. Kaum drehte sich der Überbringer um, röchelte er plötzlich und griff sich an den Hals.

„Dat wars dann och. Herr Oberstabsarzt Mayr, der zufällich jenau rechtzeitich rinjekommen is', sachte wat von Verjiftung. Ick hab' gleech die SpuSi jerufen. Bericht an uns.“

Dieses Video und der tote Überbringer, vielleicht wusste er nach Sichtung, worin der Zusammenhang lag. Bevor er die Kassette ansah, mussten Storr und deren Gruppe wieder zurück sein. Eine Stimme riet ihm, das Video mit ihnen zu begutachten. Ein unmittelbarer Zusammenhang mit dem aktuellen Fall kam dem General mehr als wahrscheinlich vor!

Schmidts Gruppe musste sich sofort um diesen Toten kümmern. Nichts durfte bekannt werden, nach außen musste der Vorfall als natürlicher Tod eines Penners dargestellt werden. Glücklicherweise schien sein Plank bereits alles eingeleitet zu haben.

Burgmann schlug rasch im Kalender nach: Da, Dezember, bis dahin hatte er Planks Beförderung garantiert durch. Oberstabsarzt, da konnte man doch auch etwas machen. Ein Arzt fehlte noch in seiner Mannschaft! Zuletzt durfte Plank noch mit der Kampfschwimmerschule Kontakt aufnehmen. Baum musste zurück, dringend. Der General brauchte seine Chefin der Spurensicherungsgruppe nötiger denn je. Verzweifelt sah er sich um: Und ein Videogerät!

Gelächter und lauthals dazwischen geworfene Kommentare zeigten die Rückkehr der Gruppe Storr an.

„Spaß gehabt?"

„Tag, Herr General! Oh ja, Frau Betroffen war nach Frau Oberstleutnants Ausführungen echt betroffen. Die hat sich das Ganze nicht so vorgestellt. Unsere Frau Storr stieß denen kräftig Bescheid. Von wegen Karriere und Kinder sin' kein Problem un' so Kram."

„Jo, Herr General, d'e Fidele sen' ins're 'Fraua känna o all's' voll auf Grundeis ganga."

„Und wo bleibt Eure Führung?"

„Kemmet glei', Herr General!"

Peters Ankündigung rief Storr, Feller und Kummer auch wirklich auf den Plan. Krawatten auf Halbmast, Jacken offen wie ein Scheunentor, nicht sehr vorbildhaft dachte Burgmann beim Anblick der drei. Wenigstens schienen sie auch ihren Spaß an der Anhörung gehabt zu haben. Jetzt fehlte nur noch das Videogerät.

„Können Sie Gedanken lesen?"

„Nee, Herr Jeneral. Icke schuttle nu' man sechs Jahre für det Herrn Jeneral!"

„Danke Plank. Stellens das Ding gleich in meinem Zimmer auf. Und Ihr besorgt Euch scho' mal Stühl'!"

Keitzig und seine Männer zogen gehorsam ab, Stühle holen.

Als die ganze Mannschaft inklusive Plank versammelt war, durfte der Feldwebel die Vorführung starten. Gespannt harrten sie auf das, was kommen sollte. Weder Burgmann noch Plank hatten irgendwelche Andeutungen gemacht. So traf die Gruppe ST der Inhalt des Filmes noch mehr als ihren Chef und dessen 'Vorzimmer'. Was sie da sahen, übertraf alle Befürchtungen: Conni Hansen verlas einen Text, dabei wirkte sie am Ende ihrer Kräfte.

Entsetzen malte sich auf die Gesichter der Soldaten. Die stotternd und weinerlich vorgetragene Nachricht verlangte schlicht und einfach den Austausch Hansens, eine 'Kriegsgefangene' der Demokratisch-Sozialistischen Republik Europa, gegen die 'Kriegs-verbrecher' General Burgmann, Major Storr, Leutnant Feller und Unteroffizier Hauser. Binnen einer Woche.

Der General sah in erstaunt-schockierte Gesichter: „Schöne Scheiße! Meine Dame, meine Herren! Die Zeit drängt also. Oberstleutnant Storr, Sie bereiten sich und die Einsatzgruppe ST umgehend auf eine Befreiungsaktion vor!"

Weniger dienstlich fügte er an: „Felicitas, Ihr wartets dann auf meine nächste Nachricht. Am besten in unserem inoffiziellen Häuserl. I denk', bis spätestens morgen Mittag können der Herr Staatssekretär, mei' hessischer Spezi und oder oder d' Gruppen Schmidt mir mehrer sagen."

Häuserl, das Haus war bis auf Feller allen bekannt. Es lag außerhalb Berlins, versteckt in einem ruhigen 'Datschengebiet' aus DDR-Zeiten. Ein ideales Versteck!

Die Giftladung, die Carsten in den Flachmann des Penners gefüllt hatte, leistete genau das, was von ihr erwartet wurde. Problematisch für die Zelle erwies sich aber, dass keine Zeit für die Wirkung festzulegen war. Deshalb verstarb der Überbringer des Videos vor den Augen des Wachpersonals und so hatten es die Terroristen nun wirklich nicht geplant! Kristin Tomaschek versuchte verzweifelt 'Rosa' zu erreichen. Ihre Mühe wurde erst spät nachts, nach unzähligen Versuchen, belohnt.

'Rosa' klang wie immer fremd, doch den wütenden Unterton konnte kein Zerhacker herausfiltern: „Versager, was glaubt Ihr, wie knapp wir an einer Katastrophe vorbeigekommen sind? Ich sagte, dass dieser Abschaum erledigt wird."

Deutlich vernahm die Tomaschek ein Schnauben, halb voll Wut und zur anderen Hälfte mit Verachtung angefüllt. Die seltsame Stimme hob zu einem Brüllen an: „Aber nicht vor den Augen dieser verdammten Faschisten! Ihr, Ihr...!"

Zerknirscht antwortete die junge Frau, sie konnten ja nicht abschätzen, wie lange der Bote im Bendlerblock aufgehalten wird. Mit einer so langen Zeit hätten sie nie rechnen können.

Doch 'Rosa' war mit ihrer Rechtfertigung nicht zu beeindrucken.

„Wegen Euch Amateuren musste ich fast meine Deckung aufgeben. Diese Kommisidioten sind nicht so dumm, wie Ihr glaubt! Aber auch dort gibt es Kämpfer unserer Sache, und daher weiß ich, dass dort der Tod dieses Abschaums als normaler Herzinfarkt angesehen wird. Euer Glück! Haltet Euch am 19. bereit. Dann werden wir unsere Rache genießen."

„Am 19.?"

„Ja, lasst sie wissen, dass dann unsere Geduld zu Ende sein wird. Und keine Patzer mehr!"

Tomaschek überlegte, warum erst in fast zehn Tagen und wie sollte diese Fristverlängerung denn weitergegeben werden? Tom musste in sein Internet-Café, dort kannte man ihn. Er würde nicht auffallen, rechnete sie sich aus und damit auch bei keiner Vernehmung erwähnenswert erscheinen. Die Leute, denen der Laden gehörte und die, die in diesen Laden gingen, mochten ausnahmslos keine Bullen und schon gar keine Vertreter dieser imperialistischen amerikanischen Söldnertruppe!!

Verwirrt hatte Sandvart auf den Rückzug der Deutschen reagiert. Für diesen Nolde schien das Verschwinden seiner Beamtin nicht mehr von Bedeutung. Die Männer vom BKA standen einfach in seinem Büro um sich zu verabschieden.

Auf die Frage ihres schwedischen Kollegen, ob denn für das BKA das Verschwinden ihrer Kollegin geklärt sei, gab man ihm lapidar zur Antwort: „Kriminaldirektor Nolde ist, wie auch wir, der Meinung, dass Frau KOK Hansen aus freien Stücken mit ihrer Schwester gegangen ist. Laut unseren Erkenntnissen tauchte Frau Hansen bereits mehrmals in ihrer Wohnung auf. Nur soviel, sollte sie sich nicht bald zum Dienst zurückmelden, wird es ein Disziplinarverfahren gegen Frau Hansen geben. Herr Sandvart, vielen Dank für Ihre Unterstützung und einen schönen Tag!“

Die Türe Sandvarts Büro schlug hinter den Kriminalbeamten zu. Die Meinung über die Leute und Methoden des BKA behielt er erst mal für sich. Und überhaupt! Dieser Nolde konnte von ihm aus glauben, was er wollte, aber einen Göran Sandvart würde das nicht von weiteren Ermittlungen abhalten!

„Britt, ich brauche alle Unterlagen im Fall Hansen und einen starken Kaffee, vielen Dank!“

Seine Sekretärin legte ihm den dicken Aktenstapel auf den Schreibtisch, daneben einen Dünneren. Dem unverständigen Blick ihres Chefs entgegnete sie, das seien schwedische Kopien der deutschen Akten.

„Britt, ich liebe Dich! Welche Überraschungen hältst Du noch für mich bereit?“

„Einen Anruf aus Deutschland. Von Burgmann! Da standen leider Dick und Doof bei Dir im Büro. Ich habe ihn gebeten, um zwei nochmal anzurufen.“

Sein Instinkt und seine Erfahrung sagten Göran, es kam etwas Größeres aus Berlin auf ihn und sein Team zu. Aber bitte nicht nochmal mit blutigem Ende.

In Berlin saß der Obergefreite Grabowsky am PC Burgmanns. Randvoll stand ein Aschenbecher neben dem Staatshacker.
„Und, wie sieht 's aus?"
„Dauert, scheint keine private E-Mail-Adresse zu sein. Läuft auf jeden Fall über Telekom. Ein Scheiß, die Sicherung is' dabei nicht das Problem, die reine Menge macht's. Sorry, Herr General, dauert wahrscheinlich die ganze Nacht."
„Gut, haben ja noch ein paar Tage Zeit bekommen. Brauchen Sie sonst noch etwas?"
„Einen zweiten Mann und Unmengen Koffein oder so. Äh, Herr General, am liebsten wär' mir Unteroffizier Krammer."
„Okay, kommt wie gewünscht."
Der übrige Teil der Gruppe Schmidt suchte derweil verbissen weiter nach Spuren des toten Boten. Bisher erschien Burgmann der Tag nicht gerade vielversprechend. Einziger Lichtblick war, dass dieser Oberstabsarzt Mayr seiner Einheit betreten wollte. Unter einer Bedingung, er durfte seine Sanitäter gleich mitbringen. Der General lächelte bei diesem Gedanken, zum ersten Mal seit Tagen. Jetzt war sein 'Kind' in den letzten Wochen um Feller, Mayr, einen San-Obergefreiten und eine Krankenschwester im Rang eines Feldwebels angewachsen.
In diese Aufzählung schoben sich andere Namen. Hauser, Maister, Zweich, nein, Zweig und Adramek. Das Auskunftsbüro Plank half auch in diesen Fällen. Hauser und seine Familie stünden unter den Fittichen der bayerischen Polizei. Bei Zweig und Adramek wurde der Personenschutz inzwischen eingestellt, eine unmittelbare Gefahr war nicht ersichtlich.

Nur Maister gab Anlass zur Sorge. Wie aus Stuttgart zu hören war, gab es keine Aussicht auf Besserung. Dort wurde mit dem baldigen Ende gerechnet. Maister hatte außer seiner Geschiedenen und dem gemeinsamen Sohn keine Angehörigen mehr. Und Frau Dällmann, also die frühere Frau Maister, stellte bereits klar, weder sie noch ihr Sohn hätten Interesse an diesem 'Versager'.

Der Feldwebel zuckte mit den Schultern, noch so eine arme Sau. Alleine im Leben und alleine im Sterben. Der Fall Zweig lag anders. Bei dieser Riesenfamilie, und alle ausgezeichnete Schützen, hätten selbst Profis Schwierigkeiten, spätestens beim Wegkommen.

„Adramek?“

„Tja, Herr Jeneral. Die Type lebt bei Muttern, liecht dem Steuerzahler uff die Tasche und bechert. Da seh' icke keene Kalamitäten uffzieh'n.“, prognostizierte Plank. Felsenfest davon überzeugt, dass Adramek der am wenigsten Gefährdete in der Gruppe war.

Erwähnter Adramek saß zu dieser Zeit in einem Schnellimbiss und labte sich an einer Portion Pommes mit einem halben Hähnchen. Er wischte sich die Hände an der Serviette ab. Das Ergebnis überzeugte ihn nicht sonderlich. Adramek schlurfte zu den Toiletten, die praktischerweise in Verlängerung der Reihe mit den Tischchen in dem früheren Durchgang war. Ein junger Kerl schob sich an seinem Bierbauch vorbei, irgendetwas stach dabei kurz in die Wampe des Älteren. Eine plötzliche Schläfrigkeit erfasste Adramek.

Auf dem Weg zum Busbahnhof der Stadt wurde ihm mehrmals schwarz vor Augen, immer wieder blieb der Mann stehen. Die Menschen gingen rasch vorbei, halt nur ein stadtbekannter Säufer. Durch seine jahrelange Alkoholsucht erschien dieser Zustand nicht wichtig, höchstens störend.

Auf halber Höhe der Brücke taumelte er kurz, versuchte sich am Geländer abzustützen. Dabei griff er ins Leere und sein massiger Körper verlor das Gleichgewicht. Adramek stürzte in den Fluss, trieb schnell auf das Wehr zu, blieb unterhalb davon an einigen Felsbrocken hängen.

Als man ihn geborgen hatte, konnte der Notarzt nur noch seinen Tod feststellen. Im Totenschein stand: Tod durch Ertrinken. Sturz aus innerer Ursache (exzessiver jahrelanger Alkoholabusus). Es wurden nie Ermittlungen angestellt. Die Beerdigungskosten übernahm der Staat, den niedrigsten Satz. Seine Mutter hatte nicht einmal etwas Schwarzes zum Begräbnis.

Vier Tage noch, dann lief das Ultimatum aus. Sein Telefon blinkte: „Herr Jeneral, Frau Oberleutnant is' da, OG Grabowsky och un' Herr Schneider is' in det Leitung."

„Danke, zuerst Schneider, danach Baum und zu guter Letzt Grabowsky."

„Jawoll!"

„Hallo, Schneider. Wie geht's? Nein, dann leg' los!"

Schneiders Ermittlungen, ohne Wissen des BKA, waren sehr aufschlussreich. Der BMW war einwandfrei der ihnen aus dem Fall Hansen bekannte Wagen. Und jetzt ließ Schneider die Katze aus dem Sack: „Pass gut auf, der Wagen wurde nicht auf direktem Weg von Schweden nach Frankfurt gebracht. Wir wissen jetzt, dass der BMW mehrmals im Raum Leer – Bremen aufgefallen ist. - Wieso? Ha, Du wirst es nicht glauben, bei zufälligen Kontrollen der dortigen Bereitschaftspolizei. Kennst das vielleicht, man lässt die Frischen zur Schulung ein paar Kontrollpunkte aufbauen und jedes dritte Fahrzeug überprüfen."

„Super, bloß, wie hast Du davon erfahren?"

„Kommissar Zufall. Der Hundertschaftsführer muss von unserer Suche gehört haben – und rief bei mir an. He, he, nicht bei den Trollos vom BKA, schlauer Junge! Ich hab' dem Jungen gleich gesagt, dass alles direkt zu mir läuft, wenn ihm mehr einfällt."

„Stimmt. Du hast uns massig geholfen. Danke, und weißt ja, Oktoberfest für Euch geht klar. Servus!"

Burgmann atmete auf, eine der Nadeln im Heuhaufen gefunden! Zufrieden lehnte er sich zurück, wenn jetzt auch noch Grabowsky fündig würde!

Oberleutnant Baum stand stramm vor dem General. Mit ihren knapp Eins neunzig überragte sie fast alle anderen Angehörigen seiner Einheit. Die beiden anderen Frauen schafften nicht mal die 170 cm-Marke. Felicitas und Feller fielen ihm ein, selbst mit ihren höchsten Absätzen kam Feli bei Feller nicht auf Augenhöhe. Dabei war dieser Hannes unter Eins achtzig, also nur ein wenig über dem Durchschnitt. Burgmann bat Baum, sich zu setzen, sie wisse ja, dass er nicht gerne so weit nach oben sah. Die Frau lächelte über seinen uralten Spruch gequält.

„Liebe Frau Oberleutnant, ich bitte schon vorab um Entschuldigung wegen des Lehrgangs. Aber die Ereignisse der letzten Zeit machten Ihre Abberufung erforderlich. Frau Baum", der General zögerte, „wie soll ich sagen, na einfach. Sollte ich, Frau Oberstleutnant Storr oder Leutnant Feller in nächster Zeit ausfallen, dann müssen Sie den Laden übernehmen."

Ungläubig sah die junge Offizierin zu ihm: „Wieso und ich kenne keinen Leutnant Feller!?"

„Feller ist eine Neuerwerbung von mir, oder besser in erster Linie von Frau Storr. Wir werden in wenigen Tagen auf einen gefährlichen Außeneinsatz gehen müssen, dabei kann fast alles möglich sein. Verstanden?"

Halb verstehend nickt die Baum.

„Wenn also Frau Storr oder mir etwas geschieht, haben Sie die administrative Leitung, Feller führt die Feldgruppen.

Oberstleutnant Vogt ist dann unverzüglich aus Afghanistan zurückzubeordern. Wenn auch Feller verwundet wird oder gar fallen sollte, dann führen Sie, bis Vogt da ist, den ganzen Verein. Plank hat alle Anweisungen ausführlich vorliegen. Im Ernstfall wird er sie Ihnen übergeben. Schmidt wird automatisch Ihr Stellvertreter. Das wär 's für den Anfang! Danke Frau Oberleutnant."

Verwundet oder Gefallen, diese Worte waren aber nicht offizielle Lesart. Sie hob an, nachzufragen. Doch Burgmann schien sie gar nicht mehr wahrzunehmen. Seltsam, selbst der ansonsten so gesprächsbereite Plank tat, als sähe er sie nicht. Nachdenklich suchte Baum ihr kleines Labor auf.

Abschließend trat Grabowsky zur Audienz an. Seine Augen waren gerötet und dicke schwarze Ringe lagen darunter. Wach gehalten von Energydrinks und zu vielen Zigaretten meldete er. Die Ergebnisse konnten sich im Gegensatz zum Obergefreiten sehen lassen. Computerausdrucke in rauen Mengen legte er dem General vor, mühsam erklärte der Landser die näheren Fakten. Burgmann hätte den Jungen gerne schlafen lassen, doch dazu war später Zeit, Soldatenschicksal.

Seitenweise servierte Grabowsky EDV-Chinesisch. Nur ließ dadurch die Konzentration des Generals immer mehr nach. Doch schlagartig kehrte sie zurück: „Bremen, wie kommen S' da drauf?"

„Der sendende Kasten steht da, in einem der letzten Internet-Cafés. Hier, Adresse und der ganze Pi-Pa-Po", sichtlich stolz präsentierte der Soldat sein Ergebnis, „Uffz Krammer hängte sich in deren Netzwerk, nix abnormales. Ein bisschen googeln, ein paar Pornofreaks. Außer von einem unserer PCs, da lud erst vor einigen Tagen jemand Daten. Merkwürdige Daten, direkt aus unserem Ministerium, vom BKA und private Sachen. Komisch war es für uns schon, was will so ein

Computerfreak in Bremen mit unseren Daten? Na, sehen Sie selbst, Herr General! Hier, Blatt 56 und folgende“

„Und welche Privaten?“

Der Obergefreite verzog sein Gesicht. Es war ihm anzumerken, dass das ihm peinlich war: „Von Ihnen und Frau Storr, war aber nix Besonderes. Und von, von Hauptmann Grabowski. Herr General, wir können echt nix dafür, aber der Cognac hat Kinderpornos und so Schweinkram auf seinem PC!“

Wut und Scham sprachen aus dem Soldaten. Schockiert starrte Burgmann zuerst auf seinen Hacker und dann auf die rot markierte Textpassage. Selbst die flapsige Bezeichnung des Offiziers störte ihn nicht. 'Dieses Schwein' lag ihm auf der Zunge. Doch dann erschütterte ihn ein Gedanke. der um vieles weiterging. Eine unbekannte Person hatte von dieser unsäglichen Sauerei gewusst und die Beweise jetzt in der Hand. Ein unfassbarer Vorgang mit unabsehbaren Auswirkungen!

„Damit sind wir auch erpressbar, nicht nur dieser Perverse! Grabowsky, ich befehle hiermit, dass weder Sie noch Krammer diese Unerhörtheit weitergeben. Vorerst, vielleicht hängen die Leben einiger Ihrer Kameraden von Eurem Schweigen ab!“

„Jawohl, Herr General. Wir werden unsere Klappen halten!“

Die Antwort des Obergefreiten klang, nicht zu seinen Worten passend, ablehnend. Doch der General überzeugte ihn am Ende davon, dass Grabowskis Kopf rollen würde, aber erst wenn die aktuelle Geschichte halbwegs gut ausgegangen ist. Womit sich der Soldat endgültig überzeugen ließ.

Burgmann wies Plank an, Grabowsky zurückbringen zu lassen. Um Punkt Sieben hätten die beiden Spezialisten ausgeschlafen auf der Matte zu stehen. Er selbst fuhr zu der Datsche. Auf der Fahrt konnte der General in Ruhe überlegen. Jetzt kam es auf jeden Schritt an. Kurz vor dem Ziel straucheln? Das durfte er sich nicht erlauben. Insgeheim hoffte Burgmann, den Verräter gleich mit auffliegen zu lassen. Dieser Gedanke ließ ihn böse grinsen, am liebsten hätte er Feller diesen Typen an seinen Eiern mit dem Bajonett aufspießen lassen!

Heiß duschen! Schmerzhaft wurde Conni bewusst, zu welchem Preis. Sie spielte das perfide Spiel ihrer Schwester und deren Gesinnungsgenossen mit! Scham und Verbitterung über sich selbst überkamen die junge Polizistin. Vor lauter Angst verriet sie ihre Kollegen, nur um vielleicht selbst heil herauszukommen. Kristin und der andere Mann würden ihr sicher nichts antun. Doch der mit dem komischen Bart, dem traute sie das Schlimmste zu.

Ihre Schwester bereitete ein einfaches Frühstück vor und holte danach Conni aus der Dusche: „Keine Angst, die Jungs sind unterwegs. So lange sie nich' da sind, darfst Du Dich in der Wohnung bewegen. Versprich mir aber ruhig zu sein."

Hansen nickte. Für einige Stunden aus ihrem Gefängnis zu kommen, dafür hätte sie ihrer Schwester jeden Wunsch erfüllt. Kurz, lang, kurz klingelte es an der Wohnungstür. Kristin schob ihre Schwester rasch in Richtung ihres Verlieses. Danach hörte Conni, wie in der Wohnküche ein Mann mit ihrer kleinen Schwester heftig stritt. Genaues konnte die Beamtin nicht hören, nur das klatschende Geräusch von heftigen Ohrfeigen.

„Ich darf Dich nicht mehr rauslassen. Tut mir leid."

In Kristin Tomascheks Gesicht waren Spuren der Schläge zu sehen. Tränen erstickt, ob vor Wut oder Schmerz war nicht erkennbar, schloss sie die Zelle ab: „Tut mir echt leid, dieser Arsch, dieser Riesenarsch!"

Sie sagte Conni natürlich nicht, dass dieser 'Arsch' ein Bote von 'Rosa' gewesen ist. Auch nicht ihr schwindendes Vertrauen in die Zusage, ihrer Schwester würde nichts geschehen. Der Bote hatte ihr befohlen, Zeitpunkt und Ort des geplanten Austausches an General Burgmann weiterzugeben.

„Am 18. sendet Ihr diesem Hund die Sachen, um Punkt 17 Uhr. 'Rosa' wird dafür sorgen, dass er in seinem Büro ist. Ihr brecht exakt drei Stunden später auf. Und Du, Du wirst 'Rosa' dann zu Gesicht bekommen. Mit Dir haben wir noch große Pläne. Verspiel' diese Chance nicht! Undiszipliniert sein dürfen wir uns nicht mehr erlauben!"

Sie sollten auf jeden Fall nicht zu früh aufbrechen, 'Rosa' habe vertrauensvolle Leute zu ihrer Rückendeckung zusammen getrommelt. Sollte Burgmann hoffen, ihnen eine Falle stellen zu können würden einfach ein paar Faschisten mehr ins Gras beißen. Tom würde also erneut das Internet-Café aufsuchen müssen. Bis dahin mussten sie ihre Vorbereitungen treffen.

Nicht nur die Terroristen bereiteten sich auf die entscheidende Auseinandersetzung vor, auch die Feldjäger taten ihr Bestes: „Onkel Christian! Pass auf!"

Storrs Warnung kam zu spät. Eine Gestalt im Tarnanzug flog aus dem Dachfenster und riss ihn bei der Landung beinahe um. Fast zum selben Sekundenbruchteil sprang ein weiterer Wahnsinniger aus Fenster Zwo.

„'tschuldigung, Herr General!"

Peters und Feller waren also die zwei Mauersegler.

„Was macht denn Ihr da? Könnts net warten, bis I in Pension bin?"

Felicitas Gelächter aus einem der Erdgeschossfenster zeigte Burgmann, wie es für unbeteiligte Beobachter ausschauen musste, eher nach 'Versteckter Kamera'.

„Darf ich Herrn 'Jeneral' vorstellen: Unser Gebirgseinsatz-kommando Leutnant Feller und Stabsunteroffizier Peters. Wir dachten, wenn wir von oben irgendwo rein müssen, dann sind ein Allgäuer und noch einer von den Schluchtenscheißern bestens geeignet.“

Ihr Chef fand die Idee nicht schlecht. Nur ob dieser Plan jemals umgesetzt werden würde, das bezweifelte Burgmann.

Storr und Feller zogen ihn zur Seite, ihrer Meinung nach konnte Hauser nicht einbezogen werden. Erstens wäre das Risiko unkalkulierbar und zweitens hielten beide Christopher für nicht weiter belastbar.

Eindringlich beschrieb Feller Burgmann die Situation: „Er ist Zivilist, kein bisschen für die Sache ausgebildet. Nein, Christian. Wir dürfen ihn nicht einspannen.“

„Hannes hat recht. Und um Deinen Einwurf, dass Hannes ja auch erst kurz bei uns ist, gleich abzublocken: Eben, er gehört zu uns, und er kann und wird kämpfen. Notfalls auch töten. Bei unserem Freund Stopher bin ich mir da nicht sicher.“

Seine beiden Offiziere bestätigten eigentlich seine Entscheidung. Auch er würde auf Hauser lieber verzichten. Schlimm genug, wenn einem seiner Leute etwas zustieß, doch Hauser gehörte nicht zu seiner Einheit. Der war eine Zivilperson, das Risiko war zu hoch.

Sieben Uhr, Plank hatte gerade erst die PCs hochgefahren, trabten Grabowsky und Krammer an.

„Brave Jungs, Jeneral is' bloß noch nich'. Kaffeechen steht da, nehmt ruich.“

Einen viertel Kaffeepott später erschien Burgmann. Sofort winkte er seiner 'EDV-Abteilung' zu folgen.

„Setzt Euch. Frage: Wenn einer von diesen Blechdeppen in Bremen eine Mail an uns sendet, kann man das Ding so manipulieren, dass wir es sofort mitbekommen würden? Ohne danebenzustehen!“

„Sicher, wir müssten nur unbeobachtet an den Kasten. Trojaner oder so müssten wir erst entwickeln, dauert zu lang. Die andere Methode: Knappe Stunde, dann blinkt bei Ihnen auf'm Tisch ein rotes, grünes oder blaues Lämpchen. Kein echtes Problem, technisch gesehen."

Schwierig wäre es, unbeobachtet ranzukommen und legal ginge das Ganze sicher nicht. Unbewusst hatte Krammer den entscheidenden Punkt angesprochen. Burgmann musste unbedingt der Geschichte zumindest einen Hauch von Legalität geben. Einsatz bewaffneter Truppen im Inland, im Frieden! Gegen nicht der Bundeswehr angehörende Personen! Sogar er würde hier seine weit gesteckten Kompetenzen überschreiten. Da war noch einiges an Klärungsbedarf!

„Regel' ich noch, bereitet Euch auf eine kleine Städtereise vor. Bis in zwei Stunden bekommt Ihr Bescheid. Bis dahin."

Der General brauchte dringend einen Termin beim Staatssekretär!

„Christian, Ihre 'Rechtsabteilung' beurteilt die Sachlage völlig richtig. Ohne einen klaren richterlichen Beschluss und vor allem ohne eine Beteiligung der 'normalen' Polizei geht's nicht."

Knapp zwanzig Minuten, nachdem die beiden EDV-Soldaten abgetreten waren, legte der Staatssekretär seinem General Burgmann die Rechtsproblematik aus der Sicht des Rechtsstaates dar. Er hatte schon eine Lösung in der Hinterhand, aber bei Burgmann musste dieser Weg langsam offengelegt werden. Dieser Sturschädel könnte sonst wieder eine seiner Extratouren machen. Das ging sicher nicht, er durfte es auf keinen Fall zulassen. Zu politisch heikel war die Sache, auch ohne Querschüsse von der Seite des Generals. Ziel für beide war die leidige Angelegenheit zur Zufriedenheit aller Beteiligten zu Ende zu bringen.

Anfangs redeten Staatssekretär und General meilenweit aneinander vorbei. Ein Witz, Zeitverschwendung. Begriff doch keiner, wie nahe seine Ideen auch den Einfällen seines Partners waren.

Burgmann sah die Zeit sinnlos verrinnen, er entschloss sich den Stier bei den Hörnern zu packen: „Wir können das BKA nicht einschalten. Peter, Sie kennen meine Befürchtungen. Aber warum nicht mit der Bundespolizei? Wohl gemerkt: Meine Leute führen die Aktion durch, der Grenzschutz stellt quasi die Gesetzmäßigkeit nach außen dar."
Der Politiker lehnte sich zurück: „Über was redeten wir eigentlich. Sie haben mir die Worte gerade aus dem Mund genommen. Sagen Sie mir, wie haben es wir geschafft, so bescheuert im Nebel herumzustochern?"
Über den Staatssekretär sollte dezent die Einschaltung der Bundespolizei erfolgen, mit möglichst wenig Mitwissern. Ein Name fiel, den auch Burgmann schätzte. Der anvisierte Beamte, dessen war der Staatssekretär sich sicher, konnte auch unauffällig den passenden richterlichen Beschluss beschaffen. Formal schien nun alles geklärt, praktisch war man aber erst von der Startlinie losgelaufen.

Storr und Feller waren ganz froh, als Plank ihnen mitteilte, dass sie am nächsten Tag um Punkt Sieben zum General sollten. In den vergangenen Tagen hatten sie nicht einen Moment trauter Zweisamkeit gehabt. Nicht einmal ein eigenes Schlafzimmer. Das 'Häuserl' war rein auf Funktionalität ausgerichtet. Privatsphäre gehörte nicht dazu. Leise schlichen sich die beiden Offiziere schon um vier Uhr aus der Datsche und fuhren erst mal in ihre Wohnung. Hannes wollte eigentlich erst seinen geliebten Kaffee. Ihr schwingender Pferdeschwanz zeigte ihm aber rasch an, seiner Felicitas missfiel seine Reihenfolge. Geliebter Kaffee und dann sie? Feller korrigierte schnell seinen Fauxpas: „Ein müder Lover nützt Dir doch au' net. Du weißt do', Koffein steigert die männliche Leistungsfähigkeit!"
„Okay, I geh' duschen, und wenn Du Deinen Steigerer intus hast: Antreten und beweisen!"

Bevor er zurückgeben konnte, war Felicitas im Bad verschwunden. So schnell hatte er seinen Morgentrunk lange nicht mehr herunter gekippt, musste er doch den Beweis seiner Behauptung erbringen.

Gongschlag Sieben saß Burgmann im Büro, ziemlich einsam. Erst im Laufe der nächsten Viertelstunde erschienen seine beiden Hacker, Storr-Feller und, als ungewohnt Letzter Plank. Grimmig ging der Blick des Generals vom einen zum anderen seiner Soldaten: „Guten Morgen, keine Ausreden! Und Plank, fangen Sie jetzt auch no' an?“

„Nee, Herr Jeneral. Habe mir erloobt Jäste in Cafeteria zu jeleiten.“

„Gäst'? Ah ja. Sehr gut. In zehn Minuten holen Sie die Leut'!“

Diensteifrig trabte der Feldwebel los. Burgmann eröffnete mit einem knappen „Jetzt geht 's los!“ die Sitzung.

Anfangs hatten Storr und Feller massive Verständnisprobleme, ihr Informationsdefizit von den Ereignissen der letzten Tage ließ manches wie Böhmische Dörfer erscheinen. Aber nicht umsonst waren Felicitas und Hannes in diesem Haufen. Schnell erfassten beide die Lage, nur das Fachchinesisch ihrer Kameraden störte.

Feller warf ein, warum denn ein Zugriff nicht per Internet möglich sei. Eine Frage, die seine Partnerin auch beschäftigte. Denn auch sie hielt einen Vorortzugriff für überflüssig und riskant.

„Tut uns leid. Aber Frau Oberstleutnant, Herr Leutnant, für 'nen Trojaner reicht die Zeit nich'. Dazu haben diese Netze einige Scannläufe am Tag. Sollte man uns dabei rauswerfen oder direkt entdecken? Tilt! Nee, wir haben da ein kleines Spielzeug, nur muss das Ding direkt in den Rechner gebaut werden. Und es sind mindestens drei Dinger. Wir brauchen wenigstens zwei Stunden für die Sache. Und einen Einbrecher zum Rein- un' Rauskommen!“

Schmunzelnd unterbrach Burgmann den Obergefreiten: „So, schön. Und ich hab' Euren Fachmann dafür. Auch wenn's ein Mädchen ist. - Plank, lass die Herrschaften herein!"

Ein kräftig gebauter Zivilist, ein Schrank in grüner Uniform und ein zierliches Mädchen mit Hornbrille und Bürstenhaarschnitt, ebenfalls in Bundespolizeiuniform, traten ein. Burgmann meinte, es sei besser, nur die Vornamen zu kennen und stellte die Neuankömmlinge seinen Leuten vor. Hannes glaubte danach seine Hand nie mehr benutzen zu können. Alle drei BuPo's hatten einen mehr als festen Händedruck.

„Hallo Felicitas, lange nicht mehr gesehen!"

Feller schielte misstrauisch zu seiner Partnerin.

„Ja! Servus Kalle, wirklich lang, zehn Jahre. Gut schaust aus."

Eifersucht kroch in Hannes hoch, wer war dieser Typ? Soll ja aufpassen! Demonstrativ zog ihn aber Felicitas heran: „Des ist der Hannes. Mein Lebens- und Dienstpartner."

„Hallo, Hannes. Ich bin der Kalle. Wir waren zusammen in der Ausbildung beim Grenzschutz. - Da hast Du Dir endlich mal was Gescheites angelacht, nicht so einen Pfeffersack!"

Zurück auf ihren Plätzen flüsterte Storr ihrem Rund-um-Partner ins Ohr: „Brauchst net zahnen, Kalle hat noch nie a Frau in seim Bett g'habt. Außer sei' Mutter vielleicht, als Bub! Der is' so ebbas vo asexuell."

Seine beiden EDV'ler schickte der General gleich mit ihrer neuen Kameradin ins Vorzimmer, dort sollten sie gefälligst die Aktion in diesem Internet-Café durchplanen. Das erhielt absolute Priorität. Ohne ein greifbares Ergebnis hatte mehr wenig Sinn.

„Und jetzt zu uns. Wolfgang ist ein sehr hoher Dienstgrad bei der BuPo, fast a a General. Er führt aus Rechtsgründen das Unternehmen 'Hansen', de facto führ' ich natürlich. Kalle ist von der Antiterrortruppe. Nein, nicht GSG 9, die haben mehr davon. Er wird offiziell die Veranstaltung durchführen und uns mit einigen seiner Leute aktiv unterstützen. Wir werden innerhalb der nächsten vierundzwanzig Stunden Richtung Bremen aufbrechen."

So wusste nun jeder um ihr größtes Problem, die Zeit.

„Ich will wenigstens grob am Ziel sein, wenn unser Plan einen Zugriff ermöglichen sollte. Wolfgang und ich glauben nämlich, der genau Ablauf wird des Austausches wieder per Mail kommen. Und auf der Gegenseite sind auch nur Menschen. Die ihre Nachricht also wieder von diesem Café senden werden und deren Unterschlupf nicht allzu weit entfernt sein dürfte."

„Ja, Ihr Chef hat es ja gesagt, wir sind dann schon mal in der Nähe. Unsere dortige Aufgabe wird dann zuerst die Erkundung des genauen Aufenthaltsortes von Geisel und Geiselnehmern sein, unter massivem Zeitdruck! Wir haben praktisch dort kaum die Möglichkeit zu großen Vorbereitungen. Nicht mehr als ein, höchstens zwei Stunden, bei ein wenig Glück vielleicht drei."

Um die fehlende Zeit zu sparen, sandte Burgmann Feller-Storr und den Schrank vom Grenzschutz, Kalle, ASAP (As soon as possible) zur Datsche. Kalles Männer warteten bereits bei den fünf schwarzen Fahrzeugen. Fraglos waren die grünen Jungs nicht glücklich hinter den Jungs in Oliv nur Statisten zu sein.

Bei ihrem Unterschlupf trainierte Peters verbissen Abseilen mit abschließendem Sprung in ein Fenster. Ohne Feller kam ihm das ganze Gehüpfe ätzend langweilig vor. Wenigstens hatte der Feldjäger was zu tun, während die anderen Feldjäger unter Maiks Fuchtel einschläfernden Waffendrill machten. Irritiert blickte der Allgäuer auf die Grenzschützer, die sammelten sich ausgerechnet um ihn.

„Hot Eis oinar oi'g'lada?"

Da antwortete tatsächlich einer der 'Grünen': „Woischt, des schaut ja schee aus, aba do wirscht no iba miassa.“
„Vo' wo kosch'n Du?“
„I, i bi a Kempt'na o Du?“
„Ja so ebbas. I bi vo Fiassa!“
Feller sah einen Haufen ratloser Gesichter, selbst Felicitas hatte kein Wort verstanden, die zwei Kameraden musste er bremsen!
„Herats auf, Eis zwoi verschtoht koina. Schwätzet Deitsch!“
Prompt nahm Peters Haltung an: „Jawohl, Herr Leutnant!“
Dafür kam vom Grenzer: „Ja Herr Leitnant, send Sie o a A"geier?“
Der eben noch stramme StUffz stieß ihn an: „Nein, unser Leutnant kommt von der anderen Lechseite. Und ab jetzt schwätzed mir blo' no' Deutsch!“
Damit war alles gesagt. Feller musste nur dem Rest übersetzen: „Der eine ist aus Kempten und der andere aus Füssen. Sonst noch Fragen zu den Herren?“
Während sich daraufhin die Männer beschnupperten, saßen Storr, Feller, Kalle und dessen Stellvertreter im Aufenthaltsraum, um die Abfolge ihres Einsatzes in den verschiedensten Versionen durchzusprechen. Wahrscheinlich schien, dass die Truppe in einem Altbau mit mehreren Stockwerken, einem Bürohaus oder im Freien zuschlagen wird. Den Beamten schmeckte es in keinster Weise, sich den 'Amateuren' der Burgmanntruppe unterstellen zu müssen. Dem entsprechend zähflüssig verlief auch die Besprechung. Draußen dagegen kam die Zusammenführung der Oliven und der Grünen schneller und einfacher zustande. Die jeweiligen Schwerpunkte der Ausbildungen lagen naturgemäß auf anderen Prämissen, das Niveau dagegen lag ziemlich gleich hoch.
Unvermittelt platzte Kummer in das Planspiel, aufgeregt sprach er auf Feller ein. Storr atmete tief durch. Langsam kam

ihr die Galle hoch. Sie liebte Hannes, sicher, aber diese Männerwirtschaft nahm seither überhand.

„Kummer, wenn Sie was Wichtiges haben, dann möchte ich es gemeldet bekommen! Sind wir hier am Stammtisch oder was?“

Die beiden Männer zuckten förmlich zusammen, so wütend hatten beide sie noch nie erlebt. Hannes fielen sofort zwei Sachen ein: Erstens der Anpfiff Hausers, da war sie damals fast schon sanft gewesen. Zweitens wackelte ihr Pferdeschwanz, Alarmstufe eins! Er verstand ja, durch seine Anwesenheit und militärische Herkunft sahen die Männer in ihm nicht nur einen Vorgesetzten, sondern auch einen Kameraden. Da bestand ein Problem für die Zukunft, das besser gleich angegangen wurde.

„Entschuldigen Sie, Frau Oberstleutnant. Aber der Peters und sein Landsmann vom BGS wollen etwas vorführen. Unser Problem beim Einsatz von oben mit den Fenstern wär' damit hinfällig.“

„Danke, Hauptfeld. Wir kommen gleich. - Sehen wir uns diese sensationelle Neuheit also an.“

Beim Verlassen der Datsche zog Feller sie zur Seite: „Sorry, ich weiß es, die Jungs wissen es, Du bist die Chefin. Manchmal seh' ich diesen Fakt einfach zu locker. Nein, die Jungs und ich respektieren Dich voll. Ich denk', nach dieser Geschichte muss Christian sich was einfallen lassen, früher hätte man uns sofort meilenweit auseinander versetzt. Mein Problem is' schlicht und einfach, dass I selber vor ein paar Monaten no' Zivilist und Reserveunteroffizier war. I glaub', manchmal überseh' I einfach welche Position Du hast und I kein einfacher Uffz mehr bin. Verstehst Du das?“

Da niemand ihre Unterhaltung in diesem Moment beobachtete küsste Felicitas ihn. Seine etwas verworrene Aussage stimmte sicher und der General würde eine Lösung mit ihnen finden müssen. Als Gruppenchefin durfte sie und ihr

Stellvertreter einfach nicht auch privat ein Paar sein oder im Dienst mehr darauf aufpassen, bewusster trennen. Wie sagte Kummer? 'Schwierigkeiten, große Schwierigkeiten'.

Draußen winkte sie den schuldbewusst dreinsehenden Hauptfeld zu sich: „Tut mir leid, Kummer, das vorhin war wohl überflüssig."

„Ich weiß, hab' mich saublöd benommen, Frau Oberstleutnant!"

„Nicht nur Sie, ich meine mich selbst. Euer Verhältnis zu Leutnant Feller ist einfach anderes wie zu mir. Er kann mit Euch saufen, Landsknecht sein. Ich weiß auch, dass ihr eine bedeutend direktere Wortwahl habt, wenn nur der Leutnant in Eurer Nähe ist. Wir müssen uns alle sieben halt auf die neue Situation erst einstellen. Und, Maik, auch Feller und ich müssen erst noch lernen Privat und Dienst mehr zu trennen."

Erleichtert stimmte Kummer ihr zu, im Laufe der Zeit würden sich alle an die neue Struktur ihrer Gruppe gewöhnen. Eigentlich sollte diese Umstellung nicht zu groß sein, schließlich mochten alle Männer Storr als Chefin und Hannes als Stellvertreter. Der Hauptfeld war im Innersten sogar ein klein wenig froh, nicht mehr selbst diese Verantwortung tragen zu müssen. Dritter in der Hierarchie reichte ihm vollauf.

Die Vorführung der beiden Allgäuer fing damit an, dass Keitzig und Müller dicke Einheitswolldecken im Inneren aufhängten und Zerbrechliches beiseite schafften. Als die zwei Soldaten fertig waren, tauchte der Polizeibeamte im Dachfenster auf, dabei hing ein zirka vier Meter langer, dicker Draht aus seiner linken Hand. Der Mann stemmte seine Beine fest gegen die Mauer, mit der Linken schleuderte er den Draht gegen das verschlossene Fenster unter sich. Im Moment des Auftreffens an der Scheibe krachte eine schwache Sprengladung am Drahtende und das Fenster brach klirrend auf. Mit Verklingen der Explosion schnellte der Beamte sich ab, rutschte tiefer und warf sich dabei in das jetzt offene

Fenster. Die Soldaten waren begeistert, selbst Felicitas jubelte.

„In Stunts sieht das immer toll aus, doch Ihr habt keine Chance, ein modernes Fenster nur durch Euren Schwung aufzubrechen. Und bei uralten Fenster? Da passiert es dann Rucki-Zucki und Ihr findet Holzleisten oder Glasteile in Euch wieder. Hollywood is' nich'. Das ist die Realität!“, Kalles Erklärung hätte der sich sparen können.

Die beiden Soldaten hatten bereits bei ihrem ersten Übungssprung feststellen müssen, wie stabil so ein Stück Glas sein konnte. Doch mit dieser Methode dürfte es spielend einfach sein, durch geschlossene Fenster zu kommen. Damit mussten nicht mühsam Handgranaten an den Fensterflügeln angebracht werden, dadurch fiel das Risiko einer vorzeitigen Entdeckung ebenfalls weg. Der entscheidende Vorteil bestand aber darin, mit diesem Verfahren einer Sprengung lag keine Gefahr für die Ausführenden mehr vor. Nur wer sagte es dem General? Das 'Häusle' hatte dafür ein großes, schwarzes Loch in der Vorderwand bekommen.

In den nächsten Stunden übten Feller und Peters die Anwendung dieses neuen Hilfsmittels. So kinderleicht wie bei der Vorführung war die Handhabung nun auch wieder nicht. Aber nach vielen Fehlversuchen hatten sie den Bogen raus. Nun konnte es losgehen, ihrer Meinung nach.

Kapitel 3

Durch den richterlichen Beschluss, besorgt vom Chef der BuPo-Leute, Wolfgang, erhielt die anlaufende Aktion 'Internet' endlich die heiß ersehnte Legalisierung. Grabowsky und seine 'Hiwi's' der Gruppe 'Internet' machten sich auf den Weg. Das Ziel war bis in die späten Abendstunden geöffnet, es blieben ihnen vor Ort nur die wenigen Nachtstunden.

Unauffällig parkte der Trupp den Kleinwagen im Schatten zwischen den Straßenlaternen. Immer wieder nickte einer der staatseigenen Einbrecher ein, Nerv zehrend zogen sich die Stunden des Wartens. Erst lange nach Mitternacht erloschen die Lichter, klappernd schloss eine Person ab und trottete müde weg. Aktion 'Internet' konnte starten. Leise und unauffällig schlichen sich die beiden Männer mit der BuPo-Einbruchs- und PC-Fachfrau an.

Die Beamtin prüfte kurz den Eingang und flüsterte: „Manche lernen es nie. Kinderspiel, nicht mal eine externe Videoanlage. Ein paar Minuten!“

Nervös warf Krammer einen Blick über die Schulter, aber in dieser Nacht schien niemand mehr unterwegs zu sein. Schneller als die Soldaten schauen konnten, hatte ihre Teamgefährtin das Schloss geknackt. Vorsichtig öffnete sie die Türe. Leise knarrte die in den Angeln und schon standen die Eindringlinge im Inneren. Jetzt galt es rasch und präzise die Computer aufzupeppen.

Relativ zügig ging die Arbeit voran. Bereits vor Ablauf einer Stunde begannen sie mit dem Verwischen ihrer Spuren. Fast schon draußen fiel ihr ein, dass die Videoaufzeichnungen der Kameras im Innenraum noch einer gewissen Überarbeitung bedurften. Warum der Betreiber nur innen so Dinger hatte, konnte wahrscheinlich nur er selbst beantworten.

Dem Verlauf des Kabels im diffusen Licht ihrer Nachtsichtgeräte folgend, fanden sie nach einigen Fehlversuchen den zuständigen PC: „So ein Leichtsinn, na, gut für uns. Ich brauch' fünf Minuten zur Bildbearbeitung. Dann können wir verschwinden."

Ungesehen, wie der Trupp eingedrungen war, so verschwanden sie auch wieder in der Nacht.

Während des folgenden Tages sickerte Storr mit dem Angriffs-trupp in die Gegend rund um das Internet-Café ein. Zur Tarnung stellte die BuPo drei unauffällige Kastenwagen in der Nähe ihres Zieles ab. Jetzt konnten sie nur noch warten und hoffen.

Dösend hockten die Männer und Felicitas in den Fahrzeugen, während zwei von ihnen abwechselnd den Signalanzeiger und das Kamerabild der Umgebung am Laptop der Oberstleutnantin im Auge behielten. Das Warten, der unangenehme Geruch der Trockentoilette und dicker Qualm der Raucher erleichterten den Aufenthalt in den beengten Wagen nicht gerade. Es gab zwar einen Luftfilter aber nicht, für so viele Personen gedacht.

„Ich dreh' 'ne Runde. Auf'm Rückweg schick ich die Sache an den lieben Onkel Burgmann!", Tom fand es an der Zeit, die Bombe platzen zu lassen.

„Okay, aber Tom, denk' an den Zeitplan. Siebzehn Uhr!"

„Klar, mach' Dir keinen Kopf!"

Carsten verzog zweifelnd sein Gesicht, er hielt Tom für total unzuverlässig. Hoffentlich baute der Neurotiker keinen Mist. Kristin löffelte ihren Joghurt leer: „Ich bin bei meiner Schwester. Okay?"

Ihr Genosse nickte, auch bei ihm kamen immer wieder Zweifel an der Richtigkeit der Entführung hoch. Nicht, dass er Skrupel hätte, nein, doch lieber würde er die Feinde ihrer Sache persönlich und direkt in die Hölle befördern. Er brauchte keine hilflosen Heulbojen, um ans Ziel zu kommen. Beim Öffnen ihrer Zelle drückte sich Conni ängstlich in eine Ecke, wenn dieser Tom jetzt kommen würde! Entsetzt starrte sie in Richtung der Öffnung.

Heilfroh erkannte Hansen ihre Schwester, die Angst sank auf eine erträgliche Stufe. Kristin Tomaschek setzte sich neben ihrer Schwester zu Boden und ergriff deren Hände. Ein tiefes Gefühl von Traurigkeit kam in ihr hoch, irgendwie wusste die Jüngere, dass 'Rosas' Versprechen nicht ehrlich gemeint war. Conni wäre eine Zeugin, Zeugen durfte es aber nicht geben.

Der Tod des Obdachlosen brannte auf ihrem Gewissen und hatte Kristin klar gemacht, für 'Rosa' und auch Tom oder Carsten bedeutete ein Leben nichts. Wie sie vor vielen Monaten in diese Kreise einstieg, dachte Tomascheks, sie sei auch so kaltschnäuzig. Eine Weile war es ja auch so, doch jetzt?

Plank nahm den Anruf von Gerold Nolde entgegen, Burgmann hatte sich aufs Land begeben. Toll, wie sollte er dem 'Jeneral' mitteilen, dass Nolde ihn unbedingt sprechen musste? Dringend sei die Angelegenheit, notfalls würde er am Abend noch vorbeikommen. Da der Feldwebel seinen Chef nicht erreichen konnte, rief er direkt bei dem zu Hause an. Frau Burgmann nahm die Nachricht entgegen. Der General käme bis halb Fünf, er solle Herrn Nolde Bescheid sagen. Super, hoffentlich müsste Plank nicht bleiben, schließlich hatte er abends an der VHS seinen Englischkurs.

Der Terrorist strolchte die Straße entlang. Er hatte genügend Zeit, warum die Nachricht an diesen aufgeblasenen Fascho erst in gut zwei Stunden? Konnte er doch gleich senden, danach zu seiner Stammhure, da konnte er problemlos für genügend Kohle seinen sadistischen Neigungen freien Lauf lassen. Der Mann betrat das Café, setzte sich an 'seinen'

Platz und hackte die Nachricht in die Tastatur. Schien korrekt zu sein, er sandte den Austauschplan an Burgmann.

Ab dieser Sekunde herrschte in einem der geparkten Kasten Alarm. Die Lampe leuchtete auf, bis jetzt hatten sie also die Gegner richtig eingeschätzt. Gebannt starrten Storr, Feller, Kalle und Peters auf den kleinen Bildschirm. Wer kam aus dem Internet-Café? Würde der Gegner endlich sichtbar werden?

Storr atmete aus: „Da, der Rotbärtige! Das ist unser Mann! Schnell, kann man sehen, wo er herkam und wo der Sack jetzt noch hingeht?“

Der Beamte am Gerät drehte die Steuerung der Kamera. Der Verdächtigte kickte Steine vor sich her, während er gemütlich in Richtung der übernächsten Straßeneinmündung verschwand. Peters klickte inzwischen die Aufzeichnung zurück. Sie mussten sich zwingen, leise zu bleiben. Am liebsten hätte jeder der Burgmannleute vor Freude gebrüllt und Feuerwerksraketen abgeschossen. Deutlich war der Bärtige zu sehen, wie er ein Haus verließ, knappe achtzig Meter entfernt. Mit so viel Dusel hatte niemand gerechnet. Wenn nur die Zeit mitspielte!

Felicitas und Hannes verfolgten gebannt das Geschehen auf dem Schirm, Peters bereitete die Kletterausrüstung vor und Kalle telefonierte leise.

„Achtung, Person betritt Zielobjekt. Männlich, zirka Vierzig mit Aktentasche!“, warnte eine Stimme leise.

„Keine Panik, Ihr Helden! Einer von meinen Männern, sammelt für arme Waisen aus Afrika“, erklärte Kalle.

Eines mussten sie dem BuPo lassen, er war hervorragend vorbereitet. Der Mann verließ das Objekt, ging ins nächste Haus.

„Ja, gut. Bist Du Dir sicher? Okay, dann bis später!“

Kalle wandte sich an seine Kameraden in Oliv: „Zweiter Stock, mit ziemlicher Sicherheit.“

Storr funkte sofort Samonov an, er solle doch nachprüfen, ob das gegenüber von Nummer 93 liegende Gebäude als Scharfschützennest geeignet sein könnte. Ziel dann Wohnung im zweiten Stockwerk.

Ungeduldig sah dort Carsten auf die Uhr. Noch eine Stunde, dann würde Tom die Maschinerie in Gang setzen. Vermasseln konnte dieser Irre zum Glück nichts mehr. Eine E-Mail und in wenigen Stunden wären sie am Ziel. Eiskalt spulte er die künftigen Ereignisse in seinem Gehirn ab. Zuerst dieser miese General, den würde Carsten eigenhändig mit seinen Händen erwürgen, sehr langsam! Diese Majorstussi durfte Tom haben, dieser Abartige liebte es doch Frauen zu quälen. Und er durfte nicht nur einmal! Die beiden Alten, ganz langsam würden die sterben! Die Schweine hatten seine Mutter auf dem Gewissen, Schafheit und diese beiden Bastarde. Carsten hörte die Opfer ihres Planes bereits in Gedanken winseln, ein zufriedenes Lächeln überflog sein Gesicht. Es wurde dämmerig, er knipste das Licht an. Diese gefühlsduselige Krissi könnte schön langsam wieder rüberkommen. Bösartig dachte er daran, dieser Besuch würde die letzte Gelegenheit sein, Tom freute sich garantiert schon auf die Bullette.

Grell leuchtete die Deckenleuchte in Burgmanns Büro. Einer der letzten Menschen, die der General zurzeit sehen wollte, saß ihm gegenüber: „Was hast Du denn für wichtige Neuigkeiten? Seit Schweden hab' ich nichts mehr von Dir gehört."

„Um es kurz zu machen, ist ja schon fast fünf, die Hansen hat vorige Woche ihre Kündigung eingereicht. Leider konnte ich ihr diesen Unfug nicht ausreden. War gerade unterwegs. Ihr direkter Vorgesetzter hat's zwar versucht, aber ohne Erfolg. Du kannst Deinen Leuten also sagen, ihr scheint es gut zu gehen!"

Was störte den General nur daran? Beinahe hätte er Gerold reinen Wein eingeschenkt, doch irgendetwas hinderte ihn daran.

„Danke, das ist eine gute Nachricht. Ich weiß, für Dich nicht, aber Hauptsache, ihr geht es wieder besser. Kommst Du noch auf ein Bier mit?“

„Tut mir leid, aber zu Hause warten meine Schwiegereltern. Vielleicht nächste Woche?“

Der General stimmte zu, auch er hatte einen Termin. Die Mail der Entführer setzte morgen Früh, in den ersten Stunden, einen abseits gelegen Grillplatz kurz vor Lüneburg als Austauschort fest. General Burgmann löschte die große Deckenleuchte und saß noch lange nachdenklich hinter seinem Schreibtisch.

'Elektro Schmitz' stand auf dem Kombi, der in den Hinterhof des Altbaus in der Hansestadt fuhr. Zwei Monteure stiegen aus und betraten durch den Hintereingang das Gebäude. Sie schleppten schwer an den langen Werkzeugtaschen, keuchend erreichten sie die Wohnung im zweiten Obergeschoss. Anscheinend gab es ein Problem, denn der Größere telefonierte mit seinem Chef.

„Was gibt’s?“

„Wir stehen vor dem Ziel. Mein Problem ist, wir brauchen Müller als Dolmetscher!“

Müller saß im dritten Transporter. Die Oberstleutnantin überlegte fieberhaft, wie der Mann dort unauffällig herauskommen könnte. Es half nichts, Samonov brauchte seinen Kameraden.

„Sierra-Tango-Führer an Sierra-Tango-Zwo. Kommen.“

Die Verbindung stand einwandfrei.

„Oskar-Mike Stellungswechsel zu Führer. Ausführung, Ende.“

Müller schlenderte Augenblicke später gelangweilt auf ihren Wagen zu. Storr kroch ins Führerhaus, das Einsetzen der

Dämmerung kam dabei sehr gelegen. Der Soldat lehnte sich erschöpft wirkend an den Aufbau.

„Müller, Samonov ist in Haus Nummer 90, zweiter Stock. Dorthin, er braucht einen Übersetzer."

Müller nickte unauffällig und schlenderte wieder los.

Ein grauer Transporter fuhr aus der Reihe der abgestellten Fahrzeuge und hielt vor Nummer 93. Möbelpacker stiegen aus und wuchteten zwei große Möbelpakete auf ihre Schultern. Bedächtig betraten sie das Haus und stiegen die Treppen empor. Niemand bemerkte die Packen, die die Männer bis in den Dachstuhl trugen.

Kalle schwenkte die Kamera im Kreis, alles frei. Feller und Peters in Monteuroveralls schlüpften heraus. Nach allen Seiten vorsichtig sichernd erreichten sie das Zielobjekt. Der Speicher des alten Hauses übte anscheinend eine magische Anziehungskraft aus. Auch die Soldaten verschwanden ungesehen darin.

Die vier Männer unterm Dach öffneten die Pakete. Ein seltsames Sammelsurium an Stahlstangen, Seilen, Waffen und Kleidungsstücken sammelte sich auf dem Dachboden. Sie wechselten ihre Blaumänner gegen dunkle Einsatzkleidung und Schutzwesten. Helme, Schutzbrillen und so weiter wurden verteilt. Die anderen Männer halfen Hannes und Peters in die Ausrüstung und beim Anlegen der Klettergurte. Danach meldete Hannes über das im Helm integrierte Funkgerät: „Sierra-Tango-Führer, hier Sierra-Tango-Foxtrott. Alpha Elf erreicht. Zugspitze bereit. Kommen!"

Eine feine Sache, so ein Helm mit eingebautem Funk, trotzdem wäre Feller seine Bergmütze lieber gewesen. Der Kopfhörer rauschte, wieder diese fremd-vertraut klingende Stimme.

„Zugspitze in Drei-Sechs-Null ab jetzt. Ende!"

Storr und Kalle stiegen ebenfalls aus, auch Kummer und die anderen Teilnehmer des Unternehmens sprangen aus dem

Grauen und dem Telekomwagen. Felicitas rannte über die Straße zum Eingang 93. Müller spurtete gleichzeitig heran. Im Laufen stülpte er seinen Helm auf.

„Alles klar?“

„Alles klar, Walde und Co. sind einsatzbereit. Es kann losgehen, Frau Oberstleutnant.“

Leise und schnell ging es im überschlagenden Einsatz nach oben. Einer der Polizisten brachte eine Sprengschnur an dem Wohnungseingang an. Im gleichen Moment mit den Detonationen an den Fenstern würde die Türe gesprengt werden. Bange Augenblicke vergingen.

Befriedigt bog der Mann mit dem eigenartigen Bart in die Straße ein. Die Ouvertüre zur kommenden Nacht hatte ihn aufgestachelt. In dieser Nacht würden sich seine finstersten Phantasien verwirklichen! Carsten versprach es ihm in die Hand, er würde voll auf seine Kosten kommen. Plötzlich drückte er sich in einen dunklen Eingang, fassungslos sah er im Licht der Laternen einen Haufen Unbekannte im Eingang ihres Verstecks verschwinden. Dunkle Kleidung, Helme, Waffen!

„Verdammt, Bullen.“

Zögernd verharrte er im Schatten. Letztlich gewann sein Instinkt die Oberhand. So unbeteiligt wie möglich verschwand Tom in der Stadt. Er übersah das Pärchen, an dem er vorüber kam. Bemerkte nicht, wie ein Sender angeklebt wurde. Die Frau, zierlich und sehr kurzes Haar, und der Mann, groß und noch kürzerer Schnitt, blickten ihm nach. Die Peilung stand, Unteroffizier Krammers Daumen stieß in die Höhe. Auch ihn in dem Kleinwagen hatte Tom übersehen.

Vorsichtig stießen Feller und Peters sich vom Dachrand ab. Bedächtig glitten sie in die Tiefe. Über den Fenstern der Wohnung hängend nahm Feller unten ein nahendes Motorrad wahr. Ziemlich laut knatterte der Ofen heran, die ideale Geräuschkulisse.

„Hier Foxtrott, in drei!"

Er und Peters schwangen die Ladungen aus, bei 'Drei!' klatschten die Sprengkörper gegen die Scheiben. Zeitgleich mit deren Knall explodierte auch die Sprengschnur am Eingang.

Scheiße, viel zu tief! Hannes warf verzweifelt seine Beine nach oben. Der Schwung warf ihn gerade noch haarscharf durch die Öffnung. Schmerzhaft spürte er, wie das Fensterbrett durch die Schutzweste sein Kreuz entlang schrammen. Feller stürzte auf den Rücken. Leicht benommen sprang er auf und klickte das Seil weg. Aus dem anderen Raum waren laute Kommandos zu hören, Kampfstiefel trampelten über die Bodendielen.

Er hob sein Gewehr an, vorsichtig stieß er eine Tür im Raum auf.

„Nicht schießen, bitte nicht schießen!"

Im düsteren Licht einer nackten, schwachen Glühbirne erkannte er zwei eng zusammengekauerte Gestalten: „Hände über den Kopf, langsam nacheinander herauskommen! Leisten Sie keinen Widerstand!"

„Hannes!"

„Hier im Nebenraum, brauche Verstärkung, zwei Ziele!"

„Wir kommen rein!"

Felicitas erkannte er nur an ihrer Größe und Figur. Der zweite schwarz Gekleidete nahm den Helm ab, Müller also. Sie zeigte mit den Fingern an, dass draußen eine Person festgenommen wurde. Aus dem Verschlag kam unsicher eine Gestalt. Sofort warf Müller sie zu Boden. Das Erscheinen der Zweiten löste Erleichterung aus. Hansen, wenigstens lebte Conni noch! Die Aktion dauerte nicht einmal eine Minute.

Felicitas teilte Kalle die erfolgreiche Befreiung mit: „Wir kommen raus. Du kannst die Spurensicherung kommen lassen, alles frei. Zwei, ich wiederhole zwei, Verdächtige festgenommen. Ambulanz für befreite Person bereitstellen!"

Der Stoßtrupp brachte die Festgenommenen und Conni nach unten, während drei der Bundespolizisten die Wohnung bereits für die Spurensicherung absicherten.

Samonov und sein Kollege legten erleichtert ihre Gewehre ab, kein Schuss war gefallen, niemand verletzt oder gar getötet worden. Der Unteroffizier verabschiedete sich etwas unbeholfen von ihren verängstigten Gastgebern. Kinder weinten leise im Hintergrund, die türkische Familie tat ihnen leid, das Ganze musste die Leute ziemlich schockiert haben. Die beiden Scharfschützen begannen ihre Ausrüstung einzusammeln.

Kalle musste einen neugierigen Motorradfahrer auffordern zu verschwinden, der Typ hielt genau vor dem Haus 93. Interessiert sah er den Männern beim Abseilen an der Hauswand zu.

„He, bitte weiterfahren!"

Knatternd fuhr die Maschine weiter. Der Beamte sah missmutig, wie der Kerl nicht viel weiterfuhr, nach ein paar Metern sogar abstieg. Doch jetzt hatte er andere Sorgen. Storrs Funkspruch kam rein und er bereitete das Nötige vor dem Gebäude vor: Krankenwagen, Fahrzeuge zum Abtransport der Verbrecher und Anforderung der bereitstehenden Techniker.

Hastig tippte der Zuschauer in sein Handy: „Scheiße, los, geh' ran. - Endlich! Es ist schief gelaufen. Überall Bundespolizei, ja, wenn ich 's sage", es entstand eine Pause, „Diese Krissi, die hat mich gesehen. - Im Koffer, ja. Burgmann ist in Berlin? Woher wussten denn diese Säcke davon? Nein, geht in Ordnung. Bin zum Frühstück zurück. Keine Sorge, die Maschine is' geklaut! Ja, ha, ha!"

Der Mann nahm den Helm ab, öffnete den Seitenkoffer. Mit wenigen Handgriffen baute er ein Gewehr zusammen.

Gedeckt durch einen Busch und die Nacht ging er in Anschlag. Da, die ersten Bullen kamen heraus. Zuerst dieser Giftmörder, der interessierte den Heckenschützen nicht. Zwei Männer traten mit der Gefangenen aus dem Haus. Ruhig zielte er, Kristins Kopf lag sauber im Visier. Er krümmte den Zeigefinger, das durfte nicht wahr sein! Dieser Trottel! Mit dem brechenden Schuss beugte sich drüben ein Uniformierter nach vorn, genau in die Flugbahn der Kugel. Hastig sprang der Schütze auf, ehe jemand reagieren konnte, war er weg.

Müller, Peters und ein Grenzer schafften den Mann nach draußen, die Tomaschek ging zwischen Kummer und Keitzig. Der Oberfeld wandte sich vor, um Kummer etwas zu fragen. In diesem Moment traf ihn die Kugel. Blut spritzte auf, entsetzt versuchte Keitzig zu schreien. Im Fallen hörte er Maik ihn rufen, doch er konnte einfach nicht antworten. Keitzig fühlte Angst, nicht sterben, nein! Verzweifelt versuchte er seine Angst hinauszuschreien, doch nur noch mehr Blut verhinderte jedes Wort. Jemand lag auf ihm und ringsum schrien seine Kameraden. Man zog ihn in Deckung, sprach mit ihm.

Storr sah, wie Keitzigs Kopf heftig zuckte, Kummer schrie und die Gefangene zu Boden drückte.

„Stellung!“, brüllte sie.

Soldaten und Beamte gingen in Deckung, wie ein Igel drohten ihre Waffen in alle Richtungen. Sie rannte zu den um die beiden Frauen. am Boden liegenden Männern Zusammen mit Peters zog sie Keitzig in den Sichtschutz eines Autos. Feller und Kummer lagen über den beiden Schwestern und versuchten verzweifelt, die Mädchen vor weiteren Schüssen zu sichern. Von der gegenüberliegenden Seite kam Samonovs Meldung, er sähe einen Motorradfahrer in Richtung Süden verschwinden. Doch für einen gezielten Schuss sei der Winkel zu klein. Da war der Unbekannte bereits aus seinem Blickfeld.

„Deckung!“, schrie Kalle den mit gezückten Pistolen herbeilaufenden Grabowsky und Czerny zu.

Keuchend stieß die kleine Polizistin hervor: „Wir haben 'Zwerg Otto' markiert. Was ist denn hier los?“

Aber zu Erklärungen hatte der Führer der Bundespolizisten keine Zeit: „Bleibt Ihr hier. - Maurer?“

Ein Arm zeigte ihm die Position des Beamten.

„Wir gehen rüber. - Samonov! Wo genau? - Gut. Ihr zwei sichert von oben!“

Schnell lief er und sein Geleitschutz zum angezeigten Platz.

„Alles frei!“

Der Mistkerl war weg. Umgehend musste er die Fahndung einleiten, doch nach wem? Nicht einmal das Kennzeichen hatten sie.

„Sierra-Tango-Führer kommen. Wie sieht 's bei Euch aus?“

Felicitas erhob sich: „Ein schwer Verwundeter. Wir brauchen dringend einen Arzt!“

Wie aufs Stichwort fuhr ein Krankenwagen vor. Blaulicht blinkte, Sanitäter und Notarzt wurden von Hannes und Maik eingewiesen. Ein Sani nahm Hansen behutsam auf und brachte sie in das Rettungsfahrzeug. Die Notärztin und zwei weitere Rettungskräfte versuchten verzweifelt Keitzig zu versorgen. Eine unscheinbar aussehende Wunde im Nacken blutete leicht.

„Die Kugel ist noch im Kopf oder steckt in der Wirbelsäule. Der Mann muss sofort in den OP!“, schrie der Notarzt in die Nacht.

Storr nickte: „Maik, Du und Müller schnappt Euch zwei Grenzer. Ihr fahrt mit. Lasst die beiden keine Sekunde aus den Augen. Und Maik, passt auf!“

Kummer sammelte die Männer um sich. Die Beamten sollten gleich mit dem ersten Sanka und Hansen fahren. Er und Müller würden Keitzig mit dem gerade eintreffenden zweiten Rettungswagen begleiten. Hannes kam zu ihr, auch an ihm waren die letzten Minuten nicht spurlos vorbeigegangen. Kurz, dafür umso heftiger, umarmten sie sich.

„Mir zittern die Knie."

„Magst Dich hinsetzen?"

„Nein, Frau Oberstleutnant, später. Glaubst Du auch, dass der Schuss eigentlich die Tomaschek treffen sollt'?"

„Ja, ich hab's ja g'seh'n. Keitzig beugte sich zufällig zu Maik vor, als die Kugel kam. Hätt' er des net g'macht, wär' d' Tomaschek 'troffen wor'n!"

Grabowsky, der in der Zwischenzeit von Peters informiert wurde, trat heran: „Unser Kandidat war dat nich'. Den hat der Krammer im Peilomat, ganz andere Richtung."

„Danke, Obergefreiter. Nehmen Sie die Kleine und Krammer und seht, dass Ihr diesen Kerl nicht verliert. Kalles Leute übernehmen in ein paar Minuten."

Der Soldat trabte davon.

Mit dessen Meldung erschien der Anschlag in neuem Licht. Es musste also noch mindestens eine vierte Person geben. Feller setzte sich nun doch, zitternd stopfte er seine Pfeife. Jemand glitt neben ihm zu Boden.

„Knieprobleme? Hab' ich auch immer danach. Dein wievielter scharfer Einsatz?"

Hannes grinste zu Kalle: „Insgesamt mein sechstes Gefecht. Und Du selber?"

„Siebenundzwanzig, aber es wird nicht besser. Wenn etwas Ruhe herrscht, dann brauch' ich fünf Minuten. Meine Leute wissen es, glaube ich."

Er sah den Beamten ebenso zittern. Kalle steckte sich eine Zigarette an. Beinahe entschuldigend meinte er: „Sonst nicht, bloß in so einer Situation."

Angespannt kaute Burgmann auf einem Bleistift, früher schmeckten selbst die Stifte besser. Warum meldete sich keiner seiner Leute? War etwas schiefgegangen? Bereits zum x-ten Mal musste er auf die Toilette. Selbst sein Feldwebel kam nach seinem Kurs wieder ins Büro. Dabei wollte Plank dieses Mal seinen ganzen Mut zusammennehmen und Miss Bourney zu einer Tasse Kaffee einladen. Sie war überhaupt der einzige Grund für ihn, ihren Kurs zu besuchen. Der General kam zurück. Aufgeregt fragte er erneut nach, ob schon Nachrichten gekommen sind.

„Nee, Herr Jeneral."

„Plank, haben wir eigentlich irgendwas von dieser Hansen in den Akten? Abordnung oder so was?"

„Ick seh' nach!"

Burgmann saß noch nicht wieder, da legte der Feldwebel ihm bereits einen dünnen Aktendeckel vor. Der General überflog die wenigen Papiere. Da, auf der Abordnungsverfügung! Die eine Unterschrift war eindeutig Gerold, die Klaue kannte er. Doch wer hat da noch abgezeichnet?

„Plank, können S' des entziffern?"

„Erster Hauptkommissar Striebeck heeßt det, Herr Jeneral."

Striebeck, jetzt hatte er den Verräter! Der Saukerl, der seine eigenen Leute über die Klinge springen ließ! Den würden sie sich noch kaufen. Seine Hand ging zum Hörer. Doch eine innere Stimme hinderte ihn erneut daran, Gerold mit einzubeziehen.

Bauchgefühl, so ein Käs'! Entschlossen hob Burgmann den Telefonhörer - und legte wieder auf. Er kam sich selbst dumm vor, aber andererseits konnte er sich bisher auf seinen Instinkt immer verlassen. Gut, die Geschichte mit Hauptmann Grabowski, aber meistens lag sein Empfinden richtig. Seine Logik und sein Instinkt wurden sich einig. Nein, er würde seinen Freund nicht informieren!

Ein falsches Wort Gerolds und der General könnte ein Debakel erleben. Das Risiko für die am Einsatz beteiligten Beamten und Soldaten wäre einfach zu hoch!

Selbst die Überwachungskamera zeigte kein Nummernschild. Der unbekannte Schütze musste es abgeschraubt haben. Verzweifelt raufte Kalle seine Haare. Damit durfte die Fahndung erstmal ausgefallen sein. Während sich die Soldaten und seine Leute zum Abmarsch bereit machten, trafen die Angehörigen der Spuren-sicherung ein. Storr wies deren Leiter vordringlich auf den Platz des Heckenschützen hin, jeder noch so kleine Hinweis auf den Unbekannten war wichtig. Feller und die Jungs trotteten heran. Allen war die Erschöpfung anzusehen. Sie wollte die Truppe ursprünglich in die nächste Kaserne zum Duschen und Schlafen schicken, sie selbst musste auf jeden Fall noch bei Keitzig und Hansen im Krankenhaus vorbeisehen.

„Ich komm mit, wenn Du magst!", bot, nein, eher beschloss Hannes.

„Äh, Frau Oberstleutnant, wir, also Walde und Ich täten, äh, auch gern mit."

„Nein, Ihr zwei haut Euch aufs Ohr. Ihr löst Kummer und Müller in vier Stunden ab. Also, Abflug!"

Peters und Samonov meldeten sich ab.

„Und Du, Herr Leutnant, komm schon! Ich muss Kalle nur noch um einen Fahrer bitten, einen ausgeschlafenen Fahrer!"

Bei der Abfahrt stellte Feller fest, dass er immer noch voll bewaffnet war. Auch schon wurscht! Felicitas schlüpfte unter seinen Arm, legte den Kopf auf seinen Schoß und – schlief ein.

In der Klinik schoben die Sanitäter Keitzig inzwischen in den OP. Ein Arzt schickte sie gleich weiter zum Röntgen. Wie zum Teufel soll er operieren, wenn keine Aufnahmen vorlagen! Kummer und Müller trabten einfach mit zur Radiologie.

„Halt, hier kommt Ihr nicht rein! Überhaupt, spinnt Ihr, in diesen dreckigen Klamotten. Los, draußen warten."

Resolut drängte die Röntgenschwester die Soldaten zurück. Ihr sei es völlig egal, welche Order sie hätten, hier gelte immer noch ihre Order. Und die hieß kurz und bündig: „Raus!"
Komische Vögel, in voller Kampfmonteur hier herumzutanzen!
Müller entdeckte einen Kaffeeautomaten, die letzten Eurostücke aus den Taschen sammelnd tippte er 'Kaffee – mit Zucker' für Kummer und 'Kaffee – Schwarz' für sich selbst.
„Da!"
„Danke, glaubst Du, er schafft 's?"
Müller schüttelte den Kopf: „Ein Zentimeter weiter unten oder oben, dann wär die Kugel in die Weste oder den Helm gegangen. Ich sag' Dir, wenn Dein Name aufgerufen wird, dann is' es vorbei."
Damit endete ihr Gespräch, dem war nichts mehr hinzuzufügen.
Die Schwester kam zu ihnen: „Euer Kollege liegt im OP. Mehr kann ich nicht sagen. Da vorne könnt Ihr Euch setzen. Doktor Gloss gibt dann Bescheid. He, Ihr seid wohl keine Ordnungshüter, Ihr seid doch vom Bund? Stimmt doch, Herr Hauptfeldwebel, oder?"
Wütend auf seine Unachtsamkeit sah Kummer, dass bei ihm und Orhan die Dienstgradschlaufen sichtbar waren: „Schlaues Mädchen, aber behalt' das für Dich. Die Grünen schaffen es einfach nicht mehr ohne uns."
„Is' schon vergessen. Ich hab' hier nur Polizisten gesehen. - He, StUffz, Ich heiß' Bianka. Um Acht hab' ich Schicht."
„Sorry, sobald wir abgelöst werden, sind wir weg. Aber Euer Haus gefällt mir, vielleicht nächste Woche?"
„Vielleicht!"
„Intensivstation II!", rief der Pförtner ihnen nach. Schlimmer als ein Derby, dauernd rannte Polizei durch die Notaufnahme. Storr und Feller irrten durch die Gänge, endlich lasen sie

'Intensiv II'. Im Stationszimmer erwartete sie bereits der behandelnde Arzt.
„Wird aber auch Zeit. Sonst sin' Ihre Kollegen schneller. Ich hab' gleich Schluss, also?“
„Wir wollten Frau Hansen nur kurz ein paar Fragen stellen.“
Eindringlich machte er klar, dass vor Ablauf der nächsten 24 Stunden keine Befragung von Frau Hansen möglich war. Der Zustand der Patientin sei zwar nicht lebensbedrohend, aber sie wäre vollkommen erschöpft. Auf Felicitas Bitte hin durfte sie wenigstens einen kurzen Blick zu Conni werfen. Nochmals schärfte Storr den beiden BuPos ein: Absolut kein Mensch durfte zu Frau Hansen. Selbst den Arzt musste immer einer von Ihnen bei der Visite begleiten.
„Hallo Jungs!“
Müller sah zur Wanduhr: „Morgen, Frau Oberstleutnant, Herr Leutnant! Keitzig liegt immer noch im OP.“
Sie ließ die Männer sich einen Schlafplatz suchen, die nächste Zeit würde sie und Feller aufpassen. Die Unteroffiziere legten sich auf den Stuhlreihen lang. Betten suchen? War reine Zeitverschwendung. Felicitas und Hannes reichte ein Sitzplatz, um auf das OP-Ergebnis zu warten.

Hastig sprang Tom in die Straßenbahn, erleichtert setzte er sich auf einen Sitz. Doch innerlich war der Bärtige aufgewühlter denn je, wie konnten diese Bastarde ihr Versteck nur entdeckt haben? Ihm dämmerte etwas! Die Bullen mussten kurz nachdem er die Mail an diesen Fascho-General gesendet hatte, da gewesen sein. Es war sein Fehler, die Nachricht zu früh abzuschicken, aber das reichte ihm nicht als Erklärung. Außer die Gegenseite hatte den Rechner manipuliert.
Tom Mahler dachte nach. Selbst wenn die Faschos seine Spur im Netz hatten, warum stand das Überfallkommando dann so schnell parat? Schnee von gestern, jetzt hieß es

abtauchen, in gehöriger Entfernung. Der Flüchtling zog seine Jacke zu, dabei bemerkte er einen Klebestreifen im Saum. Verdammt, angstvoll gingen seine Augen durch die halb leere Tram. Keiner der wie ein Bulle aussah. Die wollten ihn linken, daran würden sie aber zu knabbern haben! An der nächsten Haltestelle stieg er aus und drückte den Streifen mit dem Sender blitzschnell an die Bahn. Schadenfroh lächelnd tauchte er in der Menschenmasse vor dem Bahnhof ab.

Der Tatort wurde von Kalle an seinen Chef Wolfgang übergeben, ihm lag nicht an einem längeren Aufenthalt. Sollte sein Boss ruhig in eigener Person die ganze Sache mit der örtlichen Polizei auf die Reihe bringen, sein Job war getan. Fast, wo war die Kleine? Natürlich, die fachsimpelte mit diesen Barrashackern. In ihm stieg ein Verdacht auf. Hatte ihn Wolfgang nicht gewarnt? Burgmann konnte gute Leute brauchen und der General fand, fast, immer einen Weg dazu. Von mir aus, dachte Kalle, ich leg' ihr keine Steine in den Weg. Die kämen eh zu spät.
„Und Ihr meint wirklich, dass ich zu Euch wechseln kann? Welche Gehaltsstufe sagtest Du?", biss die Beamtin schon halb an.
„Na, Polizeimeister is' A 6, oder so. Du steigst damit bei uns ein und in einem Jahr biste Oberfeld. Und mein Traum wird Wirklichkeit: Obergefreiter Grabowsky und seine EDV-Gruppe. Klingt doch echt geil!"
„Träum' weiter, Grabo! Wobei, wenn wir es raffiniert genug präsentieren!? Burgmännchen könnt es gefallen. Okay, Mädel, ruf' gleich heute Nachmittag die Nummer an. Hast den Wisch noch?", brummte Krammer.
„Logo, dann bis bald, Ihr Landesverteidiger!"
„Glaubst Du, die Kleine kommt?", Krammer klang nicht restlos überzeugt, nachdem die Polizistin weg war.

„Hundert Pro!“, für Grabowsky hingegen war die Sache bereits in trockenen Tüchern.

Nachträglich betrachtet fragten sich die beiden PC-Landser, wieso sie diesen Typen nicht gleich hatten festnehmen sollen. Krammer hielt das für einen Fehler, inzwischen war klar, dass der Kerl den Sender entdeckt hatte. Ihre derzeitige Chefin und der Boss der Bundespolizisten schienen nicht sehr erstaunt, als man den Piepser an einem Tramwaggon wieder gefunden hatte.

„Irgendwie versteh' ich die Sache nicht. Warum haben die mit dem Zugriff nicht gewartet, bis unser Mann zurückkehrte? Oder uns wenigstens zuschlagen lassen?“, offensichtlich ärgerte sich Krammer über die ihnen entgangene Chance auf Ruhm und Ehre.

Auch Grabowsky erschien ratlos, die einzige Antwort konnte in der Tatsache stecken, dass ununterbrochen von einem Maulwurf erzählt wurde. Hofften ihre Chefs ernsthaft, so an den Verräter zu kommen? Ziemlich riskant, den Kerl entwischen zu lassen.

Nicht ohne Hintergedanken war der einzige freie Platz in dem Mercedes neben Kalle. Die Kolonne der fünf schwarzen Karossen passierte die Landesgrenze nach Niedersachsen, endlich fragte Kalle die junge Beamtin: „Wann?“

„Was wann?“

„Wann wechselst Du zu den Kommisköpfen?“

„Woher, ach, ist auch egal. Mir gefällt es ja bei uns, aber hier bin ich alt und grau oder hab' ein Dutzend Kinder, bis ich weiterkomme und, tut mir leid, eigenverantwortlicher arbeiten kann. Verstehst Du?“

„Zu gut, leider hat Burgmann meine damalige Kollegin Storr abgeworben und nicht mich. Heut' ist Felicitas Oberstleutnant und führt ziemlich selbständig einen Dienstposten und eine Einsatzgruppe. Nebenbei bemerkt, die Jungs sind echt nicht schlecht, für Amateure. Burgmanns Tempo bei Neuerwerbungen soll sehr hoch sein, wenn wir zurück sind pack' lieber schon mal. Ende nächster Woche ist mein Tipp."

'Unerhört' bedeuteten die hochgezogenen Brauen des Arztes. Felicitas und Hannes hatten ihn zu spät bemerkt, so traf der Mediziner die Beiden noch eng umschlungen an. Peinliche Situation, schnell eilte Storr auf den Mann zu: „Wie geht es Keitzig?"

„Dr. Gloss, Oberarzt. Das kann man erst in ein paar Tagen definitiv sagen. Wir legten Ihren Kollegen nach der Operation ins künstliche Koma. Frau?"

„Storr, Oberstleutnant Storr, verzeihen Sie. Mein Stellvertreter, Leutnant Feller. Können wir zu ihm?"

„Auf gar keinen Fall, Frau Oberstleutnant. Wie schon gesagt, frühestens in ein paar Tagen!"

„Schade, würden Sie uns umgehend benachrichtigen, wenn sich Keitzigs Situation verändert, egal in welche Richtung?"

„Selbstverständlich, hier, Ihre Männer gaben mir die Nummer eines General Burgmann, ist das richtig?"

„Ja, genau dort! Wir danken Ihnen Herr Oberarzt! Dann bis in ein paar Tagen!"

Hastig weckte Hannes die Landser, nur schnell weg! Herr Oberarzt schien ein Moralapostel zu sein! Hannes Wut über ihren eigenen Leichtsinn ließ sich erstklassig auf den Arzt kanalisieren. Vor dem Eingang der Notaufnahme fuhren Streifenwagen auf, ab jetzt übernahmen die Bremer Kollegen die Bewachung von Hansen und Keitzig. Die Augen Kummers und Müllers zeigten den Polizisten deutlich: Baut bloß keinen Scheiß, denn sonst!

Ihre Chefs dagegen waren erleichtert, der vorangegangene Einsatz war hart genug. Ausgelaugte Wächter wären Unsinn gewesen, auch wenn die Jungs ihren Kameraden lieber selbst beschützt hätten.

Bestellt und nicht abgeholt, so stand der kleine Trupp verloren vor der Klinik.
„Hier, Frau Oberstleutnant!“
Peters und Samonov hatten es nicht lange ausgehalten und fuhren viel zu früh los.
„Morgen, die Herren! Ihr könnt die Zwei hier gleich aufnehmen und in die Unterkunft fahren, packt den Rest und kommt dann mit allen Fahrzeugen zurück zum Einsatzpunkt!“
„Jawoll, Frau Oberstleutnant, StUffz Peters meldet Trupp ST ab!“
Krachendes Getriebe zeigte die Spuren der Nacht. Hannes fragte ein bisschen hilflos, wie denn sie und er zurückkommen sollten. Nur war die Gefragte bereits losmarschiert. Klar, der Wagen von diesem Kalle! Der stand immer noch im Halteverbot vor der Notaufnahme. Felicitas konnte bloß den Fahrer nicht entdecken. Ihr Partner klopfte einfach kräftig an die Frontscheibe und er hatte richtig vermutet: Schlaftrunken tauchte der Beamte auf.
„Zurück, bitte!“
„Mhm, geht schon los.“
Übertrieben, denn zuvor streckte der Beamte sich ausgiebig und nahm einen Schluck aus der Cola-Dose. Im Fond tippte Storr hastig in ihr Handy, vor lauter Stress hatte keiner Burgmann informiert!

Müde starrte der General auf die Wände seines Dienstzimmers, Felicitas Nachrichten hatten anfangs Euphorie bei ihm aufkommen lassen, doch als sie von dem vierten Mann und Keitzigs Verwundung berichtete fühlte Burgmann sich nur noch müde. Seine Stimme, fand Felicitas, klang auf jeden Fall 'fertig'.
„Danke, Maderl! Schaut, dass heil heimkommt! Bis dann und sag den Mandern, I bin stolz auf Euch!“

Ein Geräusch in der Leitung zeigte ihm, sein Feldwebel hatte wie üblich mitgehört.
„Plank, wenn Sie schon Bescheid wissen, bringen S' mir mei' Frühstück!"
Er hatte das Wort 'Frühstück' nicht ganz ausgesprochen, erschien Plank bereits damit: „Mo'jen, Herr Jeneral!"
„Morgen, trinken S' a Tass' mit?"
„Jerne!"
Distanziertheit kannte Burgmann nur vom Hören sagen, doch diese Einladung zeigte seinem erfahrenen 'Vorzimmer', er brauchte dringend jemanden zum Labern. Nicht der erste Verlust. Seit Plank hier war, schon der elfte Schwerverwundete – und bisher zwei Tote.

Versteckt in einem Haufen Bauschutt lag das Motorrad, sicher für lange Zeit. Der Mann zog die Krawatte zurecht und bestieg seinen unauffälligen Mittelklassewagen. Langsam fuhr er los, noch war kein Mensch unterwegs. Befriedigt stellte er beim Auffahren auf die A 1 keine Polizeikontrolle fest. Sie hatten also bisher noch keine Ringfahndung ausgelöst! Verständlich, bei dem wenigen, das die Idioten in der Hand hatten.
Zornig dachte er an seinen Fehlschuss, warum war dieser Scheißkerl auch in seinen Schuss gelaufen! Kurz vor Hamburg nahm er erneut Kontakt zu 'Rosa' auf. Ein Grinsen erschien, er war einer der wenigen, die wussten wer 'Rosa' war. Das erschien dem Mann als Lebensversicherung, und er, der Mann fürs Grobe, war für 'Rosa' unverzichtbar.
Eine Stimme klang durch die Freisprechanlage: „Ich hörte bereits von Deinem Versagen. Ich werde mir noch was einfallen lassen, diese Krissi darf auf keinen Fall reden! Doch das ist nicht Dein Problem. Es scheint einer entkommen zu sein, Thomas. Versuch' Tom zu finden. Ich schätze, er wird nach Norden fliehen wollen. Dänemark oder Schweden. Sein

Vater lebt in Kopenhagen, wahrscheinlich taucht der Trottel da unter. Du nimmst Urlaub, Deinen Antrag hab' ich bereits weitergegeben. Ohne Urlaubsanschrift! Du darfst Dich in nächster Zeit nicht blicken lassen, Burgmann und dieser Graefe werden misstrauisch!"

„Graefe? Von der BuPo?"

„Genau. Also, schaff' diesen Tom 'ran. Vielleicht kann der sagen, was schief ging. Und nochmal darfst Du nicht versagen! Unsere Sache ist zu wichtig!"

Drohend klang 'Rosas' Unterton, Schweiß trat ihm auf die Stirn. Hoffentlich erwies sich die erhoffte Lebensversicherung nicht als Bumerang. Das Oberhaupt ihrer Gemeinschaft kannte keine Gnade, mit wem auch immer!

Das Büro des zuständigen Staatsanwalts rief an. Burgmann und Frau Storr durften den Verhören beiwohnen. Termine kämen per FAX. Der General war unschlüssig, wenn er schon so müde war, wie müde mochten dann Felicitas und ihre Gruppe sein? Es half nichts, sie musste dabei sein. Und wenn irgendwie zu drehen auch Feller, zur Ausbildung!

Ihm kam der Gedanke, auch die Schweden zu informiert. Sandvarts Sekretärin nahm den Anruf aus Deutschland entgegen. Göran habe ein paar Tage Überstunden nehmen müssen, aber Britt versprach, ihn privat anzurufen. Sicher würde ihn die gute Nachricht erfreuen.

Nächster Anruf galt der Klinik. Doch dort konnte man ihm nichts wirklich Neues sagen. Keitzigs Zustand sei immer noch sehr kritisch. Mehr würde erst Übermorgen zu erkennen sein.

„Plank, machen S' Schluss für heut'. Lassen S' bei der Pforte eine Nachricht für Frau Storr, sie und Herr Feller sollen bei mir daheim vorbeikommen. Aber erst nach achtzehn Uhr, z'erst soll' s' sich a wen'g ausschlafen."

Freudestrahlend bestätigte der Feldwebel den Schluss des Befehls, ausschlafen konnte ein Soldat nie genug.

Die Schaulustigen hatten sich verlaufen, Ruhe kehrte wieder in Bremen ein. Die Pressekonferenz des Innensenators und Wolfgang Graefes verlief weniger beschaulich. Ja, die Bremer Polizei habe in einer gemeinsamen Aktion mit einer Sondereinheit der Bundespolizei die Attentäter von Frankfurt dingfest machen können. Nein, niemand sei zu Schaden gekommen.

„Herr Senator, meinem Sender liegen aber Informationen vor, nachdem bei dieser Aktion auch Einheiten der Bundeswehr beteiligt waren und einer dieser Soldaten schwer verletzt worden sein soll. Was können Sie oder Herr Graefe dazu sagen?"

„Wir wissen nicht, welche Informationen Ihnen vorliegen, aber sie sind definitiv falsch."

„Meine Herren, meine Kollegin scheint ähnliche Informationen zu haben wie unser Sender. Nochmal, waren Bundeswehreinheiten beteiligt und hat es Verletzte gegeben?"

„Auch wenn Sie diese Nachrichten zugespielt bekommen haben, die Polizeiaktion verlief völlig konform zu unseren Gesetzen."

Tumultartig stürzten sich die Journalisten wieder und wieder auf diese Frage: Einsatz der Bundeswehr im Inneren. Ein gefundenes Fressen für die Blätter links der Mitte, die Sensationspresse und einige Privatsender.

Entnervt rief der Senator seinen Parteigenossen Verteidigungsminister an.

Erneut bat er danach um Ruhe: „Meine Damen und Herren, nach neuesten Informationen aus Berlin war tatsächlich eine Feldjägereinheit zur Unterstützung unserer Polizei anwesend. Ja, einer der Soldaten wurde im Rahmen seines Einsatzes verwundet. Der Herr Verteidigungsminister lässt mich in seinem Namen aber ausdrücklich feststellen, die Beteiligung dieser Spezialeinheit verstößt nicht gegen das Grundgesetz.

Die Truppe leistete ausschließlich unterstützende Aufgaben. Innen- wie Verteidigungsausschuss des Bundestages haben übrigens einstimmig der hier unabdingbar notwendigen Beteiligung von bewaffneten Bundeswehrangehörigen zugestimmt! Ich danke Ihnen für Ihre Aufmerksamkeit!“

„Halt! Sie sagten einstimmig, auch die Vertreter der Opposition?“

„Auch diese, selbst die Grünen! Nochmals herzlichen Dank. Wir werden Sie bei Vorliegen neuer Erkenntnisse wieder einladen.“

Voll gepumpt mit Koffein erreichten die Geländewagenfahrer Berlin, die Nachricht Dienstschluss an der Eingangspforte wurde freudigst aufgenommen. Kummer setzte Felicitas und Hannes noch bei deren Dienstwohnung ab, donnerte dann aber schnellst möglich in die Kaserne. Der Waffenkämmerer zeigte zwar wenig Verständnis dafür, die Knarren selbst reinigen zu müssen, doch ein dezenter Hinweis des Hauptfelds auf 'Anweisung General Burgmann' stimmte den Unteroffizier rasch um. Betanken, Wagen abstellen, Dusche und Bett, mehr schafften die vier Männer einfach nicht mehr. Kein Wunder, nach fast 72 Stunden Dauereinsatz mit nur einer sehr kurzen Ruhephase.

Ihre Offiziere hatten es ausnahmsweise noch bequemer. Ihre Abfolge lautete: Aufsperren, ausziehen, duschen, Wecker auf 16 Uhr und ab ins Bett. Die Sonne ging schlafen, als Felicitas aufstand und im Bad verschwand. Hannes räkelte sich ausgiebig, schlüpfte in frische Jeans und ein sauber gebügeltes Hemd. Fragend hielt er inne, er hatte sicher nicht gebügelt. Auf Socken schlich Feller in die Küche, verblüfft musste er feststellen, dass auch der späte 'Morgenkaffee' bereits dampfte.

Seine Hand fuhr über das Gesicht. Auch gut, ab zum Rasieren. Dampfschwaden wie Londoner Nebel schlugen ihm entgegen: „Duschst Du oder ist das Essen angebrannt?"
„Tür zu, es zieht. Noch fünf Minuten!"
Dann halt nicht. Aus den fünf wurden fünfzehn Minuten, bis seine Prinzessin erschien. Wieder einmal war Hannes hin und weg.
„He, sei nett so wild! Du verschmierst mir do' die ganze Kriegsbemalung!"
„Meinst Du, ich halt 's aus, bis wir von Burgmanns zurück sind?"
Nein, auch sie würde nicht so lange warten können, aber nicht zu stürmisch. Am Schluss könnte sie sonst von vorne anfangen. Nicht so stürmisch, leicht gesagt! Die engen Jeans konnte er ihr fast nicht herunterziehen und beim Rand der Stiefel war eh Ende.
„Dir is' scho' bewusst, dass I keine Zwanzig mehr bin. Solche Verrenkungen schaden meine Bandscheiben!"
„Häst D' halt Zeit lassen, Du Sittenstrolch!"
Wieder einmal dieses ironische Lächeln! Zeit lassen, ha, ha, das ging bei seiner Felicitas nicht so einfach. Regelmäßig sorgte sie für heftige Hormonausschüttungen bei ihm, da konnte Hannes doch nichts für.
„In ein paar Jahren wirst froh sein, wenn überhaupt noch was geht. Bei Deinem Anblick krieg' ich mit sechzig wahrscheinli' dauernd einen Infarkt!"
„Pah, Infarkt. Darum laufen wir ja jeden Tag, damit Du keinen Herzkasperl kriegst! Und jetzt schau, dass fertig wirst oder willst strumpfsockert zum Chef?"

Der Abend war für Burgmanns und ihre Gäste lang geworden, dem entsprechend erschien der General auch in seinem Reich.

„Herr Jeneral, det Herr Nolde von die BKA is' uff hundertachtzich. Er muss janz eilich zu Herrn Jeneral!"

„Plank, halten S' den Gerold no' auf. Teilen Sie ihm mit, um Achte hätt' ich zehn Minuten. Und Plank, wenn er dann da is', exakt nach zehn Minuten muss ich zum Staatssekretär, Verstanden?"

„Allet jeritzt, Herr Jeneral!"

Um zu wissen, was Gerold wollte, genügte ein Blick in die Zeitung. Fluchend las Burgmann die Artikel. Tatsächlich, in allen Blättern wurde die Anwesenheit einer Sondertruppe der Bundeswehr brühwarm aufs Tablett gebracht. Seltsam erschien ihm nur, außer den Linksaußenpamphleten äußerte niemand sonst mit auch nur einem Wort Zweifel an der Rechtmäßigkeit.

Unaufhaltsam rückten die Zeiger auf Acht, mit Gongschlag stürmte ein wutschnaubender Gerold herein.

„Servus, wie geht 's?"

„Wie es mir geht! Du und dieser genauso hinterlistige Graefe wollt uns wohl verarschen! Christian, bei aller Freundschaft, das ging zu weit. Deine verfluchten Extratouren, kannst Du mir erklären wieso ich und das BKA von Euch so ausgebremst wurden? Selbst unser Innenminister tut so, als ob es normal gelaufen sei. Erklär es mir, bevor ich gezwungen bin mich offiziell über Dich und Wolfgang zu beschweren. Meine Geduld ist nämlich zu Ende!"

„Striebeck."

„Welcher Striebeck? Doch nicht meiner! Jetzt hör' auf, spinnt Ihr denn alle? Raus damit, was ist mit Striebeck?"

Sehr diplomatisch deutete der General seinem alten Freund ihren begründeten Verdacht an. Wieder hielt ihn sein zweites Ich davon ab, Gerold die Geschichte ausführlich zu erzählen. Das Misstrauen gegen den Mann vom BKA, oder besser gegen dessen Personal, schlummerte tief in ihm, immer wieder erwachte es. Burgmann wusste genau, Noldes

Loyalität galt immer zuerst seinen Leuten und dem BKA. Er würde es niemals zulassen, auch nur den kleinsten Schatten eines skandalträchtigen Verdachtes darauf fallen zu lassen. Nein, am Schluss würde Gerold seinen Mann decken! In seiner Wut auf Burgmann und die Bundespolizei war selbst das nicht unmöglich.

Nicht eine Minute zu früh surrte die Gegensprechanlage und Plank 'erinnerte' den 'Herrn Jeneral' an den Termin beim Staatssekretär. Nolde sah selbst ein, dass derzeit Ende ihrer Besprechung war, doch für ihn konnte dieses Kapitel noch lange nicht geschlossen werden. Er würde bald darauf zurückkommen. Notfalls schriftlich!

Wird der Esel genannt, kaum hatte Nolde den Raum verlassen, rief der Staatssekretär an. Anfangs ein bisschen Smalltalk, dann beglückwünschte er Burgmann und seine Truppe für den Erfolg.

„Dann noch etwas, Christian. Sie haben schon Zeitung gelesen?“

„Sicher, Peter.“

„Wissen Sie. was mich stört? Fast alle Medien gehen über unseren Einsatz hinweg. Die finden es beinahe normal, wenn unsere Streitkräfte bei so einer Sache mit von der Partie sind!“

„Sehen Sie, seit September 2001 ist das mit dem Terrorismus zu einer Hauptangst unserer Zeit geworden. Mir kommt es fast so vor, selbst wenn Panzer durch Berlins Straßen rollen würden, nur kurz ‘Antiterroreinsatz' und die Pressefritzen nicken brav ab.“

„Scheint so. Nichtsdestotrotz, Sie fahren zu der Vernehmung?“

„Sicher, und Frau Storr auch. Vielleicht schaffe ich es sogar, Leutnant Feller zur Vertiefung seiner Ausbildung mitzunehmen!“

„Gute Idee! Letzter Punkt: Oberstabsarzt Mayr und seine Crew sehe ich ja noch ein. Aber was heißt 'EDV-Gruppe Grabowsky'?“

Der Hustenanfall des Offiziers war nicht gespielt, diese Neuigkeit hatte nicht einmal er bisher gehört! „Welche Gruppe? Peter, Sie überraschen sogar mich damit. Welcher Vogel sang denn dieses komische Lied?“

„Graefe, seine EDV-Spezialistin sitzt schon seit der Aktion auf gepackten Koffern!“

„Soll ich Ihnen den Kopf des Obergefreiten Grabowsky auf einem Silbertablett vorbeibringen?“

Burgmann konnte förmlich das Grinsen seines Gesprächspartners vor sich sehen: „Nein, nein, lieber Christian. Mir ist selbstredend die Notwendigkeit einer Hightech-Sparte für Ihren Verein bewusst. Haben Sie zufällig Verwendung für einen Flugzeugträger, ich hätte da einen Australischen an der Hand!“

Sonderlich witzig fand der General diese Bemerkung nicht gerade. So blieb es, vorerst, bei der kommenden Aufstellung der EDV-Gruppe. Ein wenig Unwichtiges, dann beendete Peter das Gespräch. Den Flugzeugträger erneut zu erwähnen konnte er sich dabei nicht verkneifen.

Storr und Feller erwarteten Burgmann bereits bei der Flugbereitschaft. Mit dem Helikopter ging es einfach schneller als mit dem Wagen. Während des Fluges sprach niemand, konzentriert beugten sich die Soldaten über Akten. Ein vergessener Punkt und die Vernehmung der beiden Gefangenen konnte zur Farce verkommen. Am Flugplatz holte sie Graefe höchst persönlich ab.

Unterwegs zur JVA berichtete er von den bisher vorliegenden Ergebnissen der Spurenauswertung. Der allgemein als 'Zwerg Otto' benannte Flüchtige wurde bisher nicht lokalisiert. Doch es gab einen Anhaltspunkt, Mahlers Vater lebte in

Kopenhagen, möglich, dass Tom Mahler dort auftauchen würde. Sicherheitshalber wurden die Dänen bereits alarmiert.

Von dem Heckenschützen fehlte jede Spur. Nur die Kugel hatte man, relativ kleinkalibrig, 6,5-mm-Geschoss italienischer Herkunft. Keine Militärwaffe, soviel stand fest. Die Ballistiker prüften noch, welche Waffen in die engere Wahl kamen.

Daneben fand die Bremer SpuSi Abdrücke von Motorradreifen, ein sehr verbreitetes Modell. In der Wohnung gab es nur die Fingerabdrücke der Geisel und der drei Terroristen. Stofffasern unbekannter Herkunft müssten noch genauer getestet werden. Der Stoßtrupp hatte Handschuhe angehabt, merkte Storr an.

„Nein, keines der von uns oder Euch verwendeten Modelle, eher handelsübliche Motorradhandschuhe, macht es klick?“

Sicher, gleich dreimal!

Krampfhaft versuchte der General das Gespräch auf die 'EDV-Gruppe' zu bringen: „Wolfgang! Du, ich habe da was Merkwürdiges vernommen.“

„So?“

„Du kennst doch Peter?“

„Sicher.“

Er konnte einfach nicht zum Punkt kommen, der Beamte half ihm also auf die Sprünge: „Deine Leute, dieser Grabowsky und sein Partner, haben meiner PC-Expertin Flausen in den Kopf gesetzt. Sag' bloß nicht, dass Du davon nichts wusstest!“

„Doch, Ehrenwort. Ich bin ja anscheinend in meinem Laden der Letzte, dem man etwas sagt!“

Von seinem Blick nach hinten fühlten sich weder Hannes noch Felicitas gemeint. Ihnen hatten die Strolche schließlich auch nichts erzählt. Burgmann konnte fast greifen, wie in seinem Rücken zwei Hirne auf Hochtouren kombinierten. Die beiden unterdrückten mühsam ihre Kommentare, nachdem ihnen klar war, wie es gelaufen sein konnte. Es stank

Christian ja nur, weil es nicht auf seinem eigenen Mist gewachsen war!

Dem General blieb letztlich nichts anders übrig, als in den sauren Apfel zu beißen: „Die Idee der Knaben ist an sich nicht schlecht – für uns. Sorry, Wolfgang. Aber wenn Eure Kleine kommt, wir lassen die Türe sicher nicht zu."

„Hab es mir gedacht, na gut. Aber ich habe dann was gut bei Euch! Ach, und noch was, wenn schon dauernd der Name Grabowsky fällt! Dieser Herr Hauptmann Grabowski soll noch am Wochenende von den Berliner Kollegen hochgenommen werden. Du ahnst warum?"

Aufseufzend nickte Burgmann, die Kinderpornos! Gerade in der heißesten Phase der aktuellen Ermittlungen, ob er mit seinem Kontakt bei der Berliner Kripo sprechen sollte?

„Nee, lass mich mal machen. Wenn von Dir was kommt, das würde ein wenig riechen. Außer Ihr führt die Sache selbst durch."

Das ginge, Burgmann blickte wieder in den Fond: „Hannes, sobald wir wieder zurück sind, schnappst Du Dir die ganze Sierra-Tango und bringt mir dieses Schwein. Feli, Du gehst gleichzeitig zu Frau Grabowski. Versuch' ihr die Geschichte so schonend wie möglich beizubringen."

Ungläubig starrte ihn das Führungsduo der Gruppe ST an, so ganz hatten weder Felicitas noch Hannes verstanden. Mit knappen Worten wies ihr Chef beide ein.

„Ihr habt selber Kinder, darum mei' Befehl: Keine Abweichung von den Vorschriften. Ihr macht einfach das, was I gesagt habe. Hannes, ohne allzu viel Aufsehen in Arrest nehmen und in einem Stück und lebend zu mir. Leutnant Feller, wiederholen Sie meinen Befehl!"

Hannes war klar, dass Burgmann hier besonders Vorgesetzter sein musste, Gefühle mussten zurückstehen. Schade, im Wilden Westen durfte der Sheriff in solchen Fällen erst schießen, dann fragen.

Selbstverständlich dürfe der Leutnant die Vernehmungen mit Herrn General vom Nebenraum beobachten. Erste Hürde geschafft, leider erwies sich dieser Carsten als sehr schweigsam.

Sein Pflichtverteidiger verlas gleich zu Beginn eine Erklärung seines Mandanten. Dieser mache in vollem Umfang von seinem Aussageverweigerungsrecht Gebrauch. Des Weiteren verlange er eine sofortige, weitere Haftprüfung, sein Mandat betrachte sich als Kriegsgefangener und fordere daher die strikte Einhaltung der Genfer Konventionen. Ohne sich weiter darauf einzulassen, ließ ihn Graefe in seine Zelle zurückbringen. Felicitas kam frustriert aus dem Vernehmungszimmer und ging mit Hannes rauchen.

„Die Schwester von Conni solltest Du verhören. Wenn die Tomaschek merkt, dass Du ihre Schwester kennst, vielleicht lässt sie dann mehr raus."

„Watson, gut so einen schlauen Mann an Land gezogen haben. Du hast vollkommen recht, einen Versuch ist es auf jeden Fall wert!"

Ihr Vorschlag gefiel Burgmann, auch der Polizeibeamte war einverstanden. Einzig der Staatsanwalt hatte Bedenken, er konnte die Vernehmung durch eine Bundeswehrangehörige nicht so ohne weiteres sanktionieren. Letztlich fand er sich aber damit ab.

Kristin Tomaschek saß längst im Verhörraum, als endlich der Jurist sein O.K. gab. Frau Oberstleutnant könne die Befragung durchführen, die Verantwortung blieb aber bei der Bundespolizei. Kristin Tomaschek hatte ebenfalls einen Pflichtverteidiger gestellt bekommen. Doch der saß im Prinzip nutzlos herum.

Nach anfänglichem Zögern sagte die junge Frau aus, oft durch Weinkrämpfe unterbrochen. Immer wieder musste Storr allen Beteiligten eine Pause geben. Durchgeschwitzt und am Ende verließen Felicitas und Wolfgang Graefe ein letztes Mal den Raum. Vier Stunden und neun Diktierbänder hatte die Befragung gedauert. Nun musste mühselig jeder Satz Tomascheks analysiert werden.

Eines war aber bereits sicher, dieser Striebeck vom BKA war bei den Entführern gewesen und er trug bei seinem folgenreichen Besuch Motorradkluft, inklusive Handschuhe! Und dieser Verräter war nicht der geheimnisvolle Anführer dieser Zelle, das war der oder die 'Rosa'! Ein Phantom wie es schien, doch dieser Striebeck soll diese Person kennen. Ab jetzt lautete ihr Auftrag: Fangt Striebeck, lebend!

Still und nachdenklich ging die Rückfahrt zum Flugplatz vor sich. Kurz vor ihrer Abfahrt hatte der Anwalt Tomascheks Burgmann, Graefe und den Staatsanwalt noch um ein Gespräch gebeten. Es ging um nicht mehr und nicht weniger als Kristin Tomaschek ein Angebot im Rahmen der Kronzeugenregelung zu machen.

Einerseits verlockend, andererseits musste diese Angelegenheit sehr genau überdacht werden, ganz so einfach ging es nun auch wieder nicht.

Am Samstag war vordringlich die Sache mit Hauptmann Grabowski zu erledigen. Der General wollte diese Front schnellst möglich und stillschweigend geklärt haben: „Danach ist für Euch Wochenende, Montag um Acht is' Jagdsaison."

Traditionell ging Hauptmann Grabowski jeden Samstag nach dem Mittagessen aus dem Haus, drehte ein, zwei Runde im nahen Wald und war pünktlich zum Nachmittagstee wieder zurück. Bis zu diesem 21. November 2008.

Ahnungslos trabte Grabowski los. Rund hundert Meter von seinem Reihenhäuschen schwenkte er in den markierten Waldweg ein. Völlig überrascht blieb er ruckartig stehen: „Mein Gott, Kummer, haben Sie mich erschreckt. Schützt Ihr die Kanzlerin beim Verdauungsspaziergang oder weshalb seid Ihr voll aufgerödelt?"

Der Hauptmann wirbelte herum, als von hinten eine ihm eher unbekannte Stimme anfing zu sprechen.
„Herr Hauptmann Grabowski, ich erkläre Sie hiermit für unter Arrest stehend. Bitte machen Sie keine Schwierigkeiten und kommen Sie ohne weiteres Aufsehen mit zu General Burgmann. Sollten Sie meiner Aufforderung nicht Folge leisten, drohe ich hiermit die Festnahme an. Ein auf Ihre Person ausgestellter Haftbefehl liegt uns bereits vor.“
„Leutnant Feller, nicht wahr? Was soll dieser Affenzirkus, das wird Konsequenzen haben!“, er fuhr herum, „Für Sie alle!“
Auf ein Nicken Hannes' nahmen Kummer und Peters den Offizier an den Armen und drückten ihn mit nicht sehr sanfter Gewalt in Richtung ihrer Fahrzeuge.
„Lasst los, das ist Meuterei! Ich bin Hauptmann! Und Schluchtenscheißer haben mir schon dreimal nichts zu befehlen!“
Feller nickte: „Schön, und jetzt los. Noch ein Wort oder eine falsche Bewegung und ich lasse Sie in Handschellen legen. Meine Jungs würden sich über einen Grund vielleicht sogar freuen.“
Dieser Hinweis genügte Grabowski, ab jetzt folgte er still den Anweisungen. Erst beim Eintreten in das Generalszimmer schob Peters ihn kräftiger an. Burgmann entließ seine Männer. Was jetzt kam, war Aufgabe der beiden Kriminaler.
Felicitas hörte den entfernten Wortwechsel kaum, daher durfte die Auseinandersetzung von Frau Grabowski nicht zu hören sein. Sie drückte energisch die Klingel, energischer als ihr zumute war. Die Situation ähnelte dem Überbringen einer Todesnachricht. Storrs Magen zwickte leicht. Verstört sah Felicitas die ihr öffnende Ehefrau des Hauptmanns an: Die war ja mindestens im achten Monat! Am liebsten wäre sie umgekehrt, doch zu spät!
„Ja, hallo Felicitas! Schön, dass Du wieder mal vorbeikommst. Oder ist es dienstlich, so im vollen Kostüm.

Setz' Dich doch, Holger dreht gerade seine Runde. Es ist doch nichts passiert?“

Die beiden Frauen setzten sich an den vorbereiteten Tisch. Unbehaglich rutschte die Frau Oberstleutnant auf ihrem Stuhl herum, deutlich war ihr anzusehen, es war kein freundschaftlicher Besuch.

„Margot, wie lange seid Ihr verheiratet?“

„Sieben Jahre, Ihr zwei habt doch nicht?“, versuchte die Frau zu scherzen. Es klang jedoch mehr unsicher als scherzhaft.

„Nein, wir haben kein Verhältnis. Verdammt, warum muss ich es Dir gerade sagen. Margot: Holger wird nicht mehr zurückkommen, nein, er ist gesund. Scheiße, wie soll ich es sagen? Holger hat Mist gebaut, sehr großen Mist! Meine Leute haben ihn gerade abgeholt. Die Kripo wird in wenigen Minuten hier sein.“

Starr saß Margot Grabowski ihr gegenüber. Kein Muskel zuckte, nur ihre Lippen formten lautlos Worte.

„Margot, Holger steht unter Verdacht, Kinderpornographie zu besitzen, vielleicht selbst solche Aufnahmen gemacht zu haben!“

In diesem Moment kam ein durchdringender Schrei aus dem Mund Frau Grabowskis. Langsam kehrte die Starre wieder zurück. Es läutete, Felicitas öffnete den angekündigten Kriminalbeamten.

Bei ihrer Rückkehr saß Margot unverändert an ihrem Platz: „Kannst Du bei meiner Mutter anrufen, sag' ihr, dass die Kinder noch ein paar Tage bei ihr bleiben müssen. Nummer steht an der Pinnwand neben dem Telefon. Erfinde irgendetwas, nur nicht die Wahrheit, bitte!“

„Soll ich einen Arzt holen?“

„Nicht nötig, kann ich bei Dir eine Aussage machen?“

„Tut mir leid, ab jetzt ist die normale Polizei zuständig. Aber ich sorg' für eine erfahrene Beamtin, die Deine Aussage nachher aufnimmt. Es stimmt also?“

„Ja, und es ist noch viel schlimmer. Wie konnte ich nur so lange auf heile Familie machen? Felicitas, warum?“

„Ich weiß es auch nicht, ich weiß nicht mal, wie ich an Deiner Stelle gehandelt hätt'.“

Storr holte ein Taschentuch hervor und reichte es weiter. Erleichtert sah sie, wie die Frau anfing zu weinen. Das war in diesem Moment sicher das Beste, es schwemmte viel aus dem Kopf.

„Frau Grabowski?“

Felicitas wies auf die Frau.

„Psychologischer Dienst, darf ich?“

Natürlich, Storr war heilfroh entlastet zu werden. Sie nahm noch kurz mit dem Leiter der Polizisten Kontakt auf und flüchtete danach förmlich aus dem Haus.

Zu Hause saß Hannes bereits im Wohnzimmer, er hielt ihr ein Bier in der einen und eine Tasse Tee in der anderen Hand hin.

„Danke, Du bist ein Schatz. Zuerst den Tee bitte. Und dann das erste Bier!“

Fahrig suchte sie die Tarnjacke nach Zigaretten ab, wortlos griff Feller in ihre Hemdtasche und hielt ihr die Packung hin. An diesem Abend zappte Hannes freiwillig auf eine Schnulze.

So ein Überschuss an Zuvorkommenheit war Felicitas dann doch zu viel: „Hör' auf, Du bist nicht meine Mutter. Jetzt hol' I des zweite Bier und dann gibt 's Action und Schluss mit Schmalz!“

Sieben Tage Regen, nein, Unwetter stand in Burgmanns Gesicht geschrieben. Seit bald fünfzig Jahren kannte sie ihren Göttergatten, so grantig war er schon lange nicht mehr heimgekommen. Irgendein Vorfall hatte ihn persönlich getroffen, tief getroffen. Sie stellte ein Stamperl Kirschwasser vor ihn: „Eines, was ist passiert?“

Dienstliches durfte er eigentlich nicht erzählen, aber wem anderen konnte er sein Herz ausschütten? Burgmann fing wie immer mit dem Hinweis an: „Behalt' des aber ja für Dich."

Sein Bericht schleppte sich dahin. Für den General schien eine Welt zusammengebrochen zu sein. Einer seiner Leute! Dazu in eine solche perverse Sauerei verwickelt! Heike Burgmann verstand ihren Mann, schließlich stand er als Vorgesetzter für diesen Abschaum letztendlich gerade.

„Die arm' Frau und die Kinder! So ein Misthund!"

Heike war erschüttert, dabei hatte sie den Hauptmann doch als so korrekt und ordentlich kennen gelernt. Frau Burgmann stellte sich selbst die Frage, ob sie wie Frau Grabowski so lange zugesehen und geschwiegen hätte. Weder 'Ja' noch 'Nein' antwortete sie sich. Von außen konnte jeder leicht daher schwätzen, aber wenn es einen direkt betraf?

Sonntags beim Frühstück war der General wieder der Alte, Hauptthema seine in anderthalb Jahren kommende Pensionierung. Seine Frau wusste längst, dass ihr Mann einen Riesenbammel davor hatte. Auch sie sah bange auf diesen Termin, in ihrem Umfeld hatte das Ende des Berufslebens oft verheerende Auswirkungen in den Familien gehabt. Nicht selten folgte eine Scheidung, dazu durfte es bei ihnen nicht kommen. Nach vierzig Ehejahren! Nein, so einen Schmarren brauchten Burgmanns wirklich nicht. Würde halt das Haus verkauft und Reisen gemacht werden.

Striebeck fuhr die Strecke nach Kopenhagen in einem Stück. Nur auf der Fehmarnfähre verließ er sein Fahrzeug. Noch dürfte er nicht gesucht werden, noch konnte der abtrünnige BKA-Mann sich frei bewegen. Ihm war klar, das dürfte sich in den nächsten Tagen ändern. Die Burgmanns und Graefes dieser Welt waren alles, nur nicht dumm. Lange würde die Ausrede mit seinem Urlaub nicht ziehen, dann würde die Gegenseite losschlagen!

Zuerst brauchte er eine Unterkunft, eine kleine, zweitklassige Pension oder ein Motel ohne Rezeption. Erfahrung und Vorbereitung zählten jetzt, Striebeck hatte sich längst auf den Tag eingerichtet an dem seine Tarnung auffliegen würde.

Die Gründe, weshalb seine Wahl dabei auf Skandinavien gefallen war, wusste der Mann genau: Dünn besiedelt und lange Grenzen. Auf der schwedischen Seite der Öresundbrücke rauf nach Lappland und dann über die Finnisch-Russische Grenze bei alten Genossen vom KGB verschwinden.

Doch erst würde dieser Mahler aufgegriffen werden. Kam er mit, in Ordnung. Weigerte der Idiot sich, würde er sich nie mehr weigern können.

Wie bereits geplant nahm er die Pension am Stadtrand, nahe der Brücke. Sein Zimmer sah sicher schon bessere Tage, genau das richtige Objekt! Der Mann prüfte seine Pistole, eine Kugel hielt er immer in Reserve. Lebendig durften seine früheren Kollegen ihn nicht bekommen. Keiner schwieg bei den passenden Verhörmethoden, auch ein Erich Striebeck nicht, und 'Rosa' durfte um keinen Preis der Welt enttarnt werden. Ohne ihren Kopf und die Möglichkeiten Rosas wäre ihr Ziel nie zu erreichen.

In der Klinik kämpften die Ärzte immer noch um Keitzigs Leben. Seine Verletzung erwies sich als viel schwerer als zu Beginn angenommen. Immer wieder sanken seine Vitalfunktionen auf null, am Sonntag traten neue Blutungen im Schusskanal auf. Notoperation, erneut Not-OP. Oberarzt Dr. Gloss rief die Nummer in Berlin an, nur der Anrufbeantworter. Einziger Angehöriger auf der Aufnahmeanzeige war dieser General! Auch die Polizisten wussten nicht Bescheid. Sonntags könnte höchstens eine Notbereitschaft da sein, vielleicht probiere er es einmal. Verzweifelt suchte er die

Nummer des Ministeriums. Da! Dr. Gloss setzte an Stelle der Durchwahl eine Eins und es klappte.

„BMVg, Vermittlung! Guten Tag."

Schwallartig trug der Arzt seinen Wunsch vor. Vom anderen Ende der Leitung kam eine Entschuldigung, aber der Herr General sei nicht erreichbar. Man könne aber die Stellvertreterin von General Burgmann informieren, sie riefe dann umgehend zurück.

„Ja. Danke, sagen Sie bitte, es eilt!"

Rauchverbot, was interessierte ihn, Oberarzt Gloss, ein Rauchverbot. Das hier war schließlich sein Büro. Hustend hob er den Hörer: „Oberarzt Dr. Gloss!"

„Guten Tag Herr Oberarzt. Oberstleutnant Storr. Ich wurde benachrichtigt, ich soll Sie sofort zurückrufen?"

Diese Knutscherin war tatsächlich die Stellvertreterin eines Generals, empörend!

„Guten Tag, Frau Storr. Es geht um Ihren Kameraden. Leider sieht es sehr, sehr schlecht aus. Wir mussten bereits zweimal nachoperieren. Meine Bitte: Gibt es eine Patientenverfügung von Herrn Keitzig? Oder Angehörige?"

„Alle Angehörigen unserer Einheit haben so eine Verfügung, ich faxe Keitzigs Formular gleich durch. Seine Eltern leben bei Göttingen. Ich werde dort sofort jemanden vorbei schicken. Herr Doktor Gloss, wenn es Ihnen recht ist, komme ich mit seinen Kameraden bis Mittag selbst vorbei?"

„Ja, natürlich. Ich befürchte nämlich, der Patient wird die nächsten 48 Stunden nicht überleben. Also, bis bald, Frau Oberstleutnant!"

„Danke. Ja, bis dann!"

Ende des Gespräches, Felicitas rieb sich mit den Fingern die Augen. Eltern benachrichtigen, wen sollte sie damit beauftragen?

Am ehesten Müller, der und Keitzig kannten sich am längsten und besten. Rasch tippte sie sich durch ihr Handy. Beinahe hätte Felicitas beendet, da meldete sich ein verschlafen klingender Müller. Wie seine Chefin vermutete, kannte er bereits die Eltern. Es war selbstverständlich, dass Müller gleich nach Göttingen fahren würde. Einfachheitshalber wollte der Soldat gleich bis Montag in Bremen auf den Rest der Truppe warten.

„Keitzig?“, rief Hannes aus dem Bad.

„Ja, Müller fährt zu den Eltern.“

„Und wir?“

„Morgen, bis Mittag hab' ich uns beim Sittenwächter angekündigt!“

Hannes machte einen Rundruf um Kummer, Peters und Samonov vorzubereiten. Grinsend warf er sich neben ihr auf das Sofa: „Der gute Maik sollte langsam einen Schwedischkurs machen. Sonst versteht er net mal, wenn sei' Flammen ihm sagt: Nachwuchs kimmt!“

„Pass lieber auf, dass mi' dann verstehst!“

Ein Irrenhaus, Plank rotierte im Büro herum. Zuerst die fast komplette Storrgruppe, dann die beiden 'EDV-Fachmänner' und jetzt noch die Baum. Und sie alle hatten es furchtbar dringend, dabei war Burgmann noch gar nicht da! Das Protokoll der Vernehmung Grabowskis lag auch immer noch auf seinem Schreibtisch. Solange Hinz und Kunz in seinem Heiligtum herum hüpften, durfte er es nicht eingeben. Ging ja nicht jeden dahergelaufenen Knaller etwas an.

„Morgen alle zusammen, Grabowsky! Sie und Krammer sofort mitkommen! Plank, Kaffee und der Rest? Frau Baum, dann, wenn ich es Ihnen sage, die Storrbande!“, donnerte die Stimme des Generals, wie er im gewohnt eiligen Schritt das Vorzimmer durchquerte.

Krammer und Grabowsky sahen sich überrascht an, lief besser als erwartet. Noch gingen die beiden Soldaten hoch erhobenen Hauptes hinter dem General in dessen Büro.

„Plank, machen Sie sofort den Kasten aus!"

Wie hatte der Alte das wieder gemerkt? Der Feldwebel dreht rasch die Gegensprechanlage aus. Ihrer aller Oberchef brauchte keine technischen Hilfen. Deutlich konnten die Anwesenden jedes Wort des Generals durch die schallgedämpfte Türe hören. Nur ihn, die beiden Männer kamen überhaupt nicht zu Wort. Knapp eine Viertelstunde dauerte Burgmanns Monolog, dann schlichen Grabowski und Krammer sehr klein heraus. Die Kameraden blickten zu Boden, als hätte der Anfall des Generals ihnen selbst gegolten, nur Storr und Feller gefiel die Sache anscheinend.

„Eins-Zwei-Drei!", mit den Fingern zählte die Oberstleutnantin in Richtung der Anlage.

Und: „Plank, sag'n S' den Kasperln: Sobald die Kleine da ist, möchte ich eine saubere Anforderungsliste, was 'Datenklau aller Art – Grabowsky und Partner' no' für Zeugs brauchen!"

Mit einem Schlag wirkten die 'Kasperl' wie ausgewechselt, freudestrahlend verschwanden sie. Der Bürofeldwebel winkte nun Oberleutnant Baum hinein. Sie kaute immer noch an dem Anpfiff ihrer beiden Vorgänger. Ihre Nachrichten würden Burgmann sicher auch nicht erheitern.

Die eine Türe schloss sich, die andere öffnete sich. Oberstabsarzt Mayr und sein Team kamen zum Dienstantritt! Genervt brummte Plank eine Art Vorstellung der Anwesenden. Wo Platz sei, könnten sich die Neuen setzen, es würde dauern. Frustrierend war das alles, der Feldwebel sehnte sich nach den guten alten und vor allem ruhigeren Zeiten.

„Herr Plank, wir müssen bald los. Ich hab' dem Doktor in Bremen für Mittag zugesagt!", erinnerte Felicitas an den nächsten Termin.

„Tut ma ja leed, Frau Oberstleutnant, aba' Sie kennen det ja."

Endlich, General Burgmann rief Gruppe Sierra-Tango zu sich. Sein 'Vorzimmer' huschte an denen vorbei, um die Ankunft des Oberstabsarztes Mayr zu melden.

„Herr Oberstabsarzt, S'e soll'n nu' jleich mit rinne! Nee, nur Herr Oberstabsarzt alleene!"

Entspannt lud der General die Eintretenden ein, Platz zu nehmen. Sorgfältig legte er den Bericht seiner hauseigenen Spurensicherung auf den Tisch. Baum und ihre Gruppe hatten gute Arbeit geleistet, das Ergebnis erschien dagegen weniger gut. Der unbekannte Bote lebte schon lange auf der Straße, aber nicht in Deutschland.

Sie erklärte warum: „Seine Unterwäsche, sofern man von Wäsche sprechen kann, ist osteuropäischer Herkunft", ohne Pause, fast ohne Atem zu holen, ratterte Baum ihren Bericht herunter: „Die einzige noch existente Zahnbehandlung deutet auf Großbritannien hin. An Bargeld hatte der Tote einen Zehneuroschein, eine Banknote im Wert von rund fünf Euro aus Norwegen und Hartgeld, 4 Euro und 87 Cent. Euros, Kronen norwegischer und schwedischer Herkunft. Er hatte keinerlei Ausweispapiere bei sich. Nur eine Fotografie, etwas älter. Gestorben ist der Mann an einem Cocktail aus drei Giftsorten, alle drei in jeder beliebigen Apotheke zu bekommen. Einzeln, sicher nicht zusammen. Die Wirkung tritt rund zwei Stunden nach Verabreichung ein. Zuerst versagt dabei das Nervensystem, daraus folgt Atemstillstand und zuletzt verblutet das Opfer auch noch innerlich. Und niemand kann es stoppen, sobald auch nur eine der Reaktionen eintritt."

Endlich unterbrach Baum, sie wartete auf Nachfragen. Doch Burgmann wollte zuerst den Rest hören, so fuhr sie fort: „Aber bei der Aufnahme waren wir erfolgreicher. Die Kassette wurde vor rund neun Jahren vom Markt genommen. Die einzige Kamera, zu der diese Art Kassette passt, ist ein polnisches Produkt. Ein auffallend gutes Produkt, nur für kommunistische Kader oder Polizeieinheiten gedacht. Eingestellt 1988, es dürfte davon kein Dutzend mehr vorhanden sein. Um Ihren Fragen vorzugreifen, zu uns in den Westen kamen kaum

Exemplare. Höchstens Geschenke an Angehöriger extrem linker Gruppierungen. Und hier wurden wir fündig: Eines dieser Kameramodelle muss in den Asservatenkellern beim BND oder BKA liegen. Das Gerät wurde '95 von einer Splittergruppe zur Ausspähung benutzt. Als die Zelle aufflog, wurde auch die Kamera beschlagnahmt!“

Eine Menge fand Burgmann, die Baum und ihre Leute da ans Tageslicht brachten. Feller bat um das Foto, er drehte es mehrmals, betrachtete das Bild mit merkwürdig verdrehtem Kopf, dann sagte er nur: „Sandvart braucht dieses Ding.“

Er reichte das alte Foto weiter, mit der Aufforderung, es sich ganz genau anzusehen. Niemandem fiel etwas auf, bis Kummer auf einen Punkt im Hintergrund zeigte: „Schwach zu sehen, aber die Fahne neben dem Gebäude hinten links. Meinste die?“

Hannes nickte. Oberleutnant Baum schüttelte leicht den Kopf, sie hatte diesen Punkt mehrmals vergrößern lassen, erkennbar war die Flagge, auf der Kummers Finger lag, nicht. Die Landschaft erschien sicher mehr nordeuropäisch zu sein, aber so genau konnte man da doch keine bestimmte Gegend festlegen! Andererseits, vielleicht erkannte dieser Sandvart tatsächlich mehr.

Der General fragte sich laut, was das brächte. Felicitas erklärte ihm den Gedankengang ihres 'Mannes': „Vielleicht suchten Tomaschek oder einer der anderen Anarchos jemanden aus, der kaum Deutsch spricht. Wir wissen, Mahler beherrscht Dänisch und auch Schwedisch. Er kannte den Mann eventuell sogar. Es ist nur eine Vermutung, aber bisher lagen doch alle unsere Vermutungen nahe an der Wahrheit!“

Sie unterbrach kurz, sprach dann Kummer an: „Ist Ihre Schwedin noch da?“

„Ja, aber woher wissen Sie das?“, er sah zu Hannes. „Ach so! Leutnant hört mit!“

Übereinstimmend schickten sie den Hauptfeldwebel los, seine Freundin umgehend her zu bringen. In der Zwischenzeit fragte der General den San-Offizier, ob er immer noch zu seinem Verein wolle. Doch Mayr war restlos begeistert, hier konnte er mehr als Mobilat und Aspirin verschreiben. Pathologie, natürlich, gerne! Damit wies Burgmann den Oberstabsarzt zur Hälfte in Baums Trupp, die andere Hälfte seines Dienstes wird er die Einsatzgruppen unterstützen. Die Sanis, die Mayr mitgebracht hatte, wurden einfachheitshalber gleich mit verteilt.

Sein San-Feld, Frau Schulze, käme zur Gruppe Storr und der Obergefreite würde neben seiner Haupttätigkeit für Mayr der Schmidtgruppe als Sani zugeteilt.

„Frau Oberstleutnant, wenn Ihr nach Bremen wollt, um halb Elf geht mein Hubi, ich möchte bei der Befragung von Hansen dabei sein. Danach komm' I auch noch zu Keitzig. Ihr müsst halt ein wenig zusammenrücken. Und Feldwebel Schulze nehmen wir auch gleich mit. Sie soll ihre neuen Kameraden ruhig bei so einem traurigen Unternehmen kennen lernen, dann is' sie abgehärtet", entschied Burgmann.

Galant hielt Kummer seiner Schwedin die Tür auf. Nicht weniger Kavalier glitt Burgmann der Frau förmlich entgegen. Feller und die Landser grinsten mehr als breit, ihr General ein Pfau! Felicitas flüsterte ihrer Kameradin etwas zu, worauf Baum sich verschluckte.

Der General erinnerte sich vage an das Mädchen, in Zivilkleidern sehen die Menschen nun mal anders als in Uniform aus: „Grüß Gott, Frau Mällon. Schön, dass Sie Zeit für uns fanden!"

„Maik hat mir schon ein bisschen erzählt. Kann ich das Foto sehen, bitte!"

Baum reichte es ihr. Lange studierte das Mädchen die Aufnahme: „Südliches Schweden, Nordschonen oder Blekinge. Ich komm selber aus Christianstad, der Hintergrund des Bildes kommt mir auch bekannt vor, mir fällt leider nicht ein, wo es genau sein könnte. Entschuldigen Sie vielmals, dass ich Ihnen nicht weiterhelfen kann."

„Oh, keine Ursache. Sie haben uns bereits sehr geholfen. Ich danke Ihnen herzlich!", überschwänglich dankte der General.

Peters wisperte zu Samonov: „Fehlt nur noch ein Handkuss.".

Burgmanns Hirn arbeitete auf Hochtouren, da kam ihm die Erleuchtung! „Liebe Frau Mällon, sind Sie eigentlich in Herrn Sandvarts Abteilung?"

„Ja, sicher?!"

Diese Antwort passte genau in seine Planung. Könnte sie, wenn es ihr passen würde, als Görans Vertretung quasi an der Besprechung teilnehmen? Stumm sah sie den General an, deutlich stand ihr die Verblüffung ins Gesicht geschrieben.

„Aber gerne! Herr General!", im Gegensatz zu ihren Worten durchbohrte ihr Blick den armen Kummer. Eine feine Sache hatte der ihr eingebrockt.

Ihre Besprechung dauerte nur noch Minuten. Zum Schluss bat Burgmann Kummers Freundin darum, einen Abzug der Aufnahme mit nach Stockholm zu nehmen. Falls ihr noch etwas auffiel oder Sandvart den Aufnahmeort ermitteln konnte, bitte er um Rückruf. Ansonsten wünschte er Frau Mällon noch eine schöne Zeit in Berlin und schöne Grüße an Göran. Leider müsse Kummer für ein paar Stunden weg, doch am Abend wäre er wieder zurück.

Triebwerke heulten auf, Rotorblätter durchschnitten die Luft. In kurzer Zeit würden sie vor dem Bremer Krankenhaus landen. Keine fünf Minuten später stand die Maschine auf festem Boden. Geduckt ging Burgmann seinen Leuten voraus, Müller stand Männchen und rasselte seine Meldung herunter.

„Gut, Ihr geht erst mal zu Keitzig und ich treffe mich mit Wolfgang. Wenn wir bei Hansen fertig sind, komme ich auch noch nach."

Kurz vor dem Eingang blieb Burgmann stehen, Felicitas stolperte beinahe in ihn: „Peters, setzen Sie das Ding schon auf, I hab 's do' längst g'seh'n. Vor net so langer Zeit waren S' heilfroh von Ihrem Alpenverein weg z‘ kommen. Kaum kommt einer mit no' so'm Mützerl mit Blümerl, dann spinnts Ihr Kraxler alle!“

Verlegen zog der StUffz seine nagelneue Bergmütze aus dem Koppel und setzte das graue Käppi verwegen auf seinen Schädel.

„Schön, dann is' der Leutnant wenigstens net so einsam!“, kommentierte Burgmann ein letztes Mal.

Storr führte ihre Männer und den neuen weiblichen Aspekt der Gruppe ST zur Intensivstation. Doktor Gloss erwartete sie und die Kameraden Keitzigs bereits. Es stand schlecht um den Oberfeld, eine Frage von Stunden.

„Gerade sind seine Eltern bei ihm. Danke noch für Ihr FAX. Ihr Kamerad wollte also keine künstliche Erhaltung seines Lebens. Diesen Wunsch werden wir respektieren, sollte bis morgen Vormittag keine Besserung erkennbar sein. Aber bis dahin, befürchte ich, wird Herr Keitzig nicht mehr leben. Wenn die Eltern fertig sind, lassen Sie mich bitte zuerst nach dem Patienten sehen. Danach können Sie dann rein. Frau Oberstleutnant, Herr Leutnant, meine Dame, meine Herren, bis dann! Ach, Kaffee gibt es hier um die Ecke und Raucherbereich ist vor dem Eingang.“

„Wie war's?“, erkundigte sich Felicitas bei Müller.

„Mit Verlaub, Frau Oberstleutnant, Scheiße. Er ist ihr einziger, der letzte Keitzig. Der Alte spielt den harten Knochen, aber Mutter Keitzig is' voll durch den Wind! Drüben, im Wohnheim, hat der Oberarzt ihnen ein Zimmer geben lassen, netter Zug. Nochmal mach' ich das nicht, sorry, einmal reicht.“

„Ist schon in Ordnung, Müller.“

Der Versuch Kummers, seinen Kameraden aufzurichten, ging daneben: „Und, warste schon Röntgen?“

„Nee, Mann! War eh nich' mein Typ. Ach, fi..! Tut mir leid, vor Damen stopp ich man lieber.“

Hannes und Samonov besorgten den üblichen Kaffee, im Zehn-Minutentakt verschwanden immer ein Teil zum Rauchen. Selbst bei ihrer neuen Kameradin zeigte sich Nervosität. Wenn einer aus der eigenen Truppe auf der Schwelle zwischen Leben und Tod stand berührte es einfach tiefer als sonst.

Schonend entlockten Graefe, Burgmann und der ihnen bereits bekannte Staatsanwalt Conni Hansen so viele Informationen wie möglich. Im Grunde bestätigte die Aussage der Beamtin nur das bereits Bekannte. Außer wenn das Gespräch auf Einzelheiten ihrer Entführung und der Zeit in dem Verschlag kam, hier unterbrachen Weinkrämpfe oft Connis Aussagen. Der Staatsanwalt schloss dann auch ziemlich schnell die Befragung, es reichte. Mehr durfte man von ihr nicht verlangen.

„Das arme Mädchen!“

Nickend gab der General Wolfgang Graefe Recht: „Für mich geht es gleich weiter, meinem Oberfeldwebel soll es verdammt schlecht gehen. Kein angenehmer Tag!“

„Nein, wirklich nicht. Kann ich mitkommen?“

„Sicher. Habt Ihr noch was gefunden?“

„Darauf kannst Du wetten! Jede Menge Waffen, Chemikalien zum Giftmischen, eine alte polnische Videokamera und das Beste – die Handschuhspuren sind mit Spuren an der Kugel identisch. Der Schütze muss die Patrone mit den Handschuhen eingelegt haben. Auf jeden Fall fanden wir Spuren an der Kugel.“

„Diese Kamera, die würd' mich sakrisch interessieren! Die brauch' ich in Berlin, bei meiner Obertechnikerin! Geht des?“

Der Polizist verzog seinen Mund im Sinne von: Nein. Da hatte er einen Einfall: „Nicht direkt, aber da wir in alle Richtungen

ermitteln! Ich schicke das Ding vorbei, mein Mann nimmt es aber nach Eurer Untersuchung wieder mit. Okay?“
„Okay!“

Lange sinnierte Tom vor dem fleckigen Spiegel, abrasieren kam keinesfalls in Frage! Tom kraulte seine Kinnwolle, ihm war sein markanter Bart bewusst. Doch davon konnte sich der Flüchtling nicht trennen, egal wie hoch der Wiedererkennungseffekt war. Nur ein paar Häuserblocks weiter hatte sein Vater sein Büro.

Tom hatte schon längst den Gedanken verworfen, dort Hilfe zu bekommen. Sein Erzeuger betrieb eine gut gehende Bäckerei mit mehreren Dutzend Filialen. Ebenso ein Kapitalist und Ausbeuter wie die, gegen die sein Spross kämpfte. Nein, hier in Dänemark hielt ihn nichts. Weiter nach Norden, er zog die Papiere des Penners hervor. Mit ein wenig Geschick ließen sich da einige Angaben berichtigen.

Nur verstand Tom nichts davon, trotzdem versuchte er, das Geburtsdatum anzupassen. 1951 in 1981 retuschieren ging leicht, wenn bei einer Kontrolle nicht zu genau gearbeitet wurde. Das Bild stellte dafür eine Herausforderung dar.

Sein Gastgeber, ein Angehöriger der winzigen dänischen Zelle, entriss ihm den Pass. So ginge das nicht, Tom sollte warten bis Matty käme. Die zweite Hälfte der Sektion Dänemark war aufs Land zu seinen Alten gefahren, Geld organisieren, doch vom Passfälschen verstand der zweite Däne genug.

„He Mann, entspann' Dich! Bei uns bist Du sicher, die Scheißbullen wissen nicht mal, dass es uns noch gibt. Öde, aber 'Rosa' meint, als sicherer Stützpunkt sind wir wichtiger.“

Die Hauptstadt Dänemarks entwickelte sich förmlich zur Fluchtburg der Deutschen. Der BKA-Abtrünnige prüfte zufrieden sein Werk. Blondes Haar sprießte auf seinem

Haupt, seine Augen waren von braun in grün mutiert und die Kassenbrille veränderte ihn endgültig. Kein Fehler! Die dunklen Augenbrauen passten nicht, er färbte auch dort. Perfekter hätte es ein Maskenbildner nicht machen können. Sein Gepäck würde er zurücklassen, ebenso seinen Wagen.

Ein Blick auf die Uhr zeigte ihm, erfahrungsgemäß würde gleich der Pensionsinhaber mit der Reinigung der Zimmer beginnen. Damit hatte Striebeck freie Bahn, um die Pension ungesehen verlassen zu können. Seine Hoffnung, über den Vater an Tom Mahler zu kommen, hatte sich rasch zerschlagen. Hier dürfte der Bärtige sicher nicht auftauchen, sein Alter hätte ihn wahrscheinlich sofort der Polizei ausgeliefert. Es wurde Zeit, dass Striebeck an seine Flucht dachte, am Bahnhof kontrollierten bereits Polizeistreifen. Auch wenn es nicht ihm galt, damit schien dem Flüchtigen eine Fahrt mit dem Zug zu riskant. Ein Mietwagen dürfte der einfachste Weg sein. Für ausreichend falsche Papiere und Kreditkarten hatte Striebeck lange vorher gesorgt. Eine Möglichkeit, diesen Mahler zu finden, bestand doch noch!

Diese Clowns, die sich Kopenhagener Zelle nannten, er kannte die Dänen von einem früheren Unternehmen. Zurzeit hatte 'Rosa' sie in den Ruhestand versetzt, unauffällig sollten die Dänen Flüchtige weiter schleusen oder verstecken. Überrascht war der Ex-Polizist nicht, als er Tom dort bereits vorfand. Der Junge wollte auch nach Norden verschwinden. Heilfroh, sich dem erfahrenen Spurenverwischer anschließen zu können, willigte er in dessen Vorschlag ohne großes Nachdenken ein.

Die beiden Dänen kannten einen Spediteur, der ihnen gelegentlich geholfen hatte. Der würde Tom bis kurz nach Malmö mitnehmen. Von dort aus würden Striebeck und Mahler gemeinsam weiter Richtung Lappland fahren. Bis Umea durften sie nicht auffallen, ab da galt es nur noch

Kilometer zu fressen. Dort oben gab es viele tausend Schleichwege, die oft monatelang kein Mensch benutzte.
„In Russland sind wir sicher, unsere Genossen kontrollieren noch immer große Teile des Landes und der Polizei. Wenn diese Imperialisten uns von dort holen wollen, gibt es Krieg!“, munterte der Ex-Polizist seinen zukünftigen Begleiter auf.

Trübsinnig wie die Gedanken von Keitzigs Kameraden sah der Himmel aus, Petrus hatte das passende Wetter zu ihrer Stimmung parat. Einzig gute Nachricht war, es ging Conni besser. Doch das wog gering. Die meisten kannten die Hansen ja nicht wirklich. Der Einzige, der nach der Landung sofort nach Hause durfte, war Kummer, der Rest bekam von Storr noch Aufgaben für die nächsten Tage zugeteilt.
Feller dufte mit Kummer und Peters Akten durchwühlen. Akten, die mit Mahler und Konsorten zu tun hatten. Peters und Samonov sollten sich unauffällig in Striebecks privatem Umfeld auf Spurensuche begeben. Ihre Chefin selbst würde mit ihrer neuen Kameradin die Telefonlisten vergleichen.
“Welche Telefonlisten? Woher hast denn Du so schnell Telefonlisten? Die Jungs registrierten das gar nicht, glaub' I! Aber Dein Dir treu ergebener Ritter dachte dabei 'Woher'?“, wollte Hannes wissen.
„Gib mir z'erst die Streichwurst. Danke! So, Du willst wissen woher? Vom BKA.“
„BKA?“, misstrauisch blickte Hannes seine Partnerin an, die waren doch zu meiden wie die Pest!
„BKA, Du hast scho' verstanden. Ja glaubst Du denn, Christian hat nur diese lahme Mütze Gerold dort sitzen? Na, da gibt 's scho' no' andere Verbindungen.“
Kein schöner Tag lag hinter ihnen, anstrengende Bürotage standen vor Felicitas und Hannes, kein Wunder, dass lang vor zehn Uhr am Abend Ruhe im Hause Storr und Feller herrschte. Nicht viel anders sah es bei den anderen

Angehörigen der Gruppe Sierra-Tango aus. Nur bei Kummer klang es nicht nach Ruhe. Hilflos musste Maik die Szene, die seine Freundin ihm machte, hinnehmen. Sie war immer noch sauer, weil er sie beim General in etwas hineingezogen hatte, womit sie gar nichts, rein gar nichts, zu tun habe. Und überhaupt, dann noch verschwinden! Ohne den General hätte sie nicht einmal gewusst, dass er wegfuhr! Kühle Nordländer, von wegen. Nach diesem Abend brauchte Maik Kummer damit keiner mehr kommen!

Dienstag, kurz vor Acht-Null-Null, schob Feller den von Plank erhaltenen ersten Schwung Akten in ihr winziges Büro. Aufstöhnend sahen seine beiden Mitarbeiter den Papierberg.

„Keine Angst, laut Plank ist das erst ein Viertel. Jeder nimmt sich für heut' zehne vor. Maik, hol' bitte noch Klebmarker, damit zeigt Ihr jede Stelle, die für uns interessant sein könnte, an."

Den Rest des Vormittages brüteten sie über den Berichten. Irgendwann nahm Peters eine Seite aus einem der Pappordner: „Hier, Mahler scheint viele Jahre seiner Jugend in Dänemark und Südschweden verbracht zu haben. Wir wissen zwar, wo sein Vater in Kopenhagen wohnt, aber hört weiter zu: Alfons Otterdag besitzt ausgedehnte Besitzungen in ganz Skandinavien. Scheint mit 'nem goldenen Löffel geboren zu sein, unser lieber 'Otto'!"

Ein erster ernst zu nehmender Anhaltspunkt. Akribisch ackerten die drei Soldaten Seite für Seite weiter durch. Am Abend des ersten Tages war mehr als die Hälfte des Aktenstapels gesichtet und markiert. Müde rieb sich Hannes die Augen, am nächsten Tag ging es sicher in gleicher Weise weiter. Feierabend, Zeit für ein gemeinsames Bier.

Peters fragte bei Feller nach, ob ihm dieser Teil ihrer Arbeit auch so gefiel. Der winkte ab, natürlich war der Außeneinsatz in seiner Art spannender, doch Kopfermittlungen machten auch Spaß. Da durfte er denken, manchmal sogar um mehrere Ecken und keiner verbot ihm eigene Gedanken. Zustimmend nickten die Unteroffiziere, sie waren ja zur Burgmanntruppe gestoßen, weil hier eben kein Denkverbot bestand. Obwohl, Peters meinte, ein gut gelaufener Einsatz wäre ihm immer noch das Liebste. Maik verschwand zuerst, Hannes und der Allgäuer räumten grob auf, schlossen ab und jeder ging Richtung Heimat.

Der Informant des Generals beim BKA sandte eine komplette Aufstellung der Festnetz- wie der Mobiltelefonate Striebecks von Januar bis jetzt. Die Masse alleine erschlug die Feldjäger beinahe.

„Frau Oberstleutnant, nach was suchen wir denn genau?“, für Jenny Schulz war das alles Neuland.

„Nach allen Nummern, die aus der Reihe tanzen. Auslandsgespräche und vor allem alles, was dieser Striebeck nicht von Berlin aus erledigte. Oder mitten in der Nacht!“, erklärte Felicitas.

Bereits nach kurzer Zeit verschwammen immer wieder Zahlen auf dem Bildschirm, Storr ordnete eine halbe Stunde Pause an. Sie warf ihren Parka über, um eine Runde an der frischen Luft zu drehen.

Felicitas wollte das Angenehme dabei gleich mit dem Nützlichen verbinden. Bisher kannte sie ihr neues Schäfchen nur aus dem Personalakt, und der war nicht gerade sehr aussagekräftig: „Kommen Sie mit, Frau Schulze?“

Erfreut folgte die Neue der Einladung. Kalt war es geworden, bald würde der Winter Einzug halten.

Während ihres Spazierganges erfuhr Felicitas einiges über Feldwebel Schulze. Sie war eine der typischen Ossis beim Bund, ohne berufliche Perspektive in Mecklenburg blieb ihr am Ende nur die Armee. Mit der Zeit fand sie, es war keine schlechte Wahl gewesen. Gutes Gehalt, berufliche Weiterbildung in ihrem Beruf als Krankenschwester und was ihr sehr wichtig schien, nicht so eng und gewinnorientiert wie draußen. Die neuen Aufgaben in dieser Einheit sah Schulze als Chance ihr berufliches Spektrum zu erweitern. Vielleicht würde sie nach ihrer Dienstzeit darauf aufbauen können.

Ab jetzt machten die beiden Frauen alle zwei Stunden ihre Runde. Nummernkolonnen strengten genug an, ohne Pausen wären sie nicht lange bei der Sache geblieben.

Von innen steckte ein Schlüssel, Felicitas klingelte Sturm. Nichts! Noch einmal drückte sie den Knopf, endlich öffnete Hannes übervorsichtig.

„He, mein Held! Schläfst Du?“, und Felicitas schob ihn zur Seite.

„Nein, ich muss nur noch schnell meine wichtige geschäftliche Besprechung beenden!“, flugs war er verschwunden.

„Welche Besprechung, Schatz? - Okay, I hab' verstanden!“, das markante Spülgeräusch gab ihr ausreichend Antwort.

Laut rauschte die Spülung, das Geräusch von heftigem Händewaschen war hörbar. Aus der kleinen Küche roch es verführerisch nach Hähnchen und Pommes, auch frischer Salat stand bereit. Den hatte er wie immer selbst gemacht, wenn er nur seinen Knoblauch reduzieren würde. Schmeckte aber trotzdem, musste die arme Schulze halt eine Klammer aufsetzen.

„Dienstliches tabu?“, ihre Frage war wohl eher rhetorisch.“

„Tabu, was willst Du machen?“

„Am liebsten ins Bett, lesen und Dich dabei spüren. Okay?“

Ihre Pläne sprachen Hannes aus der Seele.

„Was liest Du denn da schon wieder?“, ohne ihre Lektüre zu verlassen, wollte sie ihre Neugierde schon befriedigt wissen.

„Einen Schwedenkrimi, von einer neuen Autorin, nicht schlecht.“

Schwedenkrimis hatte Felicitas in letzter Zeit live erlebt, da zog sie lieber die Biographie Rosa Luxemburgs vor. Hoffentlich würde seine geliebte Partnerin nicht ins gegnerische Lager wechseln!
„Brauchst Du net fürchten, aber vielleicht versteh' I dann diese heutigen Fanatiker besser. Weißt ja, aufklären, entscheiden, handeln! Bis dato erkunden mir ja immer no'."
Leichtere Kost hätte beiden besser getan. Keiner schaffte das erste Kapitel, ihre überanstrengten Augen schlossen sich bald.

Mittwoch war um keinen Deut besser wie der Vortag, mühselig arbeiteten sich die Frauen und Männer durch Listen und Berichte. Von Samonov und Müller kamen keine Nachrichten. Am Ende eines langen Tages hatten Feller und seine Leute die Akten durch.
Hannes entschloss sich, am Morgen alles Gefundene zusammen auszuwerten: „Peters, wir brauchen in der Früh' eine beschreibbare Magnettafel, können Sie das Zeug mitbringen?"
„Bring ich mit, Herr Leutnant!"
Auch Storr und ihre Gehilfin hatten die Telefonlisten zerlegt, sie wollten am nächsten Tag ebenfalls ihre Ergebnisse bewerten. Auf der Fahrt in ihre Wohnung meinte Feller, dass sie sich am Freitag versammeln sollten, um die Ergebnisse durchzusprechen.
„Ja, gute Idee! Vielleicht können wir dann Gongschlag Zwölf-Null-Null ins Wochenende, fährst mit?"
„Runter? Logisch!"
Sie rief von zu Hause bei Müller an, dauerbelegt. Zweiter Versuch, wieder belegt! Also Samonov, der ging dann auch tatsächlich an sein Handy. Nein, so richtig erfolgreich waren die beiden Soldaten bisher nicht gewesen, aber ein paar kleine Sachen hatten sie doch herausbekommen. Freitag,

halb Neun stünden er und Müller auf der Matte. Insgeheim freute sich auch der Unteroffizier auf pünktlichen Dienstschluss. Überstunden hatte die Truppe genug, ein langes Wochenende wäre nicht zu verachten.

Felicitas legte auf, da schellte das Telefon schon. Burgmann, um diese Zeit verhieß das nichts Gutes. Ihr Gefühl betrog sie nicht, bei Keitzig würden die lebenserhaltenden Apparate am nächsten Tag abgestellt werden. Der General flog morgen noch einmal hin.

Ihrer Frage, ob sie und die Jungs nicht mitkommen könnten, lehnte Burgmann kategorisch ab: „Na, Ihr könnt net mit. Ihr findets seinen Mörder! Des is' Eure Hauptaufgab'."

Und wenn der Oberfeldwebel stirbt? Für Burgmann stand es bereits fest, er rechnete schon nicht mehr mit einer Besserung. Frühestens Anfang nächster Woche wäre dann das Begräbnis, dazu müsste natürlich die ganze Truppe hin. Aber noch war es nicht so weit. Sie gab ihrem Chef einen kurzen Zwischenbericht.

„Einverstanden, am Freitag schau' ich kurz selber zu Euch. Und, Feli, Ihr habt bisher sauber gearbeitet. I denk, Dienstbeginn könnt am Montag ruhig erst um zum Mittag sein. Also, und sag deinem Hannes, dass es a Pfundsidee von uns war, ihn zum b'halten."

So viel Lob aus dem Mund des Generals war Balsam für ihre gestresste Seele und auch für Hannes. Als sie diese Anerkennung am nächsten Morgen ihren Leuten weitergab, strahlten auch die Soldaten. So direkt lobte Burgmann selten, seine Devise war meist: 'Nix g'sagt is' g'lobt genug'.

Fahndungsbilder, schön. Sein deutscher General hatte Sandvart Fotos und Computerdarstellungen der beiden Gesuchten zukommen lassen. Manchmal fragte Göran sich inzwischen, hatte Christian überhaupt eine Vorstellung von der Größe Schwedens und wie dünn bevölkert viele

Landstriche waren? Kaum, aber der Reichspolizist würde die Fahndung nach Striebeck und Mahler trotzdem einleiten. Diese Burgmannleute hatten bisher mit ihren Vermutungen immer nahe am Ziel gelegen, warum nicht auch hier.
Überrascht hatte ihn schon am Abend die Mällon. Kam direkt vom Flughafen ins Büro, nur um ihm persönlich ein altes Foto zu bringen. Ob ihm darauf etwas bekannt vorkommen würde! Ideen hatten die Deutschen, kannte er ganz Skandinavien? Das schien auf jeden Fall sicher, dieses Bild wurde im Norden Europas aufgenommen.
„Hej Göran!"
„Hejhej Britt!"
„Was hast Du denn das? Darf ich bitte sehen?"
Sie wusste schon von diesem ominösen Bild, vielleicht erkannte ja sie etwas. Ihr Chef reichte es ihr.
„Göran, da kann man ja nicht viel erkennen. Aber schau', hier diese leichte Hügelkette im Hintergrund. Eindeutig, da!", sie zeigte auf seinen Wandkalender.
Ungläubig sah Sandvart auf das Bild. Die gleiche Hügelkette, sogar aus derselben Perspektive aufgenommen! „Was steht drauf?"
Britt nahm den Kalender ab, 'Landschaften in Südschweden', doch die einzelnen Seiten trugen keine Hinweise.
„Bitte, ruf den Verlag an! Wir brauchen den Ort oder den Fotografen, sag, es eilt!"
Warum mussten diese Altkommunisten eigentlich immer sein Land behelligen? Die vergangenen Ereignisse reichten doch! Glücklicherweise hatte sein Minister die Vorkommnisse als schwedische Polizeiaktion in enger Zusammenarbeit mit deutschen Sicherheitskräften an die Presse und vor das Parlament gebracht. Nur eine Handvoll ganz Rechter und noch extremerer Linker fragten überhaupt nach. Und jetzt könnte die Schose wieder von vorne losgehen! Insgeheim hoffte er ein wenig, dass die Fahndung erfolglos blieb. Noch einmal so

eine Schießerei mit Beteiligung der Burgmannleute würde selbst der Minister nicht leicht decken können. Europa ohne Grenzen, ein Traum für Touristen, Kaufleute und Verbrecher, Alptraum für alle Polizeiorgane! In solchen Momenten sehnte Göran die alten Verhältnisse zurück. Aber nur manchmal.

Striebeck und Mahler hatten sich nördlich von Malmö wieder zusammengetan. Für den Geschmack des Ex-Polizisten war viel zu viel Polizei unterwegs, haarscharf waren sie durch zwei Kontrollen gekommen. Sie mussten erst einmal von der Bildfläche verschwinden, wenigstens für die nächste Zeit. Ewig konnten die Schweden ja auch nicht nach ihnen suchen.

Striebeck war sich sicher, die Fahndung nach ihm und diesen Tom lief hier bereits. Er stieß seinen Begleiter in die Seite: „Du hast was erzählt, dass Dein Alter hier eine Jagdhütte hat."

„Stimmt schon, hinter Almhult. Is' aber nich' seine, gehörte meiner dänischen Großmutter. He, nich' schlecht, weißte warum? Sicher nich'! Is' nämlich von meinem Alter dem seiner Mutter der Klan. Und die heißen immer noch nich' Otterdag sondern Andersen, da sucht uns sicher keiner. Fahr weiter, bei Almhult sag' ich Dir dann, wie es weitergeht!"

Der Überbringer des Videos kam auch von dort, das wusste er aber nicht. Der Pass wies nur auf Göteborg hin, nicht, dass der Mann den größten Teil seines Lebens in und um Almhult verbracht hatte. Mahler hatte den Firmenausweis für eine Kundenkarte gehalten und vernichtet, ohne ihn genau zu lesen.

Zweimal hatte Burgmann schon einen seiner Leute so verloren, jedes Mal traf es ihn schwer. Bei Keitzig spürte er die Last besonders. Am Ende war immer er es, der die Verantwortung trug. Spürbar kamen die stummen Vorwürfe der Eltern herüber. Aus deren Sicht verständlich, die Mutter wollte nie, dass ihr Einziger zum Bund ging. Seit sie von seiner Zugehörigkeit zu einer Sondertruppe erfahren hatte, konnte sie vor Angst oft nicht schlafen. Das stumme 'Warum' traf den General bis ins Mark. Einzig den Mörder ihres Sohnes zu finden, blieb ihm übrig. Es war das wenigste, was er und die Kameraden Keitzigs jetzt noch tun konnten.

Der Oberfeldwebel kam nicht mehr zu Bewusstsein, in den frühen Abendstunden verstarb er. Die letzten Minuten ging der General aus dem Sterbezimmer, hier störte er nur. Lange nachdem es vorüber war, stellte sich Keitzigs Vater neben Burgmann, seine anfängliche Selbstbeherrschung hatte tiefe Risse bekommen. Einer musste sich jedoch um die Formalitäten kümmern.

Mühsam kam seine Frage: „Bekommt mein Sohn ein anständiges Begräbnis?“, Vater Keitzig sprach ohne Tiefen und Höhen, nach außen wirkte er ruhig und gefasst.

„Selbstverständlich! Ich werde mich eigenhändig darum kümmern. Ich weiß, es kann für Sie in dieser Stunde kein Trost sein, aber Ihr Sohn starb, um andere Leben zu schützen. Wir werden Himmel und Hölle in Bewegung setzen, seinen Mörder zu finden. Mein Wort darauf, Herr Keitzig.“

Der Alte nickte abwesend, es war wirklich kein Trost, zumindest jedoch ein Versprechen. Und an das würde er Burgmann erinnern. Bis dieses Schwein, das ihren Sohn ermordet hatte, erledigt wurde.

Tot, Keitzig war tot. Die Nachricht belastete seine Kameraden und spornte sie zugleich an. Verbissen suchten die Frauen und Männer von Gruppe Sierra-Tango weiter nach Spuren. Jeder wollte nur noch eines: Striebeck und Mahler fassen. Im dunkelsten Winkel ihrer Köpfe hoffte jeder, die Verbrecher würden nicht überleben. Hinweise gab es zwar wie Sand am Meer, aber ebenso viele Spielarten.

„Dieser Mahler scheint über seinen Vater ziemlich oft im Süden Schwedens gewesen zu sein. Die Frage ist, hat er sich dort verkrochen oder ist er in eine ganz andere Richtung unterwegs?"

„Ich glaube nicht, dass 'Otto' in Richtung Süden oder so verschwunden ist. Kummer, Peters! Wenn Ihr Euch unsichtbar machen müsstet, dann doch sicher dort, wo Ihr nicht auffallt. Ihr müsst Land, Leute und Sprache kennen, um Euch unauffällig zu benehmen. Nur, wohin genau und ist da Ende? Es kann ja sein, er und dieses Verräterschwein sind zusammen."

Die Soldaten stimmten Feller zu. Kummer überdachte bereits den nächsten Schritt ihrer Gegner. Ewig konnte weder Mahler noch Striebeck in Skandinavien untertauchen. Wohin dann?

„Ich halte es fast für möglich, einer oder auch beide wollen zu ihren alten Genossen. Und wo sitzen noch genug Extremrote in sicheren Positionen? Ich tippe auf Russland!"

Ihr Leutnant schaltete sofort: „Die Grenze! Sie werden versuchen, über Lappland nach Finnland und dann Richtung Russland zu kommen! Ich geb' das gleich weiter. Wenn Burgmann noch nicht zurück ist, muss Frau Storr die Finnen um Unterstützung anklingeln. Und Göran verständige ich selbst! Prima, Jungs! Denkt daran, für morgen alles noch sauber aufzulisten. Ich wünsch' Euch was!"

Hastig stürmte Hannes los, nur um im Flur beinahe mit Felicitas zusammen zu stoßen.

„Hallo, wir haben da was! Ich wär' gleich zu Dir gekommen, Striebeck will nach Russland!", legte sie eilig los.

„Meine Lieblingsoberstleutnantin, deshalb bin ich da! Wir sehen das nämlich auch so. Lass erst mal sehen, was Ihr habt!"

Mehr als vierzig Handyrufe des Überläufers waren rot eingefasst, alle sind an eine einzige Festnetzverbindung nahe der russisch-finnischen Grenze gegangen.

„Einige merkwürdige Telefonate im Inland haben wir auch noch. Einmal an unsere 'Freunde' in Bremen, der Rest immer auf ein Kartenhandy! Dreimal aus dem Raum Bremen-Hamburg, öfters von Berlin direkt und zwei aus dem südlichen Schleswig-Holstein. Wir wissen aber bisher nur, dass seine Gegenstation in der Umgebung von Berlin sein muss, aber nicht wer“, berichtete Felicitas weiter.

Praktischerweise lagen die groben Standortbestimmungen der Angerufenen nämlich gleich mit dabei. Felicitas hatte den Verdacht, beim BKA ermittelte jemand intern gegen Striebeck. Mit diesem Jemand mussten sie unbedingt Kontakt aufnehmen. Aber zuvor würde sie Feierabend machen.

Hannes versprach, bald nachzukommen, so fuhr sie alleine durch den abendlichen Berliner Feierabendverkehr. Felicitas öffnete gerade die Wohnungstür, da keuchte Hannes bereits die Treppen herauf, schwer bepackt mit einer Sprudelkiste und drei Einkaufstüten in den Händen.

„Soll I Dir helfen?“

„Nimmer notwendig, I hab' echt keinen Bock, nächste Woch' nach Dienst noch zum Einkaufen z' fahren. Deshalb mach' bitte den Kühlschrank auf!“

Aha, der Herr Leutnant musste gleich nach ihr das Büro verlassen haben. Eigentlich war sie heilfroh, dass Hannes ihr den abendlichen Einkauf abgenommen hatte. Dabei liebte er die Schlangen von Rentnern an der Abendkasse genauso wie Felicitas selbst.

Die abschließende Besprechung ihrer Woche zeigte, auch Müller und Samonov konnten inzwischen handfeste Fakten vorbringen. Striebeck war seit über zehn Jahren geschieden, keine nahen Verwandten, außer einem Onkel. Hier fing es an interessant zu werden: Ein Onkel aus den neuen Bundesländern, Parteifunktionär und ehemaliger NVA-Offizier.

Seit dem Mauerfall ein Eigenbrötler, der immer noch Kontakte zu Kreisen früherer Sowjetsoldaten hatte. Genauer zu Ex-KGB-Offizieren. Eine mitteilungsbedürftige Nachbarin steckte ihnen, dass Herr Müller oft für Wochen verschwand und sie in mancher Nacht alte DDR-Kampflieder aus seinem Häuschen hörte.

„Gut, ich versuche einen Durchsuchungsbeschluss zu bekommen. Dieses Häuschen sollten wir mal genauer unter die Lupe nehmen. Sonst noch was?"

„Nein, Frau Oberstleutnant, nur den Beschluss könnten wir uns zurzeit sparen, dieser Müller ist weg. Die gute Frau erzählte uns von wochenlangen Reisen."

Ohne Rechtfertigung durften ihre Jungs trotzdem nicht in die Behausung, sie verbot gleich vorbeugend derartige Unternehmungen. Ihr Befehl klang mehr als eindeutig: „Erst wenn wir einen sauberen Durchsuchungsbeschluss haben. Ist Euch klar?"

Enttäuscht bestätigten die Soldaten.

Die Magnetwand war voll geworden, Kummer schrieb sorgfältig die Ergebnisse auf. Befriedigt betrachtete er sein Werk: „Seht, wenn wir alle Stränge dieses Striebeck zusammenführen, landen wir mitten auf seinem Fluchtweg."

Mahler dürfte auf dem Weg nach Norden sein, ebenso Striebeck. Letzterer hatte mit fast hundertprozentiger Sicherheit ein Ziel vor Augen: Russland. Ob Mahler den Ex-Beamten kannte war fraglich, sicherer schien, dass Striebeck Mahler kannte. Ihre Hoffnung beruhte auf einem Zusammentreffen der Flüchtlinge. Sollten sich die zwei Flüchtlinge tatsächlich kennen, müssten sie schon zur eigenen Sicherheit den anderen mit an ihr Ziel nehmen.

„Oder umlegen!"

Müllers Einwurf war richtig, doch Hannes meinte: „Stimmt schon, aber der Weg ist lang und der Winter steht vor der Tür. Beide sind Stadtmenschen. Ich denke, die wissen: Einer allein wird in Lappland nicht durchkommt. Die müssen in die Wildnis, auf den normalen Wegen hätte man sie doch relativ schnell."

Für eine Woche sammelten sie einen schönen Haufen Indizien, nur Beweise für die allgemeine Vermutung fehlten. Kurz vor Ende erschien Ihr General, um die derzeitigen Ergebnisse zu sichten. Auch ihm war rasch klar, alle bisherigen Ergebnisse fußten nur auf Spekulation. Burgmann würde über den Staatssekretär bei den Finnen anklopfen, die Durchsuchung genehmigen lassen und seine BKA-Verbindung kontaktieren.
„So, jetzt bleibt mir nur noch ein Punkt: Schönes Wochenende! Kummer, sollten Sie ihre Schwedin treffen, sagen S' ihr einen schönen Gruß. Und Frau Storr, Herr Feller! Auch schöne Grüße nicht vergessen!“

Felicitas sprang schon in ihren Flitzer, wo blieb nur wieder ihr 'Göttergatte'? In Zeitlupe öffnete der die Beifahrertüre: „I hab' bloß noch schnell bei meiner Lebensversicherung angerufen. Die meinten, dass ich auf eigenes Risiko mit Dir mitfahr!“
„Setz Dich endlich und schmatz net blöd rum!“
Wie um seine Bedenken hinsichtlich ihrer Fahrweise zu bestätigen, fuhr sie mit quietschenden Reifen ab. Sollte ihr Passagier ruhig Muffensausen haben, hätte ja stehen bleiben können. Figaros Hochzeit, nein! Er mochte hin und wieder ja auch klassische Musik, aber mit Mozart konnte Hannes nichts anfangen. Für ihn musste Klassik krachen, Amadeus war ihm einfach zu .., zu leicht.
Ironisches Lächeln und: „Ein bisserl Kultur tut auch Leutnant Feller gut!“
Nett, deswegen mochte er Mozart trotzdem noch immer nicht. Summend stimmte er einen Rock'n'Roll-Hit aus der Steinzeit an, um gleich wieder aufzuhören. Pferdeschwanzalarm!
Im thüringisch-bayerischen Grenzgebiet setzten Graupelschauer ein. Siedend heiß fiel Felicitas ein, dass sie noch mit Sommerreifen fuhr. Mit sehr abgefahrenen Sommerreifen! Nichts mehr mit 170 auf der Autobahn, für ihre

Verhältnisse tuckerten sie gemächlich auf der rechten Spur dahin. Bei diesem Sauwetter ging es auf den Autobahnen sicherer voran, lieber mehr Kilometer als auf einer Landstraße festsitzen. Unheimlich, wie sie schlich. Hannes kannte Felicitas bisher nur mit Bleifuß, wirklich unheimlich ihre aktuelle Fahrweise.

Bei Hof durfte er endlich ran! Sofort drückte Hannes auf das Gas, um sehr schnell den Fuß wieder zurückzuziehen: „Hast Du Sommerreifen drauf oder sind die Dinger so abgefahren?"

„Beides, mein lieber Herr Rennsemmel, beides!"

Verzweifelt schüttelte er den Kopf. Ihm war klar, wer am nächsten Vormittag die Winterreifen aufziehen durfte: Hannes Feller. Wenn die Schlappen überhaupt noch erlaubt waren.

Nach sechs langen Stunden erreichten sie ihr Ziel. Müde stapften sie zum Eingang. Das Haus lag völlig im Dunkeln, Felicitas schloss auf. Kein Licht, kein Geräusch! Wo war ihre Sippe denn?

„Hallo, wir sind 's!"

Nichts, alles blieb still.

„He, meine Olivmaus, komm mal in die Küch'!"

„Chauvi!"

Auf dem Küchentisch lag ein Notizzettel: 'Hallo Ihr zwei! Solltet Ihr kommen, wir sind bei Tante Doris. 60. feiern.'

„Tante Doris, da haben wir Glück g'habt. Die soll nur schön ohne uns feiern. Alte Nervensäge! Doris is' Mams Schwester, eine alte Jungfer und furchtbar neugierig. Möcht' bloß wissen, wie Mam die anderen überredet hat. Hannes, versprich mir eins: Sollten mir zwei jemals heiraten oder irgend so ein' Schmarr'n machen, bloß keine Tante Doris!"

Er versprach es, sicherheitshalber, denn Heirat oder so ein Schmarr'n stand eh nicht auf ihrem Plan. Heißes Badewasser füllte die Wanne, endlich aus den Barrasklamotten! Für zwei Erwachsene war die Wanne fast zu klein, auf jeden Fall musste Wasser raus. Schaumige Pfützen bedeckten immer mehr den Boden. Haarscharf konnte Feller einen Sturz auf diesem schmierigen Zeug abbremsen, als er total aufgeweicht aus der Wanne stieg. Nach der äußerlichen Reinigung drängte es an den Herd.

„Oh nein, hier kocht die Chefin selbst. Du darfst Deine Sauerei im Bad aufwischen!“

Brav folgte er ihrer Anweisung, mit einem Hintergedanken. Aus der Küche kam der Ruf zum Essen.

Unschuldig betrat Hannes diese: „Schau mal, es schneit!“

Eine Wolke Schaumflocken wirbelte durch die Küche und ein besonders großer Haufen landete auf Felicitas Kopf.

„Brr, des is' ja kalt! Na wart', Freunderl. Des schreit nach Rache!“

Bei der folgenden Schaumschlacht bemerkten die Schaumschläger gar nicht, wie Mam Hallbauer plötzlich in der Tür stand: „Wie schaut 's denn da aus! Euch kann ma' auch keine fünf Minuten allein lass'n! Schauts, dass was anziehts. Die Kinder brauchen Euch net so nackert seh'n!“

Rot wie Tomaten huschten Felicitas und Hannes rasch nach oben. Eine kopfschüttelnde Mam zurücklassend. Entgeistert starrte sie der Filius Storr im Flur an, seine Mutter nackt! Und Hannes auch! Sein pubertäres Hirn schlug Kapriolen, kein Schamgefühl diese alten Leute! Seine kleine Schwester war schon auf der kurzen Rückfahrt eingeschlafen, gut so. Wirklich, kein Benehmen - aber ihm großartig Vorschriften machen!

„So, Theres' schläft scho' wieder. Servus, meine Kindsköpf'!“

Hallbauer hatte also schon ihre Schandtaten gesteckt bekommen, wahrscheinlich von seinem Herrn Enkel! Während die beiden Frauen die Küche wieder in ihren Urzustand versetzten, saßen die drei Herren der Schöpfung schon beim Bier. Schorsch erzählte von ihrem Martyrium bei Tante Doris. Muckefuck und trockener Fertigkuchen, selbst gemachter

Kirschwein, der wie faule Eier roch und auch so schmeckte, ein schönes Fest!

„Genau, und mir hat die Spinnerte Kamillentee eing'schenkt! Greisslig, bin I froh, dass mir nimmer so schnell dahin müssen!“ Mark schüttelte sich bei dem Gedanken an Tante Doris.

Zur Entschädigung erschienen Mutter und Tochter mit großen Schüsseln und einem übervollen Brotkorb. Es war zwar immer noch Freitag, aber erstens nicht mehr lang und zweitens zählte der Besuch bei ihrer Schwester für die ganze Fastenzeit. Innerhalb kürzester Zeit verdrückten sie, in erster Linie die Männer, mehr als zehn Paar Wiener mit zwölf Brezen und Mark fragte immer noch nach Nachschub!

Unrasiert saß Paps Hallbauer am Frühstückstisch, vertieft in seine Zeitung. Sein Schwiegersohn in spe setzte sich verschlafen zu ihm. Zwei gebrummte 'Guten Morgen', ergänzt von Marks Begrüßung im gleichen Stil. Die drei rührten im Takt ihren Kaffee. Endlich entschloss sich Hallbauer Auskunft über den Verbleib der Damen zu geben. In Kurzform: „Friseur.“

Einsilbiges 'Mhm'-Duett antwortete ihm. Ausnahmsweise räumte der jüngste Anwesende den Esstisch leer und die Spülmaschine voll. Schorsch und Hannes trotteten sehr mühsam zum Duschen. Alle Vertreter des XY-Geschlechtes in dieser größer gewordenen Familie waren eindeutig ausgemachte Morgenmuffel! Während Feller sich gerade das Hemd in die Hose stopfte, ertönte lautes, aufgeregtes Geplapper. Aha, die Damen kehrten zurück.

„Schön, arg teuer?“, begrüßte Schorsch Hallbauer die Seine.

„Geht scho'.“

„Ja Theres', hast Du Dir glei' so viel abschneid'n lass'n?“, Mark Oliver Storr.

Und zum krönenden Abschluss Hannes: „Sieht gut aus. Ja, Theresia, schaust aus wie eine junge Dame“, dann zu seiner

Frau, nach einer langen Umrundung: „G'fallt mir, bloß die Farb'! Bisserl arg hell oder?"
Erfahrungsgemäß waren diese Sätze genau die, die Frau nach stundenlangem Sitzen im Salon nicht hören wollte. Bevor Felicitas ihren Zorn auf diese undankbaren Kerle loswerden konnte, hatte er sie an sich gezogen und mit den Lippen ihren Mund verschlossen. Natürlich gefiel sie ihm, nur erwarteten die Mädels immer solch negative Kommentare ihrer Männer, wäre ja sonst langweilig geworden!

Schorsch, Hannes und Mark blickten den frisch gestylten Grazien nach:

„Ausfrisieren und z'recht zupfen."

„Jed'smal wenn s' z'rück sin'."

„Logisch, drum gehens ja hi'!"

„Wird je ein Mann die Frauen verstehen" hieß das.

Hätten die drei Herrn besser geschwiegen, denn die Antwort kam: Hannes durfte eine 'ganz gemütliche' Runde mit zum Joggen. Paps musste dringend Altpapier und Flaschen wegbringen und Storr Junior konnte doch sicherlich seiner Schwester bei der Mathe-Hausaufgabe helfen. Ansonsten wurde es ein erholsamer Samstag, inklusive des fälligen Reifenwechsels.

Bis am Sonntag: „Soll I des hellgraue Kostüm oder den blauen Hosenanzug anzieh'n? Mei, I hab' einfach nix!"

Nix? Ihr Kleiderschrank in Berlin war randvoll, der hier nicht minder! Mit Ach und Krach hatten Hannes' bescheidener Anteil Platz gefunden! „In einer halben Stund' geht d' Kirch' los! Da schau, dann ziehst halt des Kleid an oder des Kostüm. Schick Dich halt endlich."

„Hektiker! I bin ja glei' so weit!"

Mit den letzten Kirchgängern drückten auch Hannes und Felicitas in den Gottesdienst. Kaum hatte man die beiden entdeckt, fing das Getuschel an:

„Aha, das ist also der Neue von der jungen Hallbauerin."

„So? Soll auch beim Bund sein.“
„Franz, schau net so!“
„Was sagen denn die armen Kinder dazu?“
„Mei, is' d'e wieder auf'donnert!“
„Ham S' g'hört, Er is' a scho' g'schieden!“
Und so weiter und so weiter. Hoch erhobenen Hauptes stöckelte Felicitas mit ihrem 'Neuen' zu den restlichen Hallbauers in die Bank. Laut vernehmbar dröhnte die Stimme des Herrn Oberst a. D. Georg Hallbauer durch das Kirchenschiff: „Setzt Euch daher! Mei, haben die scheinheiligen Ratschkatherln wieder a neues Thema!“
In gleicher Lautstärke meinte Hannes lapidar: „Is' do' üb'rall so. Bei uns dahoam wars net besser.“
Damit hatte er sich hervorragend eingeführt, genauso unmöglich wie ihr Paps, meinte Felicitas. Das typische spöttische Lächeln huschte dabei über ihr Gesicht. Selbst unter der unüblich dicken Make-Up-Schicht deutlich zu sehen.
Sonntags gingen Hallbauers meistens zum Essen, wenigstens dann brauchte sich Loni Hallbauer nicht um die Sättigung ihres Anhangs kümmern.

Pappsatt spazierte man die wenigen Schritte zurück. In ein paar Wochen war Weihnachten, Hannes dachte schon seit einiger Zeit über ein passendes Geschenk nach.
Mam konnte anscheinend Gedanken lesen: „Hast Du scho' ein Geschenk für Feli?“
„Nein, mir fällt einfach nix ein!“
Sie wüsste da schon ein schönes Präsent, einen Ring zum Beispiel. Dezent spielte sie auf ihr Verhältnis an, am liebsten hätte Loni im Frühjahr zwei Hochzeitsglocken gehört.
Unschlüssig drückte er sich vor einer Antwort, nur um von seinen 'Noch-nicht-Kindern' zum selben Anlass informiert zu werden. Ein Weihnachtsgeschenk für ihre Mam, nichts einfacher als das!

Hannes bekam den Verdacht, dass das eine fein abgesprochene Sache war, der Vorschlag des Jungvolks lautete seltsam übereinstimmend wie der ihrer Großmutter: Ein Ring!

Fehlte nur noch Schorsch, doch der hielt sich lieber heraus. Paps kannte nicht nur seine Frau und die Enkel, sondern auch seine Älteste. Die durfte auf keinen Fall mit mehr oder weniger sanftem Druck ins Standesamt gebracht werden, sonst würde seine Feli ziemlich explosiv reagieren.

Die konnten Gedanken lesen, schoss es Feller durch den Kopf, denn kaum mit Felicitas eine Minute alleine: „Keinen Ring, das sag' I Dir gleich! Lass Di' ja net überreden. Ich kenn' doch meine fürsorgliche Mutter und die zwei Räuber. Also, Ring gestrichen!“

Toll, und was dann?

Zum Nachtisch gab es noch eine mehr als üppige Sahnetorte. Jetzt brauchten Schorsch und Hannes einen Nachtrunk, sie waren einfach nur voll. Felicitas rief derweil kurz bei Hausers an, nachfragen wie es geht. Telefon und Frauen, eine wortwörtlich unendliche Geschichte meinte Feller. Wenigstens konnte er auch noch mit Christopher sprechen. Dem schien es wieder gut zu gehen, auch seiner Familie! Im Weihnachtsurlaub würde man etwas gemeinsam unternehmen können. Zumindest sich treffen.

Weihnachten! Das wurde für Hannes schön langsam zum roten Tuch. Rotes Tuch? Ha, da fiel ihm das Passende ein. Eine letzte Nacht, dann ging es noch vor dem ersten Hahnenschrei wieder Richtung Preußen. Und die Gedanken an Keitzig kamen wieder zu ihnen zurück und an ihre eher mäßigen Erfolge. Die Fahndung nach 'Otto' und Striebeck war bisher ohne Ergebnis geblieben.

Sandvart saß zur gleichen Zeit an seinem Schreibtisch und las Akten. Er hatte von Anfang an nicht an einen schnellen Erfolg geglaubt. Wenn Britt nur endlich herausbekäme, wo das Kalenderbild aufgenommen worden war. Inzwischen war fast ganz Skandinavien an der Fahndung beteiligt, selbst die Finnen. Burgmann hatte wieder Nägel mit Köpfen gemacht, dessen Mittel und Einfluss hätte Göran auch gerne gehabt. Haarspalterisch rechtfertigte der General einfach alles, selbst Handlungen im Graubereich der Gesetze.

Wenn er geahnte hätte, wie nahe die Gesuchten für schwedische Verhältnisse waren! Striebeck und Mahler schlüpften in der alten, heruntergekommenen Jagdhütte von Toms Großmutter unter. Um nicht aufzufallen, kauften sie unterwegs in jedem Supermarkt nur geringe Mengen ein, immer bar zahlend. Die Hütte sollte nur für ein, zwei Wochen als Versteck dienen, doch es kam anders. Mit den ersten Schneeschauern wollte der Ex-Polizist Feuerholz aus dem Schuppen holen. Dabei glitt er aus, humpelnd stolperte Striebeck zurück. In der Nacht litt er höllische Schmerzen, sein Knöchel schwoll an wie eine Melone. Kurz gewann Furcht die Oberhand: „Scheiße, so kann ich nicht weiter."
„Nee, Mann, so geht nicht. Hast Du übrigens gesehen? Es ist Winter, da brauchen wir nicht so schnell nach Norden, da oben kommen wir die nächsten Monate nicht durch. Außer auf den größeren Wegen."
„Vergiss es, dann haben uns die Bullen gleich! Wie lange, glaubst Du, können wir uns hier verstecken?"
Der Terrorist meinte, hier würde vor März kaum jemand vorbeikommen. Im Umkreis von zwanzig Kilometer Wald und Einöde. Selbst zur Jagd kämen hier höchstens im Herbst ein paar Jäger her. Die Lebensmittel dürften bis Anfang Januar reichen, nur sein Tabak ging zu Ende. Heute würde der Mietwagen noch durchkommen. Wenn es so weiter schneite,

morgen vielleicht schon nicht mehr. Ungern ließ der Verräter seinen Genossen ziehen.

Für Striebeck wäre es verheerend gewesen, wenn ihn dieser Irre einfach sitzen gelassen hätte! Doch der dachte nicht eine Sekunde daran abzuhauen. Voll gepackt mit noch mehr Lebensmitteln und einem ganzen Karton Tabak, kehrte Tom noch vor dem frühen Einbruch der Nacht zurück.

„Ich hoffe, Du hast aufgepasst!“

„Keinen Bammel, Alter. Mich sehen die Scheißtypen nur, wenn ich will!“

Striebeck bandagierte sein Bein neu ein, schluckte eine Ladung Schmerzmittel und legte sich flach. Pech, aber andererseits, bis Anfang März waren sie hier relativ sicher. Wer weiß, bis dahin hatte man ihn und Mahler längst aus den neuesten Fahndungslisten gelöscht. Vorher müsste er 'Rosa' informieren, ihre alten Freunde in Russland mussten bereits auf ihn warten.

Leichter Schneeregen setzte erneut ein, Mahler wälzte sich im Schlaf unruhig hin und her. Der flüchtige Kriminaler tippte die Nummer ein, eine Nummer ohne Besitzer. Keine Antwort. Der Mann drehte sich zur Seite und versuchte zu schlafen. Die Wirkung der Schmerzmittel ließ nach, stechend meldete sich sein Bein zurück. Sein Mobiltelefon surrte leise, vorsichtig hob er es wieder an seinen Kopf. Sein Mitflüchtling musste nicht davon wissen.

„Striebeck!“, offen kam 'Rosas' Stimme an sein Ohr, flüsternd fragte 'Rosa', was um diese Uhrzeit denn so dringend sei.

„Ich brauch' einen Arzt.“

„Du weißt genau, das geht nicht.“

„Es muss, ich habe mir vielleicht den Knöchel gebrochen! Ohne Arzt sitzen wir hier fest! Verdammt, Du weißt wie wichtig unser Entkommen ist, vor allem für Dich!“

Diese Drohung zeigte Wirkung. Ihre Flucht durfte keinesfalls gefährdet werden. 'Rosa' würde sich um einen geeigneten

Arzt kümmern: „Nennt er sich Doktor Engels ist er von uns. Stellt er sich aber mit einem anderen Namen vor – beseitigt ihn. Ich werde schon dafür sorgen, dass es dann einer ist, den niemand vermisst!“

Was aber, wenn Striebeck auch nach der Behandlung noch nicht weiter könnte? In diesem Fall sei der Vorschlag des Psychopathen nicht schlecht. Dann sollte er versuchen Zeit zu gewinnen. Ewig fahndeten die Schweden garantiert nicht nach ihnen.

Akten und noch mehr Akten, die Woche fing gut an. Träge von zwei Portionen Geschnetzeltem in der Kantine blätterte Peters sich durch. Ihr Chef saß beim Oberchef und Kummer versuchte krampfhaft die stotternde Kaffeemaschine in Gang zu bringen.

„Hast Du schon was?“

„Nicht die Bohne, scheinen irgendwie Stammbäume unserer Kunden zu sein. Müller heiratet Fräulein Mayer, deren Sohn Mayermüller ehelicht die gnädige Jungfer Müllermayer, und so fort. Ätzend unübersichtlich!“, vor und zurück blätterte sich der StUffz durch die Familiengeschichten. Bis er den Überblick verlor: „Zefix, jetzt ka' I mer vo' fura a'fanga!“

„Was?“

„Ich muss nochmals beginnen, lern' a'ständig z' schwätza, dann verschtohscht mi a!“

„Alpenneandertaler!“

Blubbernd arbeitete ihr wichtigstes Werkzeug wieder, Peters sprach von nun an wieder ohne Dialekt. Sehr zu Maiks Erleichterung. Gemeinsam wühlten sich die Ermittler immer wieder durch die gleichen Unterlagen.

Besonders schlimm wurde es bei dem Gesuchten Mahler, Thomas. Zur einen Hälfte Däne, mit lettisch-schwedischen Wurzeln, und der anderen Teil Deutscher. Sein Vater war ein bekannter Kopenhagener Großbäcker, seine Mutter war in

Frankfurt an der Oder geboren, 1979 rüber gemacht. Seine Großeltern in Dänemark schoben sie erst mal zur Seite. DDR-Herkunft, wer waren die deutschen Großeltern? Die Großmutter war bereits in den Sechzigern verstorben, der Großvater lebte in einem Pflegeheim bei Stettin, dement.

„Lebt die Mutter Mahlers denn noch?"

„Lass sehen, hm, da: Bei einem versuchten Angriff auf ein Munitionslager in Bayern 1984 von Wachsoldaten einer Einheit der 1. Gebirgsdivision erschossen. Hannes und seine Kameraden!"

Vor Eifer merkten sie nicht einmal den seit drei Stunden offiziellen Dienstschluss. Geschafft, der Stammbaum war ein wichtiger Schritt! Mahlers Großmutter hieß mit Mädchennamen Striebeck! Ob das wichtig war oder nur ein böser Witz? Kummer wollte gleich am Morgen die 'Chefetage' informieren, Dirk sollte als nächstes die Dänenverwandten genauer unter die Lupe nehmen.

Ihr Leutnant saß zwar im Büro des Generals, aber ziemlich einsam. Kaum erschien nämlich der Bote Graefes mit der Kamera, verschwand Burgmann auch schon. Also schlug Hannes die Zeit mit der weiteren Aufarbeitung ihrer bisherigen Ergebnisse tot.

'Herr Jeneral' flog förmlich mit der Videokamera in der Hand zum Labor Baums. Bevor sie oder einer ihrer beiden Unteroffiziere ihn richtig wahrgenommen hatten, flogen die Soldaten auch schon aus 'ihrem' Labor. Keiner brauchte wissen, was er zu besprechen hatte. Wie er gekommen war, so schnell entschwand ihr Oberchef wieder zu seinem Büro.

„Plank, sofort Frau Storr zu mir!", brüllte Burgmann bei seinem Sprint durch das Vorzimmer. Dann zu Feller: „Bleib sitzen, wenn Feli da ist, erfahrt Ihr eine tolle Story, genau, eine tolle Story!"

Orakelhaft redete der General mehr mit sich als mit seinem Leutnant. Bei ihrem Erscheinen wies er Felicitas auf einen

Stuhl, das Fragezeichen im Gesicht Hannes' sprach Bände. Doch lange brauchten die beiden Offiziere nicht zu warten.
„Dieses Videodings in Bremen stammt tatsächlich aus der Asservatenkammer beim BKA. Ratet mal, wer sie sich vor ein paar Wochen ausgeliehen hat?“
Übereinstimmend schallte „Striebeck!“ ihm entgegen.
„Sehr gut, angeblich für Rekonstruktionszwecke. Mein Verbindungsmann dort sitzt diesem feinen Herrn schon länger im Nacken. Der 'liebe' Herr Hauptkommissar trägt nämlich vieles auf seinen schmalen Schultern: Unsere Alt-Terroristen, die Russenmafia, Waffenschieber und ich vermute den Rest des Ex-KGB auch!“
Echt beschäftigt der Mann, bei so vielen Brötchengebern. Schlecht für die Kollegen der Internen beim BKA war Gerold.
„Direktor Nolde deckt seine Leute bei jedem Scheiß“, meinte der Interne zu Burgmann, „aber besonders diesen Striebeck. Wir stoßen immer wieder auf die Mauer Nolde und die Doppeldoktorin! Es ist verhext, denn die werden wiederum von ganz oben gestützt.“
Damit hatte sich der Verdacht gegen Gerold bestätigt. Dem würde Burgmann nicht einmal mehr seinen Wellensittich anvertrauen! Man konnte schließlich seine Loyalität gegenüber den eigenen Leuten auch mehr als übertreiben. Er wechselte zu ihren Erkenntnissen, wollte wissen, wo Striebeck und Mahler sein könnten. Seit der Vernehmung der Tomaschek schwirrte auch der Name 'Rosa' durch den Raum.
Hannes hatte die Erklärung für diese ausgefallene Bezeichnung: „Schatz, was liest Du gerade?“
„Ro...!“
Erschüttert sah Felicitas zu Burgmann: „Genau, 'Rosa' kommt von Rosa Luxemburg!“
Der General wiegte seinen Kopf, schön, doch damit schwebte der oder die 'Rosa' immer noch unhaltbar herum. Das 'Wer' löste diese Vermutung nicht.

Feller warf eine Hiobsbotschaft in den Ring: „Nach dem, was wir wissen, hat dieser Striebeck gar keinen Motorradführerschein! Wir müssen daher davon ausgehen, dass der Schütze eine andere Person war, nicht Striebeck und auch nicht Mahler.“

Der General fasste die bisherigen Punkte zusammen, es war eine ganze Menge. Leider basierte allzu viel auf Vermutung. Dazu konnten sie Morgen nicht viel tun, um Neun würde Keitzig beerdigt werden. Abflug komplette Sierra-Tango im großen Dienstanzug mit Waffen und General um halb Sechs!

„Wenn wir dann mehr z'ruck sin', wirst Du mit Hannes, der Baum und Eurem ganzen Club das Haus dieses Onkels auf den Kopf stellen. Felicitas, hol' Dir vorher den Durchsuchungsbeschluss beim Plank ab! Und, wenn Ihr irgendwas findet – sofort sichern und danach umgehend bei der Nummer anrufen.“

„Dein BKA-Mann?“

„Exakt, aber informiert ihn bloß, brauchen tut er fei' nix!“

Sie trugen den Oberfeldwebel zu Grabe, schwer lastete sein Sarg auf den Schultern seiner Kameraden. Hannes spürte nicht nur seelisch Schmerzen, seine angeknackste Bandscheibe meldete sich auch wieder zurück. Zuerst wollte Felicitas mitgehen, aber sie war einfach zu klein, so trug Burgmann höchst persönlich mit. Langsam glitt der Sarg in die Grube, ein Trauerredner sprach merkwürdig salbungsvoll, dann hielt der General seine kurze Rede.

Aus dem Kreis seiner Kameraden trat Müller vor, er wollte selbst die letzten Grüße an den Verstorbenen senden. Keitzig war mehr als ein Kamerad gewesen, ein Freund für Müller.

Mutter Keitzig wurde es irgendwann zu viel, ihr Weinen klang über den Friedhof. Eben aus diesem Grund hatten sie auch ihre Neue mitgenommen, eine ausgebildete Krankenschwester konnte hier nützlich sein. Schulze kümmerte sich sofort um Frau Keitzig, bis der von einem Verwandten angeforderte Notarzt erschien. Die arme Frau hatte allen Lebenswillen verloren, es würde nie mehr wie früher sein. Die Trauergemeinde löste sich nach der Ehrensalve der Gruppe ST auf.

Storr und ihre Gruppe standen um das offene Grab: „Oberfeldwebel Keitzig, wir versprechen Dir eins, auch wenn es für Dich zu spät ist, wir holen uns diesen Bastard!“

Ihre helle Stimme hallte grotesk über den Friedhof. Verwundert wandten sich die letzten Gäste um, denn wie ein unheimlicher Schwur kam dumpf die Zustimmung der Kameraden. Burgmann wollte den Spuk beenden, doch als er in die Gesichter seiner Soldaten sah, ließ er es bleiben. Tief im Inneren verstand er sie ja.

Feller ließ ein letztes Mal antreten: „Formation – Stillgestanden - Präsentiert das Gewehr!“

Ihr endgültiger Abschied von Oberfeldwebel Martin Josef Keitzig, 27 Jahre alt geworden.

In der Kaserne trugen Peters und Samonov die Gewehre in die Waffenkammer. Dieses Mal murrte der Mann hinterm Tresen nicht, diesen Gesichtsausdruck kannte er von einigen Afghanistanheimkehrern zur Genüge. Mochte die Politik sich auch davor drücken, große Teile der Truppe wussten es, da draußen herrschte Krieg. Weltweit, aus tausend nichtigen Gründen!

Wieder einigermaßen hergestellt fuhren sie zum Haus von Striebecks Onkel. Samonov griff in eine Blumenschale, scharrte kurz die Erde zur Seite und zog einen Schlüssel hervor. Vorsichtig schloss er auf, wie Diebe betraten sie das menschenleere Gebäude.

Hannes nahm Müller mit in das Dachgeschoss, Kummer und Peters stiegen die schmale Kellertreppe hinunter. Ihre Chefin würde mit Peters und Schulze Erdgeschoss und Garten absuchen.

Oberleutnant Baum und ihre Männer bereiteten in der Zwischenzeit ihre Ausrüstung vor, nahmen die ersten Fingerabdrücke. Man hatte ihnen gesagt, dass alle Spuren zuerst in ihrem Labor untersucht und registriert werden. Erst dann käme das BKA und würde die Sachen dort unter die Lupe nehmen.

Am Ende hatten sie viel gefunden, an altem DDR-Schrott. Voller Verachtung wischte Kummer sich die Stiefel an einer NVA-Fahne ab.

„Kummer! So nicht!“

„Jawoll, Frau Oberstleutnant!“

Schnaubend schob er mit der Schuhspitze das Tuch zurück. Zu allem Überfluss fing Schulze noch eine Diskussion mit dem Hauptfeldwebel an. Im Sinne 'alles war auch nicht schlecht'. Damit traf sie bei Maik aber absolut an den Falschen. Jetzt kochte er, ob sie denn irgendetwas mitbekommen hat, so als Kindergartenkind und überhaupt gab es für ihn und viele andere Ossis wirklich keinen Grund diesem Scheißland nachzuweinen!

Samonov trennte die Streitenden: „Lass gut sein, die Jungen wissen 's nicht wirklich. Und Dir, Kameradin Schulze, sag' ich: Rede nie wieder etwas gut, das so mies wie der reale Sozialismus war. Sonst rauschst Du mit mir auch noch zusammen. Frag' doch meine Eltern, wie es im Arbeiter- und Bauernstaat war! Glaubst Du denn, mein Vater is' damals gerne aus Russland abgehauen? Nee, aber als Jude und frei denkender Journalist war er da seines Lebens nicht mehr sicher. So war 's!“

Die Spurenfachleute verstauten eine Unmenge, mit wenig Hoffnung auf ein verwertbares Ergebnis.

Die Tage bis zum Wochenende saß die ganze Meute wieder bei ihren Akten. Doch die Stimmung war weg, zuerst die Neue mit ihren verschrobenen Ansichten und dann, dass sie nichts mehr fanden. Storr berief ihre Gruppe zur Besprechung. Es gelang ihr mühsam, die Truppe wieder aufzubauen.

Mit Kummer, Schulze und Samonov führte ihre Chefin anschließend noch ein Sondergespräch, deutlich und bisweilen laut. Selbst bei der Heimfahrt war sie immer noch geladen, jetzt musste Hannes sie wieder ins Gleichgewicht bringen. Heute kein leichtes Unterfangen. Stundenlang redete er mit ihr, bis sich der Erfolg einstellte.

„Hast ja net unrecht, aber solche Streitereien bringen die ganze Gruppe durcheinander. Wenn die Schulze ihrer DDR nachtrauert, soll sie. Aber nicht bei uns und schon gar nicht im Dienst! Übrigens, die drei Idioten sollen für die Uffz-Weiterbildung im nächsten Quartal eine Stunde 'Geschichte der DDR' vorbereiten."

Endlich, Felicitas fing an zu lachen, auch Hannes musste lachen. Die gemeinsam so ein Thema, hoffentlich fraßen sie sich nicht gegenseitig.

Seine Leute lasen Akten und ihr General? Der durfte von einem Termin zum Nächsten jagen! Burgmann merkte, es wurde Zeit für den Ruhestand. Eine Nacht lang saß er über dem Antrag zur Hausdurchsuchung, dann diese Szene am Ende von Keitzigs Begräbnis und immer durch den Gesetzesdschungel lavieren. Die Jahre hinterließen ihre Spuren, auch bei Generälen ein Naturgesetz. Burgmann sehnte sich immer öfter nach Ruhe und Zeit, die Welt mal aus Zivilistenaugen zu sehen.

Killertruppe hatte der Staatssekretär zur Gruppe ST gesagt, leider nicht ganz abwegig. Bis auf Keitzig hatten inzwischen alle Mitglieder dieser Gruppe Blut an ihren Händen, selbst der oft harmlos wirkende Kummer! Und der, der noch kein Leben auf seinem Gewissen gehabt hatte, der wurde hinterhältig ermordet. Dem Offizier wurde mit jedem Tag bewusster, wie seine Kräfte schwanden. Auf seinem Schreibtisch lagen die

Berichte von Oberstabsfeld Schmidt und Hauptfeldwebel Metzger, dem Stellvertreter Grabowskis.

Wenigstens war die unangenehme Sache mit diesem Menschen für ihn erledigt. Durch Krammers und Grabowskys Internetfunde und die Aussage Frau Grabowskis hatte die Staatsanwaltschaft rasch handeln können und er musste nur noch die Entlassung, unehrenhaft versteht sich, in die Wege leiten.

Metzgers Bericht zeigte, die Angelegenheit mit den Schiebereien stand kurz vor der Aufklärung. Der Hauptfeld nannte Namen und bat bereits um die Einschaltung der Staatsanwaltschaft in Dortmund. Seltsam, ohne ihren Gruppenführer hatten die Leute der Gruppe Golf schnell Erfolg gehabt, sehr seltsam.

Schmidt war an einem neuen Fall. In Norddeutschland sollen Soldaten, weibliche und männliche, einen Call-Boy- und Call-Girl-Ring aufgezogen haben. Manchmal zweifelte Burgmann an der Intelligenz der Menschen und am Funktionieren der modernen Gesellschaft. Zählte denn nur noch das schnelle Geld und ein übergroßes Ego? Sollen doch Gescheitere beantworten, für ihn zählte vor allem der Erfolg ihrer Arbeit und das halbwegs reibungslose Zusammenspiel seiner wenigen Leute.

Negativ meldete Oberleutnant Baum in der Freitagsrunde, die Durchsuchung war ein Flop. Der Onkel Striebecks lebte zwar noch immer in der alten DDR, doch Verdächtiges kam nicht zum Vorschein. Aus nicht ganz ersichtlichen Gründen gab es keine Telefonlisten der letzten zehn Tage, Felicitas musste das Ende dieser Spur melden. Einzig das Ziel der Flucht blieb sichtbar: Nordwestliches Russland, irgendwo zwischen Murmansk und Petersburg. Auch Fellers Aktenstoßtrupp konnte nichts mehr beisteuern. Mahler dürfte nach Norden verduftet sein, man wartete jetzt auf die Liste der Grundstücke des Vaters. Die Dänen und Sandvart waren dran, aber das konnte dauern.

„Schön, vielleicht wissen wir in einer Woche mehr. Zu Eurer Information, der internationale Haftbefehl auf Mahler und diesen Verräter sind raus. Genau betrachtet sind wir jetzt endgültig aus dem Rennen, höchstens noch eine bessere Boxencrew. Aber, auch wenn es meinen Kopf kosten sollte, wir bleiben dran. Bis wir wissen, wer Keitzigs Mörder war und alle zwei, drei, wie viele Gangster auch immer, zur Strecke gebracht wurden. Noch ein letzter Tipp! Denkt immer daran, dass Ihr nicht wie diese Verbrecher seid, Ihr untersteht dem Gesetz! Also keine Lynchjustiz, bitte."

Während seine Soldaten bereits in Richtung wohl verdientes Wochenende unterwegs waren, sprach der General zuerst noch mit Sandvart und als letzter Punkt vor seinem Wochenende mit Peter, dem Staatssekretär.

Dieses Wochenende fuhren sie nicht weg, sollten die Berge doch von Hallbauers am Abend bei den Propheten abgeliefert werden. Felicitas Eltern und Burgmanns würden ein paar Tage an der Mecklenburgischen Seenplatte verbringen und auf dem Rückweg am Montag die jungen Storrs wieder mitnehmen.

„Angeblich ist 's mit den Schulen abgesprochen, da bin I g'spannt!"

Ab sechzehn Uhr musste Hannes Mama Storr ruhigstellen. Warum waren aber auch alle Mütter gleich? Wehe, die 'Kleinen' kamen nur eine Viertelstunde später, sie wurden nervös. Ehrlich zu sich selbst gestand Hannes sich ein: Bei den meisten Vätern sah es nicht besser aus. Vor allem gegenüber Töchtern.

Lag die Fahrweise in den Genen? Beim Eintreffen der 'Waldler' fragte sich Hannes ernsthaft, oder die Storrkinder schwänzten bereits heute die Schule. Womit er voll im Ziel lag. Hallbauers sagten 'Hallo' und verschwanden gleich wieder.

„I lieg' frei net mit'm Mark in ei'm Zimmer, der stinkt!"

Damit hatte Theresia die Planung ihrer Mutter bereits zur Makulatur gemacht. Nicht Mark und Theres' schliefen auf der Klappcouch, sondern Mark und Hannes. Das Töchterchen quartierte sich bereits fröhlich im Bett Mamas ein.

„Könnts Euch wenigstens net so aufführ'n wie bei Oma und Opa, in Eurem Alter solltets ruhiger sei'!", weiser Kommentar eines immer noch schockierten Sechzehnjährigen.

Samstags wurde Berlin gezeigt, natürlich auch Mam Storrs und Hannes' Arbeitsplatz, zumindest von außen. Disco war nicht, trotz aller möglichen Versuche blieb Felicitas hart. Der Bub kannte sich doch hier gar nicht aus! Mit Hannes, gerade mit Hannes! Da lachte sie ja, der machte doch um solche Lärmtempel einen Riesenbogen, allerdings gefiel dem in erster Linie die Art von Musik und das Gedränge nicht.

„Ja, und wenn Du?"

„Auf keinen Fall! Du bleibst da und damit Schluss!"

Seine Antwort darauf war am Sonntag die Familienlaufrunde zu boykottieren. Zoo wäre eigentlich eher für Theres' aber doch nicht für ihn. Dazu regnete es, so am Rande erwähnt. Pizza klang schon besser, dieses Argument trieb Mark ins Rudel zurück und in den Zoo hinein. Felicitas' Fazit des Wochenendes war, ihr Nachwuchs hatte Hannes und der ihre Kinder angenommen.

Zumindest privat gab es ein positives Ergebnis, leider stießen sie im Dienst die ganze Woche über auf keine handfeste Spur. Wieder Akten, Akten, Akten. Brennende Augen, Kopfschmerzen und verkrampfte Muskeln hatte irgendwann selbst die Trainiertesten.

„Ein Fernsehkrimi dauert 90 Minuten, wir brauchen 90 Jahre", Der Kommentar Müllers wurde zum geflügelten Wort

. Als Burgmann am Freitag wieder nach Resultaten fragte, gab ihm Felicitas genau diesen Spruch zur Antwort.

Erleichtert begrüßte der General den Staatssekretär. Seine ST war nicht nur eine Killertruppe, die konnten sogar völlig normale Ermittlungsarbeit leisten! Auch wenn sich kein Licht auftat. Dem politischen Beamten war klar, diese Bezeichnung umfasste nicht das ganze Spektrum der Soldaten Burgmanns. Trotzdem, der nächste Einsatz durfte nicht so filmreif ablaufen. Ob das aber zu verhindern war, konnten weder er noch Burgmann wissen, zumindest würde der General es versuchen.

Ihr Gespräch drehte sich nun um die Aufgaben der zwei anderen Gruppen. Burgmann wollte gerne noch einen Ersatz für Grabowski, Feller als Gruppenführer in diese Einheit umzusetzen erschien verfrüht, erst müsste der Leutnant noch einiges lernen.

„Und Frau Storr? Mir ist zu Ohren gekommen, sie will sich eine Auszeit nehmen."

„Das wird ein Problem, prinzipiell hat sie es ja verdient, bei zwei Kindern. Nur möchte ich Frau Storr so lange behalten, bis Leutnant Feller mit Kummer die Gruppe ST als Gruppe Foxtrott auch führen kann. Ich brauch' noch einen Offizier! Peter, mir gehen massiv die Leute aus!"

„Ja, ja. Ihnen gehen die Leute aus! Ich sage nur Oberstabsarzt Mayr und sein Team, Feller natürlich und Ihr neues Spielzeug, die Hackertruppe. Lieber Christian, ich habe da eine Überraschung für Sie! Ihrer Einheit wird ein richtiger Jurist im Rang eines Obersten zugeteilt, kommt übrigens aus Ihrer Heimat. Der Mann ist aus der aktiven Truppe, also kein unerfahrener Soldat! Zusätzlich konnte ich eine Aufstockung Ihres Vereins durchbringen. Ein weiterer Offizier, vier Unteroffiziere und fünf Mannschaften. Wen Sie nehmen? Ihr Problem. Ich kenn' ja Ihre Fangmethoden."

Würde er Metzger zum Fachoffizier machen, fehlte der für 2 Jahre, also nicht machbar. Aber Burgmann schwebten schon einige Kandidaten vor: „Ist der Jus-Mann gut?“

„Ja, ich denke schon.“

Dann wusste der General bereits, wie seine Nachfolge geregelt werden würde: Der Oberst wird Brigadegeneral, ASAP, Vogt sein Stellvertreter und Hannes mit Mayr, Baum und dem noch ausstehenden Offizier der Stab. Sollte Feli doch bleiben, könnte sie sich mit Vogt den Stellv-Posten teilen. Sein Gegenüber lächelte wissend, Burgmann hatte den tieferen Sinn verstanden und bereits weitergedacht. Wie er es erwartet hatte. Wohlweislich verschwieg der Politiker die militärische Herkunft des Juristen. Noch eine Bergmütze wäre für Christian eventuell zu viel geworden.

Ihre Unterredung wurde durch Plank unterbrochen, das Telefon meldete sich: „Jespräch von die Schweden, Herr Jeneral!“

Burgmann meldete sich. Wie fast erwartet antwortete Sandvart. Und der hatte viel zu erzählen.

Kapitel 4

Alles begann mit einem Anruf in der Polizeistation Hässleholm. Ein Passant meldete ein seit Tagen in einer wenig frequentierten Straße des östlichen Industriegebietes abgestelltes Auto mit deutschem Kennzeichen. Angeblich läge ein Mensch auf den Vordersitzen und das seit drei Tagen! Vom Diensthabenden wurde ein Streifenwagen hinbeordert.

Die beiden Beamten fanden tatsächlich eine Person über die Vordersitze liegend, die Person reagierte nicht auf ihr Klopfen, so wurden es mehr und mehr Fahrzeuge. Zuerst kam der inzwischen angeforderte Rettungswagen, dann ein weiteres Streifenfahrzeug mit Werkzeug zum Öffnen. Der Notarzt stellte den Tod des Mannes fest, vermutlich Herzversagen. Mindestens drei Tage her, kein Wunder bei dem Alter! Aus den Papieren, einem deutschen Personalausweis und einer grauen, alten Fahrlizenz ging hervor, dass der Mann ein Doktor Hermann Schneider aus Marl war, geboren 1933 in Kattowitz.

„Habt Ihr sonst was?", war die Frage der Zentrale.

„Nein, der Wagen ist ziemlich leer, nur eine Tasche mit etwas Proviant, Herztabletten, eine Landkarte und ein Mantel", konnten die beiden Beamten vorerst nur melden.

Ratlos sah der Streifenführer seine Kollegen an. Kein Gepäck, nur ein Mantel und eine kleine Menge an Reiseverpflegung, das um diese Jahreszeit! Was macht ein alter Mann alleine und praktisch besitzlos im Winter hier? Die Kollegin des Wagen 2 öffnete den Kofferraum und rief verdutzt den Notarzt herbei: „He, schaut mal hier rein. Doktor, kommen Sie doch auch, bitte!"

Der Doktor warf einen Blick hinein: „Ein mobiles Krankenhaus!"

Er zerrte einen Metallkoffer hervor: „Ein komplettes tragbares Sonographiegerät, ein hochmodernes Notset und da, seht, eine ganze Schachtel voll Schienen, Gipsbinden und Medikamenten! Ein Arzt sagtet Ihr?"

„Nee, nur Doktor Schneider, aber so wie das hier aussieht!?"

Der Tote wurde ins Krankenhaus zur Obduktion gebracht, den Wagen schleppte man zu einer Werkstatt, dort würde ein Kollege der Techniker sich noch genauer umsehen. Immer noch ziemlich ratlos sammelte der Streifenführer die Unterlagen ein, selbst in der Geldbörse war nichts außer ein paar hundert Kronen und rund vierzig Euro. Muss schon ein sehr komischer Kauz gewesen sein, wahrscheinlich völlig verkalkt.

Die Besitztümer des Alten lagen die nächsten Tage in einem Fach, auch tauchte der Tote in keiner Vermisstenliste auf. Angehörige? Fehlanzeige! Er schien keinen Menschen gehabt zu haben, der ihn vermisste.

In der übernächsten Nachtschicht nahm sich der Diensthabende erneut die Unterlagen vor. Grübelnd saß er über den wenigen Dingen, es wurde Zeit die Angelegenheit abzuschließen. Tod durch Herzversagen stand auf der Meldung der Klinik, kein Anhalt für einen unnatürlichen Tod. Die Landkarte, bisher wenig beachtet, war genau gefaltet. Nur der Bereich Öresund bis kurz hinter Almhult. Wollte der Verstorbene da oben hin? Nichts, keine Wegpfeile, einfach nichts. Er wollte die Karte beiseitelegen, dabei sah er ganz schwache Löcher! Seine Finger tasteten das Papier ab. Wirklich, entlang des Weges vom Öresund bis nordöstlich von Almhult verlief eine kaum sichtbare Spur aus Nadelstichen. Wo sie endete gab es nichts, kein Ort und keine Straße. Der Polizist rief seine Almhulter Kollegen an, teilte dort mit, dass er ihnen einen Kartenausschnitt zumailen würde. Sie sollten doch prüfen, welches Ziel der in Hässleholm Verstorbene gehabt haben könnte.

Die Nachricht landete erst im Eingangskorb, vor Eintreffen des Ausschnittes konnte man eh nichts tun. Die Vormittagsschicht übernahm, die neue Wachhabende sah sich die Meldungen der Nachtschicht durch. Ein Anruf aus Hässleholm, sie klickte auf die E-Nachricht, druckte aus. Ihr südlicher Kollege hatte eine Gegend markiert, dort wohnte doch niemand! Sicherheitshalber sandte sie im Laufe der Schicht eine Streife los. Sollten die Hässleholmer nicht sagen, die in Almhult tun nichts.

Der ältere der beiden Polizisten erkannte die Hütte: „Bleib Du im Wagen, ich seh' nach. Hier wohnt kein Mensch, das Ding steht seit Jahren leer. Seh' trotzdem nach.“

Der Beamte ging auf die Jagdhütte zu. Überrascht stand er unvermittelt einem bärtigen, jungen Mann gegenüber. „Hej, ich hab' gar nicht gewusst, dass die Hütte noch genutzt wird!“

Im schonischen Dialekt antwortete der Mann: „Ja, doch ich arbeite an meiner Doktorarbeit, da kam mir die alte Bude meiner Tante gerade Recht. Ist ja sehr ruhig hier.“

„Klar, ich habe auch nur eine kurze Frage. Bitte, kennen Sie einen Doktor Schneider aus Deutschland?“

„Leider sagt mir der Name nichts. Tut mir sehr leid.“

Striebeck erwachte durch die Stimmen, sah mühsam und unter Schmerzen vorsichtig aus dem Fenster. Verdammt, Bullen! Hoffentlich baut der Junge keine Scheiße!

Er sah, wie der Polizist im Wagen misstrauisch zu ihnen herübersah. Dann blätterte der Beamte, griff zum Funk. Der flüchtige Ex-BKller humpelte leise zum Bett zurück. Plötzlich knallte es, immer wieder.

Mahler sah ebenfalls den Griff zum Hörer, zog seine Pistole aus der Gesäßtasche und feuerte das ganze Magazin auf die Schweden. Er schoss wild um sich. Der Ältere flüchtete in den Wald und sein Kollege sprang aus dem Wagen, immer noch den Hörer in seiner Hand. Die Kugeln Toms gingen ins Leere, zu hastig ballerte der Terrorist drauf los.

„Wagen Vier, werden beschossen. Schnell, schickt Verstärkung, der legt uns um! Schnell!“, schrie der Polizist in den Hörer.

Im Inneren der Jagdhütte lud Mahler seine Waffe neu, sein Gefährte kroch zu ihm, machte Vorwürfe. Striebeck war bewusst, sie mussten schnellst möglich verschwinden. In wenigen Minuten würde es von Polizei wimmeln.

„Hast Du Angst? Die sollen ruhig kommen. Ich mach' die Bullen platt! Kannst ja verschwinden“, für Mahler war die ganze Situation anscheinend nur ein Spiel.

„Du Idiot! Wir müssen die da erledigen und dann sofort abhauen. Los, schieß' den Kerl beim Wagen ab. Ich hol' mir den Älteren.“

Ächzend kroch er zurück. Vom Fenster des Nebenraumes sah er den Polizisten. Zu weit, mit seiner Pistole erwischte er den nie. Trotzdem schoss Striebeck. Doch selbst, wenn er getroffen hätte, es wäre zu spät gewesen. Heulend fuhr ein weiterer Streifenwagen vor. Bald würde zwangsläufig ein Einsatzkommando auf der Bildfläche erscheinen.

Seit knapp 30 Minuten lagen sich beide Seiten gegenüber, abwartend hielten die Streifenbeamten das Haus umstellt. Seit geraumer Zeit schossen die Gangster nicht mehr auf sie. Es wurde Zeit für das Sonderkommando.

„Lebend kriegen die mich nicht“ dachte er. Zu viel hing davon ab, Striebeck hob seine Waffe und wollte den Lauf gerade in seinen Mund schieben, als es ringsum krachte. Tränengas vernebelte den Raum.

Schneller als gedacht war die Einsatzgruppe angekommen, blitzschnell hatten sie zugeschlagen. Die Gefangennahme dauerte nicht länger als ein paar Sekunden. Mahler tobte vor Wut, während der Verräter Striebeck sich teilnahmslos in das Polizeifahrzeug setzen ließ. Seine Flucht war hier wohl zu

Ende, auf 'Rosa' durfte er nicht hoffen. Eher ließ 'Rosa' ihn beseitigen, Trotzdem würde er nicht zum Verräter werden, lieber sterben!

„Super!“, war die erste Reaktion des Generals, als ihn sein skandinavischer Kollege anrief.

„Ja, Striebeck und Mahler sitzen bereits. Wir brauchen nur noch einen offiziellen Auslieferungsantrag. Es sind Eure. Dieser Mahler, immer noch mit 'Zwergenbart', so ein Schwachkopf, und dieser Striebeck. Obwohl er sechs verschiedene Ausweise hatte, er ist es.“

„Auch einen Motorradführerschein?“

„Sicher, sogar zwei solcher Karten. Warum fragst Du?“

Burgmann erklärte Sandvart die Sache, Striebeck konnte also durchaus der Mörder Keitzigs sein. Die beiden Inhaftierten verweigerten bisher jede Aussage, nicht ohne Anwalt und nicht in Schweden. Göran hatte bereits die vorgegebenen Schritte zur Abgabe an die Deutschen eingeleitet. So wie ihm gesagt wurde, sollten BKA-Beamte übermorgen den Auslieferungsantrag bringen. Weil ein internationaler Haftbefehl vorlag, könnten sie Mahler und Striebeck gleich mitnehmen.

Ihm kam eine Idee, schließlich mochte Sandvart seit einiger Zeit das BKA nicht sonderlich: „Wollt Ihr dabei sein? Das ließ sich schon machen.“

„Gerne, ich flieg' heute noch mit ein paar von meinen Leuten zu Euch. Auch wenn die vom BKA die Lorbeeren einheimsen werden, es sind immer noch unsere Gefangenen. Ich danke Dir und nochmals herzlichen Glückwunsch. Servus!“

Freudestrahlend ging der General ins Vorzimmer, Plank sollte ASAP Storr und den ganzen Haufen her zitieren, auch die Hackerheinis. Schließlich hatten die einen gewichtigen Anteil am Erfolg.

„Herr Jeneral, die Kleene von die BuPo is' seit morjen och schon da, die och?“
Überflüssige Frage fand der General, sicher die Kleine auch. Und warum wusste er von ihrer Ankunft nichts?
„Jing nich', det Jespräch wollt' ick nu' mang nich' stören!“
Der Staatssekretär wollte jetzt eigentlich gehen und erst später die ganze Einheit beglückwünschen. Doch der General war derart euphorisch und wollte ihn keinesfalls bei der Verkündung so eines Erfolges fortlassen, so blieb er. Nebenbei war er Politiker und wusste daher, ein Teil des Ruhmes wird auch auf ihn selbst ausstrahlen. Der wiederum bedeutete Wählerstimmen, auch wenn er die eher konservativen Ansichten der Soldaten kannte.

Felicitas meldete sich mit ihren Leuten, alle zogen lange Gesichter. Bisher hatten sie kaum Erfolge vorzuweisen, die Suche zog sich immer noch hin. Die Anwesenheit des Staatssekretärs hob auch nicht gerade die Stimmung. Anscheinend kam er, um den Druck zu steigern und endlich Ergebnisse vorweisen zu können.
„Denen ist ja zum Feiern. Hoffentlich nicht unsere Versetzung nach Feuerland!“, flüsterte Hannes ihr zu.
Felicitas nickte unmerklich, Christian und der Staatssekretär zeigten fast so was wie Partystimmung. Konnte heiter werden!
„Meine liebe Frau Storr, liebe Kameraden, ich freue mich, Euch eine gute Nachricht mitteilen zu dürfen!“, schmetterte Burgmann seinen Leuten euphorisch entgegen.
Doch Feuerland?!
„Göran Sandvart rief mich vor wenigen Minuten an.“
Lappland?!
„Unsere schwedischen Kameraden haben“ - lange Zwischenpause - „Striebeck und Mahler verhaftet!“

Die eintretende Stille schlug schnell in Jubel um. Auch wenn ihr eigener Anteil an den Festnahmen kaum erwähnenswert war, es war ein Grund zur Freude.
„Ist er Keitzigs Mörder?“, kam von irgendwo eine Stimme her.
„Nein, noch wissen wir es nicht genau. Aber es gibt neue Indizien darauf, Ihr müsst Geduld haben.“
Nachdem sich die Soldaten wieder gefangen hatten, wies der General Storr, Feller, Kummer und Müller an, sich reisefertig zu machen. Er und die vier Genannten würden gleich anschließend nach Stockholm fliegen, um bei der Übergabe der Verbrecher dabei zu sein.
„Als Zuschauer, in Zivil, mehr nicht!“
Deshalb stand Plank jetzt vor einem Problem, einen Flug für fünf nach Stockholm. Heute. Aber Plank wäre nicht er selbst gewesen, wenn der Feldwebel das nicht hingebogen hätte. Pünktlich mit der Abendmaschine starteten sie.

Auf dem Stockholmer Flugplatz holte ein Fahrzeug Sandvarts den General ab, ein weiterer Wagen brachte die Übrigen in ein Hotel.
Leider hatte Britt für Freitag nur zwei Doppelzimmer buchen können, aber ab Samstag ständen Einzelzimmer für Kummer und Müller zur Verfügung. Ein Einzelzimmer würde genügen, wenn Maik schon nicht bei seiner Freundin übernachten durfte, dann könne doch Pernilla ins Hotel kommen. Seine Chefin sprach kurz mit der Rezeption, es ginge in Ordnung. Ab Samstag zwei Doppel- und ein Einbettzimmer, selbstverständlich ging das.
Während Kummer mit seiner Freundin telefonierte, unter heftiger Teilnahme seines Kameraden Müller, genossen Hannes und Felicitas die Vorzüge des Room Services. Candle-Light-Dinner auf dem Zimmer, ein herrlich bequemes Bett und keine Kinder, Kameraden, Eltern oder wer sonst noch klopfen könnte.

An den Wochenendtagen zeigte Sandvart höchst persönlich sein Stockholm. Keiner kannte das Venedig des Nordens, so prasselten die Eindrücke gewaltig auf die Deutschen ein. Obwohl die Hauptstadt Schwedens gegen Berlin klein war, gab es doch viel zu zeigen. Der alte Einheimische würde sich gerne absetzten. Von Burgmann kritisch und unklar kommentiert, lachend besänftigte Göran den General: „Christian, warst Du in dem Alter besser?"

Selbstredend nicht, „Na, von mir aus. Aber am Abend sind Sie da, Kummer! Ham S' mich verstanden?"

Kein Problem, er musste ja seinem Oberboss nicht auf die Nase binden, dass Frau Mällon mit im Hotel übernachtete und ebenfalls bei der kleinen Party bei Sandvarts eingeladen war.

Für den Abend meinte Göran auf Burgmanns Frage: „Jeans sind schon in Ordnung, es ist ja keine förmliche Einladung. Nur ein kleiner, gemütlicher Abend."

So hatte jetzt der General ein Problem, er war der einzige in 'guten' Hosen. Alle anderen, selbst Sandvarts, trugen legere Sachen.

Schuhe ausziehen? Hannes und Kummer hatten sich darauf eingestellt, so machte man das hier.

„Hab' I es Dir net g'sagt?", flüsterte Hannes seiner Prinzessin ein bisschen schadenfroh zu.

„Doch, aber jetzt hilf' mir aus den Dingern raus!"

Die Dinger, ihre Stiefel, unter den engen Jeansbeinen herauszuziehen erforderte schweren körperlichen Einsatz von Hannes: „Wie hast denn das Zeugs überhaupt anziehen können und dann hast doch g'nug Schuh'!"

Anziehen war nicht schwierig, aber nur so. Über den Hosenbeinen ging der Reißverschluss nämlich nicht zu. Und von wegen genug Schuhe! Die Stiefel passten zum Rock, weniger zu den Jeans. Aber mehr hatte sie doch nicht dabei. Ihr Schatz verdrehte die Augen.

Plötzlich sprang er auf und drückte sich in eine Ecke. Schwerlich konnte er sich zurückhalten. Müller wie auch Burgmann hatten eindeutig riesige Löcher in ihren Socken.

„Modisch, eine neue Strumpfkollektion. Habt Ihr Eure Plattfußschoner im gleichen Laden gekauft?“, tödliche Blicke trafen Felicitas, doch die störte das in keinster Weise.

Hatten sie von ihrer Pfennigfuchserei, Burgmann wie Müller mussten schwäbisch-schottische Vorfahren haben. Görans Frau schuf rasch Abhilfe, ihr Gatte lebte auch auf großem Fuß. Ansonsten gab es keine weiteren 'Schwierigkeiten' mehr, auch keine Sprachprobleme. Göran und Anngret sprachen beide gut genug Deutsch, so konnte Hannes sich entspannt zurücklehnen. Sein Übersetzungsbüro blieb geschlossen. Spät in der Nacht kamen sie ins Hotel zurück

. Burgmann flüsterte zu seiner Oberstleutnantin: „Nimmt der Kummer jetzt sein Gspussi mit aufs Zimmer?“

Leise gab sie zurück: „Logisch! Du, Onkel Christian?“

„Hm!“

„Bist neidisch?“

Entrüstet verneinte er heftig, ein wenig zu heftig. Im Bett fragte Felicitas Hannes, ob er auch das Gefühl habe, Christian sei durch die Mällon etwas konfus.

Trocken meinte der: „In dem Alter is' des all's bloß no' Kopfsach'. Weihnachten is' eh bald, bis dahin wird er 's scho' no' aushalt'n!“

So, so, das verbiete sie sich aber, bei ihm sollte es ja keine Kopfsache werden. Weihnachten reiche ihr auch im hohen Alter nicht, mindestens Ostern, Pfingsten und zwei bis drei Einsätze müssten zusätzlich drin sein. Drehte sich um und schlief demonstrativ ein. Pech gehabt, würde Hannes halt auch schlafen!

Schnell verging der Sonntag, die durch Maiks Pernilla verstärkte Gruppe erschien montags mit dem Hahnenschrei im Frühstücksraum. Heute ging es zu den beiden Mördern. In wenigen Stunden flogen diese Verbrecher mit den BKA-Leuten nach Deutschland.

Ihr eigener Linienflug folgte unwesentlich später und dann, so hatte der Staatssekretär versprochen, ging die komplette Burgmanntruppe in Urlaub. Nur die Neuen sollten zusammen mit Oberstaber Schmidt die Stallwache bilden, bis Heilig-Drei-König. Resturlaub und Überstunden hatten sie zur Genüge. In dieser Zeit gaben ja selbst die üblichen Verdächtigen Ruhe.

Göran begleitete seine deutschen Kameraden in die Haftanstalt, die beiden BKA-Beamten trafen fast gleichzeitig ein. Notwendige Papiere wurden gegengezeichnet und ausgetauscht, schon waren Striebeck und Mahler im Gewahrsam der Deutschen.

„Herr General, in unserem Flieger ist noch Platz. Wollen Sie mit Ihren Damen und Herren nicht gleich bei uns mit?“

„Oh, vielen Dank! Aber wir haben bereits Rückflugtickets. Und die blonde Dame“, unausgesprochen meinte er die, die da hinten mit seinem Hauptfeldwebel Händchen hielt, „ist eine Mitarbeiterin von Herrn Sandvart. Trotzdem, nochmals vielen Dank und guten Flug!“

Man verabschiedete sich kollegial, auch von den Schweden, und die Kriminaler fuhren mit ihren Gefangenen zum Flugplatz. Burgmann befahl Aufbruch und Sandvart ließ die Truppe zu ihrer Maschine bringen.

Später meinte der zu Britt: „Sind ja ganz nett, aber ich bin doch froh, dass die Sache abgeschlossen ist. Bis zuletzt befürchtete ich wieder Leichen.“

„Sicher, Berge davon. Aber ganz wirst Du die nicht los. Dieser Kummer ist gleich hiergeblieben und die Frau Oberstleutnant und der Leutnant Hannes haben schon angekündigt im Sommer mit ihren Kindern zu kommen.“

Amüsiert meinte Göran sei so abgesprochen, im Sommer durften sie seine Stugga nutzen.

„Aber ihre Kinder, bist Du Dir sicher? Wie ich verstanden habe, sind die zwei erst kurz zusammen" , noch kannte Britt schließlich nicht die ganzen Hintergründe des Storr-Feller-Verhältnisses.

Heimischen Boden unter den Füßen ging es unmittelbar danach ins Büro. Vor dem Urlaub standen noch Berichte. Auch in der Burgmanntruppe ein allseits beliebter Zeitvertreib. Das Jahr 2008 schloss mehr als zufriedenstellend. Auch die frühere Gruppe Golf, jetzt Gruppe Mike, hatte ihren Fall abgeschlossen. Die Schieber, ein Oberleutnant, ein Hauptfeldwebel und ein Stabsgefreiten, wurden überführt und der Justiz überlassen. Noch ein Plus in der Statistik.

Schmidt setzte die Reihe ihrer Erfolge fort: Die anrüchige Angelegenheit erwies sich als unausgegorener Plan einiger unausgelasteter und hirnloser Soldatinnen und Soldaten. Da es nur bei der Planung geblieben war, genügten deftige Disziplinarstrafen, um den Unfug zu beenden. Endlich, ab in den Urlaub!

Auf Felicitas' Frage nach seinen Plänen teilte der General mit, dass er und 'Tante Heike' sicher bei Hallbauers vorbeischauen würden, ansonsten wollten sie die Feiertage in Österreich beim Skifahren verbringen.

Langsam leerten sich die Räume der Truppe, einer nach dem anderen wünschte ein frohes Fest und entschwand. Das Paar Storr-Feller fuhr an der Wohnung vorbei, packte noch einige Kleinigkeiten in den Wagen und fuhr Richtung Bayerwald.

Hannes schwante, dass bei dem angekündigten Massenauflauf nicht gerade viel Zeit für Entspannung bleiben würde. Wenigstens über den Jahreswechsel wären sie und die Kinder weg. Hoffentlich machte Felicitas keinen Strich durch seine Rechnung. Aber die paar Tage konnte ihre Familie auch ohne die drei Storrs und ihm auskommen. Seine Nachfrage bei Hallbauer Senior war positiv verlaufen, der hielt sein Weihnachtsgeschenk für eine erstklassige Idee. Schade, dass Hannes vor ihm diesen Einfall hatte. Jetzt konnte Schorsch seiner Loni nicht etwas in der Art präsentieren. Die Reisewelle zu den Ferien hatte noch nicht eingesetzt, so kamen sie zügig voran. Zwiesel lag bereits vor ihnen: „Merkst Du was?“

„Na! Was denn?“

Felicitas zupfte an ihrer Tarnjacke: „Scho' wieder getarnt, net mal Zeit zum Umziehen hat ma'!“

Bei guter Sicht hob der kleine Jet in Stockholm ab, die BKA-Beamten wirkten erleichtert. In relativ kurzer Zeit bekamen sie ihre Gefangenen und befanden sich jetzt bereits auf dem Rückflug. Nicht ihre erste Abholung, oft dauerte es Tage, bis sie zurück konnten. Manchmal sogar Wochen. Die Maschine gewann Höhe, ruhig zog der Flieger über die Ostsee.

„Meine Herren, wir sind jetzt bereits halb über dem Meer, noch kurze Zeit und Sie können die Felsen von Rügen weiß leuchten sehen“, der Pilot zeigte den Polizisten die Richtung halb links.

„He, komm mal!“, rief ihn sein Co-Pilot in die Kabine zurück.

Striebeck hasste den Gedanken an ihre Ankunft in Deutschland. Seine Ex-Kollegen behandelten ihn zwar korrekt, aber er spürte dennoch ihre Verachtung. Gedanken rasten in ihm, nur ein Ziel: Seinem Leben ein schnelles Ende setzen.

Ganz das Gegenteil ging in Mahler vor sich. Ihm konnten die nichts anhaben, höchstens ein paar Jahre wegen der Hansenentführung. Wehe aber, wenn diese Schweine ihn wieder frei ließen, dann wollte er seinen Rachefeldzug für seine Mutter gnadenlos weiterführen.

Im Cockpit herrschte Krisenstimmung, die Triebwerke arbeiteten nicht rund. Aussetzer, die Temperaturanzeige spielte völlig verrückt! Der Kapitän warf seine ganze Erfahrung in die Waagschale, doch er konnte nichts dagegen tun. 120 Kilometer vor der Küste nahm die Flugsicherheit ihren letzten Funkspruch auf: „Flug DE2444! Haben Probleme mit Triebwerken, erbitten schnellst mögliche Landung!“

Ab diesem Zeitpunkt verschwand DE2444 von den Radarschirmen. Tage später fand ein Suchschiff die Trümmer am Grund der Ostsee. Die beiden Flugschreiber wurden nie gefunden. Eine Untersuchung ergab ein paar Fehler in der Elektronik beider Triebwerke, vermutlich Abnutzung. Die sterblichen Überreste aller Insassen wiesen keine Auffälligkeiten auf. Niemand hielt es nötig weiter zu ermitteln, niemand verständigte weitere Stellen. Und vor allem schien man sich nicht daran zu stoßen, dass Alles und Jeder gefunden wurde – nur eben die Flugschreiber nicht! Nur eine kurze Mitteilung an das BKA, mehr folgte nicht. Und die Nachricht verschwand dort bald in den Akten, sorgfältig kopiert für die Personalabteilung.

Schorsch Hallbauer hatte es nicht für nötig gehalten, ihre Ankunft anzukündigen. So überraschte ihr Erscheinen den Rest des Klans.

Die nächsten Tage verliefen in der derzeit ganz Deutschland erfassenden vorweihnachtlichen Hektik. Die drei Männer durften einen Baum besorgen, die weiblichen Familienangehörigen buken Zentner von Plätzchen und Stollen. Die Kühltruhe füllte sich, bis der Deckel fast nicht mehr schloss.

Zu allem Überfluss setzte Mark noch eine verhaute Schulaufgabe drauf, daran sei nur die Ziege Tina schuld. Die hatte Storr Junior den Laufpass gegeben, seither war er durch den Wind.

Zwischenrein setzten sich Felicitas und Hannes nach Dingolfing ab. Bei Hausers lag die Stimmung wieder auf Normalniveau. Der Polizeischutz war weg und die Angst merkte man den Hausers auch nicht mehr an. So verliefen die Besuchsstunden angenehm. In einem unbeobachteten Moment erkundigte sich Christopher dann doch über Conni. Auch er war heilfroh, wie die Sache ein halbwegs gutes Ende genommen hatte. Ihm lag mehr an der jungen Polizistin, als er sich eingestanden hätte.

Am 20. Dezember, Samstagmorgen rasselten laut vier Wecker, die Amis kommen! Paps Hallbauer und Hannes fuhren nach Erding, um den Überseeteil der Familie abzuholen. Beide hatten darauf bestanden, diese Aufgabe selbst zu übernehmen. Damit entkamen sie wenigstens der von Mam Hallbauer und Theresia ausgehenden Aufregung. Ab acht Uhr standen die zwei in der Küche, Felicitas musste mit Mark das ganze Haus auf den Kopf stellen. Zum X-ten Mal in den letzten Tagen, kein Staubkorn durfte übersehen werden. Die Taxifahrer waren absichtlich viel zu früh dran, so blieb unterwegs genügend Zeit für ein gemütliches zweites Frühstück und ein drittes am Flughafen.

Gregg Thomas wirkte fast wie ein Bilderbuch-Ami, Lissi sah Felicitas auffallend ähnlich. Bis auf die größere Fülle. Die drei Kinder waren anfangs etwas schüchtern, das sollte sich im Laufe der Fahrt massiv ändern. Vor allem die beiden Älteren löcherten 'Uncle Haenns' unaufhörlich. Über good old Germany, ihre deutschen Großeltern, über den Rest der Verwandten und wie er eigentlich zur Familie gehörte.

Bei ihrer Ankunft stand das Begrüßungskomitee bereit, nachdem der erste Wiedersehenstaumel vorüber war, zog Schorsch Gregg, Hannes und Mark in sein Arbeitszimmer. Sollten sich doch die Weibsleut' noch stundenlang abbusseln, für Männer war ein guter Willkommenstrunk eher geeignet. Gerade war das erste Bier getrunken, tönte „Essen“ durch das Haus. Entsetzt starrten die beiden Abholer auf den Tisch: „Des reicht ja bis Neujahr!“

Selbst wenn die Besucher viel Appetit hatten und man den von Hannes und Mark dazu rechnete, dieser Berg schien unbezwingbar. Während sich ihr Vater an europäischen Tischmanieren versuchte, schütteten die Kinder literweise Ketchup über das Essen. Trotz wiederholter Ermahnungen ihrer Mutter schnitten sie auch alles zuerst in Stücke, um es dann genüsslich in sich hinein zu stopfen.

„Lasst s' halt! So schlimm is' des a wieder net.“, besänftigte Mam ihre Tochter Lissi.

Bei den Mengen an Nahrungsmittel, die sie sich über die nächsten Tage einverleibten, hielt Felicitas ihre täglichen Laufrunden für besonders wichtig. Sie und Gregg waren die einzigen 'Sportler', die echte Begeisterung dafür zeigten. Mark und Hannes murrten wenigstens nicht, Lissi dagegen zog eine mächtige Schnute. Die Weihnachtszeit über hätte man ruhig auf den Schmarren verzichten können. Sie war schließlich kein Soldat und spielte auch nicht Fußball wie ihr Neffe. Wenn schon, dann würde sie mit Paps laufen, der lief ja auch nur alle zwei Tage und bedeutend kleinere Strecken! Dafür durfte Lissi zuerst unter die Dusche, Mark duschte im Keller. Schließlich musste er noch zum Spiel.

Heilig Abend rückte näher. Theresia und ihr Bruder drückten noch die Schulbank, so wurde den 'Amis' der Wald gezeigt: Nationalpark, Museen und Glasbläserei. Die Abende drehten sich naturgemäß um ihren Beruf, Hallbauer fühlte sich dabei aber oft ausgeschlossen.

Gregg, Hannes und sogar seine Älteste kannten eine der beiden letzten Konsequenzen des Soldatseins. Er selbst hatte in über vierzig Dienstjahren nie einen scharfen Schuss abgeben oder befehlen müssen. Die drei 'Aktiven' erschienen dem alten Soldaten dann oft fremd, extrem zynisch und direkt. Selbst seine Feli, wenn sie ihm wenigstens davon erzählt hätte! Aber er erfuhr nie vom genauen Hergang der

Schießerei in Schweden, wie seine Tochter zum ersten Mal gezielt auf einen Menschen schoss.

Am Heiligen Abend quoll das Haus fast über, nun lernte Hannes auch die jüngste Hallbauertochter mit ihrem Bräutigam kennen. Sie war ein ganz anderer Typ als Felicitas oder Lissi, unselbständiger und sehr auf die Meinung ihrer Mitmenschen fixiert. Ihr Zukünftiger wirkte absolut fehl am Platz. Hannes musste seiner 'Frau' und den Kindern zustimmen, ein Lackaffe.

Kathi und ihr Jens merkten als einzige nicht, dass keiner der Hallbauers, inklusive Anhang, ihn freiwillig mit einbezog. Selbst die ansonsten immer für Friede, Freude, Eierkuchen sorgende Mam wirkte ihrem Schwiegersohn Zwo gegenüber reserviert. Gregg, obwohl Baptist, fuhr mit zur Kindermette, Jens überredete Kathi dagegen, nicht zu so einem Unsinn zu gehen. Wer geht denn noch zu diesen Betheinis?

„Wir, junger Mann! Was Sie machen ist alleine Ihr Problem. Kathi, kommst Du?“, an diesem Abend hatte er endgültig verspielt, Mam Hallbauer sietzte ihn! Zwischen allen Stühlen blieb seine Freundin bei ihm.

Mark sprach während der Fahrt aus, was der Rest dachte: „Passt net, gar net! Und die Nuss von Tante Kathi tut, was er sagt. Tante! Da lach' I, grad 9 Jahr' älter und dafür 10 Jahr' blöder!“

Der Eklat kam bei der Bescherung. Gedacht waren nur Geschenke für die fünf Kinder, die Erwachsenen würden nur ihren Partner etwas unter den Baum legen. Zuerst tätschelte Jens Kathi wie ein kleines Kind und gab zu verstehen, ihr Geschenk sei ja so was von spießig. Ein neuer Satz Golfschläger, von 'miserabelster' Qualität! Nächstes Jahr solle sie doch einfach nichts schenken.

Sprachlos folgte die restliche Familie seinem Verhalten. Noch besser war, dieser schoflige Kerl hatte überhaupt nichts für

Kathi! Erwartungsvoll sah der Kerl sich um. Der suchte das Geschenk seiner zukünftigen Schwiegereltern! Selbst die Thomaskinder hatten den Sinn von Weihnachten verstanden, auch den Unterschied zwischen dem Cola-Weihnachtsmann in Amerika und dem bayerischen Christkind.

Schorsch nickte seinen beiden anderen Schwiegersöhnen zu, die erhoben sich, packten Jens und setzten ihn kurzerhand vor die Tür. Bedauernd fragte Mark, ob er später bei so was mitmachen dürfe.

„Logo, wenn 18 bist!"

Die jüngste Hallbauer heulte wie ein Schlosshund, nicht nur wegen des Hinauswurfs ihres Verlobten.

„Morgen fahren wir zu Euch nach Nürnberg und holen Deine Sachen! Und in die Firma von dem A mit Ohren gehst ab jetzt auch nimmer!", befahl Schorsch Hallbauer.

Schluchzend willigte sie auf den 'Vorschlag' ihres Vaters ein. So tief hatte Jens sie noch nie verletzt! Meistens sei er doch immer fürsorglich und lieb zu ihr gewesen!

„Fürsorglich, Kathi? Jetzt hör' auf, ein Arschloch ist der, genauso wie mei' Ex!", mehr gab es für Felicitas nicht mehr zu diesem Trottel zu sagen.

Hannes öffnete ungerührt von dem Beziehungsdrama sein Paket: Ein ganzer Satz Bücher, und dazu alle sein Thema: 'Deutsche Schutztruppe'.

Nervös schielte er zu Felicitas, als die sein dünnes Geschenk auspackte. Kreischend fiel sie ihm um den Hals: „Eine CD-Sammlung 'Berliner Philharmoniker', hast do' Kultur. Was ist da noch drin?"

„Schau halt!"

Hotelreservierung für drei Nächte mit vier Flugtickets für Silvester in Edinburgh! Selbst Mark war begeistert, hatte der Junge schon Angst, den Jahreswechsel bei seiner Familie verbringen zu müssen. Dank dieser Ziege bräuchte er auf keine Party gehen, sicher tauchte Tina mit ihrem Neuen auf.

Kathis Habe aus ihrer Nürnberger Wohnung zu holen, erwies sich schwerer als gedacht. Sicher, widerstandslos würde Jens das Hallbauersche Rollkommando nicht hineinlassen. Aber schlimmer noch erwies sich die Jüngste, ohne ihre Schwestern wäre sie zu diesem Kerl zurück und die ganze Sache wäre um Haaresbreite bereits am Anfang zu Ende gewesen.

„Die Möbel gehören alle mir, Finger weg!“

Gregg und Hannes sahen ihren 'Gegner' mitleidig an: „Go ahead, damn Mothe...!“

Blass wich Jens zurück, bevor er sich mit diesen Hinterwäldlern auf eine Prügelei einließ, gab er klugerweise klein bei.

„Möbel kannst b'halten, Pfeffersack. Den Rest hast in einer Viertelstund' sauber verpackt und ins Auto bracht!“

„Wie, ich!?“, schockiert versuchte Jens zu widersprechen.

Hannes hielt es für fair, so könnte Jens später nicht behaupten, es sei zu viel weggekommen. Im Treppenhaus klang eine neue Stimme auf, der Ankömmling kannte auf jeden Fall Kathi: „Ja, hallo Kathile, was is'n do los?“

Anscheinend wurde der Besucher über die Lage aufgeklärt, immer wieder unterbrachen „Jo, Allmächt', so a Zwetschgagopf“ und ähnliches die Erklärung der Hallbauer-Schwestern.

Jens war deutlich anzumerken, dass das Erscheinen eines ihrer Bekannten ihm jetzt überhaupt nicht recht kam. Daneben war der Besucher der Mann der besten Freundin Kathis. Jens wusste genau, was das hieß. Seine Anwesenheit würde bei den Treffen ihrer Clique nicht mehr erwünscht sein.

Mit Ablauf der Frist begannen die Hallbauerschwestern ihren 'Stubendurchgang' und fanden noch ein paar 'Kleinigkeiten' Kathis in der Wohnung. Nächster Schritt war alleine die Aufgabe von Paps: Aufhebungsvertrag mit sofortiger Wirkung, sofort Barauszahlung des ausstehenden Lohnes und eine Abfindung.

Schlotternd vor Angst unterschrieb Jens alles, was man ihm vorlegte. Um ihm spätere Einwände unmöglich zu machen, bat Hallbauer den Bekannten Kathis als Zeuge zu unterschreiben. Dem schien das ganze Theater viel Spaß zu machen, er mochte diesen Affen anscheinend auch nicht.

Ein bisschen schlechtes Gewissen hatte Felicitas schon, ihre Eltern über den Jahreswechsel mit ihrer Schwester alleine zu lassen. Half nichts, in ein paar Tagen wären sie ja wieder zurück. Leider musste Gregg bereits am ersten Tag des neuen Jahres bei seiner Einheit sein, eine neue Verlegung stand an. Ihren Nichten und ihrem Neffen machte das aber nicht das Geringste aus.

„Du Lissy, mein Lieblingsschwager hat schon gepackt, kannst Du mit den Kindern denn länger bleiben? Jetzt, wo Ihr schon wieder versetzt werdet?"

„Mach' Dir keine grauen Haare deswegen, Sweety. Wir bleiben nur, bis er back ist!"

„Wieso zurück?"

Mit dem für weibliche Hallbauers übliche spöttischen Lächeln meinte Lissy: „Nächster Turn, für drei Jahre, Grafenwöhr!"

Praktisch um die Ecke! Felicitas und später Mam stank diese Geheimniskrämerei ein klein wenig, trotzdem eine gute Nachricht. Vor allem waren dann die Großeltern nicht so lange alleine. Hannes hielt ihre Sorge eh für übertrieben, aber auch ihm war wohler. Ein klein wenig hatte ihn sein Gewissen doch gezwickt.

Montagmorgen holte der Zubringer die Reisenden ab. Bis Frankfurt mussten sie fahren, den Winter über gab es nur von dort eine Direktverbindung. Die Hauptstadt Schottlands wimmelte bereits bei ihrer Ankunft von Besuchern, nicht umsonst galt die Straßenfeier zum Jahreswechsel als die größte Europas. Trotz Vorbehalte gegen die britische Küche führte Hannes die drei Storrs am Abend zum Essen aus, es schmeckte wider Erwarten vorzüglich. Von wegen schlechte Küche, und überhaupt, die Stadt erschien sauberer als mancher Ort in Deutschland.

Schlimm wurde es ab Mittwochabend, die Straßen waren übervoll, ein Gedränge sondergleichen. Und dann verschwand Mark! Sein 'Noch-nicht-Vater' bläute ihm zwar den Weg zum Hotel ein, aber seine Mutter sorgte sich doch etwas. Nasskaltes Wetter tat der Stimmung aber keinen Abbruch.

Schlag Mitternacht fielen sich wildfremde Menschen in die Arme. Spät in der Nacht, oder eher frühmorgens, schwankten Felicitas und Hannes, Theresia vorsorglich bei Felicitas und Hannes an der Hand, ins Hotel zurück. Nicht weil sie zu viel getrunken hätten, ein paar Schluck fanden dennoch und trotz der Anwesenheit der Kleinen ihren Weg. Es war einfach saumäßig glatt.

„Miss Storr, please!“

Erschreckt und mit einem Schlag nüchtern sammelten sie sich bei der Rezeption. Oh, es sei nichts Schlimmes passiert! Nur der junge Herr säße auf der Polizeiwache gleich um die Ecke.

„Where?“, kam gerade noch aus Felicitas Mund.

Aufgeregt hörte Felicitas sehr genau zu, es lag tatsächlich gleich um die Ecke.

Stotternd nannte Felicitas ihren Namen an der Sprechanlage, es surrte und man stürmte in die Wache. Da saß bereits der Knabe, stockbesoffen!

„Hei Mam, Hei 'noch-nicht-Paps' un' di.. die Res a...a..auch.“

Ein stämmiger Sergeant rief sie zu sich. Nein, der Junge wurde keiner Straftat beschuldigt, nur für einen Sechzehnjährigen zu tief ins Glas geschaut. Seine Freunde warten auch auf ihre Eltern.

„Which friends? He doesn't have any friends here, we are from Germany!"
Der 'Bobby' lächelte, bei dieser Riesensause findet ein junger Mann immer Freunde.
„Mam, d..dasch hie' isch Bruss un' d-der is Bob, oda' so. Un' hier isch Abi, haha komischer N..Name, un' meine all...allerliebschte Mary. Eiiine m...-me..-megageile Party!"
Inzwischen saßen mehr Halbstarke auf der Bank. Neben Mark zwei Jungs, ebenso viele Mädchen. Zumindest sahen sie so aus. Tapsig knutsche Storr-Junior mit einem der Girls. Merkte gar nicht, wie sehr, sehr dunkle Gewitterwolken bei Felicitas aufzogen. Nicht nur wegen ihrem Sprössling, das mit dem 'haben wir doch auch schon gemacht' hätte Hannes sich ruhig sparen können.
Durch seinen Kater verhindert, konnte Mark das Zimmer nicht verlassen, immer noch war ihm speiübel. Mam Storr, Hannes und seine kleine Schwester hielt sein Zustand nicht von der Besichtigung des Schlosses ab. Schön war es, sehr schön. Furchtbar schade, dass der arme, sterbenskranke Mark nicht mitgegangen war.
„Du hast echt was versäumt, des hast jetztda von Deiner doofen Sauferei!"
Toll wie ihn seine Schwester tröstete, tat echt gut diese Sorge um ihn! Sein Zustand besserte sich bis zur Landung in Frankfurt ein wenig, denn da suchten sie erstmal den Ausgang, wo ihr Shuttle nach Zwiesel sein müsste. In den letzten Minuten des zweiten Januars fuhr der Kleinbus bei Hallbauers vor. Gnadenlos quetschten die Mutter und ihre Schwestern Feli aus, während Hannes den Souvenirkoffer auspackte.
„Kilt oder Whisky?"
Für Paps Hallbauer keine wirklich schwere Frage: „Whisky!"
Damit war der Schottenrock für Mam, die hätte eh keinen Schnaps gewollt. Inmitten des Trubels schlief die Kleine

unbemerkt ein und Junior Storr verdrückte sich schnellst möglich in sein Reich. Könnte ja jemand Fragen stellen, die er lieber nicht beantworten wollte. Flugs verging der Urlaub und Felicitas und Hannes mussten wieder zum Dienst. Fraglich war aber, ob Regensburg oder Berlin, zuerst nach Norden. Vielleicht hatte der General neue Pläne. Am Mittwoch brachen sie auf, bei der im Radio angekündigten Rückreisewelle lieber früher fahren statt ewig im Stau.

Ursprünglich plante Burgmann die Gruppe ST wieder nach Regensburg und Gruppe Golf, jetzt Mike, zurück nach Köln auf ihre Außenstellen zu beordern. Zuvor wollte er aber die Vernehmungsprotokolle Striebecks und Mahlers mit Felicitas und ihren Unterführern durchsehen. Dabei gab es aber anscheinend ein paar kleine Probleme. Denn Planks Versuche, an die Unterlagen zu kommen, liefen immer wieder ins Leere. Kein Mensch wusste etwas von diesen Vernehmungen. Half nichts, der General musste seine Beziehungen einsetzen. Nur das Ergebnis blieb dasselbe, es gab keine Berichte darüber! Endlich, sein Bekannter von der Internen beim BKA teilte ihm auf dem kurzen Dienstweg mit, dass die Maschine mit den Inhaftierten nie in Deutschland angekommen war. Die Unglücksauswertung dauere an, aber bisher deute alles auf einen technischen Defekt hin.

„Und die Insassen?“

„Sechs schon leicht angeknabberte Leichen, identifiziert und bereits begraben. Tut mir leid, aber warum habt Ihr keinen Bescheid bekommen?“

Der General wusste es selber nicht, und Schmidt war zuverlässig. Dem wäre eine solche Nachricht nicht durch die Lappen gegangen. Es lag keine Meldung über den Tod Mahlers und Striebeck vor, ob im Sumpf der Bürokratie oder durch Absicht verschollen? Das konnte niemand sagen. Für das BKA schien der Fall endgültig abgeschlossen, nicht aber für Burgmann. Es stank, wieso wurde er nicht benachrichtigt?

„Sicher, mich stört das schnelle Abschließen des Falles auch und warum Du, obwohl Deine Leute einen erheblichen Anteil hatten, nicht informiert wurdest. Christian, hör' zu! Ich halte Augen und Ohren weiter auf, mir gefällt das Ende der Affäre Striebeck nämlich nicht gerade."

„Genau, ich werde meine Leute auch noch ein wenig nachstöbern lassen. Wie ich Dir sagte, die Sache hat einen sehr deutlich wahrnehmbaren Eigengeruch", dem General fiel die Aussagen der Tomaschek ein, darin sprach sie immer von einer 'Rosa'.

„Nein, davon weiß ich nichts. Du meinst hoffentlich nicht, dass der Tod dieses Striebeck absichtlich herbeigeführt wurde? Sag' nichts, eine Art graue Eminenz der Terroristen, nur wenige wissen wer. Und mein Ex-Kollege war einer der wenigen Insider. Schätze, wir werden bald wieder voneinander hören. Ich fürchte, wir stoßen bald auf einen Riesenskandal!"

Wie eine Spinne in ihrem Netz musste dort jemand sitzen. Jemand der eine Ermittlung abschloss, bevor nach dem eigentlichen Kopf der Bande gesucht wurde.

Auf ihn kam jetzt jede Menge Arbeit zu, er wusste es seit dem Aufstehen. Lange genug saß Plank im Vorzimmer General Burgmanns. „Frau Oberstleutnant, jutem Morjen!", Glück gehabt, noch in der Wohnung. Die vollständige ST in seinem Büro, das hätte Plank noch gefehlt, „Ick soll sajen, dat ST in Berlin bleeben muss. Rufberetschaft. Ne, icke weeß och nich' mehr. Ja, denn Tschö!"

Kaffee mit, und das am Vormittag! „Zwee?"

„Ja, zwei Kaffee mit, der Staatssekretär kimmt glei'. Schicken S' si'. Und, Plank!"

„Herr Jeneral?"

„Die ganzen Akten der Sach'!"

Welche Sache wusste Plank ja, aber das Warum nicht. Vorläufig führte der Feldwebel einfach die Anweisungen des Generals aus, später erfuhr Plank sicher mehr. Seine Hoffnung, nach dem Besuch des Politikers schon etwas in Erfahrung bringen zu können erwies sich als Trugschluss. Eine Verbindung zu Herrn Graefe von der Bundespolizei, vielleicht jetzt?

„Und Plank, wehe Sie hören mit. Putzen S' Ihren Schreibtisch oder gehen S' spazieren. Aber ja net mithör'n!“

Sicher würde er nicht. Aber weil Burgmann so geheimnisvoll tat wurde das Interesse des Felds erst recht geweckt. So nebenbei besuchte er das Labor, dann Oberstabsarzt Mayr und zuletzt die im Aufbau befindliche PC-Gruppe. Das Ergebnis war niederschmetternd, kein Mensch wusste oder ahnte irgendwas. Bei seiner Rückkehr lief das Telefonat immer noch. Maik! Vielleicht konnte Plank seinem Kameraden einige Neuigkeiten aus der Nase ziehen. Diesen Anruf hätte er sich sparen können, auch Kummer wusste nichts. Endlich, die Erlösung für ihn nahte!

„Plank! ST, die Baum und unsere PC-Landser schnell zu mir.“

Eifrig startete der Feldwebel seinen Rundruf, die Aufklärung der Geheimnistuerei rückte näher. Es dauerte einige Zeit, bis die Truppe versammelt waren. Plank ging gleichmütig mit dem Schwarm ins Dienstzimmer Burgmanns. Unschuldig versuchte er sich hinter Samonovs breiten Schultern zu verbergen, nur kannte 'Herr Jeneral' ihn lange genug: „Fein, Plank, wenn S' scho' da sind: Protokoll!“

Natürlich war der Bürofilou auch darauf vorbereitet. Hauptsache, er erfuhr jetzt mehr. Schmerzend schüttelte der Feldwebel am Ende der Besprechung seine Schreibhand, solche Mengen mitzustenografieren lag weit zurück. An wann erinnerte er sich erst gar nicht mehr. Burgmann gab stapelweise Einzelanweisungen, detailliert und weitreichend. Erneut hatte der Staatssekretär ihm und seiner Truppe großzügig Spielraum und politische Rückendeckung gegeben. Nur musste der General versprechen, Ergebnisse mit der internen Ermittlung beim BKA auszutauschen und nötigenfalls mit dieser Stelle eng zusammen zu arbeiten.

Mit dieser Direktive im Kopf vergab der General die Aufgaben: Oberleutnant Baum und ihre Mannschaft sollten so schnell wie möglich zum Amt für Flugsicherheit und dort die Untersuchung 'unterstützen', vordringlich aber nach Hinweisen auf irgendeine Einflussnahme forschen. Hier durfte Plank die erste Randnotiz setzen: Ein Experte der Luftwaffe war für die Technischen erforderlich. Gleichzeitig sollte die Gruppe EDV heimlich alle Daten, die in irgendeinem Zusammenhang zu dem Flug, den dabei Verunglückten und dem Kreis der über den Flug Informierten beim BKA standen, herbeischaffen, „Und vergesst nicht die Tippsen, Büroboten oder Putzies. „

Anschließend Leichenschauberichte für Oberstabsarzt Mayr bis zu den eventuell vorliegenden Funk- und Telefondaten. Oberstleutnant Storr und ihre Gruppe Sierra-Tango durften, bis die den ersten Ergebnissen vorlagen, wieder einmal Akten und ähnliches durchwühlen.

„Feldwebel, zum Abschluss brauch' ich noch den Umschlag, den kleinen Gelben!"

Plank brachte den Erwünschten aus dem Einlauffach für 'Streng Geheim! Nur von Stabsoffizier zu öffnen'. Ernst hielt Burgmann den Umschlag in seinen Händen, vorsichtig öffnete er ihn.

„So, als Allererstes: Polizeimeister bei der Bundespolizei, Czerny Eva, ich ernenne Sie hiermit zum Feldwebel und zur Angehörigen unserer Streitkräfte. Plank, nehmen S' Haltung an: Feldwebel Heinz Plank befördere ich im Namen der Bundesrepublik Deutschland zum Oberfeldwebel. Legen S' glei' auf oder erst in der nächsten Woch'?"

Dem wurde der 'Herr Jeneral' langsam unheimlich, nach 5 Jahren schaffte der es immer öfter sein 'Büro' auszutricksen.

Auf zwölf Jahre verlängern, das würde er sich noch gründlich überlegen müssen. So fiel seine Antwort sehr, sehr diplomatisch aus. Peters erhielt die Einweisung auf Keitzigs Stelle. Auf die Beförderung durfte der Stabsunteroffizier aber noch ein paar Monate warten, auch bei Burgmann ging es nicht immer an den Vorschriften vorbei. Damit endete ihre Trauerzeit, es ging einfach wieder weiter.

Technische Gruppe Bravo machte sich auf den Weg, vor Ende der offiziellen Untersuchung mussten sie aktiv an den flugtechnischen Ermittlungen teilnehmen. Der General war sich nämlich fast sicher, dass irgendjemand die Klärung in die falsche Richtung lenken oder gar vorzeitig abschließen wollte. Das zu verhindern galt als die wichtigste Aufgabe Baums und ihrer Techniker. Wobei Burgmann genau wusste, Baum und der Ballistiker waren fehl am Platz. Schlau mitreden und die Augen weit aufhalten, das konnten seine Leute aber zumindest.

Früher gab es für Burgmann und seine Truppe einfachere Jobs, kleine Gaunereien, gelegentlich eine Straftat, aber immer nur Bundeswehrinternas. Heute griff alles ineinander, die Grenzen verwischten und das Spektrum der Einheit wurde zwangsläufig immer größer. General Burgmanns Problem dabei war das Fehlen der rechtlichen Mittel einer echten Ermittlungs- und Eingreifeinheit.

Vor jedem Einsatz, der den Rahmen sprengte, musste er erst beim Staatssekretär dessen O.K. einholen und wie oft kontaktierte der dann erst mühsam den Verteidigungsausschuss und Fachleute des Innenministeriums. Noch hatten sie nicht die Möglichkeiten ihres US-Vorbildes, dieses Ziel hoffte der General nun mit dem angekündigten Juristen vor seinem Dienstende zu erreichen. Und mit dem aktuellen Fall, der ja die Grenzen und Schwachpunkte der Einheit z.b.V. Burgmann mehr als deutlich zeigte. Damit wollte er seine weiteren Sondierungsgespräche mit halbwegs geeignet erscheinenden Parlamentariern fortführen, denn selbst bei den Grünen und auf dem linken SPD-Flügel gab es Leute, die seine Pläne für praktikabel hielten. Ein Erfolg in dem für Burgmann und seine Soldaten eben noch nicht abgeschlossenen Fall könnte den Prozess hoffentlich beschleunigen. Vielleicht wurde ihm dann sogar ein richtiger Staatsanwalt für Durchsuchungen und Verhaftungen über den 'Jedermanns-Paragraphen' hinaus zugeteilt!

Inzwischen sprengten seine PC-Spezialisten bereits wieder den Gesetzesrahmen, kein Passwort und kein Filter hielt die drei um Grabowsky von ihren Nachforschungen ab. Schon nach wenigen Tagen lagen Storr und ihrem Team genug Lektüre vor. In zwei Gruppen arbeiteten sie sich durch, was die eine Mannschaft heute schaffte, wurde am nächsten Tag von dem anderen Team gegengelesen. Ein zeitraubender Weg, doch so entging ihnen praktisch nichts.

Eines konnte der Oberstabsarzt aber bereits bestätigen, auf Grund der Obduktionsergebnisse lagen als Todesursache für die sechs Leichen eindeutig die Absturzfolgen vor. Es gab tatsächlich keinerlei Anzeichen für einen anderen Verdacht.

In mühevoller Kleinarbeit zerlegte Sierra-Tango weiterhin die Daten. die von Grabowsky, seiner neuen Kameradin und Unteroffizier Krammer herangebracht wurden.

Nach nur einer Woche bereits eine derartige Menge, dass Storr ihn bremsen musste: „Grabowsky, Ihr seid zwar genial, aber lasst Euch mehr Zeit. Wir haben kaum eine Chance Euer Tempo mitzuhalten! Macht doch mal einen Spieletag oder auch zwei.“

Tief getroffen machte sich der Obergefreite auf den Weg zur Gruppe Feller. Inständig hoffend, dort auf mehr Anerkennung zu stoßen: „Morgen, Herr Leutnant! Ihre Chefin will das hier nicht haben, aber Sie doch sicher?“

Erneut ein Dämpfer: „Tut mir leid, Grabo, aber sehen Sie her!“, Hannes hielt ihm einen dicken Packen Ausdrucke hin: „Das ist von den letzten beiden Tagen. Wir kommen schlichtweg nicht hinterher. Ihr seid zu gut. Bitte langsamer, sonst ersticken wir!“

Gekränkt hatte Grabowsky schon eine grobe Antwort auf der Zunge, im letzten Moment hielt er sich zurück. Der Leutnant würde ihm nicht dienstlich kommen, von wegen Vorgesetzter und so. Nee, da käme eine viel gröbere Antwort zurück. Zum Affen für Peters und Müller wollte der Landser sich nicht machen. Stillschweigend trat er den Rückzug an, dann halt nicht! Spieletag? Befehl ist Befehl, könnten sie schauen, wo sie ihre Infos herbekamen. Von seiner Gruppe in den nächsten Tagen jedenfalls nicht. Erst wenn ihn die Storr oder ihr Blümchensoldat darum anbetteln würden! Oh je, da war jemand ziemlich sauer! Hätte Grabowsky das Grinsen seiner Kameraden Peters und Müller noch gesehen, er wäre in die Luft gegangen. Den Arbeitseifer der PC'ler in allen Ehren, aber auch den beiden Stabsunteroffizieren wurde es zu viel an Material.

Drei anstrengende Wochen lagen hinter allen Beteiligten, ein greifbares Ergebnis schien aber immer noch in weiter Ferne. Um die Kampfmoral zu heben, befahl Burgmann wieder einmal ein paar freie Tage. Schneefall und Glatteis von Berlin bis Berchtesgaden, sie würden also erst Morgen nach Süden fahren. Hannes machte sich Sorgen um seine Felicitas, seit einigen Tagen wirkte sie nervös und aggressiv, dann wieder traurig oder extrem nähebedürftig. Daraus wurde er anfangs nicht recht schlau, bis zu dieser Nacht!

Schweißgebadet schreckte sie immer wieder hoch, redete und brüllte fast im Schlaf. Jetzt war ihm klar, was los war, seine Partnerin wurde von den Schüssen in Schweden eingeholt. Sorgenvoll harrte er die ganze Nacht neben ihr aus, auch bei ihm kamen ja immer wieder die Toten der Vergangenheit zurück. Es dauerte, sie zu vergraben, frei davon wurde man nie wieder. Am Morgen war Storr wie zerschlagen, lange lag sie in Hannes' Armen und dann brach der Damm: Stunden vergingen, bis Felicitas sich ausgesprochen hatte, ihre Ängste vor sich selbst und ihrem Gewissen. Doch es wurde besser, langsam gingen die Gedanken an ihre ersten, tödlichen Schüsse auf einen Menschen.

„Du schaffst des scho', irgendwann kommen d'e Albträum' immer seltener. Kannst mir glauben, I kenn' des zur Genüge“, gab Hannes seine eigenen Erfahrung kund.

„Meinst Du?“

Und dann erzählte er von Afrika und seinen Gespenstern.

„Kannst Du?“, vorsichtig erkundigte sich Hannes, ob sie überhaupt zur Fahrt in der Lage war.

Sicher, zu ihren Kindern konnte Felicitas immer. Aber anzufangen, mit dem Rauchen aufhören schaffte sie nicht. Dabei musste sie es doch Theres' versprechen.

Hannes musste es übrigens auch: „Die Kurze wird sofort mehr a'fangen 'Und? Habts aufg'hört?', was sagen mir dann?“

„Des braucht halt, dazu brauch'n mir a Ruh', oder hast was bessers?“

„Na, bloß ob des als Ausred'n reicht, I glaub' net ganz.“

Ihre sonst übliche Geschwindigkeit konnten sie nicht fahren, so wurde es Mitternacht, bis sie ankamen. Mam war ganz aus dem Häuschen, bei so einem Wetter diese Strecke!

„Und die anderen?“

Tja, Mam Hallbauer blieb alleine wach. Der Rest träumte bereits, selbst Mark ging bei diesem Schnee nicht zu seinen Kumpels, sondern früh ins Bett. Schließlich rechnete außer ihr niemand mit dem Kommen von Feli und Hannes. Der hätte gerne den Hallbauers und Storrjuniors nachgeeifert, Doch seine 'Frau' schaffte es wieder mühelos, ihn in dieser Nacht für besseres zu begeistern.

Eigentlich konnten sie beim Frühstück nicht sehr munter sein, theoretisch. So lebhaft wie an diesem Morgen waren weder Felicitas noch Hannes die letzten Wochen gewesen.

„Wie alt seid Ihr eigentlich? So was Kindisches, und des san' meine Eltern!“, zuerst glaubte jeder am Tisch falsch gehört zu haben, aber Mark wiederholte: „Meine Eltern, na, benehmts Euch do' endlich!“

Felicitas drückte unterm Tisch Hannes Hand, Etappe geschafft! Es schneite immer weiter, ein eisiger Wind blies über den Wald. Zum Skifahren reichte die weiße Pracht leider nicht, so wurde es ein ziemlich faules Wochenende. Gleich nach dem Sonntagsfrühstück brachen sie bereits wieder nach Berlin auf.

„Und ruft frei ja an, wenn Ihr oben seid!“

Dieser Hinweis Mams geriet in Vergessenheit, bis Felicitas in ihrer Berliner Badewanne lag: „Hannes, Du musst no' Mam Bescheid sag'n, dass wir wieder da sin'!“

Eilig sprang er aus seinem Sessel, zurzeit musste sie sich schließlich schonen.

Neue Ausdrucke, neue Namen und Vermutungen. Am Montag fingen sie an, am Donnerstag hatte die Suche noch immer kein Resultat hervorgebracht. Die Techniker brachten ebenfalls nichts Greifbares mit. Außer einer Beobachtung. Ein Mitarbeiter des BKA war immer wieder vorbeigekommen, hatte sich die Zwischenergebnisse vorlegen lassen und anschließend wieder verschwunden. Auf Baums Erkundigungen hin wurden diese Besuche als reine Routine hingestellt. Unter der Hand verriet der Feldjägerspezialistin aber einer der Untersuchungsbeamten, dass das eben keine Routine war. Sicher, man hatte keine Anhalte für Manipulationen gefunden, nur was hieß das schon?

Am Tag danach zog der Leitende genau diesen Mann ab. Es war schon seltsam, kaum deutete einer der Leute einen Verdacht an, versetzte man ihn umgehend. Doch Baum hatte den Namen des Beamten und jetzt galt es, ihn möglichst unauffällig aufzuspüren. Burgmanns Kontaktmann bei der Internen des BKA wurde informiert, nur einige Augenblicke später hatte der General die Adresse des Technikers.
„Hannes, Du nimmst Dir Frau Baum und einen Deines Trupps mit. Versucht ihn zum Reden zu bringen. Denk dran, als Zeuge und nicht als Verdächtiger!“, wies er Feller an.
„Ja, schon klar. Du, Christian, glaubst Du, er kann uns einiges erzählen?“
Der General bejahte, notfalls sollten sie ihrem neuen Zeugen jede Diskretion versprechen. Zur Erleichterung ihrer Aufgabe entnahm er aus seinem 'Sonderbefehlsordner' ein Formular: „Hier, aber sei nicht zu großzügig mit der Anwendung!“
Eine staatsanwaltlich genehmigte Befugnis, Zeugen zur Befragung vorführen zu lassen und Hausdurchsuchungen im Zusammenhang mit dem Fall 'Rosa' vorzunehmen. Wie die zivilen Polizeibehörden!
„Fehlt bloß no' ein Haftbefehl!“
Sein oberster Chef lächelte milde: „Hab' I auch da drin, is' noch zu früh. Los jetzt, Abmarsch in fünf Minuten!“

Feller blieb nichts übrig als den Befehl in die Tat umzusetzen. Müller holte den Geländewagen, Feller verabschiedete sich von seiner Feli und Baum rief ihren Lebensgefährten an, auch dieses Wochenende würde kürzer ausfallen.
Über rutschige Straßen ging es bis nach Münster, dort wohnte der Ingenieur. Keine Strecke zum täglichen Pendeln und daher sollten Kummer mit Schulze die Dienstunterkunft in Rostock einmal aus der Nähe betrachten. Von Unterwegs kündigte Oberleutnant Baum ihre Ankunft am Samstag bis zehn an.

„Und?“, wollte Hannes die Antwort des Mannes wissen.
„Er will uns einiges sagen, scheint einen Verdacht zu haben.“
Hannes ließ Müller Pause machen, bis Münster fuhr er selbst. Die Wohnanlage erwies sich als gut versteckt, erst kurz nach zehn Uhr hielt der Mercedes G vor dem Haus.
Vor dem Aussteigen befahl Feller: „Fertigladen und sichern!“
Müller folgte ohne Zögern dem Befehl, Oberleutnant Baum fragte nach: „Ist das denn nötig! Wir wollen uns doch nur mit dem Mann unterhalten!“
„Frau Baum, es hat einen Grund. Nennen Sie es übertrieben, ich habe ein maues Gefühl. Hier stimmt was nicht!“
Der StUffz nickte zustimmend. Die Baum mochte eine Superlaborratte sein, im Einsatz zählte Bauchgefühl oft mehr als Logik. Hier erlebte sie einmal die harte Realität der Außeneinsätze. Müller legte noch das Schild 'Feldjäger im Einsatz' lesbar auf das Armaturenbrett, Knöllchen wollte er nicht haben. Leicht angespannt trabten sie die Stufen in den ersten Stock hoch.
Auf das Klingelzeichen reagierte niemand, Baum klopfte an, dabei öffnete sich die massive Wohnungstür einen Spalt. Zeitgleich rissen Feller und Müller ihre Pistolen aus den Taschen. Hannes zeigte Baum an, sie solle zur Seite. Vorsichtig schob Müller seinen Fuß in den Spalt, stieß ihn vor bis die Tür anschlug. Sich gegenseitig sichernd traten die beiden Soldaten ein. Raum für Raum wurde durchsucht. Nichts, keine Menschenseele!
„Alles frei, Frau Baum! Sie können rein.“
„Und?“
„Nix, Sie können gleich an die Arbeit gehen. Vielleicht finden Sie ja einen Hinweis.“
Ratlos sah Hannes sich noch einmal um.
„Nein, keine Spuren!“
Die Meldung Baums löste ein kaum hörbares Geräusch aus. Aufmerksam lauschten Hannes und Orhan, ohne Zweifel kam

es aus dem Dielenschrank! Erneut sicherte der Leutnant und Müller öffnete von der Seite. Zuckte die Baum dabei gerade zusammen? Egal, im Inneren hockte eine gefesselte Person. Ihr Zeuge oder dessen Freundin? Augenblicke später befreite der StUffz die Freundin des Beamten von Knebel und Klebebändern.

Nach Luft ringend setzte die Frau sich halb auf: „Wo ist mein Mann, was habt Ihr getan!“, schrie sie immer wieder. In ihrem Zustand konnte sie sicher keine Auskunft geben, zuerst musste ein Arzt ran.

Leider erschienen mit dem Notarzt auch ihre zivilen 'Kollegen', ohne Burgmanns Wisch hätte Hannes jetzt übergeben müssen. Dadurch durften sie wenigstens die Frau zuerst befragen, in Anwesenheit eines Polizisten.

In kurzen Sätzen, noch immer unter Schock, berichtete sie von zwei Männern, die ihren Freund kurz vor Ankunft der Militärpolizisten gewaltsam aus der Wohnung schleppten.

„Schleppten?“

Ja, freiwillig folgte er diesen unheimlichen Typen sicher nicht. Einen der Verbrecher schien ihr Lebensgefährte zu kennen: „'Du, Ge...' hat Alf noch angefangen, da hielten sie ihm bereits den Mund zu.“

Ab jetzt konnten die Münsteraner übernehmen, sie waren zu spät gekommen. Für den Zeugen wahrscheinlich viel zu spät. Besonders ärgerte Hannes, noch mehr Personen einweihen zu müssen. Mochte der Oberkommissar aus Münster auch versprechen, die Sache stillschweigend durchzuführen, alle Anzeichen deuteten auf eine Entführung hin. Dabei konnte nichts geheim gehalten werden, unmöglich. Er lief zum Wagen, um Burgmann anzufunken. Natürlich war Samstag, aber er hätte seine Bergmütze verwettet, der Alte saß hundertprozentig im Büro. Die alte Mütze blieb bei Hannes, schnell meldete er Christian die Vorkommnisse.

„Schau, dass der Oberkomm den Fall ans LKA weitergibt, an Hauptkommissar Jöhnkes. Dann is' wieder alles in unserer Hand. Wie heißt der?“, wen kannte Burgmann eigentlich nicht?

„Jöhnkes, LKA!“

Auf diesen Vorschlag des Leutnants hatte der Oberkommissar fast gewartet. Der Polizist war sichtlich froh den Fall abgeben zu können. Das Wochenende schien gelaufen, Hannes und sein Trupp sollten auf diesen Jöhnkes warten. Wie hatte Christian gesagt: „Kann Dir nicht schaden, ein paar meiner Verbindungen kennen zu lernen.“ Aha, der General bereitete seinen Rückzug vor.

„Hallo, Jöhnkes, LKA NRW.“

„Leutnant Feller, Einheit Burgmann.“

Sein Gegenüber hatte bereits von Burgmann und der Ortskripo vorab das Wichtigste erläutert bekommen, so war die formelle Übergabe schnell vom Tisch.

„Ab nach Berlin!“, diese Anweisung Fellers befolgte sogar die Baum ohne Einwurf.

Viel zu kurz erschien Felicitas und Hannes dieser Sonntag. Jede Minute ihrer Zweisamkeit zählte daher doppelt. Praktisch, diese Pizza-Services, ohne zu kochen daheim essen. Unter dem Tisch fühlte er ihre nackten Füße langsam an seinen Beinen entlang gleiten, dieser Einladung folgte er gerne. Bis sie ihn quasi auf den Hintern fallen ließ: „Du, liebst Du mich?“

„Ja, aber des weißt doch.“

„I mein' so 'bis das der Tod' und so weiter!“

Natürlich, er hatte insgeheim vor, auch danach noch bei seiner Felicitas zu bleiben. Worauf wollte sie nur hinaus?

„Mark und Theresia wollen nimmer Storr heißen.“

Verständlich, aber warum jetzt?

„Steh' mal auf!“

Hannes erhob sich und in diesem Moment kapierte er. Theatralisch kniete er vor Felicitas hin: „Oh Geliebte! Willst Du mein Weib werden?“

Mit einem kräftigen 'Endlich' sank sie zu ihrem Hannes auf den Boden. Da rief doch noch jemand 'Endlich'!

„Du Hex'!“

Seine zukünftige Ehegattin hatte unverschämterweise die beiden Zöglinge über das Handy mithören lassen! Um die kleine, intime Verlobungsfeier nicht vor den neugierigen Ohren der 'Kleinen' abzuhalten, schaltete sie dann aber rasch aus.

Langsam schlichen die frisch Verlobten im Berufsverkehr Richtung Büros. Zeit, die Felicitas zur weiteren Planung nutzte: „Heut' nach Dienst könntest Du mit mir Ringe besorgen!“

„Ach, und darf I Di' kurz an Weihnachten erinnern? Wer knurrte da 'keinen Ring', ha? Wer?“

So eine alte Sache, war doch zur Zeit der Kreuzzüge gewesen. Heute läge eine völlig neue Lage vor und damit Schluss-Aus-Amen. Montage haben es in sich, ein unnötiger Tag, fand Hannes.

„Herr Leutnant, icke hätt' da een paar Wilhelms jebraucht!“

Plank legte eine Reihe Formblätter zu ihm. Ohne groß zu lesen, unterschrieb Feller. Während dessen eilte der Feldwebel Felicitas nach, sie wollte gerade ihr Dienstzimmer aufsperren als: „Halt, Frau Oberstleutnant! S'e sollen gleech mit Feller zu det Herrn Jeneral!“

Stöhnend folgte sie dem 'Büro', hoffentlich dauerte es nicht zu lange. Plank öffnete die Verbindungstüre und ließ die Gewünschten eintreten.

„Ah, schön! Setzt Euch.“

Heute sah es nicht so aus, als ob der General wirklich auf eine Besprechung vorbereitet war. Vor sich hin brummelnd suchte er anscheinend in einem Haufen Papiere etwas.

„Da ham mir's ja. Hannes, steh auf!“
Der reagierte automatisch, ohne den Sinn zu erfassen.
„Leutnant der Reserve Feller, Bla-Bla-Bla und so weiter, hiermit ernenne ich Sie zum Oberleutnant der Reserve! Bleib' steh'n!“
Reserve, er hatte immer Reserve verstanden. Jetzt wurde ihm auch die Bedeutung der seltsamen Gehaltsabrechnung klar, darin erhielt er immer noch sein bisheriges 'Mittlerer Dienst-Gehalt' und eine Ausgleichszahlung. Die wurde aber von den Rückforderungen Vater Staats für die Auslagen wieder aufgefressen. Vor ein paar Wochen fragte Hannes zwar nach, aber da hieß es 'geht schon in Ordnung'. Na gut, war er also Oberleutnant der Reserve, und weiter?
„Mit Wirkung des fünften Februars 2009 wird der Oberleutnant der Reserve Hannes Feller zum Berufssoldaten ernannt, unter der Beibehaltung des Dienstgrades Oberleutnant. Gratulier' Dir!“
Eindeutig verwirrt stotterte der frisch Beförderte und Ernannte. Burgmann erklärte es ihm ganz langsam zum Mitschreiben. Beim Plank hatte er die noch fehlenden ATN's und die Teilnahme an erforderlichen Kursen unterschrieben.
„Und wann war'n d'e?“
Die Kurse? Na, so im Verlauf der letzten Monate, ob er nichts gemerkt habe? Christian wiegelte ab, das sei schon korrekt.
„Und Hannes, der Trick mit der Dauerwehrübung war notwendig um Di' wenigstens als Oberleutnant zum Übernehmen. Und im Herbst darfst auf den Stabslehrgang.“
Für Feller drehte Burgmann am Rad! Stabsoffizierslehrgang, mit welcher abstrusen Begründung denn? Man wird sehen, bis dahin floss noch viel Wasser den Lech hinunter.
Die Nachrichten, die der General dann für Storr und Feller hatte, waren nicht so positiv: „Wie bist mit dem Jöhnkes klar kommen?“
„Gut, der Typ is' ganz umgänglich.“

„Sehr gut! Der hat mi' nämlich scho' ang'rufen. Unser Zeuge, den aus Münster, hab'n s' g'funden. Zum Sagen hat er aber nimmer viel g'habt. Maustot war er. Mit Kopfschuss liquidiert."

Beide reagierten betroffen, damit war aber klar, diese Sache konnte noch nicht zu Ende sein.

„Spuren?"

Felicitas Frage blieb nicht unbeantwortet: „Ja, eine 44.iger, vermutlich amerikanischer Herkunft. Und es waren drei Täter, die Freundin hat ja nur zwei Maskierte g'sehen, aber nach den Fußspuren am Tatort waren es drei Personen. Vermutlich zwei Männer, Schuhgröße 45", eine Pause entstand, bevor der General weitersprach: „und eventuell eine Frau, weil welcher ausg'wachsene Mann hat scho' Schuhgröß' 40!"

„Die Frau hat mir was von 'Ge...' gesagt, I hab' da einen Verdacht, den I lieber no' net aussprich!"

„Gerold, hm, is' mir auch gekommen, scho' komisch. Aber na, die Zeugin erzählte beim LKA irgendwas von ziemlich kräftigen und sportlichen Kerlen. Kräftig is' Nolde ja, aber mehr um'n Bauch. Dann noch die Frau. Feli, Hannes! Auch wenn I den Gerold nicht zum Kreis der Verdächtigen zähl', der bornierte Kerl braucht nix wissen!", endgültig schloss Burgmann den hochrangigen BKA-Beamten aus.

Ein neues Opfer, und die Lücke im System konnte nur beim BKA sein. 'Rosa' ging über Leichen, wie konnten sie da je eine Spur finden. Bisher endete jeder mögliche Zeuge als Leiche. Nur die aus Bremen nicht!

„Christian, I möcht' gerne no'mal die Tomaschek vernehmen. Des is' zur Zeit unsere einzige Zeugin, die noch lebt", wies Felicitas auf ihre einzige echte Möglichkeit hin.

Darauf schien ihr Chef gewartet zu haben, denn die Formulare, die er Felicitas übergab, waren bereits vorbereitet. Ihr Gesicht begann zu leuchten, endlich hatte sie alle nötigen Vollmachten in ihrer Hand. Ab diesem Zeitpunkt durfte die

Gruppe Sierra-Tango vernehmen, durchsuchen und verhaften wie die zivile Polizei.
„Mei, der Peter hat es halt eingesehen. Mir brauchen eine feste Staatsanwaltschaft und mehr Befugnisse, da habt Ihr wenigstens für den Fall alles, was Ihr noch brauchts. Übrigens, Feli, Du gehst zum nächsten Besuch bei Peter mit. Und Hannes, wenn I mein BKA-Kontakt treff' seids Ihr zwei und der Oberstaber dabei. D'e paar Monat sin' schnell um, dann möcht' I meine Verbindungen weiter geb'n ham."

Mitten in der Nacht rollten zwei Geländewagen westwärts. Im ersten fuhr Samonov und Hannes lotste. Wagen Zwo steuerte Storr selbst, mit Schulze als Beifahrerin. Burgmann beschloss kurzfristig, dass wenigstens ein Sicherungstrupp dabei sein sollte. Hauptfeldwebel Kummer führte inzwischen die Reste bei ihrem Kampf gegen die nicht endende Aktenlawine.
„Herr Leutnant, Sorry! Herr Oberleutnant, soll ich gratulieren oder mein Beileid aussprechen?"
„Samonov, sollten Sie auf dieses Ding an meiner Linken ansprechen, gratulieren Sie halt der Frau Storr. Denken Sie immer daran: Männer heiraten nicht, sie werden geheiratet!"
Breit grinsend nahm der Unteroffizier dankend die Warnung an. Kurz vor der JVA hielt der kleine Konvoi bei einem Imbissstand. Diese Gelegenheit ließ Samonov nicht ungenutzt: „Herzlichen Glückwunsch, Frau Oberstleutnant! Unter uns, wie stark leistete unser Oberleut Widerstand?"
„Samonov, danke. Und zu Ihrer dezenten Anfrage: Nicht ernsthaft, es ging."
Feldwebel Schulze fragte sich, ob ihr neben Fellers Beförderung irgendetwas entgangen sei. Unverblümt fragte sie noch beim Anfahren: „Frau Oberstleutnant, ist was an mir vorbeigegangen?"
Anstelle einer Antwort hielt Felicitas wortlos ihre frisch beringte Hand hin. Den Rest der Fahrt löcherte Schulze ihre

Chefin mit typischen Weiberfragen, Hannes und die Jungs hätten diese sicher so bezeichnet. Wann? Wie? Wann ist die Hochzeit? Welchen Namen? Und so fort. Bevor sie mit ihren Fragen durch war, erreichten die Fahrzeuge die JVA. Ab diesem Zeitpunkt wieherte der Amtsschimmel, und zwar auf das Äußerste.

An der Pforte musste Storr schon zum ersten Mal massiv Druck anwenden, um überhaupt Zutritt zu erhalten. Kaum schafften die Soldaten das erste Hindernis, tauchte eine Bunkerlinie auf, der stellvertretende Direktor in höchst eigener Person. Seine Argumente: Erstens dürften Feldjäger hier niemand verhören; zweitens: Und das ohne Voranmeldung und drittens dürfte Frau Oberstleutnant ihren Karnevalsverein nehmen und unverzüglich zurückfahren., „Und Sie, Oberleutnant! Hören Sie mit Ihrem idiotischen Grinsen auf. Das hier ist keine Kaserne!"

Hannes wandte sich an Felicitas: „Darf ich? Nur ganz kurz!"

Bisher blieb sie auffallend ruhig, dann: „Na, des mach' I selber. - Herr Wer-auch-immer: Erstens erwarte ich binnen 24 Stunden Ihre schriftliche Entschuldigung im Ministerium bei General Burgmann. Halt! Ich bin nicht fertig."

Sein Versuch, dazwischen zu reden, blieb im Ansatz stecken.

„Zwotens habe ich hier einen staatsanwaltlichen Beschluss hinsichtlich unserer Befugnisse und Drittens werden Sie sofort die Gefangene Tomaschek zur Befragung an uns übergeben. Am besten für Sie wäre es übrigens, mir schnellstens aus den Augen zu gehen. Sonst ordne ich Ihre vorübergehende Festsetzung wegen vorsätzlicher Behinderung einer Ermittlung an. Haben Sie mich klar und deutlich verstanden? Ja? Dann frag' ich mich, warum Sie noch hier sind! Zeit läuft, ab jetzt noch vier Minuten!"

Wie ein begossener Pudel suchte der Mann das Weite. Lieber ihren Anweisungen folgen, am Schluss nahmen die Olivheinis ihn wirklich noch fest. Sobald diese Furie in Uniform die Gefangene Tomaschek übernahm, würde er seinen Chef anrufen. Soll der sich damit herumschlagen, umsonst hatte der nicht A 16.

Kristin Tomaschek saß bereits im Verhörzimmer, in das Felicitas und Hannes von einem fast unterwürfigen Beamten der JVA gebracht wurden.

„Samonov, Schulze, Ihr wartet hier und lasst niemand hinein. Notfalls festnehmen, unmittelbarer Zwang ist erlaubt. Säubert auch die anliegenden Räume von Zuschauern!“

Mit schreckgeweiteten Augen verzog sich der 'Wachtel' eiligst.

Entsetzt sahen sie eine ziemlich abgemagerte und deprimierte Tomaschek. Mit beruhigender Stimme eröffnete Storr das Verhör: „Hallo, Frau Tomaschek! Kennen Sie uns noch?“

Sie nickte, nahm war, ihre Gegenüber waren keine Kripoleute. Diese Erkenntnis schien sie zu entspannen. Hannes flüsterte Felicitas zu, dass diese Reaktion schon seltsam war. Die nickte, auch ihr kam diese offensichtliche Erleichterung unnatürlich vor. Schließlich wurde die Verhaftung damals durch die BuPo und Gruppe ST durchgeführt, Wut auf grüne oder gefleckte Uniformen hätte sie eher verstanden.

Erwartungsgemäß gab die Gefangene nichts wirklich Neues an, eines wüsste sie aber noch. Nur stellte sie dafür eine Bedingung. Bevor sie damit herausrücken würde, wollte die Tomaschek unbewacht mit ihrem Vater und ihrer Schwester sprechen. Hannes holte Samonov als Wache in den Raum. Vor der Türe erwogen Felicitas und er dieses Angebot. Nein, man konnte es nicht abtun! Rasch entschied die Leiterin ST im Einklang mit ihrem Stellvertreter. Doch die nötigen Befugnisse hatten sie nicht, hier musste Christian tätig werden. Und das würde dauern!

Telefonisch wies der General an, die Tomaschek bis zur Entscheidung in Gewahrsam der Truppe zu nehmen. Per FAX würde Staatsanwalt Wiedemann die nötige Anweisung an die JVA senden. In zirka einer Stunde könnte Feli mit der Gefangenen aufbrechen: „Denkt daran, es kann gefährlich werden. Fahrt nicht die direkte Route und bringt die Tomaschek dann ins Häusl. Gruppe Sierra wird dort die Bewachung für die erlaubten 48 Stunden übernehmen. Länger wird der Formalschmarr'n nicht dauern. Also seid vorsichtig!"
„Wiedemann?", nach dem Telefonat sah Hannes ziemlich erläuterungsbedürftig zu Felicitas.
„Mhm, unser Burgmanneigener Staatsanwalt. Klingt nach Heimat, find'st net?"
„Jo. A Hundling is' er scho', d' Herr 'Jeneral'!", Fellers Erkenntnis war nicht neu, dieser Ruf eilte Burgmann schon lange voraus. Nicht immer und von jedem gerne gehört.
Überraschenderweise erschien der Direktor persönlich mit dem FAX in der Hand. Freundlich bat er Frau Oberstleutnant und Herrn Oberleutnant zu sich, natürlich würden die beiden Unteroffiziere auch beköstigt werden. Er entschuldigte sich förmlich für das Verhalten seines Kollegen, leider sei der Gute ein überaus paragraphentreuer Beamter. Ungedient im Unterschied zu ihm selbst. Natürlich verstehe er das Anliegen Staatsanwalts Wiedemann und Herrn Burgmann: „Schließlich bin ich ja selbst Reserveoffizier, da hilft man doch, wo man kann!"
Auf dem Rückweg wechselten die Fahrzeugbesatzungen, Hannes und Schulze bildeten die Nachhut. Felicitas setzte sich zu Samonov, die in Handschellen übernommene Gefangene musste, weiter in diesen Armbändern, im ersten Wagen auf den Rücksitz. Quer durch Norddeutschland ging es im Zickzack heimwärts. Eine eventuelle Befreiung oder, wahrscheinlicher, eine Ausschaltung der Tomaschek musste

in jedem Fall verhindert werden. Sie war zurzeit ihre einzige und wichtigste Zeugin.
„Glauben Sie, dass in der JVA auch einer von diesen miesen Drecksäcken sitzt?"
„Sicher, bis jetzt war uns unser Gegner immer einen Schritt voraus. Samonov, wir dürfen langsam keiner alten Sau mehr trauen."
„So schlimm?"
Schlimmer noch, meinte seine Chefin, ein ganz hohes Tier musste in die Angelegenheit verwickelt sein. Ein verdammt einflussreiches und gut informiertes Tier dazu!
„Dann haben wir Keitzigs Mörder also noch gar nicht!"
„Doch, der Schütze ist tot, aber der Auftragsgeber läuft frei herum. Wenn wir dieses Schwein haben, dann haben wir den wirklichen Mörder Keitzigs und der anderen."
Schmidts Gruppe hatte bereits bei der alten Datsche Stellung bezogen. Ein Mann beim Eingang, ein Scharfschütze im Dachstuhl. Für den Rest und ihre Gefangene blieb nur der große Raum. Eigentlich ein Wagnis, da Kristin Tomaschek nicht eingesperrt werden konnte. Doch wie es aussah, verspürte sie keine Lust zu türmen. Hier boten die Soldaten Burgmanns ein wenig Schutz, draußen lauerte vielleicht schon ein Mörder in 'Rosas' Auftrag.
Storr und Feller suchten umgehend den General auf, hofften auf grünes Licht beim Wunsch ihrer Zeugin. Leider erwies sich das als Trugschluss. Seine Vorsprache beim Staatssekretär überzeugte nicht endgültig, gleich um neun Uhr sollte Christian noch einmal mit Storr oder Feller zu ihm kommen. Er wollte genauer über das Angebot informiert werden, von Dabeigewesenen.
„Ich denk', da soll Felicitas mit. So wie I den Staatssekretär einschätz', gibt der einer Frau, vor allem wenn s' attraktiv is', am Ehesten nach. Was meints Ihr?"

„Ach, I soll so eine Art Bond-Girl mimen oder was. Der Peter is' kein so ein Macho wie Du, des is' ein Gentleman."

Kaum schoss sie ihre Breitseite auf Hannes, konterte Burgmann: „Des is' egal, ob Macho oder Gentleman, Peter is' a' bloß ein Mann, Hannes hat vollkommen recht. Und Du weißt es do' selber, Peter schlägt Dir schwerlich einen fundierten Vorschlag ab. Net, weil Deine Argumente richtig sind, sondern weil er ein bisserl arg auf Di' steht."

Genau wie von ihrem Mann in spe vorhergesehen, stimmte der Politiker der Meinung der 'verehrten Frau Storr' bei. Unter einer Bedingung: Alles sollte unter Regie und Aufsicht der Einheit Burgmann stehen. Man wollte anscheinend prüfen, ob nicht eine Aufwertung der Truppe bei einem Erfolg selbst die letzten Kritiker im Ausschuss umstimmen würde.

„Ihr habt freie Bahn, also legt los!", das war der Einsatzbefehl des Generals.

Wo Conni lag wussten sie. In welcher JVA Hajo Grund einsaß, das durfte die EDV-Gruppe ermitteln, ging schneller als der Dienstweg. Wenige Zeit später brachte Krammer das Ergebnis: Hajo Grund saß in Fellers Heimatstadt, ein weiter Weg.

„Brauchen wir Hubschrauber?"

Genau, damit dürften sie keine Probleme bekommen, nur musste die Anforderung zeitnah vor sich gehen. Bereits am Donnerstag sollte eine Maschine Hannes, zwei Mann ST und dem Obergefreiten Grabowsky sowie Kristin zum bereits bekannten Fliegerhorst bringen. Felicitas würde inzwischen mit Kummer, Schulze und Peters nach Bremen fliegen und Conni Hansen abholen.

„Wenn Conni mit will!"

Felicitas Einwurf kam nicht von ungefähr, laut dem behandelnden Psychiater würde es noch Monate bis zu ihrer

Heilung dauern. 36 Stunden, 15 Kilometer laufen und 100 Seiten Akten später flogen sie los.

Bei der Übernahme von Schmidt berichtete der Oberstabsfeldwebel Hannes über einen Zwischenfall: „Passt auf! Letzten Abend tauchte hier ein Typ auf, behauptete vom BKA zu kommen, um die Gefangene abzuholen. Lamoir wollte eine schriftliche Anweisung sehen, schon verschwand der Kerl wieder.“

„Hast Du eine Beschreibung?“

„Logisch, zwischen Dreißig und Fünfunddreißig, 177 cm groß.“

„Wieso so genau?“

„Mein Mann ist so groß.“

„Okay, was sonst noch?“

„Blond und sehr durchtrainiert. Kein Bart, halblange Frisur. Sprach Hochdeutsch mit leichtem hessisch.“

„Ich dank' Dir. Drückt uns die Daumen!“

Wo war diese verdammte Lücke? Wieder zeigte ihr unsichtbarer Gegner seine Möglichkeiten über jeden ihrer Schritte Bescheid zu wissen. Dafür konnte es nur zwei Erklärungen geben: Entweder wurde die gesamte Burgmanntruppe abgehört oder in der Einheit selbst gab es einen Verräter. Der Pilot drückte bereits die Blätter in Startposition, als Hannes über Bordfunk rief, dass er unbedingt noch mal raus müsse.

„Halt, Hajo! Ich muss ja noch die Übergabe abzeichnen!“

Der Gruppenführer reagierte sofort: „Stimmt, komm schnell rein!“

In dem Haus unterschrieb Hannes ein leeres Blatt, kritzelte dann hastig 'Gib das dem General – Wanzen oder Maulwürfe!', um gleich wieder in den Helikopter zu springen. Nach einer langen Zeit in der Sondertruppe wusste der Oberstaber natürlich, was Feller ihm damit aufgetragen hatte: 'Feind hört mit'.

Für seine Partnerin hingegen lief der Transport der Hansen ohne auffällige Vorkommnisse. Conni freute sich sogar in gewisser Weise auf ihre Schwester, nur ihren Vater wollte sie nicht unbedingt sehen. Fast parallel überflogen beide Maschinen die Donau, kurze Zeit später erkannte Hannes die unübersehbaren Türme seiner Heimatstadt. Der Hubschrauber flog in einem weiten Bogen an der Stadt vorbei, stieg vor der Steilwand an und landete vor den Hallen.

„Na, Hannes, alles erkannt?"

Verflixt, erst jetzt erkannte er den Piloten: „Mensch, Günther! Ja Servus, gibt 's Di' a no'!"

Die Maschine mit Storr war noch nicht gelandet, so fand er ein paar Minuten Zeit, um mit seinem alten Schulkameraden zu ratschen.

„I hab' denkt, Du bist schon lang wieder Zivilist!"

Hannes tat sehr geheimnisvoll: „Pst, Du hast mich nie hier gesehen. Sondereinsatz! Verstehst?"

Der verstand, zumindest Klappe halten.

Der Führer des anderen Helis zog den direkten Anflug vor und so setzte der Hubschrauber auch schon auf. Der erhobene Daumen Felicitas zeigte 'Conni war da'. Vom Schirrmeister der Kfz-Staffel wurden vier Fahrzeuge übergeben. Vor der Fahrt in die nahe JVA durften sich die beiden Schwestern kurz sprechen, diese Zeit nutzten die Soldaten von ST ihre Waffen bereit zu machen.

Felicitas selbst und Kummer hatten je eine MP 5 ausgewählt, Samonov sein Scharfschützengewehr G 22, Hannes sein geliebtes G 3 mit Bajonett und die anderen G 36. In jedes Fahrzeug legte Maik noch ein paar Nebelbecher.

„Zieht Ihr in den Krieg? Da hau' I besser ab!", das Lachen blieb Hannes' alten Kumpel im Hals stecken, als Feller mit einem merkwürdigen Gesichtsausdruck und einem kurzen 'Ja' antwortete

. Um den Eindruck voll zu machen, montierten Müller und Peters auf das zweite, abgeplante, Fahrzeug ein Maschinengewehr 3. Langsam rollte die Kolonne aus dem Fliegerhorst. Wagen Eins mit Peters am Steuer und Kummer als Beifahrer fuhr mit größerem Abstand als Vorhut. Im Dritten saßen die Schwestern auf den Rücksitzen, Felicitas hielt die Sprechanlage des Funkgerätes bereit und Samonov fuhr. Nachhut Wagen Vier folgte mit doppeltem Abstand. Grabowsky machte nicht den Eindruck, als ob ihm diese langsame Fahrweise in Kolonne sonderlich Spaß machte. Lauter Raser in diesem Verein, dachte Hannes amüsiert.

Der Zettel, den Schmidt dem General zeigte, schockierte diesen dann schon. Wanzen und anderes Spionagezeugs erwartete er beinahe. Doch ein Maulwurf in seiner Einheit, nein, das konnte nicht sein! Genauer betrachtet hatte die Überlegung Fellers sicher einiges für sich, aber nicht seine Leute! Wieder einmal stieg er selbst in die Katakomben zur Baum.

Die und ihre Techniker machten das Spiel monatlich, heute durften sie außerplanmäßig nach elektronischem Ungeziefer forschen. Schnell und ohne Aufsehen zu erregen. Abhöranlagen fand die technische Gruppe keine.

Nur im Telefon Burgmanns befand sich ein Relais, das da nicht hin gehörte. Dadurch, meinte der Elektronikspezialist, schaltete sich irgendwo auf der Welt automatisch bei jedem Telefonat ein Aufnahmegerät ein. Praktisch existierte so das Telefon zweimal.

„Wie konnte das passieren!“ schrie der General förmlich.

„Ihre Büros wurden doch vorigen Sommer saniert, und so eine Anlage finden unsere Sicherheitssysteme nicht. Technisch überholt, es sendet nur bei Bedarf und empfängt nicht, daher keine Chance, wenn nicht gezielt gesucht wird. Nebenbei bemerkt, das hat ein Fachmann eingebaut. Alleine so ein modernes Telefongerät zu öffnen ist ein Kapitel für sich und der Einbau, ich schätze eine gute halbe bis dreiviertel Stunde. Herr General, es tut mir schrecklich leid, aber dazu sind wir zu modern. Soll ich die anderen Anschlüsse gleich mit prüfen?"

„Nein, nur in meinem Club – und sagen Sie niemandem davon! Ihren Bericht zeichne ich gegen."

Anordnungen dieser Art kannte der Fernmelder in diesem Tollhaus genug, hier meinte doch jeder, er sei der oberste Geheimnisträger im Land. Bis im Stern oder Spiegel wieder ein Bericht erschien. Vor denen gab es keinen Schutz! Aber der General hätte bei diesen Gedanken nur gemeint, dass auch die Pressefreiheit auf ihrem Dienst beruhte.

Skrupellos wies Feller die Fahrzeuge auf die Rasenfläche vor dem wuchtigen Portal der JVA. Die Fahrer blieben als Wache zurück, während die beiden Passagiere mit schussbereiten Waffen in das Innere der Eingangs-'Burg' gebracht wurden.

„General Burgmann hat uns angekündigt!", dabei zeigte Storr die Papiere vor.

Der Beamte hatte tatsächlich vor Minuten von seinem Schichtführer die Anweisung bekommen, irgendwelche Militärs einzulassen. Trotzdem wich er immer wieder nervös nach hinten aus, nicht dass die plötzlich feuern würden. Mit der ganzen Bewaffnung und den Schutzwesten sahen die eher nach Ärger aus! Die Innentüre öffnete mit einem Schnurren, im Trab passierte die Gruppe den Einlass.

Auf der anderen Seite empfing sie bereits ein Mann im Anzug: „Grüß Gott, Herr Burgmann hat sie bereits angekündigt. Ich muss sagen, ein etwas ungewöhnlicher Besuch. Frau Oberstleutnant, bitte folgen Sie mir. Herr Grund wurde bereits geholt, so können Sie gleich anfangen."

Felicitas dankte kurz und erklärte dem Beamten das Nötigste.

Vor dem gezeigten Raum gab es aber noch eine Verzögerung. Hansen wollte nicht mit ihrem 'Erzeuger' zusammentreffen, lange redete ihre Schwester auf sie ein. Schweren Herzens ließ Conni sich dann doch überreden, sichtlich wohl war ihr dabei nicht. Bis zuletzt befürchteten Storr und Feller, es könnte genau aus diesem Grund scheitern. Der Leiter der JVA wies zwei seiner Leute als Wache vor dem Zimmer ein und bat seine seltsamen Gäste zu sich. Die bayerische Justiz ließ sich anscheinend nicht lumpen, Kaffee, Limonaden, Kuchen und Wurstsemmeln lagen bereit.

Lange Zeit zur Vorbereitung konnten sie nicht gehabt haben, dafür konnte sich das Ergebnis sehen lassen, meinte Kummer. Müller hingegen wartete nur einen Anstandsaugenblick und fiel dann über den Kuchen her. Ein missbilligendes „Müller!“ seiner Chefin hielt ihn nur kurz ab, wie ein ausgehungerter Wolf stopfte er weiter rein. Mochte es draußen einen Anpfiff geben, unter Zivilisten brauchte er nicht viel zu fürchten. Überhaupt, er hatte gewaltigen Hunger! Nach über zwei Stunden klopfte es, einer der beiden Wächter meldete, dass der Besuch beendet sei. Die Damen warteten auf ihre Begleiter.

Wehmütig betrachtete der Stabsunteroffizier die Platte mit den letzten Kuchenstücken, Hannes packte ihn am Koppel und zerrte ihn einfach mit: „Müller, Du bist a Schand'! Verfressener Hund. Los jetzt!“

Felicitas ging alleine zu den Schwestern, sicherheitshalber blieb die Türe auf. Ihre Pistole durfte Müller so lange halten, ein bisschen Kalorienverbrauch würde ihm nicht schaden.

„Hei, Conni!“

„Hallo Felicitas.“

„Und wie war 's für Dich?“

Am Anfang empfand sie die ganze Situation als sehr bedrückend, doch komischerweise ging es ihr jetzt bedeutend besser, „Weißt Du, ich hatte vorher einen Mordsbammel. Nun habe ich's hinter mir und mir geht's gut wie lange nicht. Schon seltsam, oder?“

Damit war die Feldjägerin hoffnungslos überfragt, mit einer solchen Situation war sie noch nie konfrontiert gewesen. Wortlos brachte Felicitas Tomaschek heraus, ebenso schweigend gingen sie zurück zu ihren Fahrzeugen.

Ihr Schweigen hielt, bis sie die beiden Helikopter wieder erreichten: „Kummer, nimm Dir Samonov, Müller und Peters. Ihr bringt die zwei Damen zurück. Denkt daran, niemand ist zu trauen. Die in der JVA und der Klinik erinnert Ihr an die Anweisungen, nur wir oder Graefe von der BuPo haben Zutritt. Und, Maik, diese Paragraphenheinis in der JVA erinnerst Du daran, dass Frau Tomaschek keinen Kontakt zu anderen Gefangenen haben darf! Ich will nicht noch eine Leiche finden müssen.“

Danach sprach sie kurz mit den Piloten. Endlich hoben die Maschinen ab, erst dann berichtete sie Hannes grob über das Erfahrene: „Also, die Tomaschek wusste wirklich mehr, sie möchte aber einiges dafür. Wenn das stimmt, was sie mir erzählt hat, kann sie von mir aus morgen schon freigelassen werden. Bisher ahnten wir ja nur von der Lücke beim BKA, jetzt ist es von ihr bestätigt. Den Rest erfährst Du, wenn wir bei Christian sind. Das wird einschlagen wie eine Bombe!“

Um drohenden Nachfragen durch ihn zu entgehen, küsste Felicitas Hannes bis dem armen Kerl schier die Luft wegblieb. Manchmal fragte Hannes sich, ob sie überhaupt auf ihre Dienststellung achtete. Anscheinend nur, wenn Felicitas es selbst wollte.

Es wurde spät am Abend, als der erste Schwung wieder im Ministerium eintraf. Nachdem Storr bereits angekündigt hatte, eine wichtige Mitteilung machen zu müssen, wartete der General einsam mit viel zu viel Kaffee auf deren Erscheinen.

Verschwitzt rumpelten sie und Hannes in das Generalsbüro. Ob es denn so von Wichtigkeit wäre, dass die beiden Elefanten seinen Türstock halb ausreißen mussten, meinte er zu ihrem Empfang.

„Na, aber I hab' etwas, des wird Dich umhauen!"

Zeit lassen, zuerst eine gemütliche Tasse Kaffee und danach konnte Felicitas immer noch mit ihrer Nachricht herausrücken. Scheinbar wollte Burgmann den Bericht nicht wirklich hören. Er bekam den Verdacht, darin würde ziemlich viel Brisanz liegen. Erneut spürte der General den Druck der Verantwortung. Sollte hier auch nur eine Kleinigkeit schieflaufen, würde es vermutlich einen bundesweiten Skandal geben. Und das bei der herrschenden 'Großen Koalition'! Wo beide Seiten sich bemühten, auf möglichst kleiner Flamme ihre Süppchen zu kochen. Am Jahresende standen Neuwahlen an. Alleine dieser Zustand lähmte oft den ganzen Laden, in dieser Situation käme eine Affäre in dem befürchteten Ausmaß nicht gerade sehr gelegen. Ihm drohte höchstens eine vorgezogene Pensionierung, aber seiner Einheit könnte das Ende drohen. Lieber vorsichtiger an die Sache gehen, entschied Burgmann, zu viel hing davon ab. Schwer stützte er sich an seinem Schreibtisch ab: „Gleich vorab, egal was Ihr mir jetzt sagt, ob und wie wir es umsetzen bleibt meine Sache. Aus Deinen Andeutungen hört' ich heraus, dass des eine Geschichte wird, die für uns z' groß sein könnt. Also?"

Vorsichtig fing Felicitas ihren Bericht an. Sie wollte Burgmann die ganze Tragweite scheibchenweise servieren: „Die Tomaschek würd' sich als Kronzeuge zur Verfügung stellen. Aber nur, wenn wir garantieren können, dass ihr nix passiert. Auf gut Deutsch: So schnell wie möglich auf freien Fuß setzen und ihr eine neue Identität geben. In dieser Richtung geh'n ihre Gedanken. Rechtlich kaum möglich, außer!"

Gestenreich forderte der General sie auf, dieses 'Außer' näher zu beschreiben. Dieser Begriff beinhaltete nach Aussage Storrs nicht mehr und nicht weniger eine Entscheidung von ganz Oben, mindestens Innen- und Justizminister sowie Kanzlerin und indirekt auch die Chefs der beiden wichtigsten Oppositionsparteien müssten ihr Einverständnis geben: „Unmöglich! Kurz vor den Wahlen kann ich höchstens die Minister auf die Idee bringen, mehr nicht! Überhaupt, dann ist doch wieder keine Geheimhaltung möglich. Nein, ich werd' zwar sondieren, versprechen tu' I nix, dreimal nix!"

Na ja, zumindest ein Anfang. Zeit für die nächste Attacke: „Onkel Christian, wie gut kennst Du die Führungsebene beim BKA?"

Jahre langer Zusammenarbeit und Konkurrenzdenkens verdankte der General einen ziemlich tiefen Einblick in diese Behörde. Selbstverständlich kannte er die Oberen, den Einen mehr und den Anderen weniger. Bleistift im Mundwinkel und leicht zugekniffene Augen drängten sie in Richtung des Ergebnisses zu kommen und nicht ihn dauernd zu verhören!

Diplomatische Antwort gesucht, ihr fiel einfach nicht ein, wie sie den entscheidenden Punkt Burgmann schonend beibringen konnte. „Kurz und schmerzvoll! Die Tomaschek ist sich sicher, 'Rosa' ist eine oder ein direkter Vorgesetzter dieses Striebecks", sie hatte die Bombe platzen lassen. Wozu brauchte man Umschreibungen. Eine vorsichtigere Erklärung hätte das gleiche Ergebnis gebracht!

Letzte Zweifel klangen aus dem Mund des Generals: „Und woher will sie des denn wissen?"

Eigentlich simpel, dafür umso schwerer zu erklären. Sicher war auf jeden Fall, dass Striebeck damals im Bremer Versteck 'Rosa' über sein Mobiltelefon gesprochen hatte. An einige Fetzen des Gespräches konnte sich die Tomaschek erinnern

und ihr Besucher nutzte seinen Nummernspeicher, eine der vorderen Nummern.
„Wie in drei Teufels Namen kann sie da sicher sein, oder kann s' hellsehen?“
„Na! Männer! Zeig mir eine Frau im Alter der Tomaschek, die die Dinger nicht blind beherrscht. Ihr spielt Computer, mir Handy. - Okay, machen wir doch mal ein Experiment: Ich sehe mir Dein Nummernfach kurz an, dann wählst Du eine Nummer davon aus. Wetten, dass ich bei zwei von drei weiß welche Nummer?“
Resigniert lehnte Burgmann dankend ab, dieses Spiel verlor er schon einmal gegen Felicitas und Oberleutnant Baum. „Vergiss es, das Spiel haben wir scho' g'habt. Und was will sie g'hört ham?“
„Vier Passagen weiß sie sicher, bei einer Sache hat sie Zweifel. Zuerst die Sicheren: 'Hallo, Striebeck, ich brauche...', 'Ja, Chef', 'Nein, nirgendwo Burg..' und 'Sie kommen selbs..' als Frage. Unsicher ist Frau Tomaschek hinsichtlich des Geschlechts des Gesprächspartners.“

Zum vielleicht alles entscheidenden Knackpunkt wurde nun die Beendigung der Gesprächsüberwachung bei Striebeck. Am Abend des Vortages wurde die Maßnahme damals gestoppt und sein Handy blieb verschwunden. Mutmaßlich eine Nadel in der Ostsee. Streng genommen hatten die Ermittler im Tarnanzug wieder nichts in der Hand, höchstens einige Ansätze.
„Grabowsky und seine Gruppe müssen gleich nächste Woche im BKA vorbeisehen. Wir brauchen die komplette Führungsriege dieses Ex-Polypen, und die dazu gehörigen Personalunterlagen. Und wir nehmen uns Zeit für meinen Kontaktmann dort.“
Missbilligend meinte Storr, als General sollte er nicht 'Polyp' sagen und Schmidt? Sollte der Oberstabsfeldwebel nicht

mitkommen? Burgmann hielt den Begriff Polyp für so einen Menschen treffend und auch Generäle könnten ruhig mal deutlicher werden. Schmidt? „Na, den nehmen wir erst ein anderes Mal mit, desmal geht's um mehrer. Oder wollts Ihr ihn in die Lage einweisen?"

Nicht wirklich, das könnte dauern. Also nur sie drei, der General konnte sich und seine Offiziere schon mal anmelden. Wieder war eine Woche vergangen, wieder hatte die Gruppe Sierra-Tango nur Andeutungen von Spuren vorzuweisen. Frustriert gingen die Soldatinnen und Soldaten ins Wochenende. Vielleicht kam der Durchbruch nächste Woche oder übernächste Woche. Oder nie! Lichtblicke gab es wenigstens im Privaten, Kathi würde mit den Kindern heraufkommen. Eine Flucht vor den anstehenden Umzugsarbeiten bei Lissy in der Oberpfalz.

Schuhe und Jacke ablegen konnte Mark immer noch, zuerst musste er die Bande auf seine Pläne einnorden: „Habt Ihr Euch scho' was für die Verlobungsparty überlegt? Mir könnten doch morgen Abend zum Essen und dann auf d' Piste!"

Hannes durchschaute ihn schnell, 'auf d' Piste'! Ha ha, in irgendeine laute und vollgestopfte Disco! „Darf I Di' an bestimmte Ereignisse in Thommyland erinnern? Des mit dem Essen is' O.K., Piste ja – zu unseren Bedingungen!"

Welchen Bedingungen? Der junge Mann versuchte zu retten, was zu retten war. Vorsichtig signalisierte Mark sein Einverständnis.

„Zuerst Oper, schau net wie a Schwalberl wenn 's blitzt, dann Kneipe mit Live-Musik. Meiner Musik! Jetzt bist Du dran!"

Hier mischte sich aber die Erziehungsberechtigte ein: „Und Theres'? Zum Essen und in d' Oper können s' mir mitnehmen, aber doch net in a Boazen!"

Seine Schwägerin gab ebenfalls ihren Senf dazu. Sie würde auf keinen Fall Babysitter spielen, schließlich sei sie wieder solo und deshalb müsse sie unbedingt mit.

„I übernacht' morgen eh bei Tante Heike und Onkel Christian, der Opa hat des scho' ausg'macht. In d' Oper geh' I sowieso net, da schlaf' I bloß ei'!" Doofe Erwachsene, die hätten sie doch einfach fragen können. Mit Zehn ist man doch kein Kleinkind mehr!

Problem gelöst, Heike Burgmann würde Theresia samstags um Sieben holen, dann könnten sie ungestört ausgehen.

Erstklassiges Essen, eher überschaubare Portionen und eine Premiumrechnung fand Mark. Na, er brauchte nicht sechs Hunderter auf den Teller blättern. Dafür sein 'Inzwischen-schon-Vater'. Dann dieser ätzende Kulturtempel, er beneidete seine kleine Schwester, als Burgmanns sie holten.

Oper! Hannes hatte es geahnt! Es kostete ihm große Mühe nicht weg zu nicken. Mark schien da keine Schwierigkeiten zu haben, bereits Mitte des ersten Aktes klappte er seine Lider zu und öffnete sie erst wieder beim Schlussapplaus.

Humpelnd folgte Kathi zu den Taxis: „Du, Schwager, hat Deine Frau ihre Kampfstiefel ang'lassen oder sind die Dinger Pumps mit Stahlspitzen?"

„Wieso?"

„Weil I ein halbes Dutzend blaue Flecken an meim Schienbein hab', so tretten hat S' mi'!"

Ihre Schwester ist doch selbst schuld gewesen, ununterbrochen in Felicitas rein zu plappern! Keine Kultur, diese Banausen! Die Kneipe, ein Tipp von Schmidt, erwies sich auch nicht gerade nach dem Geschmack der beiden 'weit unter Dreißig': Country, Blues und Rock'n'Roll. Wenigstens tanzen konnte man ein bisschen.

„I weiß, warum Du auf so ein Gedudel stehst, da sieht keiner, dass Du net tanzen kannst!", Hannes kannte diese Meinung und er teilte sie ja auch, aber Rock'n'Roll konnte er einigermaßen. Und das bewies er Felicitas auch!

Am zweiten März kommt ihr Doktor-Jur-Oberst. Er erwarte alle im Dienstanzug, kündigte der General an. Die Gruppe Mike war wieder an ihrem Standort Köln, ohne eine besondere Aufgabe, und Gruppe Sierra sollte bei dem angekündigten Besuch des Argentinischen Präsidenten mitwirken. Die Techniker unter Oberleutnant Baum erhielten als Wochenauftrag die Auswertung einiger Objekte aus dem Schieberfall und die EDV-Gruppe würde sich im BKA-Netz austoben. Oberstabsarzt Mayr sollte noch die medizinische Ausrüstung prüfen und aufstocken.
„Und ST macht am Fall 'Rosa' weiter. Sie, Herr Kummer, und die Gruppe dürfen weiter Akten wälzen, weil Eure Chefetage glei' mit mir wohin muss!“
Damit endete bereits die Dienstbesprechung der Unterführer mit Burgmann. Sein Informant aus dem BKA erwarte die drei Kollegen vom Militär bereits, es könnte sehr aufschlussreich werden. Felicitas und Hannes folgten dem General. Der Weg zum Bereich des Staatssekretärs? Genau dort saß der Beamte bereits und diskutierte mit dem Politiker und einem weiteren Zivilisten.
„Ah, guten Morgen Christian, Frau Storr, Herr Feller! Herrn Wahlander vom BKA kennt zumindest Herr Burgmann und das ist mein Kollege aus dem Innenministerium.“
Betriebsam stellte der Politiker die Anwesenden einander vor. Selbst der General war von der Anwesenheit des politischen Beamten und Vorgesetzten Wahlanders überrascht. Aber interessant! Die Angelegenheit fing an, Kreise bis in höchsten Regionen zu ziehen.
„Kann ja auch nichts dafür, dass dieser Schwede meinen Namen für seine Figur benutzt!“ Der Polizeibeamte trug es

anscheinend mit Gelassenheit, oft genug musste er die Verbindung nach Ystad verneinen.

Zu Beginn tauschten beide Seiten ihre bisherigen Erkenntnisse aus, kaum von den beiden Politischen unterbrochen. Peter und sein Kollege aus der schwarzen Regierungspartei hörten sehr, sehr aufmerksam zu, die Dimension wurde ihnen erst jetzt bewusst. Sollte es sich bewahrheiten, dass ein ranghohes Mitglied des BKA wirklich der Anführer einer Terrorgruppe war – nicht auszudenken!

Vorsichtig näherte Felicitas sich der Aussage der Tomaschek und deren Vorstellungen. Abwechselnd berichteten sie und Hannes davon. Geschickt bekräftigte jeweils der andere was der eine sagte. Dadurch hatte niemand eine Chance, störend nachzufragen, alle Anwesenden mussten auf das Ende des Berichtes warten. Nur dann fragte auch keiner der Zuhörer, doch ihre Köpfe arbeiteten schwer.

Wahlander ergriff zuerst das Wort: „Diese Zeugin ist also Ihrer Meinung nach absolut zuverlässig. Ich habe mir deren Aussage mitgeschrieben, und kann Ihnen allen bereits sagen: Wir brauchen Striebecks Handy! Und diesen Trottel, der die Aufzeichnungen gestoppt hat.“

Sein Vorgesetzter nickte kurz: „Schon richtig, aber wenn die Aktion Striebeck absichtlich angehalten wurde?“

Sollte das der Fall sein, musste es schon eine sehr einflussreiche Person sein. Eine Ermittlung der Internen anzuhalten, erforderte einen hohen Rang und das Wissen über die Beobachtung durch die Abteilung.

„Welcher Personenkreis kann als Vorgesetzte Striebecks angesehen werden und zugleich Wahlanders Arbeit aushebeln. Ich denke das ist unsere Frage.“

„Mein Oberleutnant hat recht. Ich meine, dass dieser Kreis überschaubar sein wird“, stimmte Burgmann Hannes' Frage zu.

Die Gäste blickten sich an, dann legte der Politiker ein Blatt auf den Tisch. Darauf gab es nur vier Namen, einer davon war der Staatssekretär des Innenministeriums selbst, Nolde, eine gewissen Frau Dr. Dr. Macks-Frölich und ein Kriminaloberrat Adler.

„Das sind die Infragekommenden, einzige Möglichkeit neben diesen vier Personen sind noch ihre Referenten, Sekretärinnen und Putzkräfte. Deren Namen stehen auf diesem Blatt hier, sechzehn zusätzliche Namen."

Der Kriminalbeamte strich einige der Namen: „Keine Panik! Diese Leute wurden bereits von unserer Internen überprüft. Keiner davon kann es gewesen sein. Herr General, Sie müssen uns gelegentlich auch vertrauen."

Der Innensekretär hatte seinen Untergebenen beobachtet: „Danke!"

„Nichts für ungut, aber Sie sind nun mal ohne Alibi, Herr Staatssekretär. Für Ihre Telefonate gibt es keine Auswertung und Sie sind weit genug oben!"

Gelassen akzeptiere er die Einlassungen seines Beamten. Von den vier Namen auf Liste Eins wurde nur KOR Adler gestrichen. Den hatten, wie bereits gesagt, die Internen erst routinemäßig durchgecheckt. Liste Zwo zeigte nach dem Zusammenstreichen nur noch sieben Personen, selbst eine gerissene Reinigungskraft hatte schließlich die Möglichkeiten Informationen zu sammeln und zu nutzen. Oft genug geschehen.

Getrennt voneinander sollten die Einheit Burgmann und die Abteilung Wahlanders diesen Personenkreis überprüfen, jeden Freitag würde man sich dann zum Austausch der Ergebnisse treffen. Von der Seite der Regierung wurde nur eines erwartet: Erfolg unter Umgehung zu großen Medienrummel. Nach der Bundestagswahl würde die Presse ausführlicher informiert. Als die beiden Besucher weg waren, kam Peter auf ein anderes Thema: „Am Montag soll der Dr.

Walz kommen. Ich möchte in diesem Kreis noch einige Anmerkungen machen."

„Meine Nachfolge, stimmt 's?"

„Stimmt. Wir, also Christian und ich, haben lange und breit darüber diskutiert. Anfangs planten wir eine Doppelspitze aus Ihnen, verehrte Frau Storr, und Herrn Oberstleutnant Vogt zu bilden. Unser Problem dabei ist, ich hätte die Führung der Einheit gerne wieder mit einem General besetzt! Und selbst bei Burgmann'scher Auslegung kann ich weder Sie, verehrte Frau Storr, noch Ihren Kameraden Vogt schnell zum General machen. Walz könnte mit der Pensionierung Christians Brigadegeneral werden und er ist Jurist, ein nicht zu unterschätzender Vorteil."

Alleine die Nennung ihres Namens im Zusammenhang mit Burgmanns Nachfolge gefiel Felicitas so gar nicht. Eifrig stimmte sie den Worten des Staatssekretärs zu: „Hätte eh nicht gewusst, ob ich das Angebot annehmen würde." Insgeheim dachte sie noch, dass sie sowieso eine längere Auszeit nehmen müsste.

„Wir haben inzwischen durchsetzen können, dass alle Regierungsparteien und auch die Fraktionen der Opposition einer Vergrößerung und neuen Rechtsstellung Ihrer Truppe zustimmten. Glauben Sie aber nicht, fungieren zu können wie bestimmte amerikanische Serienhelden. So weit wollen wir nicht gehen, aber Ihre Befugnisse entsprechen ab jetzt denen der Polizei oder des Zolls. Wenn Angehörige der Bundeswehr in irgendeiner Art und Weise beteiligt oder betroffen sind!"

Beim Abschied gratulierte er noch den Frischverlobten, obwohl ihm vor nicht allzu langer Zeit das Gegenteil geflüstert worden war.

„Meint Ihr, des war Wahltaktik?"

Hannes enthielt sich einer eigenen Meinung, den Verdacht hatte er auch. Anders Burgmann, der kannte seine Pappenheimer!

„Peter weiß genau, dass Ihr seiner Partei kaum Eure Stimmen gebt, des war schon ernst gemeint."

Kapitel 5

Bei ihrer Rückkehr sahen Storr und Feller kurz bei Grabowsky und den Seinen nach, leider liefen ihre PCs zwar heiß, aber noch hatten die 'Staatshacker' große Schwierigkeiten damit, unbemerkt in das System einzudringen.

„Macht nix, helfen Euch diese Passwörter weiter?“, dabei legte Felicitas einen Notizzettel neben den PC.

„Ja! Woher haben Sie denn die?“

Von Wahlander, nur wollte Felicitas dem Obergefreiten nicht alles auf die Nase binden. Er wusste besser nicht woher. Auf dem Boden lagen Unmengen von Papier, verzweifelt versuchte Kummer mit dem Rest Ordnung in das Chaos zu bringen. Dabei dürfte es bleiben, so wie Hannes die Sache sah, hatten die Leute Null Chance.

„Hört auf, lasst den Müll liegen! Maik, hier eine Liste mit Namen. Ihr sucht direkt nach diesen Personen. Unterschriften, Nennungen in Berichten, Vergangenheit und so weiter. Halt einfach das volle Programm. Schulze, Müller! Ihr fahrt zu dieser Adresse, Ich brauche Striebecks Mobil. Das ist ein Cousin von mir bei der Telekom, eventuell kann er helfen. Sagt 'Hansei' schickt Euch. Erklärt ihm alles Wichtigste!“ Wie Hannes diesen kindischen Kosenamen seiner Verwandtschaft hasste!

„Bis nach München?“

Sicher, die Telekom sandte einfach keinen technischen Beamten auf seine Weisung hin nach Berlin, dahin mussten sie schon selbst fahren!

„Sollte es ihm gelingen, das Ding zu orten, soll er mich umgehend anrufen! Weiteres klären wir dann ab. Und Ihr fahrt gleich wieder zurück! Nix München bei Nacht oder so Unfug.“

Arzttermin, auch gut, dann konnte Feller die längst überfälligen Übungsschüsse loswerden. Gemeinsam mit Plank und Mayr fuhr er ins Kino, unkonzentriert versiebte er gleich das komplette erste Magazin. Ungeduldig schob Hannes den Gehörschutz hin und her, zur Zeit klappte nicht mal diese Standartaufgabe!

„Noch mal, Oberleutnant Feller!“, stoisch gab der Schießwart seine Anweisungen, „Atmen Sie ruhig durch, konzentrieren Sie sich nur auf: Waffe-Ziel-Atmung!“

Von vorne lief die Einspielung, sechs von acht Schüssen trafen.

„Wird doch! Pause?“

Feller signalisierte Zustimmung, Mayr und Plank gaben danach ihre Serien ab.

„Nein! Wer hat Euch das Schießen beigebracht? Herr Oberstabsarzt, Sie sollen nicht eigenhändig für Patienten sorgen. Alle Ziele bekämpft, nur waren das unschuldige Passanten und Ihr General!“

Ungläubig beobachtete der Schießlehrer die Versuche: „Und Sie, Plank! Seit zig Jahren versuche ich Ihnen den Umgang mit Ihrer Waffe beizubringen! Ergebnis: Seit Jahr und Tag Fahrkarten. Langsam glaube ich, Sie werfen besser Bleistifte auf den Gegner!“

Schließlich schaffte Hannes das Soll, sogar mit dem Gewehr. Völlig desinteressiert an ihren Ergebnissen wirkten dagegen Mayr und Plank. Inständig hoffte Feller nie von deren Schießkünsten abhängig zu werden. Nach ihrer Rückkehr verdrückten sich die zwei Künstler schnell in ihre Büros.

Bei Kummer und den restlichen Sierra-Tangos war Felicitas bereits in ihrem Element. Sie war so vertieft in ihren Papierstapel, dass Hannes einfach eine Bemerkung loswerden musste: „I wußt' gar net, dass Du eine Aktenfetischistin bist. Wie war 's beim Doc?“

Nix, was hätte denn sein sollen? Ihr ging es hervorragend, „Da, nimm den Wust! Darfst Dich selber im Papierdschungel bewähren!“

Fünfhundert Blätter und achtundvierzig Stunden später stand die überarbeitete Verdächtigenliste. Jeder Person hatten sie einen halbwegs nachvollziehbaren Lebenslauf beigefügt. Storrs und Fellers nächstes Treffen mit dem BKA-Mann brächte also wieder ein paar gestrichene Namen. Kam Wahlander zu einem ähnlichen Ergebnis wie ST blieben fünf im Pott: Nolde, die Doktor-Doktor, ein Referent und zwei Sekretärinnen. Während der Nach-68iger Zeit waren die beiden Ersteren in sehr linksgerichteten Studentenkreisen aktiv. Dem Referenten traute keiner, er hatte Einsicht in die Vorgänge der Internen und Noldes Abteilung. Damit galt er erstmal als Hauptverdächtiger. Neben einer der beiden Vorzimmerdamen.

„Warum hat die noch niemand überprüft? Ein Blick und was steht in ihrem Akt? Angehörige der Staatssicherheit, untere Ebene. Untere Ebene, schöner Persilschein!“

Ihr Hauptfeld war wieder einmal mit der Aufarbeitung der DDR-Vergangenheit so gar nicht einverstanden. Immer wenn er solche Ausbrüche bekam, fragte sich Felicitas, was war vor dem Mauerfall in der Umgebung Kummers geschehen? Doch beharrlich schwieg sich Maik jedes Mal aus.

Feller zückte den Rotstift: „Wir streichen jetzt den Staatssekretär, eine Edeltippse und drei von den Raumkosmetikerinnen. Okay?“

Keiner erhob Einwände und so engte sich der Kreis weiter ein.

Mit einer Ausnahme ähnelten sich die Listen am Freitag. Auf Wahlanders Liste blieb eine Reinigungskraft. „Ihr habt bei der was übersehen, die gute Frau ist überqualifiziert. Wisst Ihr weshalb eine promovierte Juristin bei uns putzen geht?“

Alles konnten Felicitas und ihre Gruppe ja auch nicht wissen: „Nein, aber Du wirst es uns bestimmt sagen!“

Statt einer Antwort reichte er ein Foto.

„Nein, sag' bloß!“

Aber kein Zweifel, sie war Grunds damalige Verteidigerin, von Wahlander bestätigt: „Richtig, und ganz sicher nicht seine Pflichtverteidigerin! Damals arbeitete unsere Putze in einer Kanzlei für Extremistenprozesse, Rechte und Linke!“

Sechs Verdächtige blieben damit auf der Liste. Alle vorzuladen schien verfrüht, solange ausreichend Beweise fehlten.

„Lamoir! Ich gib Schmidt Bescheid, der Unteroffizier soll am Montag zu Dir ins BKA kommt. Wahrscheinlich hat er einen von denen schon mal gesehen!“

Ihr Partner vom BKA stutzte, damit konnte er nichts anfangen. Bis Storr und der Oberleutnant ausführlich berichtet hatten.

„Verstehe! Da hätte ich einen Vorschlag. Etwas riskant vielleicht, aber! Ich führ' Euren Mann bei uns herum, mit etwas Glück erkennt er den Typen.“

Was aber wäre, wenn der Gesuchte Lamoir wiedererkennen würde? Daraus konnte leicht ein Eigentor werden. Wahlander glaubte, dass ihr Uffz in Zivil einen viel zu veränderten Anblick abgäbe. Nein, wahrscheinlicher wäre es, wenn er niemand erkennen würde. Im Laufe ihrer Arbeit half immer wieder der Zufall, wieso dann nicht hier. Schmidts Mann durfte am Montag in Zivil antanzen. Der zog das bessere Los, Hannes beengte jetzt schon die angedrohte Krawatte.

Erwartungsgemäß durfte Felicitas mit Hannes und Kummer den Empfang des Obersten vorbereiten. Samstag verging, Sonntag neigte sich dem Ende zu. Geschafft! Das Konzept zur Vorstellung ihrer Aufgaben und Gliederung stand. Einmal mehr mussten Mark und Theresia ihr Wochenende ohne ihre

Mutter verbringen. Für ihre Verhältnisse baute Felicitas ihre Unzufriedenheit mit dem Job sehr derb ab.

„Deine Ausdrücke sind wieder nett! Nimmer lang, dann wird ’s hoffentlich anders.“

Es stimmte ja, was Hannes sagte. Nur dauerte es immer noch eine Ewigkeit, darauf konnte sie wetten!

Vom General selbst bis zum Führer der EDV, Grabowsky, versammelten sich die ganze Führungriege zum Empfang. Die Türe schwang auf, voran der Staatssekretär. Und, beinahe hätte Feller laut kommentiert, ein Oberst in Gebirgstruppenuniform! Burgmanns Gesicht zog sich in die Länge. Zu deutlich stand das 'schon wieder ein Schluchtenscheißer' darin geschrieben.

Burgmann, die beiden weiblichen Offiziere und dann der Rest wurden durch Peter vorgestellt. Sichtlich erfreut begrüßte Oberst Walz Hannes. Wenigstens ein richtiger Soldat! Entsetzt sah Felicitas die alte Bergmütze ihres Mannes. Wie schaffte er es, das Ding an ihren Augen vorbeizuschmuggeln? Bis der Neue seine Bergmütze aus der Hand legte - die war ja noch vergammelter wie die von Feller! Darin herrschte Einigkeit bei den Anwesenden, und dass der Oberst einen ganz passablen Eindruck machte. Nicht derselbe Typ wie Burgmann, doch ebenso kompetent und bodenständig wirkend.

Aber vor einem endgültigen Urteil müsste er die Einschätzung der Einheit erst bestätigen. Herr Oberst wolle sich das Vertrauen der Truppe erarbeiten? Klang gut, schien auch ein Mann dafür zu sein. Vorerst würde man trotzdem abwarten, reden konnte der Mann viel.

Interessiert folgte Walz den Erläuterungen der ST-Chefin. Dann war Ende der Vorstellung, Burgmann behielt seinen potentiellen Nachfolger noch bei sich. Der Rest ging erleichtert wieder an die einzelnen Aufgaben. Diesmal ließ der General

Plank im Vorzimmer mithören, dessen Meinung zu Oberst Dr. Walz würde er danach einholen. Auch die Ansicht der anderen über den Herrn! Solange er die Hand über die Truppe hielt, würde Burgmann nämlich keinen Nachfolger akzeptieren, den seine Leute nicht anerkannten. Das war er ihnen schuldig.

Ein Weg umsonst, so erwies sich der Rundgang Lamoirs beim BKA. Keinen Menschen erkannte der Unteroffizier als den angeblichen Kriminaler. Ohne Zweifel hatten sich Storr und Feller davon zu viel erhofft. Weiter auf der Ochsentour. Mutmaßen, kombinieren, hoffen und dann wieder von vorne. Licht am Ende des Tunnels sah keiner, nicht einmal einen hellen Fleck. Zäh ging es die Woche weiter. Der lang ersehnte Durchbruch blieb immer noch aus. Dieses Mal nahmen der General und Walz an der Besprechung mit Wahlander teil. Auch der brachte zwei Kollegen mit. Diese hatten eine Spur entdeckt. Eine Spur die die Liste erneut verkleinerte. Nach ihren Erkenntnissen konnte weder der verdächtigte Referent noch die eine Sekretärin 'Rosa' sein.

„Ja aber warum nicht?“

„Das ist schnell gesagt. Frau Blümer war mit einem Polizeibeamten verheiratet, der bei einem Attentat der RAF ums Leben kam. Wenn die Frau könnte, würde sie persönlich Rache nehmen. Und Referent Lohmanns Verbindungen haben wir geprüft, der ist es sicher nicht.“

Kurz entschlossen setzte der General einen Schlusspunkt. „Bevor mir jetzt noch Wochenlang rum tun! Am Montag holt Ihr die Sekretärin und diese Akademikerputzi. Gleichzeitig, aber getrennt, mit voller Gruppe. Unmittelbarer Zwang kann eing'setzt wer'n. Herr Wahlander, könnten S' mein Kommando in Empfang nehmen?“

Selbstverständlich, er würde auch wieder für ein ungestörtes Verlassen sorgen.

„Die Verhöre übernehmen Felicitas mit Kummer und Hannes mit Oberst Walz. Bereitet Euch zwei gut vor, von mir aus im Wald. Aber seid Montag früh fit, des wird ein harter Feldzug. Vor allem wenn I an Gerold und sei' Doppeldoktorkollegin denk'."

Schneller als der Schall leerte sich der Besprechungsraum. Felicitas drückte das Gaspedal noch mehr durch als gewöhnlich. Vor Einsetzen des Mittagsverkehres wollte sie bereits in Richtung Süden unterwegs sein.

Einerseits zeigte Hannes dafür volles Verständnis, auf der anderen Seite hatte er keine Gnade für das 'was-zieh'-Ich-an'-Problem. „Des kostet Zeit. Jeans, Oberteil, Jacken und Schuh. Da nimm halt des Zeugs, sonst schaffen 's mir nimmer vor'm Freitagsverkehr."

Völlig unbeeindruckt von seiner G'schafftelhuberei zog Felicitas sich um. Männer! Einerseits sollte Frau gut aussehen, aber die nötige Zeit dazu gaben die Kerle nicht. Selbst Paps scheuchte Mam immer wieder hektisch herum. Sein anerkennender Pfiff entschuldigte Hannes wenigstens in ihren Augen für seine Ungeduld.

In Zwiesel herrschte bei ihrer Ankunft helle Aufregung. Tante Doris hatte einen Unfall und weil die alte Dame sich daher nicht selbst versorgen konnte, wohnte sie für ein paar Wochen bei ihrer Nichte und deren Familie. Ungern, dort herrschte immer so eine Unruhe! Die lauten Kinder, dieser Oberst a. D. mit seinem Befehlston und keiner nahm Rücksicht auf sie. Zur Überraschung seiner Mutter legte Mark zur Begrüßung seinen Ausbildungsvertrag vor. Wegen seiner fast zu erwartenden gerade noch mittelmäßigen Zensuren eine extra tolle Neuigkeit!

„Feli, Doris liegt in Deinem Zimmer, müsst im Gästezimmer unterkommen. Jetzt essen wir aber erst a'mal!", womit Mam Hallbauer eine erneute Hiobsbotschaft von sich gab.

Zum Dessert kam noch eine Neuigkeit: Kathi und ihr Neuer. Perplex stellte Hannes fest, dass der in seinem Alter war. Fast doppelt so alt wie Kathi!

Felicitas meinte dann im Bett: „Glaubst, d'e Henn' spinnt jetzt ganz? Der is' ja älter wie Du!“

„Sehr freundlich, aber da hast recht. Anders g'seh'n braucht s' doch so was.“

Bei ihrer Unfähigkeit, ihr Leben selbst in die Hand zu nehmen? Unter diesem Gesichtspunkt passte der Mann tatsächlich zu ihrer jüngsten Schwester.

Frühstück, am Samstag, ein durch Rituale bestimmter Vorgang. Drei schweigende Männer und die Frauen beim Friseur. Lange konnte sich Schorsch diesmal nicht zurückhalten: „Was haltets Ihr von Kathi ihr'm Neuen?“

„Alt!“, brummte Maik zwischen zwei Bissen.

„Dir gib I glei' alt. Doch für d' Kathi is' er wirkli' z' alt. Aber Ihr kennts sie ja, bei der ihr'm chaotischen Lebenswandel passt er vielleicht do'.“

Hallbauer hielt dieses Argument für tragbar. Auch er kannte Kathi, lange genug: „Was macht er denn?“

Beamter in der Bezirksregierung, alleinstehend ohne Anhang und – jetzt kam es dick – ehemaliger Zivildienstler! Sein größtes Manko, aber wie Hannes bemerkte: „Auch Zivis sind Menschen. Schlimm find' I bloß die Schleimis, die sich überall drücken!“

Man(n) würde abwarten und die Geschichte im Auge behalten. Dank Tante Doris' Anwesenheit wurde der Rest des Wochenendes nicht sehr lustig. Zumindest erleichterte sich dadurch der Abschied. In einer Woche käme Mam mit den Kindern nach Berlin. Gleich nach der Kirche fuhren die 'Berliner', morgen Vormittag gab es einiges zu tun. Dann musste das Paar vorbereitet und ausgeschlafen sein.

Wieder in ihrem Berliner Domizil leuchtete das Signal des Anrufbeantworters. Kurz nach ihrer Abfahrt die erste

Mitteilung, vor einer knappen Stunde die Zweite: Burgmann. Felicitas hörte die Meldungen ab, doch außer „Ruft sofort zurück!“ war nichts darauf.

„Soll I wirklich z'ruckruf'n?“

Schulterzuckend bejahte Hannes, es konnte ja wichtig sein. Schon beim zweiten Signal hob der General ab: „Hallo Madel! Gut, dass gleich anrufst. Änderung für Morgen! Ihr holt die zwei Kunden spätestens um halb Sieben in ihren Wohnungen. Wahlander meint, des erregt nicht so viel Aufsehen. Und I mein', wenn es die nicht sind, warnen mir d' echte 'Rosa' so net! Ah, bevor ich 's vergeß'! Eure Leut' wissen's bereits. Dann noch gute Nacht bis morgen Früh!“

Dieses Gespräch würde Hannes im Kalender vermerken, seine geliebte Felicitas hatte nicht ein Wort sagen können! Ihre Nachricht belustigte ihn dagegen weniger, so früh! Darauf gab es nur eine Antwort: Ab ins Bett!

Kapitel 6

Letzte Nachtschwärmer auf dem Heimweg, die ersten Menschen fuhren an ihre Arbeitsplätze. Der von Oberstleutnant Storr geführte Trupp hielt vor dem Reihenhaus. Samonov und Kummer schlichen zum einzige Fluchtweg, der Gartenseite. Ein paar Minuten ließ Felicitas den beiden Sicherern Vorsprung dann schellte sie. Ein Schatten wurde durch das Milchglas sichtbar, die Türe öffnete einen Spalt: „Ja? Wer stört denn um diese Zeit!"

„Frau Scholz?"

Mürrisch bestätigte die Person hinter der Türe.

„Storr, Feldjägerkommando Burgmann, meine Kollegin Feldwebel Schulze. Frau Scholz, ich bitte Sie, sich anzuziehen und umgehend mit uns zu kommen. Wir haben vorerst nur ein paar Fragen an Sie."

„Mit welchem Recht denn? Seit wann darf die Bundeswehr unbescholtene Bürger einfach abholen. Wo sind wir denn!", ihre Stimme gewann an Lautstärke.

Storr hielt der Frau eine Vorladung hin: „Sehen Sie selbst! Würden Sie jetzt bitte freiwillig meinen Anweisungen folgen?"

„Stasimethoden!", murmelte die Verdächtige vor sich hin, führte aber Felicitas Anordnungen aus. Unterwegs fiel ihr der Filmspruch mit dem Anwalt ein: „Ohne meinen Anwalt sage ich nichts!"

Auch gut, solle Frau Scholz ihren Anwalt benachrichtigen.

„Spätestens um Neun-Null-Null, können Sie ihrem Anwalt ausrichten. Ansonsten verschieben wir die Befragung auf morgen!", fast immer hatten die Leute keinen Anwalt griffbereit, so auch hier.

„Ach wieso denn! Ich habe nichts zu verbergen. Aber über Sie beschwere ich mich garantiert!"

Zeitgleich hatte Hannes' Trupp den Plattenbau erreicht.
„Müller, in der Gegend bleibst Du im Fahrzeug. Ich will nicht, dass die Kiste zerlegt oder weg ist, wenn wir wieder kommen. Sobald uns siehst: 'Motor an'!“

Dutzende Namen, Peters knallte mit der flachen Hand auf eine Anzahl Klinkelknöpfe. Einer öffnete immer, alte Regel, auch hier gültig. Gefährlich krachend hielt der Lift ruckartig im achten Stock, heruntergekommen wie die ganze Gegend. Eine Wohnung hatte kein Namensschild, die fünf anderen Türschilder trugen nicht den Gesuchten. Mit geöffneter Pistolentasche betätigte Feller die Glocke. Der Spion verdunkelte sich nach dem zweiten Läuten: „Ja?!“

Auch hier lief es nach kurzer Diskussion wie bei der ersten Verdächtigen ab. Unterdessen versuchten einige angetrunkene Jugendliche Müller zu provozieren. Plötzlich lagen zwei der Randalierer auf dem Boden und ein Dritter halb auf der Motorhaube. Ruhig drohte der StUffz ihm die vorläufige Festnahme an, bevor er ihn durchsuchte. Ein ausziehbarer Schlagstock und eine Handvoll Ecstasytabletten nahm er dem schlotternden Typen ab.

Es war immer so. Kaum trafen diese 'Helden' auf Widerstand, der ihnen gefährlich werden konnte, kniffen sie. Mit dem Erscheinen Fellers und Peters flohen die letzten 'Gangbubis'. Müller startete, seine Kameraden mit der Verdächtigen stiegen ein und es ging los.

„Ärger?“

„Nee, Herr Oberleutnant, ein bisschen Frühsport!“

„Dann nimm Deine Hand rein. Ich steck' Dir sonst Deinen Mittelfinger in Deinen Hintern!“, noch schöner, am Schluss gab es wegen diesem 'Jugend-forscht'-Zeichen noch eine Beschwerde gegen sie.

Den Luxus eines separaten Vernehmungszimmers gab es nicht, die beiden Büroräume der Gruppe mussten genügen. Bei der Sekretärin, Frau Scholz, kamen Storr und Kummer schnell zu einem Ende. Stasi, sie? Niemals! Ihre Akte flog vor sie auf den Tisch – ab diesem Zeitpunkt brach die Frau zusammen. Heulend gestand die Sekretärin ihre unrühmliche Vergangenheit ein. Eines verstanden die beiden Soldaten aber auch, diese Frau konnte nicht 'Rosa' sein. Ihr fehlte die nötige Kaltschnäuzigkeit für eine solche Rolle und ihre Erklärungen waren schlüssig. Sie wollte einfach den Job behalten, den ihr eine Bekannte vermittelt hatte.

Aus Angst verschwieg Frau Scholz ihre Tätigkeit zu DDR-Zeiten. Auch ihr Mann hatte keine Ahnung davon: „Bitte, geben Sie nichts weiter. Meine Arbeit, mein Mann, das wär' doch dann alles weg!“

„Das können wir nicht entscheiden. Die Entscheidung trifft die Interne bei Ihrem Dienstherren. Mehr kann ich nicht sagen!“

„Frau Haag, Sie verzichten auf einen Rechtsbeistand?“, sicherte sich Hannes ein letztes Mal ab.

„“Ja, hören Sie nicht zu?“

„Ich mache Sie darauf aufmerksam, dies ist ein Verhör im Rahmen unserer Ermittlungen gegen eine terroristische Gruppe. Erste Frage: Ist es richtig, dass Sie 1985 den Linksextremen Hajo Grund verteidigten?“

Sicher, damals unterstützte sie mit zwei anderen Anwälten alle Strömungen, die diesen Staat bekämpften. Auch Hajo Grund. Tiefer und tiefer bohrte Hannes in ihrem Leben. Sein Begleiter notierte gelegentlich ein paar Stichpunkte. Der Oberst verhielt sich ansonsten still, er überließ dem Oberleutnant die Befragung.

Hannes hackte systematisch seine Punkte ab. Immer wieder fragte er nach Kleinigkeiten. Für Außenstehende bedeutungslos, nicht aber in ihrem Fall. Doch die Frau machte nicht den Eindruck Hansen oder einen der weiteren Namen zu kennen.

„Waren Sie schon mal in Dänemark oder Schweden?“, wieder eine dieser Zwischenfragen.

„Was soll ich da oben? He, ich brauch' Sonne, Palmen und keinen Wald und Schnee!“

Nur noch die letzten Punkte, plötzlich räusperte sich der Oberst: „Darf ich, Herr Feller?“

„Natürlich!“

Der Stabsoffizier nahm den Block an sich: „Frau Haag! Ein paar Fragen von mir. Auf die Frage von Oberleutnant Feller 'Wollen Sie immer noch, dass die Bundesrepublik Deutschland bekämpft wird?', antworteten Sie: 'Jetzt lebe ich von diesem Staat'. Auch bei Wiederholung der Frage durch Herrn Feller. Anders gefragt, ist dieser Staat in Ihren Augen immer noch zu bekämpfen?“

„Nicht mit Gewalt, das sehe ich nicht mehr als geeignetes Mittel. Doch meine Einstellung zu diesem unfreien Kastenstaat wird sich nie, nie ändern!“

Vorletzter Punkt, die vielleicht entscheidende Frage: „Kennen Sie diesen Mann hier?“

Ein kurzer, oberflächlicher Blick auf das Foto: „Nein!“

„Wirklich nicht? Frau Haag, das ist der Erste Hauptkommissar beim BKA Striebeck. Sie waren seit fünf Jahren auch für dessen Büro zuständig. Da behaupten Sie, ihn nicht zu kennen! Frau Haag, ich weise Sie nachdrücklich darauf hin, dass Sie ab jetzt als Beschuldigte vernommen werden!“

Schwer atmete die Verdächtige: „Gut, den Striebeck kannte ich. Ein unsympathischer Kerl, sprach mit uns kaum ein Wort. Wehe aber sein Abfalleimer enthielt morgens auch nur ein winziges Papier-schnippel! Meine Kollegin bekam wegen Striebeck ihre Kündigung! Weil sie seinen Schreibtisch nicht 'ordentlich' abgewischt hat! So einer war das, selbst aber stinkfaul und 'n Schleimer ohne Gleichen!“

Faul? Er galt doch als sehr tüchtig.

Die Frau lachte auf, tüchtig beim Anschwärzen. Sonst hielten ihn seine Kollegen für einen Störfaktor und keiner traute diesem Menschen. Wenn er nicht bei Nolde und der Macks-Frölich als so ein wichtiger Mitarbeiter gegolten hätte, würde er heute Leitpfosten in der Straße von Gibraltar zählen.

„Sie mochten Herrn Striebeck also nicht gerade. Jetzt zu unserer letzten Frage: Kennen Sie 'Rosa'?"

Ihre Mimik sprach Bände, sie hielt die Vernehmer für leicht bescheuert. „Den rosaroten Panther oder was? Meine Herren, welches Spiel ist das jetzt?"

„Wenn Sie bitte einen Augenblick warten würden!"

„Müller, Peters! Rein mit Euch, kein Wort zur Verdächtigen."

Hannes und Walz starrten sich vor dem Raum an. Konstatiert meinte der Oberst: „Die lügt nicht! Die ist nicht unsere 'Rosa' und kann mit dem Begriff absolut nichts anfangen. Was meinen Sie?"

Feller musste dem Oberst zustimmen. Bei all den Belastungsfaktoren, mit ihrem Fall dürfte die Dame nichts zu tun haben.

Vor der Kaffeemaschine in Planks Reich stand das zweite Verhörteam. Ein Blick sagte Hannes alles. Auch Felicitas und Maik hatten keinen Erfolg gehabt.

„Wir dürfen die beiden Kundinnen auf keinen Fall Kontakt mit irgendjemanden aufnehmen lassen. Noch haben wir zwei Verdächtige auf der Liste. Die dürfen von unserer Aktion nichts erfahren!"

„Du hast ja recht, aber wie will meine Frau, Frau Oberstleutnant Storr, das hinkriegen?"

Dieses Wie konnte auch ihr Jurist nicht beantworten. Ihre einzige Möglichkeit bestand in der Zusammenarbeit mit den beiden Frauen. Bei Frau Scholz könnte eine Chance darin liegen, dass man ihr den Arbeitsplatz stillschweigend beließ.

„Könnte klappen, wenn Wahlander einverstanden ist. Doch mehr Sorgen macht mir diese Haag. Die wird ein harter Brocken.“

Sie konnten ihr nichts als Lockmittel hinhalten und dazu kam noch ihre politische Einstellung. Eine Menge Überzeugungsarbeit lag da vor ihnen.

Alle redeten davon die beiden Frauen laufen zu lassen! Für Kummer schien das verfrüht: „Kann ich auch mal! Anscheinend bin ich der Einzige, dem es nicht klar ist wieso beide gehen können. Was is' denn wenn doch eine 'Rosa' is'? Ich würd' sie noch ein paar Tage behalten, sonst sind s'e dann weg!“

Seine Meinung konnten nicht von der Hand gewiesen werden. Sollte er richtig liegen, dann käme eine Entlassung von Scholz und Haag vorerst nicht in Frage. Wieder begann unter massivem Einfluss von Maiks Einwurf die Diskussion. Rechtlich betrachtet durften sie die Verdächtigen nicht länger festhalten, logisch wäre das aber nicht unbedingt.

. „In spätestens vierzig Stunden müssen wir sie gehen lassen. Und was wird dann?“

Jetzt konnte Oberst Walz beweisen, dass sein Doktor in Jura etwas Wert war: „Genau, bis morgen Abend bleiben Frau Haag und Frau Scholz in Gewahrsam. Die nötige Begründung regel' ich. Dafür soll Plank eine geeignete Möglichkeit suchen. Oberstabsfeldwebel Schmidt und seine Gruppe werden umgehend zurück befohlen. Die übernehmen die Überwachung. Sie, Frau Storr und Ihre ST, holen nach demselben Schema diesen Herrn Nolde. Frau Dr. Dr. Macks-Frölich besuche ich selbst. Dazu benötige ich einen Fahrer und zwei Begleiter aus Ihrer Truppe!“

„Kummer, Peters und Schulze. Peters als Fahrer und Feldwebel Schulze für eine mögliche Kontrolle von der Frau Doppeldoktor. Einverstanden?“

Es schien kein schlechter Vorschlag. Kummer als den Erfahrenen und Schulze als Frau.

„Gut! Herr Kummer, bitte um halb Sechs vor meiner Unterkunft.“

„Herrn Nolde nehme ich mir mit Oberleutnant Feller zusammen vor. Sie Frau Storr und Ihre Frau Feldwebel befragen diese Macks. Denken Sie alle bitte daran, es muss möglichst ohne Aufsehen ablaufen und wir befragen nur! Vorerst!“

Um die nötigen Unterlagen der Staatsanwaltschaft würde sich der General bereits kümmern. Sollte Gerold Nolde nach Burgmann fragen – der sei den ganzen Tag im Kanzleramt.

„Und sollte Herr Nolde nicht freiwillig mit?“

In diesem Fall dürften sie die Vorladung auch mit härteren Mitteln durchsetzen. Die Zeit der ultima ratio war gekommen, Schluss mit politischem Herumgealbere. „Hier gibt es keinen Bonus, für niemand! Klare Anweisung von Herrn General Burgmann und Oberstaatsanwalt Wiedemann. Können Sie dann auch ruhig sagen!“

Ein Hinweis, der mehr als notwendig wurde: „Eine Unverschämtheit! Wissen Sie überhaupt, was Sie tun, Frau Storr? Ich bin keiner Ihrer Untergebenen, mit mir können Sie nicht in dieser Art und Weise umspringen!“

Bevor Nolde noch einen Herzanfall bekam, zeigte Hannes ihm die Anordnung des Staatsanwaltes. Damit beeindruckte er den wütenden Kriminaldirektor Nolde wenig. Dessen Wortwahl nahm immer unfreundlichere Formen an.

„Herr Nolde, da Sie sich weiterhin weigern, mit uns zu kooperieren, ordne ich hiermit Ihre zwangsweise Vorführung an!“, ein Wink Felicitas und Samonov zog ein Paar Handschellen hervor.

„Sie, Sie Verbrecher! Das wird Konsequenzen haben. Ich verlange sofort mit Ihrem Vorgesetzten zu sprechen!“

„Sicher, sobald wir dort sind. Samonov, führen Sie Herrn Nolde ab!“

Körperlich dem Soldaten hoffnungslos unterlegen, musste der Beamte mit dem Unteroffizier zum Wagen. Sein Toben weckte inzwischen die Nachbarschaft, Neugierige sammelten sich. Rasch forderte Feller die Zuschauer auf Ruhe zu bewahren und sich zu entfernen.

Bestimmt ordnete Hannes die Räumung an: „Bitte, verlassen Sie das Areal. Bleiben Sie nicht stehen!“

Die Wirkung war erwartungsgemäß gering. Sorgte doch so ein Vorgang für eine unterhaltsame Unterbrechung des grauen Alltags

.„Hier gibt es nichts zu sehen! Bitte verlassen Sie umgehend den Platz! Es ist nur eine gemeinsame Übung des BKA und der Bundeswehr! Bitte gehen Sie nach Hause! Stören Sie bitte nicht den Übungsablauf!“, brüllte Hannes, diesmal mit Erfolg.

Im Morgenmantel saß ihr Gefangener in dem Geländefahrzeug, hilflos stammelte seine Frau. Doch er wandte sich von ihr ab. Übung, war das tatsächlich nur eine Übung?

Felicitas nahm die Kleidungsstücke für Gerold von Frau Nolde entgegen und nickte: „Ja, Frau Nolde, nur eine Übung. Ihr Mann kommt bald zurück. - Aufsitzen, Abmarsch!“

Schnellstmöglich rückte das Kommando ab. So schnell, damit keiner der Zaungäste sein Handy für Aufnahmen nutzen konnte.

„Lügner!“

„Was hätt' I denn sonst sagen sollen, Frau Oberstleutnant? Des scheint do' gewirkt zum ham!“

„Ja, sogar sehr. Na ja, Herr Oberleutnant, werd' Dich lobend im Bericht erwähnen!“

Nur im Bericht? So ein, zwei Belohnungsküsse wären auch nicht schlecht.

„Was schleichst'n so! Die kommen scho' nach. Ach du große Scheiße! Der Stranovski, einer von de' g'wieftesten Anwält' von Berlin und Umgebung!“

Hannes parkte den G-Benz vor dem Häusle, hier wollte Walz die Befragungen durchführen. Felicitas stieg aus und begrüßte die beiden ihm Unbekannten.

Hannes folgte ihr nach: „Hannes, das ist Herr Doktor Stranovski und Herr Oberstaatsanwalt Doktor Wiedemann.“

Aha, das war also ihr truppeneigener Staatsanwalt. Den hatte sich Feller nicht so vorgestellt. Ein unscheinbar wirkender älterer Herr mit leiser Stimme und einem unübersehbaren Bäuchlein reichte ihm die Hand: „Guten Tag Oberleutnant Feller, habe schon einiges von Ihnen gehört.“

Kein Landsmann, dürfte eher sächsische Wurzeln haben. Anschließend reichte ihm der Anwalt die Hand: „Stranovski. Sie sind neu bei Burgmann?“

„Ja, seit einem rund einem halben Jahr bei der Truppe. Gestatten, Oberleutnant Feller.“

Der Oberstaatsanwalt erklärte, dass der Anwalt auf Bitte von Frau Dr. Dr. Macks-Frölich bei deren Befragung dabei sein würde. Befremdet sahen die beiden Zivilisten, wie Nolde von Müller und Samonov vorgeführt wurde. Kaum den Justizbeamten erblickend, versuchte der Polizist sich loszumachen. Auch dieses Mal ohne echte Chance.

Lautstark machte er aber den Staatsanwalt auf sich aufmerksam: „Herr Wiedemann, haben Sie diesen Unfug veranlasst? Das wird sich auf Ihre Karriere sehr negativ auswirken! Meine Verbindungen reichen bis in höchste Kreise! Mich so zu behandeln! Befehlen Sie diesen Bütteln sofort mich freizulassen!“

Ungerührt fragte der Staatsanwalt: „Frau Storr, war das nötig?“

„Leider, Herr Nolde wurde renitent und ausfallend. Er versuchte Widerstand zu leisten!!“
„Dann, Herr Nolde, geht das Verhalten Frau Storrs völlig in Ordnung. Und Ihre Drohungen können Sie sich sparen!“
Der immer noch Sträubende wurde von seinen Begleitern in das Innere des Hauses gebracht. Dort durfte Nolde sich endlich umziehen, unter Aufsicht! Während draußen der Trupp des Obersten eintraf, fluchte Gerold drinnen immer lauter.

Die Frau Doppeldoktor wirkte völlig gelassen. Korrekt gekleidet, sogar frisiert und dezent geschminkt. Bei ihr hatten die Soldaten keinerlei Schwierigkeiten gehabt, nur wünschte sie die Anwesenheit Stranovskis bei der Befragung. Ihr Verhalten wirkte gefasst, mit einem kräftigen Anteil an Professionalität. Nicht so hysterisch wie ihr Kollege. Doch genau dadurch geriet sie unbemerkt in die Position der Hauptverdächtigen. Schließlich erwarteten die Ermittler von der echten 'Rosa' Kaltblütigkeit und Berechnung.
Der Oberstaatsanwalt änderte die Beteiligten, denn er selbst würde mit Dr. Walz die Verhöre vornehmen. Wiedemann erklärte den Grund der Befragung. Gelassen sprach der Staranwalt für die Doppeldoktorin: „Meine Mandantin wird Ihnen natürlich in vollem Umfang Antwort geben.“
Das tat sie dann auch, ohne zu ahnen, dass ihre Antworten ins Schema 'Rosa' passten. Am Ende der Vernehmung rief Walz Storr und Feller zu sich. Flüsternd unterhielten sich die drei Offiziere. Auch die Ansicht der Führungskräfte von Sierra-Tango lief auf einen dringenden Verdacht gegen die Frau hinaus.
„Trotzdem, wenn Frau Macks-Frölich unsere Täterin ist, warum reitet sie sich selbst rein?“, überlegte Feller laut.
„Genau! Herr Oberst, sie hat damit beinahe ein Geständnis abgelegt. Nur, ob sie es bemerkt hat?“, unterstütz von Storr.

Ihre Einwände fielen auf nicht sehr fruchtbaren Boden. Walz hielt die Einlassungen der Macks-Frölich für gezielt. Sie gab Unvermeidliches zu, ohne die Hauptsache anzusprechen! Es musste etwas geben, dass nur die echte 'Rosa' wissen konnte.

Was das sein könnte, wusste Felicitas: „Woher hatte sie die Information über Connis Aufenthalt in der schwedischen Klinik? Diese Frage übersahen wir auch lange. Wenn Frau Macks davon weiß, dann ist sie es wirklich!"

„Und wenn sie zu diesem toten Beamten aus Münster etwas erwähnt!", ergänzte Hannes die Worte seiner Partnerin.

Nachdenklich rieb Walz seine Brille. Anscheinend waren die Gläser sehr verschmutzt, denn er ließ sich sehr viel Zeit dabei. Er hob die Brillengläser gegen das Licht und schien vom Ergebnis überzeugt zu sein: „Hm, Ihre Einwände könnten zutreffen. Legen wir also in diesen Punkten noch nach! Danke, das wär's dann fürs Erste."

Unauffällig holte der Oberst Wiedemann zu sich. Eindringlich redete er auf den Oberstaatsanwalt ein. Dem wurde rasch klar, dass seine Befragung zu diesen Aspekten wichtig wurde. Wer diese Fragen beantworten konnte, der war der Täter, oder wer hier keine Antwort geben wollte! Vom Prinzip her war die Fortsetzung der Befragung klar, wenn ihre Verdächtige die passenden Antworten gegeben hätte. Leider tat sie Wiedemann und Walz nicht diesen Gefallen.

Wieder gab die Verdächtige ihr Wissen preis, ohne sich in ausführliche Details zu ergehen: „Sicher hörte ich von Frau Hansens Klinikaufenthalt. Die ganze Abteilung ahnte davon und Führungskräfte wie ich wurden vollständig informiert."

Hier setzte der Oberst an: „Wussten Sie den genauen Aufenthaltsort der KOK Hansen?"

Auch die Klinik wurde damals genannt, eine Psychiatrische im Raum Örebrolän. Nein, sie gab diese Daten nicht weiter. Wie? In Schweden auskennen? Sie kannte das Land leider nur vom Hören sagen. Tomaschek, Mahler? Sagen ihr definitiv nichts. Herr Striebeck? Ein tadelloser Beamter, immer korrekt und sehr beliebt. Vorbildlich in seiner Pflichtauffassung, gerade er sollte ein Verbrecher sein! Das glaube sie immer noch nicht! Sicher eine Intrige, um dem BKA zu schaden.

„Wir werden Ihre Antworten nachprüfen. Ich muss Sie bitten, sich weiterhin zu unserer Verfügung zu halten und über diese Vernehmung Stillschweigen zu bewahren! Frau Dr. Dr. Macks-Frölich, Herr Doktor Stranovski, wir danken Ihnen!“, brach Wiedemann die Befragung der Dame ab.

Ratlos blieben die Vernehmer zurück, Walz schienen Zweifel zu kommen: „Bis jetzt hat sie uns anscheinend ausreichend Auskunft gegeben. Alles nachvollziehbar und ohne Widersprüche! Damit können wir die Macks nicht festnageln. Oder?“

Dem Oberstaatsanwalt fiel auch nichts mehr ein. Viel zu wenig, eine offizielle Beschuldigung hätte sich auf Mutmaßungen und windige Indizien gestützt.

„Jetzt Nolde, Herr Wiedemann?“, drängte Hannes, schließlich wollte er diesen Fall endlich abschließen.

„Gleich, zuvor brauche ich eine Pause. Gibt es hier eventuell einen kleinen Imbiss?“

Oberst Walz rief nach seiner Frau Oberstleutnant. Die schickte Schulze und Peters zum Einkaufen. Damit war die nächste dreiviertel Stunde quasi dienstfrei. Durchnässt und ausgekühlt setzte Felicitas sich wieder zu Hannes in den Wagen.

„Heißen Kaffee?“, er hielt ihr einen Becher mit dampfenden Kaffee a la Feller aus der Thermosflasche entgegen.

„Oh ja, her damit! Hast Feuer? Glaubst Du, die da drinnen brauchen noch arg lang?“

„Die Doppeldoktor war fast drei Stund' bei der Vernehmung. Und nachher kommt unser Freund Gerold dran. Des wird dauern. Wollten wir net mit dem Rauchen aufhören?"

„Ja, aber der Herr schafft es ja auch net mit einem Schlag. Des is' erst die Dritte!", die ersten Takte der Zauberflöte kamen aus ihrer Seitentasche, „Storr! - Ja, ich geb'n Ihnen gleich, Herr Feller. - Für Di'!"

Hastig griff er nach dem Handy, das konnte nur sein Cousin Charlie sein: „Servus, Hannes hier! - Haha! - Na, aber wenn Du magst, schick I Dir a offizielles Amtshilfeersuchen – Auch gut, also was hast rausg'funden?"

Verzweifelt versuchte Felicitas ihm klar zu machen, er solle den Lautsprecher anschalten. Vergeblich!

„Wieso Bullerbü - Depp, I schick Dir frei 'n Carl Gustav selber auf'n Hals - Prima, da hast was gut – Okay, schöne Grüß' und denk dra': Goschen halten – Pfiat Di'!"

Wieder einmal konnte sich Hannes von der Schlagkraft seiner Frau überzeugen. Der Ellbogenrempler riss Hannes spürbar aus seinen Gedanken.

Unübersehbar wackelnd sah ihr Pferdeschwanz unter dem Barett hervor: „Und was hat er g'sagt?"

„Sie haben Striebecks Mobiltelefon zuletzt in Schweden geortet. Zwischen Almhult und Växjö, Christian muss gleich Göran anrufen. Die sollen dieses verdammte Ding suchen, ungefähr da, wo die Schweden diese Gangster g'schnappt ham!"

Seine Herzensdame und Chefin sprang aus dem Wagen: „Funk Christian an und erzähl' ihm des. I gib drinnen Bescheid!"

Ihr 'Betriebsstaatsanwalt' ordnete sofort eine Unterbrechung der Befragungen an. Am übernächsten Morgen ginge es weiter, Herr Nolde sei so lange wieder freizugeben, ebenso die Damen. Drohend gab er dem Kriminaldirektor zu verstehen, dass er ihn pünktlich erwarte. Bis dahin stünde er unter Überwachung durch Angehörige der Einheit Burgmann. Kein Wort zu wem auch immer!

Ihr Chef hatte nach der Meldung Fellers umgehend Sandvart um Hilfe gebeten. Sein schwedischer Kollege meinte zwar bei der noch starken Schneedecke wenig Aussichten zu haben. Doch bei der Dringlichkeit Christians würde er sein Bestes versuchen. Notfalls müsste die Heimwehr antreten: „Kommt jemand von Euch?“

„Lass mich überlegen. Ja, ich schick zwei Mann zu Dir. Bis bald!“

Durchgefroren kamen Felicitas und ihre Leute zurück. Sie und Hannes wollten ihm Bericht erstatten.

„Zuvor will I wissen wer zu Göran fliegt? Na, Ihr zwei net, Ihr bleibt brav da. Wie is' mit Kummer?“

Zwangsweise erhielt er ihre Zustimmung, aber nur sehr ungern. Nach erfolgter Meldung musste Maik und der Fernmelder Baums eingesammelt werden. Den Hauptfeld brauchten sie nicht suchen, der schlürfte genüsslich in Planks Reich an seiner Tasse.

„Kummer, wie schaut es eigentlich mit Stockholm aus?“, Felicitas wollte nicht mit der Tür ins Haus fallen, eine gewisse Freiwilligkeit Kummers käme nicht ungelegen.

„Funkstille, sie is' immer noch sauer“, es klang wenig freiwillig.

„Macht nix. Kaufen S' eine gute Flasche Wein und ein paar Blumen, nehmen den Bauer an der Hand und flieg nach Schwede, in zivil! Und wenn Ihre Mällon Ihnen alles um d' Ohren haut – Kismet. Morgen gehen Sie mit dem Bauer von der Technik trotzdem zu Sandvart. Ihr helft beim Handy suchen. Striebecks Kasten!“

Mehr als ein unglückliches 'Jawohl, Frau Storr' brachte er nicht heraus. Auch so ein amouröser Superheld, ihr Lächeln zeigte ihrem Mann, wen sie noch meinte.

Die Observationen verliefen problemlos. Peters, der Nolde nicht von dessen Seite wich, übergab die Nachtschicht an Samonov: „Nix b'sonders. Er goschtet halt dauernd. Denk Dir einfach nix. Wer kommt in der Früh?“
„Müller, danach Schulze. Maik darf nach Stockholm hoch, im Schnee wühlen.“
Verständnislos blinzelte der Allgäuer seinen Kameraden an.
„Striebecks Handy. Verstehste?“
Jetzt verstand er, hoffentlich hatten Maik und die Schweden Glück. Fanden sie das Mobilgerät, dürfte der Fall wohl fast geklärt sein. Schmidts Männer konnten auch keine besonderen Vorkommnisse melden. Die Nacht schien ruhig zu sein. Wenigstens im Dienstlichen. Bei Storr-Fellers bestimmte die Wahl des Standesamtstermines den Abend. Mai ging gar nicht, da hätte Kathi geheiratet. Herbst weigerte sich der Bräutigam. Im Herbst schloss Hannes seine erste Ehe, wäre auch ein schlechtes Omen.
„Abergläubischer Hirsch, wie schauts im August aus, glei' zum Ferienanfang wär' doch gut?“
„Des könnt hi'hau'n, aber is' des dann net z' spät?“
„Na, also siebter August und dann in d'e Stugga vom Göran. Den und seine Familie lad'n wir scho' ei' oder?“
Selbstverständlich, nur das Königspaar bräuchte nicht kommen! Das würde dann doch den Rahmen sprengen, und zwar gewaltig!

Ganz andere Probleme hatte ein gewisser Angsthase in Stockholm. Nachdem StUffz Bauer glücklich in einer Pension untergebracht war, trat Kummer seinen Canossagang an. Zaghaft drückte Maik am Klingelknopf, zupfte die unschuldigen Blumen zum hundertsten Male. Ab diesem Zeitpunkt verstand er die Welt überhaupt nicht mehr. Sie öffnete, schrie „Maik“, sprang ihn an und knutschte ihn ab. Kummer hatte wirklich erwartet, Blumen und Wein an seinen

Kopf zu bekommen. Oder er vor verschlossener Tür stehen blieb. In seinen schlimmsten Vorstellungen öffnete ein Preisboxer und knockte den Nebenbuhler aus. Alles, nur nicht diesen Empfang!

Fröstelnd vom schwedischen Herbst saß der Hauptfeldwebel und sein Kamerad im Zug. Kein Hubschrauber, kein Dienstwagen; Sandvart und seine deutschen Begleiter mussten mit der Bahn fahren. In Almhult holte sie ein Streifenwagen ab. Unter einem trüben Himmel rollte das Auto zu der Jagdhütte. Bereits seit Stunden suchte ein Trupp der örtlichen Polizei und Angehörige der Heimwehr das Gelände ab. Sorgfältig entfernten sie die Schneefelder, drehten jeden Ast und jeden Stein um. Mühselig und langsam ging die Arbeit voran.

„Hej, Leute! Habt Ihr schon was?"

Verneinend empfing die Führerin der Suchtruppen den Reichspolizisten, fügte aber nachträglich noch „Eines fiel uns gleich bei unserer Ankunft auf, jede Menge Fußspuren in dem Stück da links. Fast so, als ob da jemand vor uns suchte!" ein.

Genau diesen Bereich nahmen sich ihre Leute zuerst vor – negativ.

„Wart Ihr auch in der Hütte?"

„Nein, Du hast doch angewiesen zuerst die Umgebung, dann erst das Innere!"

Damit hatte sie ja recht, sein Fehler. Sandvart stapfte auf die Hütte zu: „Okay, dann gehen wir erst mal rein. Maik, kommt mit!"

Die Siegel an den Fenstern und der Türe sahen noch ganz aus, im Inneren konnte also niemand gewesen sein. Die Polizistin holte den Schlüssel aus der Jacke und öffnete. Abgestandene Luft schlug ihnen entgegen. Nein, hier war unter Garantie wochenlang keine Menschenseele mehr gewesen.

Göran wies jedem einen Raum zu: „Dreht jedes lose Brett um, seht in jede Spalte! Dann los!“

Staubwolken wirbelten auf, zentimeterweise tasteten sich die Schwedin und die Deutschen die Wände entlang. Sandvart sprach mit jedem des Suchtrupps, motivierte und wies auf mögliche Plätze hin. Einige Suchscheinwerfer wurden aufgebaut, das Personal ausgetauscht. Die ganze Nacht ging die Suche weiter. Eine Feldküche der Heimwehr wurde aufgebaut. Die Soldaten verteilten Kaffee und Suppe.

Trotz mehrerer Versuche Sandvarts blieb Kummer stur: „Nein, das ist mein Job. Göran, Keitzig war unser Kamerad!“

„Dann mach' weiter. Sobald Du merkst, dass Deine Konzentration weg ist, lässt Du Dich austauschen. Okay?“

Das 'Okay' Kummers klang eher nach 'vergiss es', „He, Göran, nimm 's mir nicht krumm!“

„Ist schon in Ordnung.“

Nicht nur in Skandinavien gab es Menschen, denen diese Nacht keine Ruhe schenkte. Grübelnd lief der General in der Küche auf und ab. Sein Freund Gerold galt als einer der Hauptverdächtigen. Hatte Burgmann im Lauf der Jahre sich in ihm wirklich so geirrt?

Im Büro des Staatssekretärs brannte auch noch Licht. Gemeinsam mit seinem Kollegen vom Innenministerium brütete er über den politischen Konsequenzen. Eine Katastrophe, dann sah man gerne mithelfende Soldaten. Hier lag die Sache aber anders. Seit den Attentaten in den USA brachte immer wieder ein Abgeordneter den Einsatz der Bundeswehr im Inneren auf die Tagesordnung. Schaumschlägerei, nichts mehr. Denn die Truppe wurde doch schon immer bei Naturkatastrophen oder Großereignissen eingesetzt. Nur vor einem bewaffneten Einsatz hatten alle Angst, dabei ließ seiner Meinung nach das Grundgesetz auch diese Möglichkeit zu. Der Rahmen war zwar eng, aber unter bestimmten Voraussetzungen! Und damit stand Peter gar nicht so alleine, selbst in seiner Partei. Für seinen Partner stand die Lage noch schlimmer. Wenn sich beim BKA ein Terroristenführer herausstellen sollte! Die Folgen für diese Stelle und ihn wären verheerend. Und sie waren nicht die einzigen, die keinen Schlaf fanden.

Bei Felicitas und Hannes saß die verbliebene Sierra-Tango und es wurde heftig diskutiert. Müller brannte vor Rachedurst. Samonov hielt eine Verurteilung ebenfalls für unnötig. Für sie stand fest: 'Rosa' würde eine Verhaftung nicht überleben.

Hannes und Peters hielten davon absolut nichts. Auf eine derart blindwütige Aktion durfte sich die Truppe in keinem Fall einlassen.

„Ihr seids so was von hirnrissig. Wenn das passiert, dann ist unser Haufen erledigt!“, versuchte Peters auf mögliche Folgen hinzuweisen.

„I muss Dirk voll zustimmen, geht des denn ums Verrecken nicht in Eure Schädel?“, die Hannes ihnen nur zu gerne aneinandergestoßen hätte.

Bis es Felicitas zu bunt wurde: „Ende der Diskussion! Müller und Samonov, da Ihr beide nicht professionell genug zu sein scheint: Ihr nehmt sofort Überstunden, weit weg! So wie Ihr jetzt drauf seid. Ihr bildet mir ein zu großes Risiko, verstanden?“

„Nein, nein! Da haben Sie uns falsch verstanden! Sie kennen Walde und mich doch, auf uns können Sie sich voll verlassen, Frau Oberstleutnant!“

Mitleidig sah sie sich ihre beiden Soldaten an: „Es bleibt dabei, Ihr nehmt Auszeit. Wenn der oder die 'Rosa' hinter Schloss und Riegel sitzt, verstanden?“

Besser als nichts fanden Müller und Samonov. Ihre Chefin umzustimmen? Das konnten sie vergessen, dann lieber so. Ihr Rachegeschrei kam ihnen jetzt selbst ziemlich infantil vor.

„Rosa, wir haben schlechte Nachrichten! Wir mussten dringend verschwinden. Ich glaub', die verdammten Bullen suchen auch dort nach 'Liebknechts' Handy!"
„Das habe ich befürchtet! Wenn diese Schweine fündig werden, ist alles aus. Selbst bei mir sitzt jetzt so ein Wachhund Burgmanns. Schläft gerade, soll ruhig. Ihr bereitet mein Untertauchen vor, klar?"
„Ja, aber wo und wie?"
„Ganz einfach. Ihr behaltet meine Wohnung im Auge, sobald die Faschos mich verhaften, haut Ihr mich raus! Danach sofort weg, wohin sage ich dann. Haltet also ein schnelles Fahrzeug bereit, mit genug Sprit und Verpflegung für eine sehr lange Reise! Ich hör' auf, mein Wachhund rumort schon wieder! Ruft nicht mehr an und seid nicht zu zimperlich!"
Rosa registrierte die Zeichen, beharrlich zog die Gegenseite die Schlinge enger. Wie viel Zeit blieb noch? Ein paar Stunden, höchstens Tage, wenn Striebecks Handy gefunden wurde. Bei der zu Tage tretenden Sturheit von Burgmanns Soldaten und ihrer Verbündeten würden sie das Mobiltelefon finden. Wenn nicht heute dann morgen oder auch erst in einer Woche. Es war für beide Seiten nur noch eine Zeitfrage.

Fast wie ein gehetztes Tier suchte Kummer den Raum ab. Hier hatten also die Schweden diesen Kotzbrocken Striebeck festgenommen, mit einem angebrochenen Fußgelenk. Er konnte das Handy nicht weit weg versteckt haben, das ging einfach nicht. Das Haus umstellt, verletzt! Maik versuchte sich in die Situation hineinzufühlen. Immer wieder spielten seine Gedanken Striebecks letzte Minuten in diesem Raum durch. Die Schweden hatten bei der Festnahme nichts von einem Mobiltelefon erwähnt. Es musste noch hier sein! Wie oft er die Wand abgesucht hatte, wusste der Hauptfeld nicht mehr, aber Kummer glaubte felsenfest an seinen Erfolg. Wandbretter, Bodenbretter, sauber verfugt – nicht alle! Eher durch Zufall stieß Maik bald auf eine Spur. Im hintersten Winkel, da wo kein Licht hinfiel, war eine feine Spalte.

„Göran, Göran!“, vor Aufregung vibrierte seine Stimme unnatürlich.

„Ja, hast Du was?“, rief Sandvart von draußen. Seine Schritte dröhnten, als er hineinstürzte.

Verzweifelt versuchte der Deutsche mit seinem Taschenmesser ein Brett zu lösen: „Hier! Hilf mit!“

Die Augen des Schweden konnten nichts Auffälliges entdecken.

„Fahr mit den Fingern hier entlang!“

Kaum spürbar ertasteten Sandvarts Fingerkuppen einen Riss. Nur ein Sprung im Holz, dachte er, doch dann spürte er einen Luftzug an seinen verschwitzten Fingern, „Wart kurz, das soll ein Techniker machen. Sonst zerstören wir noch eventuelle Spuren!“

Selbst Maik musste diesen Vorschlag akzeptieren. Vorsichtig löste einer der Techniker die Bodendiele. Seine Handschuhe wurden durchstochen, Holzsplitter kamen zum Vorschein. Der Polizeibeamte leuchtete mit einer kleinen Lampe die Öffnung aus: „Da ist etwas! Schnell, ich brauche eine lange, dünne Greifzange!“ Behutsam führte der Mann die Zange in die Lücke. Erneut versuchte er es, wieder entglitt das Objekt. Dritter Versuch, und dieses Mal gelang es fast. Die Hand glitt in den Hohlraum: „Ich hab es, ein Mobil!“

Göran klatschte Maik ab, danach kam der Techniker dran. Ein Gefühl wie kleine Kinder am Weihnachtsabend haben überkam die Männer.

Der Reichspolizist gab genaue Anweisungen an seine Leute: „Sofort ins Labor damit! Versucht die Verbindungen zu finden! Benutzt sie aber auf keinen Fall! Denn das dürfen unsere deutschen Kameraden machen.“

In der Berliner Zentrale löste die Nachricht Kummers ebensolchen Jubel aus. Burgmann versammelte die, die bisher an dem Fall mitgewirkt hatten. Für sein Büro einfach zu viele, so musste ein Teil seiner Nachricht im Vorzimmer lauschen. „Meine Damen, meine Herren! Wir schlagen endgültig der falschen Schlange den Kopf ab! Alle vier Hauptverdächtigen umgehend in unser Ausweichquartier. Schmidt, Ihr Part. Feller! Sie, Rest Sierra-Tango und Baum durchsucht sofort die Wohnungen. Ich will alle Handys haben. Frau Storr und die Gruppe EDV zu Wahlander. Ihr durchsucht mit ihm die Büros unserer Viererbande. Wahlander wird dann mit seinen Leuten die Telefone besetzen. Ihr kommt nach Erledigung raus. Volle Montur und Bewaffnung ab jetzt! Sonderzeichen werden hiermit angeordnet. Plank händigt Euch die Anweisungen aus. Auf was wartet Ihr noch?“

Stiefelgetrampel, Rufe und Befehle zeigten Burgmann den Abmarsch seiner Truppe an: „Plank! Mayr sofort zu mir!“

Atemlos erschien der Mediziner: „Herr General?!“

„Herr Mayr, packen Sie Ihren Kram zusammen. Sie werden mich begleiten, rechnen Sie dabei mit Verwundeten. Wir rücken in einer halben Stunde ab. Mit Ihrem San-Fahrzeug!“

„Herr Jeneral! Den Oberstaber seene Männeken sin' nich' jenuch!“

„Bekannt, aber ich weiß Bescheid. Er hat Metzger längst drei Leute abgeschwätzt. Plank, I bin zwar alt, aber net senil.“

Dafür fühlte der Oberfeldwebel bei sich erste Anzeichen von Demenz aufziehen.

Seine eigenen Leute und die Verstärkung aus Metzgers Trupp saßen immer noch in den Wohnungen der drei weiblichen Verdächtigen. Per Rundspruch gab der Oberstabsfeldwebel seine Anweisungen. Schnell und ohne Aufsehen erledigten die Trupps den Auftrag, wenige Minuten nach dem Funkspruch fuhren sie mit den Verdächtigen zur

Datsche. Schmidt fuhr bei Nolde selbst vorbei. Samonov war zwar dort. Alleine und ohne Fahrzeug. Bei dem Verhalten Noldes vor zwei Tagen hielt er sein persönliches Erscheinen für unumgänglich. Mit Abfahrt der Trupps drangen Hannes und seine Leute in die Wohnungen ein.

Frau Haag lebte alleine, niemand der stören könnte. Nach einer Viertelstunde sammelte er zwei Handys ein. Im Reihenhaus, das Frau Scholz mit ihrem Mann bewohnte, gab es ebenfalls keine Schwierigkeiten. Herr Scholz befand sich auf Montage, soviel wussten sie. Hier fanden die Soldaten weitere drei Mobiltelefone. Jetzt zur Wohnung der Doppeldoktor! Durch die Beschattung kannten sie das Sicherheitssystem relativ genau. Czernys Schulung war Gold wert, ohne ihre Einbruchsspezialistin hätte Feller und seine Gruppe ein Riesenproblem gehabt. So aber öffnete sich die Türe binnen Minuten.

„He, seht Euch diese Bude genau an! So lebt 's sich in den oberen Zehntausend!“

„Schwätz nicht rum! Ich will Ergebnisse sehen und keinen Sozialneid schüren!“

Nur ein Handy? Ihr Oberleutnant ließ seine vier Feldjäger weitersuchen, ohne Erfolg: „Na ja, I hab' ja auch kein so ein Klo-Phon. Sammeln, aufsitzen, abrücken!“

Bei Nolde erwartete sie bereits dessen Frau, mit ihrer Unterstützung fanden sich rasch drei von diesen Dingern ein.

„Ach wissen Sie, mein Gerold räumt sein Arbeitszimmer nie auf. Da kenne ich mich bestens aus. Eines liegt noch in der untersten Schublade links, ganz hinten!“

Freundlich bedankte Hannes sich: „Ich danke Ihnen, da wird die Übung schnell vorbei sein.“

„Keine Ursache, Gerold erzählt ja nichts. Viel Spaß noch!“

Selbst ohne die ganze Hektik wäre der unauffällige Kombi niemanden der Ermittler aufgefallen. Dabei musste jedes

Fahrzeug der Truppe notgedrungen daran vorbei. Aber wer beachtet schon einen Handwerker mit seinem Firmenwagen am Straßenrand? Auch der kleine Rostkübel, nur wenige Meter in der anderen Fahrtrichtung stehend, blieb ungesehen.
„Sie rücken ab, mit Rosa!“
„Bleib unauffällig dran. Burgmann fährt auch gerade aus dem Ministerium, in einem San-Karren! Ich folge dem Sanka, kann mir denken wohin.“
Sie waren die letzten Getreuen, zu allem bereit. Aber auch zum Erfolg verdammt, Fehler würden ihnen die Freiheit oder gar das Leben kosten. Penibel hatten sie die Befreiung Rosas und ihre Flucht geplant. Die schlechteste Variante wäre eine Verbringung in das Ministerium oder direkt zum BKA gewesen. So aber dürfte es einfach werden. Dort draußen gab es genug Fluchtwege und kaum Zeugen. Die Büttel Burgmanns würden sowieso dran glauben müssen, war sicher nicht schade um sie.

Felicitas saß auf dem Sessel der Macks-Frölich. Mit Hilfe Wahlanders und seinen Beamten stellten sie seit über einer Stunde die drei verdächtigen Büros auf den Kopf. Ihre Stimmung sank mit jedem 'Nichts'.
„Ein schöner, bequemer Stuhl“, Wahlander wies grinsend auf das monströse Sitzmöbel der Doppeldoktor.
Mit einem Ruck sprang Storr aus dem Teil: „Nicht für mich, zu theoretisch hier. Wahlander, übernehmt Ihr? Wir müssen los.“
Der Chef der Internen nickte, seine Leute würden wie abgesprochen die Telefone überwachen. Storr verließ den Komplex, davor standen Krammer und einer der Baum-Leute mit ihren Glimmstängeln. Der Motor ihres Japaners brummte bereits, da kam ihr eine Idee. Das Seitenfenster senkte sich: „Wartet noch! Einer muss mit mir mit. Wird vielleicht nötig.“
Krammer wechselte zu ihr in den Wagen. Einen Schritt den er bald bereuen sollte. Endlich, sie bremste scharf ab, das

Ausweichhaus! Schlotternde Knie und eine leicht grünliche Gesichtsfarbe zeigten, dass Krammer den Fahrstil der Frau Oberstleutnant bis dato nicht kannte. Die Wagen des Staatsanwaltes und Stranovskis parkten bereits vor dem Grundstück. Irgendwie deplatziert wirkend stand auch der neue Mediziner mit dabei. Erleichtert sah er den Wagen seiner Kameradin um die Ecke biegen. Eifrig sprang er heran und öffnete ihr gentlemanlike die Türe.

„Hallo Mayr, herzlich willkommen! Wo ist denn unser Boss?"

„Tag, Frau Storr. Der und Oberst Walz sind bereits rein, auch zwei Herren in Zivil?!"

Knapp schilderte Felicitas ihrem Medizinmann das who-is-who dieser Veranstaltung. Eine echte Kriminalgeschichte! Erfreut rieb sich der Oberstabsarzt die Hände, endlich mal ein Verein nach seinem Geschmack. Irr' Dich mal bloß nicht, mein Freund und Kupferstecher! Ihr machte es sicher kein Vergnügen, Felicitas wusste inzwischen von den Konsequenzen solcher 'Action'. Man hörte bereits das Dieselbrummen der Geländewagen, der erste Trupp erreichte sein Ziel. Die Feldjäger führten Frau Haag auf Weisung Storrs in den Innenraum. Der nächste Trupp, Oberstabsfeldwebel Schmidt und sein Kommando, geleitete Gerold Nolde hinein. Wenigstens ging der Kriminaldirektor freiwillig mit! Gleich zwei Fahrzeuge auf einmal, das konnte nur der Rest ihrer Gruppe sein. Unverwechselbar der Fahrstil von Peters und Hannes. Nach und nach trafen auch die fehlenden Trupps ein.

„Die Gruppe Sierra wird mit je zwei Mann bei den Verdächtigen bleiben. Weitere Anweisungen gibt Ihnen General Burgmann persönlich. Krammer, Sie melden sich bei Oberst Walz. Erinnern Sie ihn an Ihre Funktion, noch kann er nicht jeden kennen!", Hannes übergab eine Tüte voll mit Mobiltelefonen an Schmidt: „Mit den besten Empfehlungen an General Burgmann!"

„Herzlichsten Dank, Herr Kamerad. Dachte schon, Du hast die Dinger vergessen!“, der Oberstaber verschwand ebenso in der Datsche. Heilfroh aus dem einsetzenden Nieselregen zu kommen, schließlich wollte er seine Pension in drei Jahren auch noch halbwegs gesund erleben.

Als nur noch Gruppe Sierra-Tango vor dem Häuschen stand, wies Storr ihre Soldaten ein. Samonov bezog eine Scharfschützenstellung im Dachraum, Schulze würde auf die andere Seite sichern. Peters durfte sich im Gebüsch und dem Unkraut gegenüber der Eingangsfront ablegen. Müller erhielt Auftrag zur Verkehrskontrolle. Sie und Feller blieben auf dem Grundstück, um im Notfall weitere Maßnahmen einleiten zu können.

Kapitel 7

Das Spiel konnte beginnen. Die Verdächtigen mussten rund um den Tisch Platz nehmen. Der General legte die Tüte auf den Tisch: „Meine Damen, mein Herr. Wir haben hier Ihre Mobilapparate. Ich fordere Sie auf, sich Ihre Handys zu nehmen!"

Vier Paar Hände wühlten kurz, dann lagen die Geräte vor ihren jeweiligen Besitzern. Von Nolde mißgelaunt kommentiert: „Ein blöderes Spiel fiel Dir nicht ein. Und ich dachte Du bist mein Freund! So kann man sich irren!""

„Tut mir leid. Aber unsere Freundschaft hat nichts mit meiner Pflicht gegenüber unserem Land, meinem Eid und meinen Leuten zu tun!"

Ob auch jeder seine Handys hatte, wurde von Oberstaatsanwalt Wiedemann geprüft. Alle lagen richtig, keines blieb übrig. Der Jurist gab Burgmann grünes Licht: „Herr General, es kann losgehe!"

Verdeckt von Hecken standen zwei Autos. Ein Firmenwagen und ein unauffälliger, ziemlich heruntergekommener Kleinwagen. Die Fahrer sahen vorsichtig nach allen Seiten, kein Mensch zu sehen.

„Sie sind drinnen. Ein Schütze oben, ein Mann an der Straße und zwei vor dem Haus."

„Wie viele drinnen?"

Jede Menge fand sein Komplize, mehrere Zivilisten und der General mit einem weiteren Stabsoffizier sowie 'nem ganzen Rudel voll aufgerödelter Landser. Mit so einem Aufgebot hatten die Männer nicht gerechnet, es könnte eng werden.

„Hol die Spritze!", Entschlossenheit markierend gab der Ältere der Männer seine Befehle.

Zögernd ging der Jüngere zu den Autos. Die Heckklappe schwang nach oben, der Mann hievte mühsam eine Kiste heraus. Ächzend zerrte er sie zu seinem Genossen. Ein Ruck und der Inhalt kam zum Vorschein. Auf den ersten Blick könnte es eine x-beliebige Maschine für Handwerker sein. Die Männer richteten das Gerät auf einem stabilen, niedrigen Dreibein ein. Zusammen schleppten sie mehrere eckige Metallkisten heran. Aus dem ersten Behälter fädelte der Ältere eine Art Gurt in die Maschine. Damit entpuppte sich das Gerät als eine tödliche Waffe – ein russischer 60 mm-Schnellfeuermörser!

„Sobald sie Rosa heraus führen, legst Du los. Den Rest erledige ich, mit meinem Genossen Kalaschnikow!"

Doch erstmal hieß es warten! Ein leiser, dumpfer Ton riss den Älteren hoch. Sein Handy surrte nervtötend, ein knappes „Jetzt nicht!" und es herrschte wieder Stille. Nur vom gelegentlichen Scheuern ihrer Jacken an den Zweigen unterbrochen. Eine Zivilperson verließ das Gebäude, von einem Soldaten begleitet. Die beiden Gestalten bestiegen eines der Militärfahrzeuge und fuhren ab. Augenblicke später kamen ein Zivilist und eine Frau heraus, wieder von Landsern eskortiert. Getrennt fuhren sie auch weg.

„Verdammt, ich seh' nichts!"

Eine weitere Person bestieg einen der Geländewagen. Den beiden Männern wurde durch mehrere Soldaten Burgmanns jede Sicht genommen.

„Meinst Du, das war Rosa?"

Sein älterer Mitkämpfer wiegte den Kopf: „Bin mir nicht sicher, glaube nicht. Nur der Fahrer stieg noch ein. Nein, wer auch immer, das war nicht Rosa!"

„Hej, Göran! Du kannst meinen Jungs grünes Licht geben. - Steht die Standleitung zu Wahlander?"

„Steht, Herr General!", meldete Krammer.

Oberst Walz hatte den PC-Experten damit beauftragt, einen Besseren hätte er nicht finden können. Über den Lautsprecher erklangen Stimmen, dann hörten sie Kummer deutlich: „Signal Eins, - Festnetz, Striebeck privat."

Wieder Gemurmel aus Schweden, wieder Kummer: „Signal Zwo, - Festnetz, keine Antwort."

Gespannt warteten die Anwesenden auf das nächste Signal.

„Signal Drei, - Handy, keine Antwort."

„Signal Vie..."

Eines der Mobiltelefone auf dem Tisch klingelte. Eine Hand schoss vor, doch Wiedemann war schneller: „Hallo, hier Wiedemann!"

„Hallo Herr Oberstaatsanwalt, hier Hauptfeld Kummer!"

Mit der Antwort Kummers klickten Handschellen.

„Geschafft, eine lange Jagd ist zu Ende. Ich kann es nicht glauben." stieß Walz hervor, letzteres traf bei allen Angehörigen der Einheit zu. Ganz langsam erst wurde es den Ermittlern klar: Das Oberhaupt der Mörderbande war gefasst!

Bis zu einem Geständnis würde es noch ein langer und harter Weg sein. Der Oberstaatsanwalt wusste aus Erfahrung bereits Rosas nächste Reaktionen. Aber selbst die widerstandsfähigsten Kandidaten hatte er ihn seiner Laufbahn weichgekocht, und Rosa war garantiert nicht von der ganz harten Sorte. Zuerst musste mit den übrigen, ehemals Verdächtigen reiner Tisch gemacht werden, schließlich waren sie in eine böse Geschichte gestolpert.

„Es tut mir leid, Ihnen solche Unannehmlichkeiten gemacht zu haben. Leider blieb uns keine andere Wahl. Ich verspreche, dass ich mich persönlich gemeinsam mit Herrn General Burgmann für Ihre vollständige Rehabilitation einsetzen werde!"

Eine nach der anderen verließen die nicht mehr unter Verdacht stehenden Personen das Haus. Angehörige der Gruppe Sierra fuhren sie nach Hause.

Burgmann betrachtete sich Rosa, was ging in so einem Gehirn vor? Sein Verständnis konnte dieser Mensch nicht erwarten, zu blutig hatte sich die Spur durch ihr Land, ja sogar durch halb Europa, und den Fall gezogen. Schmidts Gruppe würde noch aufräumen und mit Krammer die technischen Geräte abbauen.

Burgmann rief nach Storr: „Bringt diesen Haufen Unrat in die JVA. Wiedemann macht gerade noch die Papiere fertig. Wir sehen uns dann bei mir zur Abschlussbesprechung!"
Warum starrte Hannes so zu Samonov? Sie wollte eigentlich sammeln lassen, um den Abtransport durchzuführen, doch das Verhalten ihres Partners störte Felicitas: „He, gibt 's da oben was Besonderes?"
„Pst!", seine Blicke winkten Felicitas heran: „Walde hat da etwas im Visier. Ich hoffe, dass es kein Ärger ist! Soll I oder gehst Du?"
„I geh', Du ziehst Müller näher heran. Der steht zu offen!"
Hände tief in den Hosentaschen trottete Hannes auf Müller zu: „Mir packen zusammen, komm unauffällig mit. Siehst die Hecke auf halb drei?"
Aus dem Mundwinkel kam ein "Mhm", Steine kickend blieben Feller und Orhan vor dem Versteck des Allgäuers stehen: „Bleib liegen, muck Di' net. Vermutetes Ziel rechts von Dir in 70, Heckenrand. Feuern nach eigenem Ermessen."
Auch hier ein gepresstes „Mhm".
Aus dem Dachfenster ertönte ein leiser Ruf: „Hannes! Komm schnell!"
Gemächlich trat er ein, kaum im Inneren hetzte Feller nach oben: „Ja?"
Felicitas kauerte neben Samonov: „Mindestens eine Person, männlich. Eine weitere Person schleicht sich 30 rechts von Peters parallel zur Straße an. Eindeutig bewaffnet, vermutlich AK 47."

Manchmal schaden private Beziehungen auch im Job nicht, wortlos hatten Storr und Feller die Lage abgesprochen. Leise stiegen sie hinunter, dort wartete Rosa und die 'Führungsspitze': „Christian, kommst Du mal?“

Der Oberst und Wiedemann warteten bereits ungeduldig. Was war jetzt wieder los? Langsam wurde es Zeit Rosa hinter Gitter zu bringen! Anscheinend waren der General, Storr und Feller zu einem Ergebnis gekommen.

Der General richtete sich an seinen neuen Stellvertreter: „Walz, Sie bringen Rosa raus, bis zum Treppensturz! Genau dort werfen Sie sich und unseren Gast auf den Boden. Verdammt flach auf den Boden! Den Rest besorgt Oberstleutnant Storr mit ihrer Gruppe.“

„Herr Walz, wir gehen voraus. Unteroffizier Samonov und Feldwebel Schulze geben von oben Feuerschutz. Oberleutnant Feller, ich und der Rest führen das Feuergefecht, wenn es nötig ist!“

Befremdet sah der Oberstaatsanwalt wie der Oberleutnant das Gewehr vom Rücken nahm und ein Bajonett aufpflanzte. Seiner Frage vorgreifend kam ein zweistimmiges „Er kann's“ von Burgmann und Storr. Ringsum sichernd traten die beiden Offiziere hinaus.

Ohne lange auf Befehle zu warten, hatte Müller sich an der Grundstückseinfahrt in Stellung begeben: „Alles frei, Gefangener kann kommen!“

Den Körper Rosas deckend kam Walz mit dem Gefangenen aus dem Eingang. Hätte der jüngere Angreifer nicht viel zu vorschnell gehandelt, die nächsten Sekunden wären wahrscheinlich ganz anders verlaufen. Doch der Mann sah, wie eine Gestalt abgeführt werden sollte. Schnell schleppte er den Mörser aus der Deckung heraus, um zu feuern. Auf diesen Moment hatte der Scharfschütze nur gewartet, kaum lag das Ziel offen vor ihm, schoss er. Unteroffizier Samonov wusste, dass ihm nur Zeit für einen Treffer bleiben würde. Ein Schuss, der den Angreifer absolut kampfunfähig machen musste. Der Knall veranlasste den Älteren seine Deckung zu verlassen. Aus der Hüfte gab er einzelne Schüsse ab, jedoch ohne zu treffen. Dann befand er sich genau im Visier von vier Waffen. Peters traf seinen linken Oberschenkel, Müllers Kugel schlug nur Millimeter darüber ein. Felicitas Pistolenkugel zerschmetterte sein rechtes und Hannes 7,62 x 51-Geschoss sein linkes Knie. Alle Kugeln trafen binnen Bruchteilen einer Sekunde, seine Beine versagten schlagartig und er stürzte schwer zu Boden. Ehe er es begriff, war er entwaffnet, durchsucht und festgenommen.

Noch auf der Straße versorgte Oberstabsarzt Mayr den Verwundeten, dem Mann mit dem Mörser konnte niemand mehr helfen. Samonov war ein präziser und kaltblütiger Schütze, aber hier musste er töten. Verwundet hätte der Mann immer noch den Mörser benutzen können, mit vielen Toten und Verwundeten.

Nachdenklich betrachtete Feller die Füße des Toten. Kleine, fast mädchenhaft wirkende Sportschuhe an einem kräftigen, hochgewachsenen Körper. Jöhnkes würde erfreut sein.

Brutal zerrte der Oberst Nolde hoch: „Und das alles wegen Dir Verräter! Bist Du vielleicht noch stolz darauf?“

„Lassen S' gut sein, Herr Walz. Schaffens mir diesen Dreck aus den Augen. Mein 'Freund' Gerold, Du mieser Strolch!“

Gerold, oder besser Rosa, erhob den Blick: „Oh, wie ich Dich und Deinesgleichen hasse! Ihr glaubt immer die Guten zu sein. Doch die Revolution wird nicht sterben, es werden andere statt uns weiter gegen Euch Faschistenschweine kämpfen! Du warst doch nur ein Werkzeug für mich, wie alle meine, ach so lieben, Kollegen! Ihr werdet den von uns Gerichteten folgen! Tod Euch allen!“, wütend schrie Nolde seinen Hass hinaus und gestand damit seine Taten ein!

Befriedigt über ihren Erfolg, zugleich tief erschüttert vom Ende, rückten nach und nach die Trupps ab. Hannes und Müller lieferten Nolde in der JVA ab, Mayr übergab den Verletzten in die Obhut des inzwischen eingetroffenen Notarztes. Als letzte Amtshandlung des Tages ordnete Wiedemann die Bewachung des Mannes durch die reguläre Polizei an. Zuletzt verließ ein Leichenwagen die Wochenendsiedlung, fast wie ein Omen für zukünftige Gegner der Truppe.

Epilog

„Scheißjob!“

Müde grinste Feller zu Müller hinüber: „Ja, und?“

Der Fahrer schaltete, dann: „Und? Na einfach! Nächstes Mal sind wir wieder dabei. Wenn ein Scheißjob gemacht werden muss, dann nur von den Besten.“

War das Größenwahn oder Eigenschutz?

Die erste Hochstimmung war bereits beim Abschlussbriefing verschwunden, die meisten fühlten sich leer und ausgebrannt. Ihr General kannte seine Truppe, dieser Zustand würde wieder gehen. Trotzdem befahl er, dass jeder, aber auch wirklich jeder, zur psychologischen Nachbereitung müsse.

„Auch so ein neumodischer Kram!“, bemerkte Müller leise.

„Sie, StUffz Müller, gehen gleich hin! Sie haben 's nämlich b'sonders nötig.“

Ab jetzt konnte sich die Staatsanwaltschaft um diese Sache kümmern. Morgen, befahl Burgmann abschließend, rücken alle Teileinheiten wieder auf ihre Dienststellen ab: „Dort Minimalbesetzung, der Rest baut seine Überstunden und Urlaubsansprüche 2008 ab.“

Zu seiner Zeit hätte es ein paar Tage Sonderurlaub gegeben, aber keinen Überstundenabbau, mokierte Hannes.

„Ja, in der Steinzeit. Sei bloß still!“

War er dann auch, wenn seine Chefin das befahl.

Mai 2009, sein erster Fall war zu Ende. Seither hatte die Gruppe ST wieder ihren Stützpunkt 'Süd' in Regensburg-Pionierkaserne bezogen. Vergleichsweise öde lief der tägliche Dienst ab. Ein paar kleinere Delikte wie Diebstahl, ein verschwundenes G 36 und seltsame Vorgänge auf einem

Stützpunkt der Luftwaffe. Alles Kleinkram, relativ einfach und schnell zu klären.

„Hast Du Dir es so vorgestellt? Oder geht dem Herrn Oberleutnant die Action ab?“

„Ach weißt, Maik, irgendwo tut des a gut. Ruhe, nichts als Ruhe. Und der nächste größere Scheiß liegt doch scho' in der Luft!“

„Glaubst Du?“

Sicher, für was sollte es sonst die Sondereinheit Burgmann geben. In einem Jahr sähe es sowieso anders aus, wenn ihr General in Pension gehen wird.

Ihm war zu Ohren gekommen, dass Walz nicht mehr so viele Extrawürste braten dürfe. Waren auch nicht mehr nötig, nachdem ihr Verein deutlich mehr Befugnisse erhalten hatte.

Am Wochenende würden Felicitas und Hannes endlich das angemietete Haus beziehen, nicht zu weit außerhalb der Stadt und doch weit genug. Sie hatten beschlossen, dass Theresia ihre vierte Klasse noch in Zwiesel beenden sollte und nächstes Schuljahr auf ein Gymnasium in Regensburg wechseln würde. Mark hatte ja eine Lehrstelle in Zwiesel, notgedrungen blieb der junge Mann unter der Woche erst einmal seinen Großeltern erhalten. In knapp drei Monaten kam eh die erste große Änderung, dann würde aus Frau Oberstleutnant Felicitas Storr Frau Oberstleutnant Felicitas Storr-Feller werden. Und aus Oberleutnant Hannes Feller der vom Staatssekretär dem General versprochene Hauptmann Hannes Feller. Ein streng gehütetes Geheimnis, von dem außer den beiden Verursachern nur Felicitas und Plank wussten, und die würden kein Wörtchen davon verraten. Peters und Grabowsky kämen dabei auch noch dran. Es war die vorerst letzte Beförderungswelle Burgmanns, ein ganz klein wenig außerhalb der Vorschriften, danach würde Walz nur noch streng nach Recht und Ordnung handeln. Meistens wenigstens!

Im Strahlen der Frühlingssonne versammelte sich der ganze Familienklan in ihrem neuen 'Privatstützpunkt'. Mam besetzte die Küche, das arme Kind solle sich ruhig vom Umzug erholen. 'Armes Kind', Felicitas war jetzt Vierzig, Mutter von zwei Kindern und beruflich ziemlich angesehen und dann 'das arme Kind'!

Träge lag sie auf einer Gartenliege und beobachtete die Versuche ihrer beiden Männer und Gregg eine Wasserrutsche für die Kinder aufzubauen. Schaden konnte so eine Pause sicher nicht.

Ihr Vater legte sein Handtuch auf die Nachbarliege. So wie der Oberst a. D. drein sah, hatte er etwas auf dem Herzen: „Wie geht 's Euch so?"

„Gut, seit wir wieder in Regensburg sind war es ziemlich ruhig!"

„Na, net im Dienst, so halt!"

„Mir ham uns eing'lebt. Theres' freut sich auch schon auf d' neue Schul', die zwei Nachbarmädel kennt s' scho', mit dene' geht's dann in eine Klass'. Den Mark werdets halt net los. Wenigstens bis zum End' von seiner Lehr'!"

„I will doch bloß wissen: Wann?"

Unschuldig blinzelte sie Paps Hallbauer an: „Wann? Mei, glei' ein paar Tag' später. Angeblich hat er 's an meine Augen erkannt. Hat ja in so was Erfahrung."

Paps Hallbauer murmelte leise vor sich hin: „Hat den Braten ja auch reing'schoben."

„Paps, hab I g'hört! Schäm Di'!"

Knurrend entschloss sich ihr Vater direkt zu fragen: „Wann kommt Euer Nachwuchs?"

„Mei, Ende Oktober halt!"

„Bleibst daheim?"

Dieselbe Frage hatte Burgmann bereits gestellt, so richtig hatte Onkel Christian die Antwort nicht gefallen: „Aber Hundertpro, und mindestens sechs Jahr'!“

Dabei war es Felicitas völlig egal, ob es für Soldatinnen diese Möglichkeit gab oder nicht. Hier durfte der General gerne wieder den Staatssekretär konsultieren.

Hier endet die Geschichte, aber nicht die Geschichte der Einheit Sierra-Tango, vielleicht geht ihr Dienst schneller wieder in die Vollen als Felicitas, Hannes und die anderen 'Bullen im Tarnanzug' auch nur ahnen.

Schluß

Übrigens, es gibt ihn bald, den nächsten Fall. Wenn Sie jetzt also olives Blut geleckt haben, dann lassen Sie sich 'Der letzte Bunker' nicht entgehen. Ebenso wie die übrigen 5 Bände der Bullen im Tarnanzug.

Natürlich dürfen Sie auch in meinen anderen Büchern stöbern, vom wilden Südwesten des Kaiserreichs, bis zum mörderischen Idyll des Ammersees.

Wo? Wo Sie dieses Buch gefunden haben,
amazon.de/Frey-Andreas/e/B008B3LTGW

Printed in Poland
by Amazon Fulfillment
Poland Sp. z o.o., Wrocław

34144418R00222